文學研究叢書・辭章修辭叢刊

章法學體系建構歷程

陳滿銘　著

目次

自序

　　「章法學」又稱「陰陽雙螺旋層次邏輯學」，研究的是深藏於宇宙人生「萬事萬物」之間，以「陰陽二元」之「對待 ⟷ 互動」為基礎，在其不斷作用下，經「移位」（秩序）、或「轉位」（變化）、「聯貫」（對比、調和：徹下、徹上）與「統一」（包孕：下徹），產生「互動、循環、往復而提高」之「轉化」運動，而構成「0 一二多」的「陰陽雙螺旋層次邏輯體系」，以呈現其層層「以大（大宇宙）包小（小宇宙）」之適應性與普遍性。

　　個人會走上這條路，可說是偶然的。記得在四十多年前，為了在臺灣師大國文系講授「國文教材教法」這門課程之需要，不得不接觸「章法」。開始時，先以捕捉到的有限「章法」，切入各類文章，作一檢視；再就所發現的「章法」現象，加以分析、統整，以求得其通則。這樣一路走來，才逐漸地集樹而成林，深入了「章法」的領域。數一數近四十年來所出版的有關「章法學」的專著有三十幾種，其中最具代表性的是：於二〇一四年八月由萬卷樓圖書公司出版之《辭章章法學體系建構叢書》套書十冊，以及於二〇一六年十一月由萬卷樓圖書公司出版之《跨界章法學叢書》中的《陰陽雙螺旋互動論》、《中庸天人雙螺旋互動思想研究》與《唐宋詞章法學》三冊；而所發表的論文，則可分三種：一是臺灣各大學學報有八十九篇，二是大陸各大學學報有六十三篇，三是一般期刊有二九二篇；而最早發表之論文，為〈常見於稼軒詞裡的幾種詞章作法〉（原題〈稼軒詞作法舉隅〉）一文，於民國六十三年（1974）六月登於臺灣師大《文風》二十五期（頁

11-15），所涉及的章法有「今昔」、「遠近」、「大小」、「虛實」（情、景）、對照（「正反」）、演繹（「先凡後目」）、歸納（「先目後凡」）等，結合縱、橫向作說明，這可算是「清醒、自覺」的初步嘗試。

現在回顧起來，建構這種「陰陽雙螺旋層次邏輯體系」之歷程，是相當漫長而艱辛的。由於涉及多元，在此特分「前編（基礎性探討）」、「後編（深廣性研究）」與「附編（統整性資料）」三大方面依序予以呈現，以凸顯「章法學體系」之建構歷程。

以「前編」而言，從一開始，個人聚焦於「章法」加以研究，經由「歸納（果→因）←→演繹（因→果）」的雙螺旋互動，先從各體辭章作品之解析中，歸納為人人所共用之「模式」；再以演繹，歸根於《周易》與《老子》，為「模式」尋出哲理依據，成為「方法論」之三觀系統。就這樣，不斷地「求異←→求同」，作「互動、循環、往復而提升」之研討，才逐漸地使「章法學」由「微觀」（章法類型、結構）、「中觀」（章法規律、族性）而「宏觀」（0 一二多系統），終於建構了「一以貫之」的「陰陽雙螺旋層次邏輯體系」。本編特就其基礎性之探討歷程（1974-2003），分三章作一概述，提供參考。

以「後編」而言，由二〇〇四年至二〇一六年，在上述之基礎上作周密的「深度←→廣度」之「雙螺旋互動」研究，舉其大者而言，約有如下數端：

一、強調「層次邏輯」

二、探討「包孕結構」

三、辨析「三觀理則」

四、分解「完形原理」

五、呈現「思維系統」

六、通貫「基因螺旋」

七、開展「修辭轉化」

八、歸本「陰陽互動」

九、推廣「跨界章法」

這九端看似分歧，卻互有關聯，都歸結到「0 一二多」的「陰陽雙螺旋層次邏輯系統」，可說始終保持著「求異（歸納：科學性）← → 求同（演繹：哲學性）」之「雙螺旋互動」之基本特色，茲各自專成一章，依次簡介如下：

就「層次邏輯」章來說，它有別於「傳統邏輯」的邏輯形式。「傳統邏輯」的邏輯形式，主要是經由求「同」（歸納）求「異」（演繹），以確定其真偽、是非為目的；而「層次邏輯」，則主要在求「同」（歸納）求「異」（演繹）過程中，呈現其時、空或內蘊之層次為主要內容。這種邏輯層次，通常都由多樣的「二元對待、互動」為基礎，而經「移位與轉位」、「對比與調和」與「包孕」之過程與「0一二多陰陽雙螺旋結構」之終極統合，形成其完整系統。為此，本章依序對「相關論文」（個人所發表）、「層次邏輯與因果邏輯」與「層次邏輯與辭章內涵」等，分三節加以說明。

就「包孕結構」章來說，它涉及「陰陽」，大體可分「陰陽不分」與「分陰分陽」兩層。以「陰陽不分」而言，指「無極、道（無）」、「太極、一（有之始）」之初始階段；以「分陰分陽」來看，指「兩儀……、二……」的後續階段。而兩者不斷地起動「雙螺旋」作用，使得宇宙創生、轉化的過程，產生層層「層次」，以形成層層「0 一（陰陽不分）二多（分陰分陽）」之「雙螺旋邏輯系統」。由此可見「陰陽包孕」在「『0 一二多』雙螺旋邏輯系統」中所造成層層「層次」的重要作用；而這種作用，在知識創新上來說，是不可或缺的。

就「三觀理則」章來說，凡事物之變化，脫離不了「起因」、「過程」與「結果」，乃形成「三觀」理則之主因。如《易》有「三易」（簡易、變易、不易）、「三才」（天、地、人），儒家主張「三德」

（智、仁、勇）、三綱（明明德、親民、止於至善），佛家主張「三觀」（空觀、假觀、中觀），史家主張三長（才、學、識）……等，不一而足。就以「辭章章法學」而言，其「結構類型」（三疊〔一、二、三〕與移位、轉位、包孕）、「族系分類」（對比、調和、中性）、「偏離現象」（負偏離、零度、正偏離）、「篇章統合」（多、二、一〔0〕）、「藝術境界」（真、善、美）與「螺旋體系」（微觀、中觀、宏觀）各層面，就全由「三觀」理則形成，影響極大，由此足見「三觀」理則之重要性及其普遍。限於篇幅，本文僅以「真 ←→ 善 ←→ 美」此一理則為例加以呈現。

就「完形原理」章來說，即「格式塔理論」（Gestalt theory）。其核心觀點，為「異質（同形）同構」與「部分相加不等於整體」。它源自維臺默（Max Wertheimer, 1880-1943）的一個實驗，朱立元、張德興等認為：「格式塔心理學……的一個著名原則便是：各種現象都是格式塔現象，整體不等於部分之和。一九一二年，維臺默做過一個著名的似動現象的實驗。他受到玩具影器的啟發，企圖用似動現象來解釋看活動電影時的運動現象。這個實驗表明：在一定的條件下，靜止的各個部分卻能夠產生運動的整體效果。根據這個實驗，他首次提出了「部分相加不等於整體」的基本觀點，從而標誌了柏林格式塔心理學派的誕生。安海姆關於知覺的概念遵循了這一基本原則，強調了知覺的整體性。」這一實驗的「部分」是「靜」的、「整體」是「動」的，由「靜」而「動」產生了「整體」之效果，是有「螺旋」意涵在內的，也就是說，「部分」與「整體」之間，因「由靜而動」而產生螺旋作用，致「部分相加不等於整體」，藉此「強調了知覺的整體性」，而這種整體性，自然也涵蓋了「異質（同形）同構」中「心理場（力）」之整體與「物理場（力）」之部分的觀點。

就「思維系統」章來說，人的「思維」大致有三種：「形象」、

「邏輯」與「綜合」,都以「意象」為其內容。其中作比較偏於主觀聯想、想像的,屬「形象思維」;作比較偏於客觀聯想、想像的,屬「邏輯思維」;而兩者形成「二元」,是兩相互動而存在的。至於合「形象」、「邏輯」兩種思維為一的,則為「綜合思維」,用於進一步表現「綜合力」,以發揮「創造力」來轉化「意象」,成為「新產品」。其中的「觀察力」是為「思維力」而服務,「記憶力」乃用以記憶「觀察」以「思維」之所得,「聯想力」是「思維力」的初步表現,而「想像力」則是「思維力」的更進一步呈顯,以主導「形象」、「邏輯」與「綜合」三種思維,形成其系統。本章就將這種「系統」,對應於「0 一二多」陰陽雙螺旋層次螺輯結構,落於「辭章」層面,作一探討。

就「基因螺旋」章來說,人類面對天、地、人所作之研究與觀察,一般而論,其過程是一面由部分之「神學」而「哲學」而「科學」,主要藉「求異」以累積「已知」,又一面由部分之「科學」而「哲學」而「神學」,主要藉「求同」以開發「未知」,形成「神學 ⟷ 哲學 ⟷ 科學」而進步不已的「陰陽雙螺旋系統」。本章特鎖定科學性之「基因」:「DNA」的「雙螺旋結構」,除個人「相關論文」外,試用哲學性的「0 一二多」之「陰陽雙螺旋層次邏輯」切入,先以「理論重點」,對哲學螺旋與科學螺旋的對應、貫通的進行探討,再以「綜合討論」,從多角度引用專家的相關論述,凸顯其對應、貫通的關係,以見「基因:DNA」雙螺旋之特色及其重要性於一斑。

就「修辭轉化」章來說,它是促進語句作美感表現的一種藝術。這種藝術最關鍵的就是「轉化」。而「轉化」,由其「思維方式」來看,重在主觀性的「形象思維」。王德春說:「認為『辭章』是結合『形象思維』與『邏輯思維』而形成的,這是正確的看法。……又認為『修辭學』主要以『形象思維』為對象,……這大體上也是正確的

看法。」可見這樣來看待「修辭轉化」，是可以被接受的。不過，「邏輯思維」與「形象思維」，是不可截然劃分的。也就是說，「邏輯思維」中往往含有「形象思維」，而「形象思維」中也往往含有「邏輯思維」，亦即客觀中帶有主觀、主觀中帶有客觀，是很難一刀完整切開的。本章即著眼於此，由一般的「形象轉化」開展到「邏輯轉化」，試從「陰陽二元」、「移位、轉位、對比 ←→ 調和與包孕」與「0 一二多」的「雙螺旋互動」切入，歸本於《周易》或《老子》加以探討，凸顯「修辭轉化」之源頭活水，並鎖定「邏輯」，舉例酌予說明，以見邏輯性「修辭轉化」的辭章表現於一斑。

　　就「陰陽互動」章來說，「章法學」呈現的是宇宙人生萬事萬物「轉化」之動態性「層次邏輯」規律，必定產生「陰陽二元」的「雙螺旋互動」作用，以對應靜態性之「對待」關係。如此由「對待」而「互動」（螺旋）的道理，多年以來，雖沒有明確交代，然而在一九六七年開始講授「學庸」課時，卻對「自誠明」（天）與「自明誠」（人）間「本末先後」之「層次邏輯」即特別關注，思考再思考，終於找出兩者「互動、循環、往復而提升」的「雙螺旋」關係，而在一九七六年九月寫了〈淺談「自誠明」與「自明誠」的關係〉之論文，當時為了便於讀者瞭解，曾畫一簡圖表示「自誠明」與「自明誠」之間天人互動、循環、往復，由「偏」提升至「全」的「雙螺旋」作用（發表於《孔孟月刊》15 卷 1 期，頁 12-15），不過，此文並沒有用「雙螺旋」一詞直接指明它。由於「陰陽互動」的範圍太廣，本章只先針對「陰陽二元」之「互動」或「螺旋」，以「相關論文」概介個人所發表的一些論文；再舉「意（陰）象（陽）」之「雙螺旋互動」為例，以「理論重點」略作論述；然後以「舉例說明」加以驗證。希望能由此以概見其餘。不過，最近更進一步地強調：「88」是「陰陽雙螺旋互動」的形象化運作軌跡之通稱，它由「S、s」←→「8」←→

「8 ↔ 8」↔「88 ↔ 88」產生層層「轉化」而形成其「以大
（大宇宙）包小（小宇宙）」的龐大系統：「0 一二多」。這對日後
「章法學」之研究而言，一定產生很大的影響力。

　　就「跨界章法」章來說，「章法」呈現的是「陰陽雙螺旋層次邏
輯」，它深藏於宇宙人生「萬事萬物」之間，以「陰陽二元」對待、
互動為基礎，在其不斷作用下，使「陰陽」由「合」（對待）而「分」
（互動），經「移位」（秩序）、或「轉位」（變化）、「對比、調和」
（聯貫：徹下、徹上）與「包孕」（統一：徹下），而產生「互動、循
環、往復而提高」之「0 一二多」雙螺旋運動，形成其「陰陽雙螺旋
層次邏輯系統」。「跨界章法」即由此打開其研究之大門：如「風
格」、「文體」、「讀寫」、「古文」、「唐詩」、「宋詞」、「新詩」、「哲
理」、「音樂」、「完形」、「基因」……等「章法」，不一而足。在此，
限於篇幅，僅以「蘇辛詞」為例，略作說明，以概其餘。

　　以「附編」而言，分三種提供個人之相關資料：

第一種：著作目錄（暫：1968-2016 年）

　　一、撰著

　　　　（一）個人專著（36 種）

　　　　（二）合撰、主編（26 種）

　　二、論文

　　　　（一）學報論文

　　　　　　　1 臺灣學報（90 篇）

　　　　　　　2 大陸學報（63 篇）

　　　　（二）一般論文（290 篇）

　　　　（三）研討會論文（33 篇）

　　　　（四）專書論文（60 篇）

第二種：審查指導（暫：1987-2014 年）

一、指導學位論文一覽：

　　（一）博士（11篇）

　　（二）碩士（86篇）

二、博士論文書面審查及口試一覽：

　　（一）一般口試（41篇）

　　（二）審查或講評並口試（13篇）

第三種：履歷年表（暫：1935-2016年）

以上三種資料可供前、後兩編作對照用，以力求應有盡有。

在此，把有關這本書的簡要內容，略作陳述，一面既藉以反省並自勵，一面也希望藉此能對讀者提出一些重點，供作選擇性翻閱的幫助，以增進對「章法學」（陰陽雙螺旋層次邏輯學）的認識；更希望以此就正於方家學者，能彌補難免之疏漏。

陳滿銘序於《國文天地》編輯室

二〇一七年六月十八日上午十一時

前編
基礎性探討

　　從四十多年前開始，個人聚焦於「章法」加以研究，經由「歸納（果→因）⟷演繹（因→果）」的雙螺旋互動，先從各體辭章作品之解析中，歸納為人人所共用之「模式」；再以演繹，歸根於《周易》與《老子》，為「模式」尋出哲理依據，成為「方法論」之三觀系統。就這樣，不斷地「求異⟷求同」，作「互動、循環、往復而提升」之研討，才逐漸地使「章法學」由「微觀」（章法類型、結構）、「中觀」（章法規律、族性[1]）而「宏觀」（0一二多系統），終於建構了「一以貫之」的「陰陽雙螺旋層次邏輯體系」。本編特就其基礎性之探討歷程，分三章章作一概述，提供參考。

1　「中觀」層面，原含「規律」、「族性」、「多元」與「比較」等內容，在此特舉「規律」、「族性」兩種，以概其餘。參見陳滿銘：〈論辭章章法學三觀體系之建構〉，中山大學《文與哲》學報23期（2013年12月），頁333-388。

第一章
「微觀」層

　　「章法學」就「微觀」一層而言，主要涉及「章法類型」與「章法結構」，粗分三期作說明，以見其基礎性探討經過：

第一節　前期（1974-1996）

　　在此時期，在「歸納 ⟷ 演繹」雙螺旋互動的研究下，初步尋得「章法類型」的同時，也呈現「章法結構」，因為兩者是分不開的。

　　最早呈現「章法」的「類型」與「結構」的，是〈常見於稼軒詞裡的幾種辭章作法〉（原題〈稼軒詞作法舉隅〉）一文（1974 年 6 月發表於臺灣師大國文系《文風》25 期，頁 12-15），所關涉的章（篇）法，有「今昔」、「遠近」、「大小」、「虛實」（情、景）、對照（「正反」）、演繹（「先凡後目」）、歸納（「先目後凡」）等。

　　如「虛實法」：

　　這是把所要描寫的事物或情景，依據它們的性質——抽象的或具體的，予以分開，以安排先後敘次的一種作法。大致說來，稼軒詞裡，具備了如下二種形式：

一　先虛後實的形式

　　〈點絳唇〉：

身後虛名，古來不換生前醉。青鞋自喜，不踏長安市（虛）。

　　竹外僧歸，路指霜鐘寺。孤鴻起，丹青手裡，剪破松江水（實）。

在這首詞的上半闋，作者主觀的抒發了自己的感慨，是抽象的，是「虛」的；到了下半闋，則客觀的描繪了眼前的景物，是具體的，是「實」的。「先虛後實」，兩相配襯，充分的表現出作者濃厚的隱退思想。

二　先實後虛的形式

〈鷓鴣天・鵝湖歸，病起作〉：

枕簞溪堂冷欲秋，斷雲依水晚來收。紅蓮相倚渾如醉，白鳥無言定自愁（實）。　　書咄咄，且休休，一丘一壑也風流。不知筋力衰多少，但覺新來嬾上樓（虛）。

此詞的上片，寫的是溪堂內外的寂寥夏景，而下片，寫的是作者晚年落寞的情懷。一實一虛，先後相應，把作者廢退後的失意心境，刻畫得非常生動。

　　從上舉的例子來說，「虛實」是一種「章法類型」，而「先實後虛」與「先虛厚實」指的就是「結構」，只是還沒繪製「結構分析表」而已。

　　其次是〈談運用詞章材料的幾種基本手段〉一文（1985 年 10 月發表於《中等教育》36 卷 5 期，頁 5-23），大大地開拓了「章法」的視野，共涉及了「賓主」、「正反」、「順逆」（時、空、事理）、「虛

實」（真偽、情景、時間、空間）與「抑揚」等章法。又其次是〈演繹法在詩詞裡的運用〉（1988 年 2 月發表於《國文天地》3 卷 9 期，頁98-101）與〈歸納法在詩詞裡的運用〉（1988 年 4 月發表於《國文天地》3 卷 11 期，頁 99-102）二文，首度以「單軌」與「雙軌」來凸顯「凡目」法所形成之結構類型。再其次是〈談採先敘後論的形式所寫成的幾篇課文〉一文（1988 年 5 月發表於《國文天地》3 卷 12 期，頁100-102），首度談到了「敘論」這種常見的「章法」類型與結構。

再來是〈如何畫好課文結構分析表〉一文（1990 年 6 月發表於《國文教學津梁》，頁 64-85），首度提出「篇章結構分析表」的畫製方法，分項舉六篇課文說明，共用了「凡目」、「先後」、「並列」、「敘論」、「點染」、「今昔」、「正反」、「問答」、「賓主」等「章法」類型與結構。在此，舉其中一例供參考：周敦頤的〈愛蓮說〉：

> 水陸草木之花，可愛者甚蕃；晉陶淵明獨愛菊。自李唐來，世人盛愛牡丹。予獨愛蓮之出淤泥而不染，濯清漣而不妖；中通外直，不蔓不枝；香遠益清，亭亭淨植，可遠觀而不可褻玩焉。予謂：菊，花之隱逸者也；牡丹，花之富貴者也；蓮，花之君子者也。噫！菊之愛，陶後鮮有聞。蓮之愛，同予者何人？牡丹之愛，宜乎眾矣。

其結構分析表：

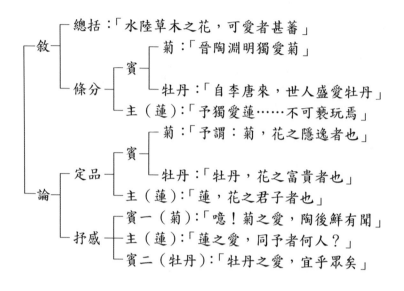

這篇文章是由一「敘」一「論」兩個部分組合而成的:「敘」的部分:即第一段。作者在此,先以開端兩句作為總括,提明世上有許多「水陸草木之花」的事實;然後以「晉陶淵明獨愛菊」十句,依次分寫眾花中的菊、牡丹、蓮和愛這三種花的人。由於陶淵明愛菊、世人愛牡丹,是人所共知的事實,所以只須交代這個事實,卻不必作進一步的說明;至於愛蓮,則是作者個人的喜好,當然須把自己愛蓮的理由加以解釋,因此作者便用「出淤泥而不染」七句,寫出蓮花與眾不同的特質,藉以象徵君子的高潔品格,以充分的為下文「蓮,花之君子者也」的一句論斷作論據。「論」的部分:即第二段。作者則先就菊、牡丹與連三種花的品格加以衡定,再論及愛這三種花的人,發出感慨收結。……很明顯地,作者在這篇文章裡,主要的是寫蓮與愛蓮的自己,這是「主」的部分。為了使這「主」的部分更為突出,便又不得不寫牡丹、菊和愛菊、愛牡丹的人,這就是「賓」的部分。有了這「賓」的部分作陪襯,那麼作者「愛蓮」、「愛君子」與諷喻的意思——「主」便格外的清晰了。

　　由於這一「結構分析表」還沒有完全以「層次邏輯類型」呈現，因此後來調整[2]為：

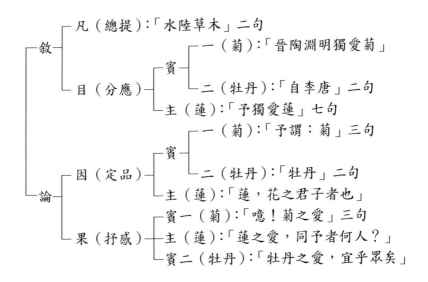

如此顯然是比較完整、清晰的。而且也由此開始，個人每作篇章分析時，都會畫「結構分析表」（現稱「結構系統表」），以收一目了然之效，很少例外。

　　其次是〈插敘法在詞章裡的運用〉一文（1991年9月發表於《國文天地》7卷4期4期，頁101-105），首度分「解釋」、「追述」、「具寫景物」和「拈出主旨」（綱領）等四方面，來說明「插述」法的妙用。又其次是〈談詞章的兩種作法——泛寫與具寫〉一文（1992年7月發表於《國文天地》8卷2期，頁100-104），首度呈現「泛具」章法的概略面貌。再其次是〈談詞章剪裁的手段〉一文（1993年10月發表於《國文天地》9卷5期，頁62-66），首度分全篇、節段兩類，

2　陳滿銘：《章法結構論》（臺北市：萬卷樓圖書股份有限公司，2012年2月），頁206-207。

談到了「詳略」（疏密）這一章法。又其次是〈從軌數的多寡看凡目法在詞章裡的運用〉一文（1995 年 10 月發表於《國文天地》11 卷 5 期，頁 50-57），除了涉及單、雙軌之外，又首度談到了三、四、五、六等軌所形成的「凡目結構」。末了是〈談補敘法在詞章裡的運用〉一文（1996 年 11 月發表於《國文天地》12 卷 6 期，頁 38-43），首度以「補敘事情發生的時間」、「補敘事情形成的緣由」、「補敘人名或追懷親友、舊遊」等三方面，舉例說明「補敘」法的功用，這和「插敘」法，對章法「變化規律」之確立，是有催化作用的。

第二節　中期（1997-2000）

此期共四年，陸續又發表了十五文章：在這十幾篇文章中，有如下幾點，是值得一提的：首先是〈談辭章主旨在凡目結構中的安排〉一文（1997 年 8 月發表於《國文天地》13 卷 3 期，頁 84-92），首度就一種章法，結合主旨來談它們的關係。其次是〈談辭章章法的主要內容〉一文（1997 年 12 月、1998 年 1 月發表於《國文天地》13 卷 7、8 期，頁 84-93、105-117），除前此所提到的十幾種章法外，又新增了「高低」、「貴賤」、「親疏」、「立破」、「問答」、「平側」（平提側注）、「縱收」和「因果」等八種。又其次是〈談篇章結構〉一文（1999 年 10、11 月發表於《國文天地》15 卷 5、6 期，頁 65-71、54-66），首度結合章法與內容來談「篇章結構」；所謂「篇章結構」，平常雖多只是指由章法形成之結構而言，但嚴格說來，還要包括內容（情意）在內，兩者一縱（情意）一橫（章法），是不可分割的。所以談內容（情意），甚至於談篇旨、義蘊，看似與章法無關，但實際上卻息息相關，尤其是主旨之安置與綱領之通貫，更涉及章法之「統一原則」，怎麼可以棄而不顧呢？接著是〈談篇章結構分析的切入角度〉一文（2000

年 1 月發表於《國文天地》15 卷 8 期，頁 89-94），首度用不同角度切入同一文章，據所形成之結構，探討其優劣，以強調結構分析「沒有絕對是非，只有相對好壞」的觀點。繼而是〈談平提側收的篇章結構〉一文（2000 年 6 月發表於《修辭論叢》2 輯，頁 193-213），首度提出這種結構，而這種結構雖普遍存在，卻不能用「平提側注」來加以涵蓋，因此特地凸顯出來，為「篇章結構」旁添一個類型。最後是〈談縱橫向疊合的篇章結構〉一文（2000 年 12 月發表於《國文天地》16 卷 7 期，頁 100-106），首度用結構分析表呈現縱、橫向互相疊合的情形，提供了分析文章結構的努力方向，期望有助於章法學將理論與應用結合的研究；如王維的〈渭川田家〉詩：

> 斜光照墟落，窮巷牛羊歸。野老念牧童，倚杖候荊扉。雉雊麥苗秀，蠶眠桑葉稀。田夫荷鋤至，相見語依依。即此羨閒逸，悵然吟式微。

這首詩藉「渭川田家」黃昏時的閒逸之景，以興欣羨之情，從而表出自己急欲歸隱田園的心願，是採「先因後果」的結構寫成的。「因」的部分，自篇首至「即此」句止。在此，先以「斜光」八句，實寫引起作者欣羨之情的一些景物；再以「即此」句，虛寫面對「田家」閒逸景物時所湧生的欣羨之情，形成「先景（實）後情（虛）」的結構。就在實寫「田家」閒逸景物的八句裡，首先就「近」，也就是村巷，以「斜光」二句，寫自然閒逸之景；以「野老」二句，寫人事閒逸之景。然後就「遠」，也就是田野，以「雉雊」二句，寫自然閒逸之景；以「田夫」二句，寫人事閒逸之景。由於王維這時在政治上失去了張九齡的依傍而進退兩難，所以經由這些融合自然與人事的閒逸之景，而引生他欣羨之情，便很自然地由「因」而「果」，帶出末

句，用《詩經‧邶風‧式微》「式微，式微，胡不歸」的詩意，以表達自己「踵武靖節」（高步瀛《唐宋詩舉要》注）的意思。

附結構分析表：

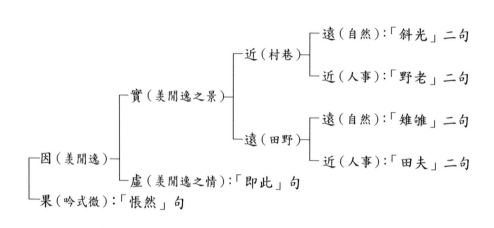

由上表可看出：首層的「因」與「羨閒逸」、「果」與「吟〈式微〉」，二層的「實」與「羨閒逸之景」、「虛」與「羨閒逸之情」，三層的「近」與「村巷」、「遠」「田野」……，是縱橫疊合在一起的。這樣很湊巧地對應了《文心雕龍‧鎔裁》「情經辭緯」之論，結合縱、橫向作說明，辭章學名家鄭頤壽認為這是「清醒、自覺」[3]的一種嘗試。

為了將章法學廣加傳揚，又先在上舉六十幾篇期刊或專書論文之

---

3 鄭頤壽指出：陳教授〈談安排辭章主旨（綱領）的幾種基本形式〉一文，除了以詩、詞為例之外，還舉了各類型的散文：《左傳‧曹劌論戰》、陸游的〈跋李莊簡公家書〉、《禮記‧檀弓》（一則）、《史記‧孔子世家》、李密〈陳情表〉、劉鶚〈黃河結冰記〉、列子〈愚公移山〉、劉義慶《世說新語》（一則）等，作為安排「辭章」主旨的例子。陳教授把「情」、「理」、「景」、「物」、「事」為「縱向」，「章法」為「橫向」，這與劉勰的「情經辭緯」說是一脈相承的，即把「章法」定位在「辭」——「形式」上。明白這些，是下文評述辭章章法論的基礎；是闡釋臺灣學者清醒、自覺的辭章學意識的根據。見〈臺灣辭章學研究述評〉（臺北市：《國文天地》17卷10期，2001年3月），頁99-107。

外，撰寫了《文章結構分析——以中學國文課文為例》（354 頁）和
《詞林散步——唐宋詞結構分析》（426 頁）兩本書，分別於 1999 年
5 月、2000 年 1 月，由萬卷樓圖書股份有限公司出版。前者選了國、
高中國文課本中的七十三篇（則）課文為例，各附以結構分析表，作
了扼要的結構分析；共用了「並列」、「凡目」、「正反」、「先後」、「敘
論」、「虛實」、「問答」、「今昔」、「點染」、「賓主」、「高低」、「遠
近」、「平提側注」、「大小」、「內外」、「順補」、「知覺轉換」、「泛
具」、「偏全」、「公私」、「貴賤」、「抑揚」、「眾寡」、「力破」與「時
空」等二十六種章法類型（以使用多寡為序）與七十三種結構分析
表。後者則選了唐宋名家詞一百二十首，也各附以結構分析表，從章
法的角度切入，結合情意加以分析，幫助讀者深入作品；共用了「並
列」、「因果」、「虛實」、「凡目」、「先後」、「今昔」、「底圖」、「高
低」、「內外」、「遠近」、「問答」、「泛具」、「知覺轉換」、「正反」、「點
染」、「賓主」、「敘論」、「動靜」、「大小」、「主客」、「偏全」、「深淺」
等二十三種章法類型與一百二十種結構分析表，以供參考。

　　對這兩本書，修辭學大家宗廷虎主編《二十世紀中國修辭學（上
卷）》則認為：

　　　　《文章結構分析——以中學國文課文為例》，臺灣萬卷樓圖書
　　　有限公司一九九五年五月出版。全書計約二十萬字，分為「國
　　　中編」、「高中編」兩編，分別選取……課文，進行了細緻的文
　　　章結構分析。……另有一個「附錄」，是〈如何進行文章結構
　　　分析〉，實際是一篇論文。……根據該書對所選七十六篇臺灣
　　　地區初高中語文課文的結構分析看，作者確實「尋到了最好的
　　　角度」，創造了一個確實有效的文章結構分析方法，這就是繪
　　　製文章結構分析表。每篇文章的分析體例是：先列作品原文，

次繪結構分析表，再作簡潔的說明。其中繪製結構分析表示關鍵，也是該書的創意所在。……他確實能收到一種執簡馭繁、直觀形象的效果，對於讀者通過形式結構，迅速把握文章的思想內容提供了一條便捷之徑，無論於教還是學都有立竿見影的實用價值的。

又指出：

《詞林散步——唐宋詞結構分析》，臺北萬卷樓圖書有限公司二○○○年一月出版。全書計約二十四萬字，分「唐五代篇」、「北宋篇」、「南宋篇」三部分。「唐五代篇」計收李白、張志和等十家詞共二十九首詞；「北宋篇」計收范仲淹、張先等十三家共五十三首詞；「南宋篇」計收朱敦儒、岳飛等九家共三十八首詞。……全書寫作體例是：「所選各家，均以時代先後為序，除各選一首或若干代表作外，並於每家之前，綴以小傳，每詞作之後，另加『注釋』、『分析』兩欄，並附以『結構分析表』，以為深究、鑑賞之階。」……該書從修辭學角度看，其價值就在於每首詞所附的「結構分析表」，分析表的樣式和《文章結構分析》同出一轍。不同的是，《文章結構分析》分析的對象包括詞、曲、散文等各種體裁，而該書則僅就唐宋詞進行結構分析。每一首詞的結構分析都通過表格形式展現，與傳統的詩詞鑑賞的寫法大不相同。確實達到了簡潔明了、一目了然的獨特效果。這裡也可以反映出篇章結構修辭研究在作品鑑賞、批評方面特殊的意義與價值。[4]

4　宗廷虎主編：《20世紀中國修辭學（上卷）》（北京市：中國人民大學出版社，2007年12月），頁400-403。

可見這兩本書的推出，是受到學界重視的。

第三節 後期（2001-2003）

過了二○○○年，在前兩年裡，又主要發表了十五篇論文：這些論文可以一提的，首先是〈談篇章的縱向結構〉（2001 年 5 月發表於《中國學術年刊》22 期，頁 259-300）與〈論章法與情意的關係〉（2001 年 11 月發表於《國文天地》17 卷 6 期，頁 104-108）二文，首度就「縱向」的「情」、「理」、「景」（物）、「事」，論它們的單一與複合類型，進而談含情意、材料）和「橫向」（章法）結構的關係，內容（以補〈談篇章結構〉一文之不足。

其次是〈《孟子・養氣》章的篇章結構〉一文（2001 年 6 月發表於《慶祝莆田黃錦鋐教授八秩嵩壽論文集》，頁 251-274），首度用「先整後零」之方式，提供結構分析的整表與零表，化繁瑣為簡易，以分析長篇之辭章，並深入探討「章法結構」與「義理邏輯」之關係。簡言之：「《孟子・養氣》這一章的篇章，雖相當複雜，卻依然有條理可循。我們試著疊合內容與形式切入 [5]，就『篇』而言，發現它形成偏全結構；就『章』而言，發現它形成了本末、凡目、因果、問答、平側、正反、淺深、點染、敘論、平列及往復等大小層級不同的結構。而其中又以『本末』、『往復』、『偏全』」三者，對《孟子》這一章的思想脈絡來說，最關緊要，是可藉以理清『知言』、『持志』、『養氣』、『不動心』與『聖』的關係的」[6]。如此不但可分析長篇辭章，就是一本著作或小說，都能剖析清楚，其重要性，不言可喻。

---

5 陳滿銘：〈談縱橫向疊合的篇章結構〉，《國文天地》16卷7期（2001年5月），頁100-106。

6 陳滿銘：《章法學綜論》（臺北市：萬卷樓圖書股份有限公司，2003年6月），頁205-225。

　　又其次是〈章法教學與思考訓練〉（2001 年 12 月發表於《人文
及社會學科教學通訊》12 卷 4 期，頁 28-50）、〈論章法與層次邏輯〉
（2003 年 2 月發表於《國文天地》18 卷 9 期，頁 98-104）、〈論章法
與邏輯思維〉（2003 年 12 月發表於臺灣師大《國文學報》34 期，頁
87-118）三文，主要用「邏輯思維」來確定「章法」特性，論述它與
「四大律」的關係，從而說明它對思考訓練之重要。再其次是〈論時
空交錯的虛實複合結構〉一文（2002 年 6 月發表於《中國學術年
刊》23 期，頁 357-379），就辭章中不可或離之「時」與「空」，由章
法切入，單取其交錯（含融合）部分，再配合其中「虛」與「實」複
合為一的類型，分「先虛後實」、「先實後虛」、「虛、實、虛」、「實、
虛、實」等四種結構，並附以結構分析表，作一番考察，以見這種章
法結構之藝術奧妙。又其次是〈論幾種特殊的章法〉一文（2002 年 6
月發表於臺灣師大《國文學報》31 期，頁 175-204），特將平日分析
辭章時所遇到的幾種特殊「條理」，分偏全、點染、天〔自然〕人
〔人事〕、圖底、敲擊等，舉古典詩詞或散文為例作說明，以見這幾
種特殊章法的究竟，為章法新增了五種類型：

　　以「偏全」為例：所謂的「偏」，是指局部或特例；而「全」，是
指整體或通則。作者在創作詩文之際，往往會用「局部」與「整
體」、「特例」與「通則」的相應條理來組合情意材料。它雖和本末、
大小等法，有一點類似，但「本末」比較著眼於事、理的終始，而
「大小」則比較著眼於空間的寬窄與知覺的強弱，和「偏全」比較著
眼於事、理、時、空的部分與全部、特殊與一般的，有所不同。這種
章法和其他章法一樣，可以形成幾種能產生秩序、變化、聯貫（呼
應）作用的結構，那就是：「先偏後全」、「先全後偏」、「偏、全、
偏」、「全、偏、全」等。「先偏後全」的，如張九齡的〈感遇〉詩：

孤鴻海上來，池潢不敢顧。側見雙翠鳥，巢在三株樹。矯矯珍
木巔，得無金丸懼。美服患人指，高明逼神惡。今我遊冥冥，
弋者何所慕？

在這首詩裡，作者以孤鴻自喻，以雙翠鳥喻李林甫、牛仙客，表達出
自己身世之感。首先以「孤鴻」四句，將孤鴻（主）與雙翠鳥（賓）
作個對比，寫海上來的孤鴻居然不敢稍顧小小水池，而雙翠鳥卻反而
不知危險，築巢在珍貴的樹木之上；這是敘事的部分。其次以「矯
矯」四句，承上就「雙翠鳥」（賓）此事，用化特例（偏）為通則
（全）的手法，並暗用揚雄〈解嘲〉「高明之家，鬼瞰其室」的意
思，提出議論，以勸告他的政敵；然後以結二句，又落到孤鴻（主）
身上，交代「不敢顧」的原因，發出感慨收束；這是說理、抒感的部
分。如以「賓主」的條理來裁篇，則其結構表是這樣：

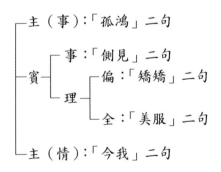

其中「矯矯」四句，是形成「先偏後全」結構的。
　「先全後偏」的，如杜甫的〈八陣圖〉詩：

功蓋三分國，名成八陣圖。江流石不轉，遺恨失吞吳。

此詩作於唐大曆元年（西元 766 年），杜甫初至夔州時，旨在詠懷諸葛武侯。它在起二句，藉「三分國」、「八陣圖」，從整體性的豐功偉業（全）與局部性的軍事貢獻（偏），來歌頌諸葛亮，將諸葛亮一生的功業、貢獻頌讚得極為簡練，大力地預為下面的憑弔作鋪墊；這是「揚」的部分。而「江流」句，一方面承「八陣圖」而寫，寫八陣圖中的石堆，在大水長久的沖刷下，至今依然未動、未變，以抒發「物是人非」的感慨；一方面又暗含「我心匪石，不可轉也」（《詩·邶風·柏舟》）之意，寫諸葛亮忠貞不二的心志，既表示對他的崇仰，也對他的齎志而歿有著惋惜的意思。然後以結句，寫出諸葛亮一生最大的憾恨。在這憾恨中，作者那「官應老病休」（〈旅夜書懷〉詩）的抑鬱也一併宣洩出來了，這是「抑」的部分。如此以「先揚後抑」的條理裁篇，可用如下結構表來呈現：

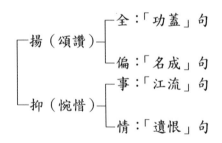

其中「功蓋」二句，是形成「先全後偏」結構的。

「偏、全、偏」的，如辛棄疾的〈清平樂〉詞：

連雲松竹，萬事從今足。挂杖東家分社肉，白酒床頭初熟。

西風梨棗山園，兒童偷把長竿。莫遣旁人驚去，老夫靜處閒看。

此詞題作「檢校山園，書所見」，當作於作者「隱居帶湖最初之三數年內」，用以寫作者之喜情。其中「萬事從今足」一句，泛就「萬事」（整體）來說，說他從今以後，對什麼事都覺得心滿意足；這是「全」的部分。而首句「連雲松竹」，寫他「檢校山園」之所見，藉以先表出「萬事」中一事之喜悅（所足一：例一），這是「偏一」的部分；接著「拄杖」二句，藉他往分社肉、床頭酒熟，來寫「萬事」中另一事之喜悅（所足二：例二），這是「偏二」的部分；至於下片「西風」四句，借靜看兒童偷偷打棗的動作，寫「萬事」中又一事的喜悅（所足三：例三），這是「偏三」的部分。據此，其篇章結構，可呈現如下表：

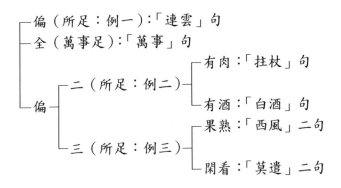

可見這首詞，就「篇」而言，是形成「偏、全、偏」的結構的。

「全、偏、全」的，如文天祥的〈正氣歌〉：

> 天地有正氣，雜然賦流形；下則為河嶽，上則為日星，於人曰浩然，沛乎塞蒼冥。皇路當清夷，含和吐明庭；時窮節乃見，一一垂丹青。
> 在齊太史簡，在晉董狐筆，在秦張良椎，在漢蘇武節；為嚴將

> 軍頭，為嵇侍中血，為張睢陽齒，為顏常山舌；或為遼東帽，
> 清操厲冰雪；或為出師表，鬼神泣壯烈；或為渡江楫，慷慨吞
> 胡羯；或為擊賊笏，逆豎頭破裂。
>
> 是氣所磅礴，凜烈萬古存。當其貫日月，生死安足論？地維賴
> 以立，天柱賴以尊。三綱實繫命，道義為之根。

這是〈正氣歌〉的前三段文字，主要是論正氣在扶持倫常綱紀、延續宇宙生命上的莫大價值。其中首段共十句，首先以「天地」二句，拈出「正氣」（浩然之氣），作一總括，以引出下面的議論；這是「凡」的部分。然後以「下則」八句，採「先平提、後側注」的順序，先平提天、地、人，以正氣之無所不在，說明其重要，再側注到「人」身上，指出它是人類氣節的根源，以見其影響之大；這是前一個「全」的部分。次段共十六句，承上段之「側注」（人），舉出因發揮浩然正氣而「一一垂丹青」之十二件古哲的忠烈節義事蹟，以為例證；這是「偏」的部分。三段共八句，先以「是氣」四句，由十二古哲之正氣擴大到全人類，由時空的當下擴大到無限的時空，依然側注於「人」，肯定「正氣」的存在與作用；次以「地維」四句，推及於「地」、「天」，作進一層的說明；末以「三綱」二句，總括上面六句，指出「正氣」是維繫天、地、人生命的根源力量；這是後一個「全」的部分。依此看，其結構表可畫成這樣：

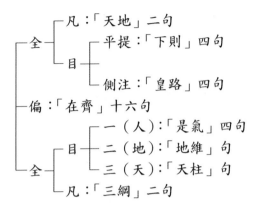

凡:「天地」二句

平提:「下則」四句

側注:「皇路」四句

偏:「在齊」十六句

一（人）:「是氣」四句

二（地）:「地維」句

三（天）:「天柱」句

凡:「三綱」二句

僅就此三段而言，是形成「全、偏、全」的結構的。

　　如此兼顧「移位」與「轉位」之順、逆「結構」來看一種「章法」，是比較周全的。而對此「偏全」法，「三一」語言學派創始人王希杰認為就是「方法論」，說：

　　　　值得一提的是，在〈從偏全的觀點試解讀四書所引生的一些糾葛〉一文[7]中，滿銘教授說：「讀古書，尤其是有關義理方面的專著，很多時候是不能一味單從『偏』（局部）或『全』（整體）的觀點來瞭解其義的。讀《四書》也不例外，必須審慎地試著辨明『偏』還是『全』的觀點來加以理解，才不至於犯混同的毛病。」……我認為，滿銘教授的這一說法是具有「方法論」意義的。[8]

可見「偏全」章法是具有「方法論意義」的。其實，由於用「歸納

7　陳滿銘：〈從偏全的觀點試解讀《四書》所引生的一些糾葛〉，臺灣師範大學《中國學術年刊》13期（1992年4月），頁11-22。

8　王希杰：〈陳滿銘教授和章法學〉，《畢節學院學報》總96期（2008年2月），頁1-5。

（科學）」呼應「演繹（哲學）」的研究方法作研究，就必然涉及其「哲學意涵」，因此所有的「章法」類型與結構本身就成為「方法論」[9]。

再其次是〈論「因果」章法的母性〉一文（2002 年 12 月發表於《國文天地》18 卷 7 期，頁 94-101），特在近四十種「章法」中，舉一些關涉到「因果」，而可用「因果」來代替的章法為例作一說明，例如李白的〈黃鶴樓送孟浩然之廣陵〉詩：

> 故人西辭黃鶴樓，煙花三月下揚州。孤帆遠影碧空盡，惟見長江天際流。

這首詩的結構很簡單，可分為兩個部分：一是敘「事」部分，即起二句，敘的是故人西辭武昌前往廣陵——揚州的事實，為「因」；二是寫「景」部分，即結二句，寫的是故人乘船遠去，消失於天際的景象，為「果」。作者就單單透過「事」與「景」，從篇外表出無限的離情來。喻守真在《唐詩三百首詳析》中說：「首句標出送別之地是『黃鶴樓』，二句標出送別之時是『三月』、送往之地是「揚州」。結構即非常綿密。三句始寫離情，望斷碧山，目送孤帆行人已去，長江自流。景物可畫，別情難遣。」（中華書局，頁 275）將一篇之作意把握得很好。其結構表可呈現如下：

---

9 陳滿銘：〈論章法結構之方法論系統——歸本於《周易》與《老子》作考察〉，臺灣師範大學《國文學報》46 期（2009 年 12 月），頁 61-94。

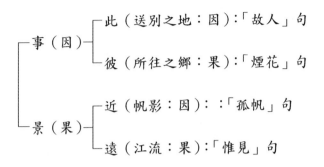

此詩以「先事後景」、「先此（近）後彼（遠）」、「先近後遠」形成其篇章結構，卻都可用「先因後果」來代替，以呈現其層次邏輯。

可見「因果」確實是邏輯關係中最基本、最普遍的一種。不過，卻無法替代所有之章法。對此，修辭學家孟建安就贊同此說，認為：

> 陳先生認為，所有的章法都是在不同的「二元對待」基礎上形成的，但它們之間卻會因為章法本身彼此有關聯和切入角度彼此有關涉而造成相互替代或重疊的情況。陳先生分別以因果法、點染法和劉禹錫的〈陋室銘〉等為例作了說明。比如在分析杜甫的〈曲江〉、李白的〈黃河樓送孟浩然之廣陵〉等作品後，得出結論說：「因果」章法的確帶有母性，能相當普遍地替代其他的章法。這樣，似乎只要「因果」這一章法即可，但實際上是行不通的。因為宇宙人生、萬物不可能僅僅只有「因果」一種關係，有些客體之間並不存在「因」與「果」的關係，此外也還有其他很多種關係。[10]

---

10 孟建安：〈陳滿銘與與語辭章章法學研究〉，《陳滿銘與辭章章法學》（臺北市：文津出版社，2007年12月），頁122。相關之精詳論述，參見陳滿銘：〈因果邏輯與章法結構〉，臺北大學《中文學報》14期（2013年9月），頁1-28。

　　又其次是〈論章法的哲學基礎〉一文（2002 年 12 月發表於臺灣師大《國文學報》32 期，頁 87-126），首度將建立在「陰陽二元互動」基礎上的章法，就其類型（結構）與規律，歸根於《周易》與《老子》，找出「多、二、一（0）」的順、逆「邏輯結構」，以統合各「章法」類型、結構與「四大律」，為章法學體系之建構，奠定堅實之基礎。

　　接著是〈論章法與層次邏輯〉一文（2003 年 2 月發表於《國文天地》18 卷 9 期，頁 94-104），首度用「層次邏輯」來說明「章法」的規律與結構。然後是〈談章法結構的節奏與韻律〉一文（2003 年 3 月發表於《國文天地》18 卷 10 期，頁 85-90），首度用「多、二、一（0）」邏輯結構，藉章法結構之「移位」與「轉位」、「調和」與「對比」，先凸顯其節奏再層層統合為韻律，進而呈現一篇風格。最後是〈章法風格中剛柔成分之量化〉（2003 年 11 月發表於《國文天地》19 卷 6 期，頁 86-93），首次提出篇章風格剛柔成分之「定量分析」，是大膽的嘗試，容後作討論。

　　而在此期間，又先結集上舉相關論文，共三十六篇，推出了兩本書，即《章法學新裁》與《章法學論粹》，前者出版於二○○一年一月，後者出版於二○○二年七月，正式以「章法學」之名，接受大眾之檢驗。然後總結「微觀」期諸作，於二○○三年六月出版《章法學綜論》，此書之推出，十分重要，也容後作討論。

　　綜上所述，可見個人採「歸納（科學）←→ 演繹（哲學）」雙螺旋互動之方式，走進「章法學」研究的路，是相當漫長的。尤其是此一「微觀」階段，最為辛苦，花了將近三十年的時間。在此期間，又以「章法」為核心，指導學生完成了幾篇博碩士論文：碩論有仇小屏的《中國辭章章法析論》（1997）、夏薇薇的《賓主章法析論》（2000），陳佳君的《虛實章法析論》（2001）劉寶珠的《作文運材教

學設計之研究》（2002）、黃淑貞的《辭章主旨（綱領）安置於篇腹的結構類型析論》（2002）、顏瓊雯的《六一詞篇章結構探析》與陳怡芬的《唐宋古文篇章結構教學析論》等，博論有仇小屏的《古典詩詞時空設計之研究》（2001）。就以此為基礎，後來持續增加學位論文之指導（博碩士論文總共 97 篇），單就博士而言，有蒲基維、謝奇懿、顏智英、黃淑貞、李靜雯、林淑筠等；同時又擴大範圍（如意象學、風格學、先秦儒學等）作研究，於是組成了現在的「章法學」研究團隊。這對「中觀」與「宏觀」層之多元建構，是大有助力的。

第二章
「中觀」層

此層主要涉及「章法規律」與「章法族性」，分兩節說明：

第一節　章法規律

以「章法規律」來說，可說在尋找「章法類型」的同時，也沒有忽略的。而最早以「章法規律」來梳理的是〈章法教學〉一文（1983年12月發表於《中等教育》33卷5、6期，頁5-15）。它首度以「秩序」、「聯貫」、「統一」等三大原則（規律）來規範「章法類型」，而所涉及的章（篇）法，除「遠近」、「大小」、「今昔」、「本末」、「輕重」、「虛實」、「凡目」外，還兼及詞句、節段的聯貫與主旨的安置（篇首、篇腹、篇末、篇外）等，完全以「章（篇）法」為軸心，結合中學之教學來進行探討。這對章法學之研究而言，雖可算是向前推動了一大步，對此「三大原則（規律）」，語言風格學大家黎運漢說：

> 陳教授……認為每個作家在謀篇佈局時都會不知不覺地受到人類共同理則的支配，這個理則就是秩序、聯貫和統一原則，並且從古今人的作品中總結出運用這三個原則的基本原理。例如，秩序原則，通常作者是依空間、時間或事理展演的自然過程作適當的配排。這種配排的方式，最常見的，以空間而言，有「由近及遠」、「由遠及近」、「由小而大」、「由大而小」等；以時間而言，有「由昔及今」、「由今及昔」等；以事理而言，

有「由本及末」、「由末及本」、「由輕及重」、「由重及輕」、「先實後虛」、「先虛後實」、「先凡後目」、「先目後凡」等。聯貫原則，是就材料前後的接榫來說的，接榫方式，屬於基本方面的有聯詞、聯語、關聯句子、關聯段落等四種，可做上下文的接榫；屬於藝術方面的，則有首尾呼應、暗伏明應、一路照應、層遞接應、過渡聯絡等。統一原則，是就材料情意的統一來說的。每一個作家寫一篇文章從頭到尾都必須維持一致的思想情意，都必須立好明確的主旨，藉以貫穿全文以使所寫的文章產生最大的說服力與感染力。而文章的中心意旨可見於篇中，也可見於篇外（《新裁》的〈章法教學〉，頁 22-53），這談的是作家寫作對章法規律的運用。陳教授還對廣大學生作文時如何運用章法規律的問題，作了比較系統的論述。例如在〈如何進行作文教學〉中啟導學生作文「審題」要「明辨題目的意義」、「把握題目的重心」、「認清題目的範圍」、「決定寫作的題材」、「確定寫作的主場」；「立意」要考慮：「主旨（綱領）安置於篇首」或「安置於篇腹」、「篇末」，甚至「安置於篇外」；「佈局」，「得看到作者的意度心管來盡其巧妙」，要依據「秩序原則」、「聯貫原則」、「統一原則」。這些，都是就寫作來談章法的運用的（《論叢續篇》，頁 401-425）。以上對作家和學生寫文章應如何運作章法規律、技巧的分析相當深入，有理有據，容易把握，為人們運用章法提高寫作效果具有參照作用。[1]

不過，在此將「變化律」併入「秩序律」裡，並沒有特別加以凸顯，因此仍然是有缺憾的。

1　黎運漢：〈陳滿銘對辭章章法學的貢獻〉，《陳滿銘與辭章章法學》（臺北市：文津出版社，2007年12月），頁57-58。

　　再來是〈談辭章章法的主要內容〉（1997 年 12 月、1998 年 1 月
發表於《國文天地》13 卷 7，8 期，頁 84-93、105-117）與〈論辭章
章法的四大律〉（2001 年 9 月發表於《國文天地》17 卷 4 期，頁 101-
107）二文，正式確定「秩序」、「變化」、「聯貫」與「統一」為章法
之四大規律，呈現其層進關係，以統合各種章法類型與結構。於是在
此之後，先後發表多篇相關論文，依序是〈論章法規律與思考邏輯〉
文（2003 年 12 月發表於《畢節師範高等專科學校學報》21 卷 4 期，
頁 1-9）、〈章法四律與邏輯思維〉一文（2003 年 12 月發表於臺灣師
大《國文學報》34 期，頁 87-118）、〈論章法的秩序律與思考訓練〉
一文（2004 年 3 月發表於《國文天地》19 卷 10 期，頁 94-97）、〈論
章法的變化律與思考訓練〉一文（2004 年 4 月發表於《國文天地》
19 卷 11 期，頁 86-90）、〈章法四律與言之有理〉（2009 年 11 月發表
於《國文天地》25 卷 6 期，頁 79-86）、〈論篇章邏輯──秩序、變
化、聯貫、統一〉一文（2010 年 11 月發表於《東吳中文學報》20
期，頁 23-50）、〈論章法四大律之方法論原則──以多二一（0）螺旋
結構作系統探討〉一文（2011 年 3 月發表於臺灣師大《中國學術年
刊》33 期・春季號，頁 87-118）、〈章法四律在閱讀教學上的運用〉
一文（2012 年 5 月發表於《國文天地》27 卷 12 期，頁 85-92）、〈層
次邏輯規律在羅門、蓉子詩作的呈現──為羅門、蓉子夫婦鑽石婚慶
而作〉（2016 年 7 月發表於《國文天地》32 卷 2 期，頁 60-72）。這幾
篇比較特殊的有四點：一為確定「章法四大律」乃「方法論原則」、
二為「章法四大律」可作思考訓練之用、三為「章法四大律」可用於
讀寫教學、四為可用於分析古今人作品。
　　就以最後一種來說，分析古今人作品，所依據的，以「圖」顯
示，主要有：

一 「層次邏輯規律」與單層「0一二多」融貫而成的 雙螺旋層次邏輯結構圖

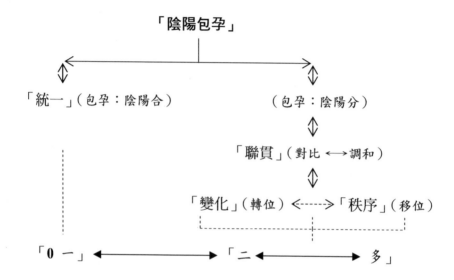

二 表現於辭章的「雙螺旋層次邏輯」結構圖

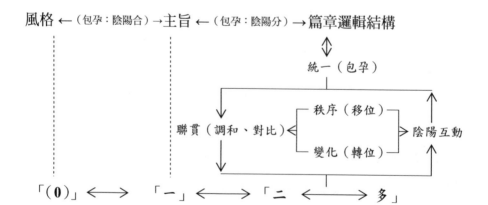

由此可見「辭章」中的「篇章」，是在「陰陽二元」由對待而互動的運作下，融合「移位」、「轉位」與「包孕」（陰陽「合 ←→ 分」）之種種轉化而歸於統一之歷程的，而這個歷程，呈現的就是「0 一二多」雙螺旋層次邏輯系統。

如依此分析羅門的〈麥堅利堡〉詩，略去詩的原文與逐句分析之部分，則其「雙螺旋邏輯」結構系統可呈現如下表：

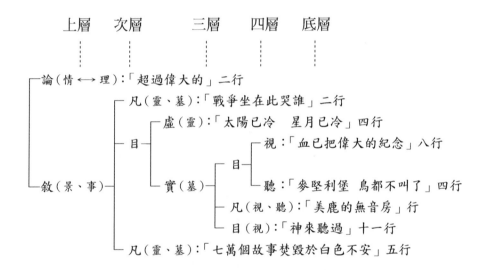

這種結構系統，如對應「0 一二多」來看，則作者在麥堅利堡，將所見（視）、所聞（聽）與所感、所思（想），融合成其內容義旨，這是「一」；用「先論（情、理）後敘（事、景）」的移位性「篇結構」為核心，來統合兩疊「凡目」的轉位性與「虛（靈）實（墓）」、「視、聽」的移位性「章結構」，以反映宇宙人生「秩序」（移位）、「變化（轉位）」、「聯貫」（對比、調和：徹下、徹上）與「統一」（包孕：徹下、徹上）的規律，這是「二 ←→ 多」；至於由此創造出「孤寂」、「蒼涼」與「蕭穆」的抽象體會，並由此進行轉化、昇華，讓作

者與讀者的心靈共同接受「美神」受洗的聖水而流淚，產生整體性的審美風貌，這就是「0」。這樣，剎那即成永恆，就像作者說的：「當『看』、『聽』、『想』運作過後，便一起交貨給『前進中的永恆』」[2]。這種歸根於「0 一二多」的「層次邏輯規律」表現，如配合篇章邏輯結構，可將它們的關係呈現如下表：

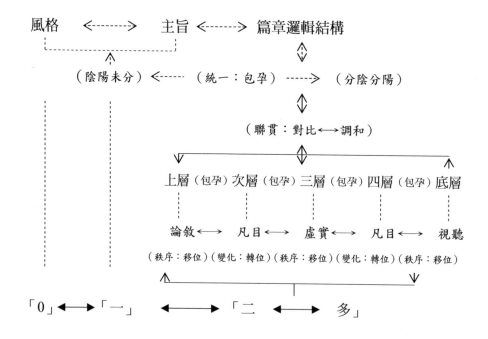

由此可見，羅門〈麥堅利堡〉呈現的正是由大自然「層次邏輯規律」所融貫而成的「0 一二多」雙螺旋層次邏輯系統，也是他第三自然螺旋理論的一次成功實踐[3]。

2　羅門：〈第三自然螺旋型架構世界藝術創作美學理念〉，《我的詩國》（臺北市：文史哲出版社，2010年6月），頁23-24。

3　陳滿銘：〈羅門第三自然觀對詩學的貢獻──以「多二一（0）」螺旋結構切入作探討〉（上、下），《國文天地》26卷6、7期（2010年11、12月），頁70-77、77-85。

個人對這種「層次邏輯規律」——「章法四大律」或「四大原則」之確定,「三一語言學」創始人王希杰說:

> 陳滿銘教授……把章法變成一門科學——可以把握,有規律規則可以遵循的學問。這是一個了不起的貢獻。……但是……法則太多,可能顯得繁瑣、瑣碎,使人難以把握的。可貴的是,陳滿銘教授……力圖建立統率這些比較具體的法則的更高的原則。……創建了四大原則:(1)秩序律、(2)變化律、(3)聯貫律、(4)統一律……這符合科學的最簡單性原則,而且也是變化無窮的。這其實就是《周易》的方法論原則,乾坤兩卦,生成六十四卦。所以他的章法學是一個具有生成轉化潛能的體系,或者說是具有生成性。因此是具有生命力的。……事實是,陳滿銘教授歸納出來的章法學法則,在閱讀和寫作教學中是有用的,是學術的基本功訓練的一個重要環節。[4]

語言風格學大家黎運漢也說:

> 陳教授在《論粹》中首先設專章〈論辭章章法的四大律〉以十五個頁碼的篇幅論述了「牢籠各種章法」的四大規律:秩序、變化、聯貫、統一。認為「此四者是章法之理。不但在心理上以它們為基礎,呈現『真』,在章法上也以它們為原則,呈現『善』,而在美感上更以它們為效果,呈現『美』。」接著,設專章〈論章法與邏輯思維〉以三十個頁碼的文字論述「秩序律

---

4 王希杰:〈陳滿銘教授和章法學〉,《畢節學院學報》總96期(2008年2月),頁1-5。又,陳滿銘:〈論章法四大律之方法論原則——以多二一(0)螺旋結構作系統探討〉,臺灣師範大學《中國學術年刊》33期‧春季號(2011年3月),頁87-118。

與邏輯思維」、「變化律與邏輯思維」、「聯貫律與邏輯思維」、「統一律與邏輯思維。」從而認為「章法」所探求的，無非是篇章的邏輯結構，以反映客觀事物的本質，亦即自然律。而其秩序、變化、聯貫、統一等四大律，就恰恰對應於自然律，用以統含由「章法」所形成各種篇章結構之類型、模式等。二是章法與內容關係論。陳教授把章法定位為形式，但形式與內容關係密切，強調「『章法』所探求的是『情意』（內容）的深層結構」。他在《論粹》中闢專章〈論章法與情意的關係〉，以十一個頁碼的文字論述章法與情意（內容）密不可分的關係。他認為章法所指的「句、節、段、篇，說的是句、節、段、篇的情意，而要組合這些情意，形成合乎『秩序、變化、聯貫、統一』此四大要求（即章法四大律），則非靠各種『章法』來達成任務不可。」「因此，章法絕不是強加於文章之上的外在框架，而是任何一篇文章所不可無的內在條理。這種條理深蘊於文章情意（內容）之內，如不深入挖掘，是探求不到的。」「所以要深入一篇文章的篇章結構，非先完全辨明其情意（內容）結構不可，也就是說，如不能先瞭解作者所要表達的情意是什麼，也不知道他怎樣運用具體材料（事、景）來表達情意（情、理），則必然分析不出其章法結構來。」（《論粹》頁56、57、67）

又說：

作者還在〈綜論·章法內容結構〉中指出，「結構指的是組織內容與形式的一種形態」，「只有兼顧一篇文章的內容與章法結構，才能凸顯它在內容與形式的特色。」並以4萬多字論述了

內容結構成分：核心成分——情、理和周邊成分——事、景；
內容結構類型：單一類型、複合類型，篇章的縱向結構與章
法：以橫向（主要靠章法）結合縱向（主要靠情、理、景、
事）來分析一篇辭章，便形成了層級分明的結構。陳教授的章
法四大規律論和章法與內容關係論，揭示了章法學的研究對
象，理清了它的範圍，闡明了其分析原則和方法與實用意義，
形成了章法理論大廈的兩根堅實支柱，它們有深度、有廣度、
有理論開拓性和實踐指導性的品格，為漢語辭章章法學構建起
一個較為科學的理論體系，奠定了堅實的基礎。……這樣以四
大規律為綱，以各種章法為目，綱舉目張，條分縷析，且有翔
實的語料佐證，就形成了一個比較系統的章法本體內部規律體
系。這個規律體系是陳教授的首創，有較高的科學性，又便於
操作，為章法學的科學品格提升了價位。[5]

而修辭學者鍾玖英則說：

陳教授……的章法學研究始終堅持行知相成的研究模式。在知
的方面，經過三十多年的苦心探索，……他總結出了章法學的
原則、廓清了章法學的研究範圍、確立了章法學的研究內涵、
摸索出了章法學的研究方法、建構了一個完整章法學體系，最
終形成了一門嶄新的章法之學。在行的方面，他始終堅持將自
己發現、總結的章法理論用於指導國文教學，尤其值得肯定的
是，他不僅將章法理論用於指導自己的國文教學實踐，同時也

5　以上兩則引文，見黎運漢：〈陳滿銘對辭章章法學的貢獻〉，《陳滿銘與辭章章法
　學》，同注1，頁54-59。

將這種成功的理論與實踐結合的經驗加以總結、提升為理論，於是他陸續寫出了許多與國文教學緊密相關的論文。……他總結了章法的四大原則：秩序、聯貫、統一和變化原則。不但將章法理論用於指導國文教學，尤其值得肯定的是，他還揭示了章法學的豐富內涵。而他的高足仇小屏博士在陳教授理論闡述的基礎上作了開拓性研究，把四大原則的內部結構加以具體化，……這樣大大增加了章法學的可操作性與可接受性，自然也就增加了章法學的實際指導價值——使章法學成為一門易於操作的實用之學，這一點隨便翻開陳教授和仇小屏博士的任何一篇文章和任何一本論著，便立刻得到印證。[6]

「章法四大律」——「層次邏輯規律」之重要，由此可見。而鍾玖英雖僅僅提到仇小屏博士，但後來所指導的陳佳君、蒲基維、謝奇懿、顏智英、黃淑貞、李靜雯與林淑雲等博士，都參與了這個行列，形成核心團隊，擴大了它的影響力。

第二節　章法族性

以「族性」而言，到目前為止，已經發現和確立的「章法類型」，有四十多種。而每種單一的「章法類型」，皆有其個別的「特性」（異），因此有它們獨立存在的必要，以適應千變萬化的辭章作品。然而，一個具有科學化和系統性的學科研究，實應兼顧「異」與「同」，將「往下分析深入」的鎖細（異）與「往上融貫提升」的統

---

6 鍾玖英：〈臺灣章法學研究對大陸修辭學研究的啟示〉，《渤海大學學報‧哲學社會科學版》27卷6期（2005年11月），頁8-10。

整（同）形成互動之關係 [7]，因此，除了一一確立個別的「章法類型」之外，還必須往上就其「共性」（同），化繁為簡，有體系的整合出「章法類型」的幾大家族，一方面使學科邁向精緻化和系統化，一方面亦使章法能利於廣泛應用。

家族的「共性」（同），即「族性」，而所謂的「族性」，指的即是某些「章法類型」所共同具有的特色。在目前所開發出來的近四十種「章法類型」中，依其「族性」，大致可分為圖底、因果、虛實、映襯等四大家族。

以「圖底」家族而言，所謂「圖」，指的是焦點，所謂「底」，則是背景，「底」的作用乃在烘托焦點，而「圖」則有聚焦的功能。「一般說來，作者在辭章中所用之時、空（包括色）材料，有一些是充當『背景』用的，也有某些是用來作為『焦點』的。就像繪畫一樣，用作『背景』的，往往對『焦點』能起烘托的作用，即所謂的『底』；而用作『焦點』的，則對『背景』而言，都會產生聚焦的功能，即所謂的『圖』。」[8] 由此可見，圖底章法可就時間與空間而言，它可以收編各種時空類的章法，形成一大家族。

以「因果」家族而言，由於根據事（情）理的展演來組織篇章，會在辭章作品中，形成極具特色的邏輯條理，而且這一類的章法，皆

7　陳滿銘：《章法學新裁・卻顧所來徑：代序》（臺北市：萬卷樓圖書股份有限公司，2001年1月），頁10。

8　圖底本是新發現的章法之一。一般說來，作者在辭章中所用之時、空（包括「色」）材料，有一些是充當「背景」用的，也有某些是用來作為「焦點」的。就像繪畫一樣，用作「背景」的，往往對「焦點」能起烘托的作用，即所謂的「底」；而用作「焦點」的，則對「背景」而言，都會產生聚焦的功能，即所謂的「圖」。這種條理用於辭章法上，也可造成秩序、變化、聯貫的效果，而形成「先圖後底」、「先底後圖」、「圖、底、圖」、「底、圖、底」等結構。見陳滿銘：〈論幾種特殊的章法〉（臺灣師範大學《國文學報》31期，2002年6月），頁191-196。

具有廣義的因果關係,因此,也就有了「因果家族」。

以「虛實」家族而言,由於根據事(情)理的展演來組織篇章,會在辭章作品中,形成極具特色的邏輯條理,而且這一類的章法,皆具有廣義的因果關係,因此,也就有了「虛實家族」。

以「映襯」家族而言,在目前所能掌握的約四十種章法中,有一大類是利用人事物之間相對、相反,或相類、相似的性質為內容材料,來組織篇章,凸顯主要義旨,故各章法單元之間,有些會呈現映照、對比的關係,有些則會呈現襯托、調和的關係,統括來說,這類章法皆是通過對比或調和的方式,構成相互映襯的關係,故稱之為「映襯家族」[9]。

雖然這些章法家族的族性鮮明,並且有其獨特的美感效果,但章法與章法之間,原本就存在著一些藕斷絲連的關係,因此,探討族性的工作,可以說是就宏觀的角度,來歸納某些章法一般性的共同特色,也就是從通則來作大致的分類,是故將某章法歸入某族,雖有其根據,但並非意味著一種絕對性的劃分,事實上還需注意某些特例,以及跨族性的章法,或是各章法、各家族之間細微的重疊性等層面,

---

9 羅君籌曾提出所謂「襯筆」,並表示:「為渲染文情,擷取與題相稱之事物,以反映或襯托本文,謂之襯筆。」見羅君籌《文章筆法辨析》(香港:上海印書館,1971年6月),頁534。又,成偉鈞等人針對「襯托」之篇章修飾法說:「襯托是利用事物與事物之間或相類、或相似、或相對、或相反的關係,兩物並出,形成對照、對比或烘托,使要突出的事物更為突出。」見成偉鈞等《修辭通鑑》(臺北市:建宏出版社,1996年1月),頁814。由於「襯托」一詞,一般較偏向質性接近的兩事物間,相形相襯的作用,故此處使用較寬泛的「映襯」一詞,作為章法家族之名稱,以總納因不同類事物而形成對比關係的章法,與同類事物而具有調和關係的章法。比如譚永祥就說明「映襯」是映照與襯托,並提出:對照側重於一個「比」字,而襯托則側重在一個「襯」字。參見譚永祥:《漢語修辭美學》(北京市:北京語言學院出版社,1992年12月),頁367-374。

而此部分的研究，是要進一步加以全面探討的 [10]。附章法家族分類表
如下：

家族	章法		美感
圖底家族	時間類	1.今昔法　2.久暫法　3.問答法	立體美
	空間類	1.遠近法　2.大小法　3.內外法 4.高低法　5.視角變換法 6.知覺轉換法　7.狀態變化法	
因果家族	1.本末法　2.淺深法　3.因果法　4.縱收法		層次美
虛實家族	具體與抽象類	1.泛具法　2.點染法　3.凡目法 4.情景法　5.敘論法　6.詳略法	變化美
	時空類	1.時間的虛實法　2.空間的虛實法 3.時空交錯的虛實法	
	真實與虛假類	1.設想與事實的虛實法　2.願望與 實際的虛實法　3.夢境與現實的虛 實法　4.虛構與真實的虛實法	
映襯家族	映照類	1.正反法　2.立破法　3.抑揚法 4.眾寡法　5.張弛法	映襯美
	襯托類	1.賓主法　2.平側（平提側注）法 3.天人法　4.偏全法　5.敲擊法 6.並列法	

以上章法的四大家族，都包含了「調和」與「對比」的兩種類型。如
果由此切入，則四十多種「章法類型」，則顯然又可以用「調和」與
「對比」加以統合。也就是說，在「０一二多」層次邏輯的原理涵蓋
下，「章法結構」所體現的正是取「二」為中，徹上徹下的現象，因

---

10 以上論述「章法族性」之部分，參見陳佳君：〈論章法的族性〉，《辭章學論文集》
（上）（福州市：海潮攝影藝術出版社，2002年12月），頁145-163。

此必然會呈現二元對待、互動的情形,所以從二元對待、互動的角度切入,凸出「調和」與「對比」,最能掌握「章法結構」在徹上、徹下時所引起的關鍵性聯貫作用。

因此,四十多種章法所形成的二元對待、互動的結構,雖看似型態紛繁,而實則可以用「對比」與「調和」加以統括。將此種「對比」與「調和」的觀念,落實到章法上,則意味著章法的二元結構不是以「對比」的方式、就是以「調和」的方式來造成對待、互動;所以從這個角度,掌握了「二」(「調和」與「對比」),對章法加以分類,當然就容易往下統合各種「章法結構」所形成之「多」,並且往上貫通章法二元對待、互動的「一(0)」源頭,以凸顯主旨,從而探求出所造成的美感效果。

基於上述的推論,章法除上述「四大家族」外,又可依此大致分作三類:「對比類」、「調和類」、「中性類」。運用前二類「章法類型」時,在材料的選取上,就必然會選用「對比」或「調和」的材料,因此毫無疑問地會造成「對比美」或「調和美」;而且在此二類之下,針對材料的來源,還可再分成三類,即同一事物造成對待、互動者、不同事物造成對待、互動者,以及皆有可能者。至於第三類章法則是二元所造成的對待、互動關係尚未確立,可能是「對比」、也可能是「調和」,必須進一步檢視所選用的材料,才可以確定造成的是「對比」或是「調和」的關係,因此稱作「中性類」;而且此類所涵蓋的章法甚多,其中又以用「底」來襯托「圖」者最多,因此可以區分出「圖底類」,無法歸入此類者,皆歸入其他類。不過需要說明的是:「插敘法」、「補敘法」無法列入此三類中。那是因為此二種章法是與文章的主體產生對待、互動關係,無法單獨明確地抓出「對比」或「調和」的關係,所以不加以分類。

關於各個章法詳細的歸類，可以參看下表 [11]：

對比類	同一事物：立破法、抑揚法、縱收法 不同事物：正反法 皆可：張弛法
調和類	同一事物：本末法、淺深法、因果法、泛具法、凡目法、平側法、點染法、偏全法 不同事物：賓主法、並列法、情景法、論敘法、敲擊法 皆可：知覺轉換法
中性類	圖底類： 　時空類：今昔法、久暫法、遠近法、內外法、左右法、高低法、大小法、視角變換法、時空交錯法 　虛實類：空間的虛實法、時間的虛實法、假設與事實法 　其他類：詳略法、天人法、眾寡法、圖底法 其他類：狀態變換法、問答法

　　以上兩種統合章法的角度，都各有其依據，可助大眾對章法的認識與瞭解。此外，如此藉由「比較」深入章法現象，來嘗試理清其內在的理則，相信對於章法學的研究，也是會有助益的。

　　就後一種分類法而言，被用於頗多以「篇章結構」為主題的學位論文，而蒲基維〈章法類型概說〉也用這種分類 [12]，而很值得注意的是：最近大陸學者就依此分類，寫了兩篇論文：一是孫建友、羅素梅的〈論毛澤東詩詞的辭章藝術〉[13] 與宋貝貝、周紅海的〈蘇軾詞的辭

---

11 這種歸類表，由仇小屏所提供。見陳滿銘：《章法學綜論》（臺北市：萬卷樓圖書股份有限公司，2003年6月），頁457-458。

12 蒲基維：〈章法類型概說〉，《大學國文選・教師手冊・附錄三》（臺北市：普林斯頓國際公司，2011年7月），頁483-522。

13 孫建友、羅素梅：〈論毛澤東詩詞的辭章藝術〉（《中文》總18期，2008年春），頁22-31。

章藝術〉[14]，可見這種分類法，是被廣泛接受的。而就前一種而言，試舉一例作說明，以見一斑。如李文炤〈儉訓〉：

> 儉，美德也，而流俗顧薄之。
>
> 貧者見富者而羨之，富者見尤富者而羨之。一飯十金，一衣百金，一室千金，奈何不至貧且匱也？每見閭閻之中，其父兄古樸質實，足以自給，而其子弟羞向者之為鄙陋，盡舉其規模而變之，於是累世之藏，盡費於一人之手。況乎用之奢者，取之不得不貪，算及錙銖，欲深谿壑；其究也，諂求詐騙，寡廉鮮恥，無所不至；則何若量入為出，享恆足之利乎？
>
> 且吾所謂儉者，豈必一切捐之？養生送死之具，吉凶慶弔之需，人道之……所不能廢，稱情以施焉，庶乎其不至於固耳。

此文旨在勉人養成節儉美德，以免因奢侈浪費而寡廉鮮恥，無所不至，是用「先凡後目」的「篇結構」統合其他的五層「章結構」寫成的。

「凡」的部分為起段，採開門見山的方式，提明「儉」是美德（正），而流俗卻反而輕視它（反），作為全篇總冒，以統攝下文。而「目」的部分，則先從反面論「流俗顧薄之」，即次段；然後回到正面來論「儉，美德也」，即末段。就在承上段之次段，作者首以「貧者見富者」五句，泛論因奢侈而致「貧且匱」的道理；次以「每見閭

---

14 宋貝貝、周紅海：「辭章章法學是當代漢語辭章學的一個分支，臺灣的陳滿銘先生是辭章章法學的奠基人。所謂章法，就是文章的組織結構，即由邏輯思維而形成的組織句、段而成篇的邏輯關係。作家在進行創作時，就會自覺或不自覺地受到章法的支配。……作為漢語辭章學中成就最突出的一個專門學科，辭章章法學將會日益理論化、科學化，它將會和修辭學、邏輯學、文學、心理學等更加緊密地結合起來，具有更強的實用性和藝術性。」見〈蘇軾詞的辭章藝術〉（阜陽師範學院學報‧社會科學版》總153期，2013年6月），頁22-26。

閣之中」七句，舉常例來說明因奢侈而致敗家的必然後果；末則依序
以「況乎用之」四句，指出「奢者」之慾望無窮，以「其究也」四
句，指出這樣的結果是「寡廉鮮恥，無所不至」，以「則何若」二
句，由反面轉到正面，勸人節儉以享恆足之利。至於末段，作者特以
「且無所謂」二句作一激問，帶出「養生送死」四句的回答，指明
「儉」不是要捐棄一切，而是要在「人道」上「稱情以施」，以免流
於固陋。作者就這樣一面以「正」和「反」作成鮮明「對比」，以貫
穿「凡」和「目」，一面又以「因」和「果」、「敘」和「論」、「問」
和「答」，兩兩呼應，形成「調和」，使得此文在「對比」中帶有「調
和」，將全文聯貫成一個整體，成功地闡發了「儉美德也」的道理。

附其結構系統表如下：

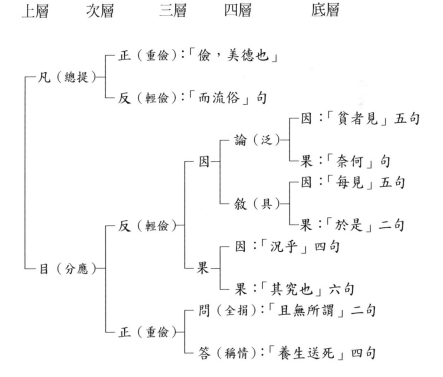

若以四大家族切入,則可概括成下表:

| 上層 | 次層 | 三層 | 四層 | 底層 |

「虛實」(凡目)——┌「映襯」(正反)
　　　　　　　　　⇕
　　　　　　　　　└「映襯」(反正)——┌「因果」——┌「虛實」(論敘)←「因果」
　　　　　　　　　　　　　　　　　　　⇕　　　　　⇕
　　　　　　　　　　　　　　　　　　└「圖底」(問答)　└「因果」

這樣概括,確實有化繁為簡,使人一目了然的效果。

對此,語言風格學大家黎運漢指出:

> 陳滿銘教授……在確立個別的章法的基礎上,還就其「共性」
> (同),化繁為簡,系統地整合出章法的四大家族,即以四大
> 家族為綱,統帥各種章法,並詮釋了各家族的主要內涵,理清
> 了各族的共性及其美感。……這部分如此深挖精掘,且富科學
> 性,就從另一個側面增強了章法規律的精密化和系統化,也使
> 章法更有利於應用。[15]

修辭學家林大礎、鄭娟榕也認為:

> 陳教授把已發現的「章法」劃分為「四大家族」,每一「家
> 族」包含若干種「章法」,並歸納出各「家族」共同的美感特
> 徵。即圖底家族:含時間類三種、空間類七種;美感:立體

---

15 黎運漢:〈陳滿銘對辭章章法學的貢獻〉,同註1,頁59-60。

美。因果家族：含四種；美感：層次美。虛實家族：含具體與抽象類六種、時空三種、真實與虛假類似種；美感：變化美。映襯家族：含映照類五種、襯托類六種，美感：映襯美。同時，陳教授又「用『對比』與『調和』加以統括」，把「章法」分為三類，即：對比類：含「同一事物」的三種、「不同事物」的一種、「皆可」的一種；調和類：含「同一事物」的八種、「不同事物」的五種、「皆可」的一種；中性類：含圖底類十六種（其中，時空類9種、虛實類3種、其他類4種）、其他類兩種。……以上兩種統合章法的角度，都各有依據，如此藉由「比較」而深入章法現象，來嘗試理清其內在的理則，無疑對學習、運用、研究章法學，都大有裨益。[16]

而修辭學家張春榮則說：

大凡論及章法，常見者有三十二種；擴而充之，可以有一百六十種。猶如辭格常見者有十六種，擴而充之，可以有一百五十六種（唐松波、黃建霖主編《漢語修辭格大辭典》）。書中於此化繁為簡，向上融貫，計分「圖底」、「因果」、「虛實」、「映襯」四大家族，統領相關章法。於是藉由「共性」的收編，「屬性」的類聚，凸顯最重要的章法，綱舉目張，見其精要，一掃繁瑣目眩之失。尤其四百五十五頁，四大章法家族的列表，一目瞭然，彌足珍視。[17]

---

16 林大礎、鄭娟榕：〈開闢漢語辭章學的新領域——陳滿銘教授創建辭章章法學評介〉，《陳滿銘與辭章章法學》，同注1，頁167-168。

17 張春榮：〈宗廟之美——陳滿銘《章法學綜論》〉，《陳滿銘與辭章章法學》，同注1，頁278。

可見「章法族性」的認定,是有「綱舉目張」、「化繁為簡」之功效的。

　　語云:「人同此心,心同此理」,這個「理」,換個詞說,就是「誠」。它透過人之「心」,投射到哲學上,即成哲學之理;投射到藝術(音樂、繪畫、電影等)上,便為藝術之理,而投射到文學上,當然就成文學之理了。如進一步地,將此文學之理落在「章法三觀」上來說,則是「章法三觀」之理,再由此落到「章法四律」與「章法族性」這一層那就是「章法中觀」之理了。

第三章

「宏觀」層

　　此層主要關涉「0 一二多」與「剛柔成分之量化」。由於後者涉及「陰陽互動」、「章法類型與結構」、「移位、轉位、對比與調和、包孕」（章法四大律）與「0 一二多」，因此將兩者合在一起討論。

　　個人任教於臺灣師大時，因課程之需要，特別關注哲學與辭章學（含詞學與國文教學）。而這兩個領域，看似分歧，卻一樣在「形象思維」之外，還須用到「邏輯思維」作「求異 ⟷ 求同」之「歸納 ⟷ 演繹」雙螺旋互動，因此就由各領域「推本還原」，逐漸回歸到最基本之「本末先後」的「層次邏輯」，進行「一以貫之」的梳理。這樣，久而久之，終於「殊途同歸」，走上了歸本於「0 一二多」（含「0→一→二→多（順）」與「多→二→一→0（逆）」雙向）的「陰陽雙螺旋層次邏輯系統」來統合（綜合思維）的一條大路。

　　走上這條路，是漸進的，而且是頗為崎嶇的，主要由哲學（含《周易》、《論語》、《中庸》等）的「義理邏輯」與「辭章學（含散文、詩、詞）」的「章法結構」兩個角度導入，一面由哲學（《中庸》）先凸顯「螺旋」，一面由辭章學（章法）凸顯「層次邏輯」，使兩者持續產生互動；然後統合為「0 一二多」之「陰陽雙螺旋層次邏輯系統」，而將哲學、文學（辭章）與美學「一以貫之」。

第一節　哲學層面

　　以哲學（以儒學為主）而言，最需要理清的是研討對象之思想體

系。在開始上「學庸」課時，對「自誠明」（天）與「自明誠」（人）
間「本末先後」之邏輯即特別關注，思考再思考，終於找出兩者「互
動、循環、往復而提升」的「雙螺旋」關係，而在一九七六年九月寫
了〈淺談「自誠明」與「自明誠」的關係〉之論文，發表於《孔孟月
刊》十五卷一期、頁十二至十五。當時為了便於讀者瞭解，曾畫一簡
圖表示「自誠明」與「自明誠」之間天人互動、循環、往復，由
「偏」提升至「全」的「雙螺旋」關係，那就是：

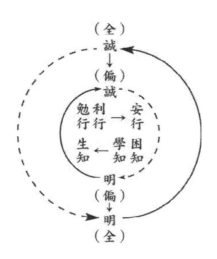

　　這個圖的虛線代表天賦──「性」（自誠明），實線代表人為──
「教」（自明誠）。外圈指「全」，屬聖人；內圈指「偏」，屬學者。藉
此可辨明「誠」與「明」、天賦與人為的交互關係。人就這樣在交互
作用之下，自明而誠，自誠而明，互動而循環、提升，形成不斷往復
之「雙螺旋結構」，使自己的知（智）性與仁性，由偏而全地逐漸發
揮它們的功能，最後臻於「至誠」（仁且智）的最高境界。至此，
「誠」（仁）和「明」（智）便融合為一，統於「至誠」了；這就是
「人皆可以為堯舜」（《孟子・告子下》）的理論依據。不過，當時卻
還沒有直接用「螺旋」或「雙螺旋」一詞予以說明。

　　此後類似這樣用「雙螺旋結構」或結合「0 一二多」加以梳理的論文，就陸續完成。其中發表於學報、學術研討會、一般期刊或專書而較重要者，如：〈學庸的價值、要旨及其實踐工夫〉（1978 年 6 月發表於臺灣師範大學《中國學術年刊》2 期，頁 62-85）、〈從修學的過程看智仁勇的關係(上、下)〉（1979 年 8、9 月發表於《孔孟月刊》17 卷 12 期、18 卷 1 期，頁 33-35、34-35）、〈談孔子的四教——文、行、忠、信〉（1984 年 9 月發表於《孔孟月刊》23 卷 1 期，頁 3-11）、〈從偏全的觀點試解讀《四書》所引生的一些糾葛〉（1992 年 4 月發表於臺灣師範大學《中國學術年刊》13 期，頁 11-22）、〈孔子的仁智觀〉（1996 年 9 月發表於《國文天地》12 卷 4 期，頁 8-15）、〈談《中庸》的思想體系(上、下)〉（1997 年 1、2 月發表於《國文天地》12 卷 8、9 期，頁 11-17、14-20）、〈論恕與《大學》之道〉（1999 年 3 月發表於臺灣師範大學《中國學術年刊》20 期，頁 73-89）、〈《中庸》的性善觀〉（1999 年 6 月發表於臺灣師範大學《國文學報》28 期，頁 1-16）、〈論博文約禮〉（2000 年 3 月發表於臺灣師範大學《中國學術年刊》21 期，頁 69-88）、〈談儒家思想體系中的螺旋結構〉（2000 年 6 月發表於臺灣師範大學《國文學報》29 期，頁 1-34）、〈談《中庸》的一篇體要（上、下）〉（2000 年 6、7 月發表於《國文天地》16 卷 1、2 期，頁 24-29、11-14）、〈《孟子·養氣》章的篇章結構〉（2001 年 6 月發表於文史哲出版社《慶祝莆田黃錦鋐教授八秩嵩壽論文集》，頁 251-274）、〈朱王格致說新辨〉（2002 年 9 月發表於《孔孟學報》80 期，頁 149-163）、〈《論語》「天生德於予」辨析〉（2002 年 10 月發表於臺灣師範大學《師大學報·人文與社會類》47 卷 2 期，頁 87-104）、〈《孟子》義利之辨與《論語》、《大學》（上、中、下）——從義理的邏輯結構切入〉（2003 年 3、4、5 月發表於《孔孟月刊》41 卷 7、8、9 期，頁 10-12、6-10、13-16）、〈「志道」、

「據德」、「依仁」、「遊藝」臆解〉（2003 年 6 月發表於臺灣師範大學
《中國學術年刊》24 期，頁 39-76）、〈論「多、二、一（0）」的螺旋
結構——以《周易》與《老子》為考察重心〉（2003 年 7 月發表於臺
灣師範大學《師大學報・人文與社會類》48 卷 1 期，頁 1-20）、〈《中
庸》「多、二、一（0）」螺旋結構論〉（2003 年 11 月發表於臺灣師範
大學國文系《第三屆中國經學國際學術研討會論文集》，頁 214-
265）。

從這些論文的題目上可約略地推知：是先尋出「螺旋」（1976）
義理邏輯，再正式提出「螺旋」一語（2000），然後才凸顯「0→一
→二→多（順）」與「多→二→一→0（逆）」（2003），而融合成「0
一二多」雙螺旋結構（2003）的。這也可從兩篇序文裡看出端倪，其
一寫於二○○二年一月：

> 孔門的學說，以「仁且智」的聖人境界為其最高理想，而這種
> 理想，必須透過「好學」，「由智而仁」（自明誠）地以人為之
> 努力，激發「由仁而智」（自誠明）的天然潛能，使「仁」（成
> 己）與「智」（成物）兩者產生互動、循環而提升的作用，逐
> 漸由「偏」（局部）而「全」（整體）地增進不已，最後臻於
> 「仁且智」的聖人境界。如此合天（天之道）、人（人之道）
> 為一，是使人無限往上自覺的康莊大道，這種思想在《論語》
> 一書裡，可以找到它的源頭、脈絡，而以《中庸》一書，發展
> 得最為成熟而完整；至於《孟子》與《大學》，則前者較側重
> 於「由仁而智」（自誠明）的「天之道」，後者較側重於「由智
> 而仁」（自明誠）的「人之道」，兩者雖各有所偏重，而其歸趨
> 卻一致。（《學庸義理別裁・序》）

這顯然是著眼於「雙螺旋」加以說明的。其二寫於二〇〇三年八月：

> 宇宙人生觀，各家雖各有所見，但只求其同而不求其異，則總括起來說，都可以從「（0）一、二、多（順）」與「多、二、一（0）（逆）」的互動、循環而提升的螺旋關係上加以統合。就以《論語》來說，各種德行是「多」、「仁」與「智」是「二」，而「仁且智」的聖域或其原動力（太極、至誠），則為「一〔太極〕（0）〔至誠〕」。這樣來看待孔子的人道思想（「多、二、一（0）」），既最能掌握要領，就是來探討其天道思想（「（0）一、二、多」），也一樣暢通無阻，直達源頭。（《論孟義理別裁·序》）

由此看來，「0 一二多」之「雙螺旋層次邏輯結構」，似乎是晚至二〇〇三年才完整提出的。其實在二〇〇一年時，就先後寫成了〈論「多、二、一（0）」的螺旋結構——以《周易》與《老子》為考察重心〉與〈論辭章章法的「多、二、一 0」結構〉二文，投臺灣首屆一指之學術機構尋求發表，卻因前者被指「缺乏創見」、後者被指「割裂的拆解」而未果，使得這兩篇論文延後了一段相當長的時間才敢於發表。

第二節　辭章層面

以辭章學（以章法學為主）而言，早在三十幾年前，為了講授「國文教材教法」這門課程之需要，不得不接觸「章法」；而由於「章法」所研討的乃「篇章內容的邏輯結構」，因此對後來「0 一二多」雙螺旋層次邏輯結構之發現，就有直接之關係。於是以「陰陽二元對待、互動」為基礎，貫通「章法哲學」、「章法結構」、「章法美

學」、「比較章法」等內容，在二〇〇三年六月出版《章法學綜論》
（506頁），為辭章章法學建構了一個容納完密體系的重大骨架。

　　除了出版專著之外，在二〇〇三這一年也寫了幾篇相關論文，單
以發表於兩岸學報或研討會而直接涉及「0 一二多」或（章法或篇
章）風格剛柔成分之「量化」者而言，重要的就有：〈論章法與層次
邏輯〉（2003 年 2 月發表於《國文天地》18 卷 9 期，頁 98-104）、〈論
章法「多、二、一（0）」結構的節奏與韻律〉（2003 年 6 月發表於臺
灣師範大學《國文學報》33 期，頁 81-124）、〈論辭章的章法風格〉
（2003 年 11 月發表於第五屆中國修辭學國際學術研討會，臺北市：
《修辭論叢》5 輯，頁 1-51）、〈章法風格中剛柔成分之量化〉（2003
年 11 月發表於《國文天地》19 卷 6 期，頁 86-93）、〈論章法「多、
二、一（0）」的核心結構〉（2003 年 12 月發表於臺灣師範大學《師
大學報·人文與社會類》48 卷 2 期，頁 71-94）、〈辭章章法「多、
二、一（0）」結構的理論基礎〉（2003 年 12 月發表於《唐山學院學
報》16 卷 4 期，頁 19-24）。

第三節　統合層面

　　將上兩節內容統合起來看，單由論文題目上即可推知：「0 一二
多」的雙螺旋結構，是到二〇〇三年始完整提出，而「層次邏輯」，
也於二〇〇三年便初步呈現；這與哲學（以儒學為主）之研究兩相對
照，就看出兩者之互動是多麼密切了。至於「風格剛柔成分之量化」，
一樣在二〇〇三年就提出（見於《國文天地》外，又見於《章法學綜
論》，頁 298-328）。因此二〇〇三年是章法學研究初成系統，為繼續
邁向更精細、周全之「雙螺旋層次邏輯體系」的一個重要里程碑。

　　試看《章法學綜論》各章節之重要內容：

可見此書不但以「多、二、一（0）」的螺旋結構將哲學、文學（章法、意象）與美學「一以貫之」，也運用此結構，理清了辭章與章法、內容與章法、章法與主旨、意象、韻律（節奏）和風格之間的關係，以證明章法規律、結構與自然規律的一體性，並由此進一步地扣緊與風格關係至為密切之「二」（陰陽、剛柔）與「（0）」，先就「移位」（順、逆）與「轉位」（拗），探討章法風格之形成因素，對整體結構之陽剛與陰柔的成分試予以「量化」，推算出其比例，以見章法風格之梗概。雖然在目前，對各種結構所引生「陰柔」或「陽剛」之「勢」數（倍）的推斷，還十分粗糙；但畢竟已試著從「無」生「有」地跨出一大步，作了一些探討，對一篇辭章風格之剛柔成分，已初步推定其「量化」之準則與公式，從而計算出其比例。

　　簡單地說，章法結構之陽剛或陰柔的強度：「勢」，當受到下列幾個因素的影響：

(一) 章法本身的陰柔、陽剛屬性，如「近」為陰柔、「遠」為陽剛，「正」為陰柔、「反」為陽為剛，「凡」為陰柔、「目」為陽剛。

(二) 章法結構的調和、對比屬性，如淺與深、賓與主、凡與目等形成調和，而正與反、抑與揚、立與破等則形成對比。

(三) 章法結構之變化，如「移位」之「順」、「逆」與「轉位」之「拗」。其中「順」屬原型，「逆」與「拗」屬變型。

(四) 章法結構之層級，如底層、次層、三層、四層……等。

(五) 章法「多、二、一（0）」的核心結構。

以上幾個因素，對於陰陽、剛柔之「勢」（力量）之「消長」影響極大。而「勢」之大小強弱，約略地推算出一篇辭章剛柔成分之比例來。大抵而言，據上述因素加以推定：

(一) 除判其陰陽外，以起始者取「勢」之數為「1」（倍）、終末者取「勢」之數為「2」（倍）。

(二) 將「調和」者取「勢」數為「1」（倍）、「對比」者取「勢」之數為「2」（倍）。

(三) 將「順」之「移位」取「勢」之數為「1」（倍）、「逆」之「移位」取「勢」之數為「2」（倍）、「轉位」之「拗」取「勢」之數為「3」（倍）；而「拗」向「陽」者取「勢」之數為「1」（倍）、「拗」向「陰」者取「勢」之數為「2」（倍）。

(四) 將處「底層」者取「勢」之數為「1」（倍）、「上一層」
者取「勢」之數為「2」（倍）、「上二層」者取「勢」之
數為「3」（倍）……以此類推。

(五) 以核心結構一層所形成「勢」之數為最高，過此則
「勢」之數（倍）逐層遞降。

雖然這些「勢」之數（倍），由於一面是出自推測，一面又為了便於計
算，因此其精確度是不足的，卻也可約略藉以推測出一篇辭章剛柔成
分之比例來。而且可由這種剛柔成分比例之高低，大概分為三等：

(一) 首先為純剛或純柔：其「勢」之數為「66.66→71.43」。
(二) 其次為偏剛或偏柔：其「勢」之數為「54.78→66.65」。
(三) 又其次為剛柔互濟：其「勢」之數為「45.23→54.77」。

其中「71.43」是由轉位結構的陰陽之比例「5/7」推得，這可說是陰
陽之比例之上限；而「66.66」是由移位結構的陰陽之比例「2/3」推
得，這可說是陰陽之比例之中限；至於「45.23」與「54.77」是以
「50」為準，用上限與中限之差數「4.77」上下增損推得。如果取整
數並稍作調整，則可以是：

(一) 純剛、純柔者，其「勢」之數為「66→72」。
(二) 偏剛、偏柔者，其「勢」之數為「56→65」。
(三) 剛、柔互濟者，其「勢」之數為「45→55」。

這樣初步為姚鼐「夫陰陽剛柔，其本二端，造萬物者糅而氣有多寡、

進絀，則，於不可窮，萬物生焉」的說法，作較具體的印證。[1]

　　如此冒著招來「走火入魔」之譏的危險，作此嘗試，就是希望藉此拋磚引玉，能使辭章風格學，甚至整個辭章學之研究，加緊腳步邁向科學化，在「直覺」、「直觀」之外，拓展出「有理可說」的無限空間。

　　總此，語言風格學大家黎運漢說：

> 任何一門新學科的建立，都必須有自己的理論體系，理論體系是學科的指導思想。學科的建立必須有正確的理論指導，才有明確的方向，缺乏理論指導，則實難開花結果。漢語辭章章法學研究早在一千多年前就已開始，梁朝劉勰《文心雕龍・章句》裡就有了關於章法與篇法的論述。自此之後，許多詩話、詞話、曲語、文論、史論之中都有論及這一深題，但大都屬於一鱗半爪，既不深入，更不成系統。現代學者如夏丏尊、葉聖陶《文心》、周振甫《文章例話》、吳應天《文章結構學》、鄭文貞《篇章修辭學》、徐炳昌《篇章的修辭》、鄭頤壽《辭章學概論》，乃至張壽康《文章學概論》第六章《章法和技法》也未能對辭章章法學的對象、範圍、原則和內容等作出明確的論述，更不用說形成章法學理論體系了。陳滿銘教授在我國古今學者的章法理論啟示下，有了較為清醒、自覺的理論意識，多次強調「章法學是研究章法（含篇法）理論與實際的一門學問」，在學科構建中頗為重視理論建設，他的《論粹》理論篇專用二四一個頁碼的篇幅論述「辭章章法的四大規律」、「論章

1　參見陳滿銘：〈章法風格中剛柔成分的量化〉，《國文天地》19卷6期（2003年11月），頁86-93。

法與邏輯思維」、「論章法與情意的關係」、「論幾種特殊的章法」、「論時空交錯複合結構」等問題,《綜論》第五章論「章法的『多、二、一、(0)』結構」、第六章論「章法美學」、第七章論「比較章法」等都有較高的理論品格,綜合呈現出一個較為科學的理論體系。……總之,陳滿銘教授的辭章章法學論著,展現了創新的章法觀,建立了比較系統、合理的理論體系,揭示了章法現象本體的基本規律,運用了比較科學的研究方法,使漢語章法學基本具備了成為一門新學科的資格,可喜可賀![2]

而修辭學家孟建安也說:

「章法的『多、二、一(0)』邏輯結構」這個全新的理論是陳先生在〈論章法的哲學基礎〉一文中第一次提出的,並在《章法學綜論》、〈論「多、二、一(0)」的螺旋結構——以《周易》與《老子》為考察重心〉、〈論辭章章法與邏輯思維〉、〈論章法「多、二、一(0)」結構的節奏與韻律〉、〈辭章章法「多、二、一(0)」的核心結構〉、〈辭章章法「多、二、一(0)」結構的理論基礎〉等論著中作了系統性的闡釋。陳先生在專著《章法學綜論》中用了整整一章的篇幅來討論「多、二、一(0)」邏輯結構,可見這一理論主張在陳先生心目中的重要性,以及在所建構的漢語辭章章法學體系中的顯赫地位。[3]

2 黎運漢:〈陳滿銘對辭章章法學的貢獻〉,仇小屏、陳佳君等主編:《陳滿銘與辭章章法學》(臺北市:文津出版社,2007年12月),頁52-70。

3 孟建安:〈陳滿銘與漢語辭章章法學研究〉,仇小屏、陳佳君等主編:《陳滿銘與辭章章法學》,同上注,頁109。

此外，修辭學家林大礎、鄭娟榕也指出：

陳滿銘先生從一九九一年至今又持續發表了辭章章法學論文六十多篇，並出版了《文章結構分析》（1999）、《詞林散步——唐宋詞結構分析》（2000）、《章法學新裁》（2001）、《章法學論粹》（2002）與《章法學綜論》（2003）等辭章章法學專著。其中，《章法學新裁》、《章法學論粹》與《章法學綜論》是陳先生幾十年來研究辭章章法學的代表作，體現了陳先生對辭章章法學研究的最新、最高的成就。至此，辭章章法學的體系，已經比較完整了。其主要成就：一是把「章法」由原來的二十多種擴充至約四十種，更加趨於全面、完備。二是把「章法三大原則」擴充並提升為「章法四大律」（秩序、聯貫、變化、統一）使其更趨高級、周全、完善。三是奠定了辭章章法學的哲學基礎。以《周易》、《老子》等古代哲學典籍為根源，以對立統一規律為辭章章法學理論體系的基礎，在「陰陽二元對待」基礎之上，總結出「多、二、一（0）」（順向結構）與「（0）一、二、多」（逆向結構）兩種邏輯結構，以統合各章法結構，對應「章法四大律」。四是發揮辭章學所具有的融合性的特點，把哲學、心理學、美學、文學、藝術、邏輯學、修辭學、風格學、文章學等多學科的相關理論與章法學融為一體，進一步提高了辭章章法學的科學性和實用性。四是首創對辭章作品進行定量分析的研究方法。陳先生已按自己的設想，嘗試對辭章作品進行定量分析，並用定性分析的結果來驗證其定量分析的結果的正確性。(參見陳滿銘論文〈論章法風格中剛柔成分之量化〉)這是陳先生的又一大膽而空前的突破！它對辭章章法學的發展，必將具有十分重要而特殊的意義。五是以章

法學理論促進教學實踐的發展與提高。陳先生不僅在專著中特意設置「教學篇」以指導語文教學,而且從一九九三年起,把辭章章法學納入了指導博(碩)士研究生撰寫學位論文的主題範圍。二○○一年起,在臺灣師範大學國研所開設「章法學研討」課程,作為博(碩)士生選修課。二○○二年起,在臺南成功大學中文系開設《章法學》課程,由大學部與進修部的學生選修。這不僅是兩岸之首創,而且由此而指導其高足發表了一批又一批高水準的章法學論文與專著。其中,仇小屏《文章章法論》(1998)、《篇章結構類型論(上、下)》(2000)、《章法新視野》(2001)、《詩從何處來──新詩習作教學指導》(2002)……等書較有影響,受到兩岸辭章學專家的高度好評。……陳滿銘教授及其弟子所創立的辭章章法學,是目前的當代漢語辭章學所有分支學科中,最系統、最全面、最完整、規模最大、成就最突出的一個專門學科。它是當代漢語辭章學分支學科的建立與發展的極為重要的標誌。[4]

又說:

陳教授……以「定量分析」為「法」,驗證「章法風格」的客觀性:從我國傳統辭章理論,直至當代的辭章學、風格學、文學、美學等,對「風格」的品鑑,歷來都是靠人們主觀上的感知、體悟來作出評判。這雖然會有一定的共通準則,但是也難免因人而異,以致出現見仁見智甚至相互牴牾的觀點;而對於

4　林大礎、鄭娟榕:〈當代漢語辭章學的三個時期及其主要標誌〉,《國文天地》20卷4期(2004年8月),頁101-103。

學識尚淺的「青青子衿」，這更是一大難題。陳教授歷經幾十年的教學與科研的實踐，對此有更深的感觸。他經過幾十年的多方探索與苦思冥想，終於從其他學科理論中受到啟迪而觸類旁通，於是大膽地試用定量分析法來研究章法風格。陳教授已經初步成功地運用「量化」的方法來分析辭章風格，這本身就是一種歷史性的突破。這一嘗試性的創舉，不僅確證了「章法風格」的客觀性、可行性、實用性和科學性，也解決了辭章實踐中的一些難題。但是，要具體運用「章法風格定量分析法」，首先要掌握如下基本的要點：（1）「除判其陰陽外，以起始者取『勢』之數為『1』（倍）、終末者取『勢』之數為『2』（倍）」；（2）「將『調和』者取『勢』之數為『1』（倍）、『對比』者取『勢』之數為『2』（倍）」；（3）「將『順』之『移位』取『勢』之數為『1』（倍）、『逆』之『移位』取『勢』之數為『2』（倍）、『轉位』之『拗』取『勢』之數為『3』（倍）；而『拗』向陽者取『勢』之數為『1』（倍）、『拗』向『陰』者取『勢』之數為『2』（倍）」；（4）「將處『底層』者取『勢』之數為『1』（倍）、『上一層』者取『勢』之數為『2』（倍）、『上二層』者取『勢』之數為『3』（倍）……以此類推；（5）「以核心結構一層所形成『勢』之數為最高，過此則『勢』之數（倍）逐層遞降」；（6）把所得之數歸類相加，分別得出兩個（陰柔、陽剛）「和」，再將這兩個「和」換算成百分比（四捨五入），即可根據其比例來大致推出「章法風格」。（《綜論》，頁 307-308）

並且認為：

這對初學者來說，當然具有一定的難度。然而，只要花上一段時間，熟練掌握了這些技巧之後，就會有所受益。這就像小學生先學好「四角號碼」，然後再去查字典，自然會獲得事半功倍的收效。儘管陳教授自謙地認為「雖然這些『勢』(倍)，由於一面出自推測，一面又為了便於計算，因此其精確度是不足的，卻大致可藉以推測出一篇辭章剛柔成分之比例來」，(《綜論》，頁 308)但是按此法在實踐中予以演練，並以傳統的「風格評論」(定性分析)予以驗證，其結果可謂屢試不爽。例如：陶淵明〈飲酒詩之五〉(「結廬在人境」)，以此法來測算的結果是：「陰 69」：「陽 31」，從而可判定其「章法風格」屬於以柔為主、「柔中寓剛」。這與周振甫等名家所分析的「含蓄」、「高妙」、「閒逸」等風格基本吻合。而且經過此法之分析，對「章法風格」的總體印象(陽剛、陰柔)明晰而深刻，有助於加深對辭章風格的理解。可見，此法對學習、掌握辭章風格具有一定作用。儘管它還只能測出「陽剛」與「陰柔」的大致比例，「以見章法風格之梗概」(《綜論・前言》，頁15)但是只要繼續對其加以簡化、改善，並加以科學試驗，這種「章法風格定量分析法」，還是可以先逐步試而行之，然後再推而廣之的。[5]

還有辭章學大家鄭頤壽也認為：

> 所謂「順」，是「(0)一、二、多」的順向結構；所謂「逆」，

---

5 以上兩則引文，見林大礎、鄭娟榕：〈開闢漢語辭章學的新領域——陳滿銘教授創建辭章章法學評介〉，仇小屏、陳佳君等主編：《陳滿銘與辭章章法學》，同注3，頁164-166。

是「多、二、一（0）」的逆向結構。這是一種哲學的思辨，是「章法辭章學」和「篇章辭章學」的理論綱領。……這一綱領性理論，是從中華原典文化的《易經》、《老子》的辯證的哲學思想引申出來的，用《易經》之八卦、六十四卦、陰爻、陽爻的變化原理，用《老子》之「道」所講的「有」、「無」以及「有無相生」的理論來解釋篇章辭章學之「四大律」以及約四十種章法結構和篇章的風格、韻律、氣象、境界等，解決了篇章辭章學中宏觀、中觀、微觀的諸多理論問題。它做到融合儒道、貫通古今，交流兩岸哲學、文學、美學的研究成果，使「篇章辭章學」真正可以成「學」，而陳教授也真正建構了「一家之言」，成為「篇章辭章學」的「大家」。它富有中華風，民族味。也正由於最富民族性，也才具有世界性。而不亦步亦趨地演繹「舶來品」。[6]

這些肯定與鼓勵，主要聚焦於辭章章法之上；能牢籠哲學與辭章學（含國文教學）加以論述的是「三一語言學」創始人王希杰，他說：

臺灣師範大學國文系陳滿銘教授是「四書」學家、詩詞學家、章法學家和語文教育家。但是他首先是章法學家。四書學是他的為人、治學的基礎。詩詞學研究是他的章法學的材料來源，也是章法學規則的核對總和運用。語文教學是他的章法研究的出發點，他的章法學理論服務於語文教學。……陳滿銘教授對中國傳統文化是很有研究的，是四書學家。他的研究不是照搬

6　鄭頤壽：在〈從「章法辭章學」登上「篇章辭章學」的寶座——讀陳滿銘教授的《篇章辭章學》（書論）〉，《陳滿銘與辭章章法學》，同注3，頁304-305。

洋教條，而是傳統文化的繼承和發展。從這點上說，他是把四書學和章法學很成功地結合起來了。二十世紀裡，中國人文科學總的趨勢是販賣洋學問，運用洋教條來套中國的事情。我不滿這種做法，也就更喜歡陳滿銘教授的治學道路了。在方法論原則上，他和弟子們繼承了《周易》的二元互補和轉化的傳統。這也是對中國古代章法研究傳統的繼承。例如劉熙載在《藝概·詞曲概》中說：「詞之章法，不外相摩相蕩，如奇正、空實、開合、工易、寬緊之類是也。」滿銘教授合弟子們的章法體系基本上是建立在二元對立、互補、轉化之上的。[7]

然後辭章學大家鄭頤壽總結「三觀」體系說：

> 臺灣學者的辭章章法學理論，我們認為可用「（0）一、二、多」（「多、二、一（0）」）、「四大規律」、「四個章法族系」來概括。「（0）一、二、多」的理論是以《老子》的哲學原理和《易經》「靜」與「動」的卦爻變化規律總結出來的。《老子》四二章指出：「道生一，一生二，二生三，三生萬物。」陳滿銘教授以此為依據，總結出「（0）一、二、多」和「多、二、一（0）」的螺旋結構（陳滿銘：《章法學綜論》，臺北市：萬卷樓圖書股份有限公司，2003 年，頁 87）。我們認為，這應該就是篇章辭章學的宏觀理論框架。……篇章辭章學的中觀理論，我們認為應該是章法的「四大規律」：秩序律、變化律、聯貫律、統一律。這四律上承（0）一、二、多」的宏觀理論，並以之類聚成四個「族系」統領其下三十來種具體的辭章的「章

7　王希杰：〈陳滿銘教授和章法學〉，《畢節學院學報》總96期（2008年2月），頁1-5。

法」（陳滿銘《章法學論粹》，臺北市：萬卷樓圖書股份有限公司，2002 年，頁 3）。它使具體的章法有「律」來規範。篇章辭章學微觀的理論，我們認為就是具體的章法理論：今昔、遠近、大小、高低、本末、淺深、貴賤、親疏、插補、賓主、虛實（時、空、真、假）、正反、抑揚、立破、問答、平側等等。我們以為具體章法的數目是變化的，隨著人類認識的深化，總的說來，章法將由三十多種到四十幾種，或更多些，這是一方面；另一方面，由於時代的發展，人們認識的變化，某種章法也有生、旺、衰、滅的過程。篇章辭章學的「三觀」理論建構了科學的、體系嚴密的學科理論大廈，是「篇章辭章」藝術之所以能夠成「學」的最主要依據。分清這「三觀」，「大廈」的建構就有了層次性、邏輯性；抓住這「三觀」，就抓住了學科體系的「綱」和「目」。我們用「三觀」理論所作的概括、評價，應該基本上描寫了篇章辭章學的理論體系。[8]

諸如此類，不一而足。由此可知：自一九七六年起迄二〇〇三年，已兼顧「三觀」思想，為「章法學」亦即「陰陽雙螺旋層次邏輯」既精密又周全的「三觀」體系，奠定了堅實之基礎。

8　鄭頤壽：〈陳滿銘創建篇章辭章學──《陳滿銘與辭章章法學・代序》〉，《國文天地》23卷6期（2007年11月），頁90-94。

後編
深廣性研究

　　大致說來，自二〇〇四年之後迄今，在上述之基礎上作周密的「深度 ←→ 廣度」之「雙螺旋互動」研究，舉其大者而言，約有如下數端：

　　一、強調「層次邏輯」

　　二、探討「包孕結構」

　　三、辨析「三觀理則」

　　四、分解「完形原理」

　　五、呈現「思維系統」

　　六、通貫「基因螺旋」

　　七、開展「修辭轉化」

　　八、歸本「陰陽互動」

　　九、推廣「跨界章法」

　　這九端看似分歧，卻互有關聯，都歸結到「0 一二多」的「陰陽雙螺旋層次邏輯」系統，可說始終保持著「求異（歸納：科學性）←→ 求同（演繹：哲學性）」之「雙螺旋互動」之基本特色。

第四章
層次邏輯

　　「章法學」又稱「雙螺旋層次邏輯學」。大致說來,「層次邏輯」有別於「傳統邏輯」的邏輯形式。「傳統邏輯」的邏輯形式,主要是經由求「同」(歸納)求「異」(演繹),以確定其真偽、是非為目的;而「層次邏輯」,則主要在求「同」(歸納)求「異」(演繹)過程中,呈現其時、空或內蘊之層次為主要內容。這種邏輯層次,通常都由多樣的「二元對待、互動」為基礎,而經「移位與轉位」、「對比與調和」與「包孕」之過程與「0 一二多雙螺旋結構」之終極統合,形成其完整系統。為此,本章依序對「相關論文」(個人所發表)、「層次邏輯與因果邏輯」與「層次邏輯與辭章內涵」等,分三節加以說明。

第一節　相關論文

　　就個人所發表之相關論文而言,首次著眼於「層次邏輯」加以探討的,是〈論章法與層次邏輯〉(2003 年 2 月發表於《國文天地》18 卷 9 期,頁 98-104)。本文強調:章法之類型或規律之形成,都離不開「邏輯思維」,尤其是「層次邏輯」的「思維」。於是以「章法四律」為經、「章法結構」為緯,舉四篇辭章為例加以說明。在此單舉「變化率與層次邏輯」為例作說明,如李白〈登金陵鳳凰臺〉詩:

　　　鳳凰臺上鳳凰遊,鳳去臺空江自流。吳宮花草埋幽徑,晉代衣冠成古丘。三山半落青天外,二水中分白鷺洲。總為浮雲能蔽

日，長安不見使人愁。

這首詩藉作者登臺之所見所感，以寫其身世之悲與家國之痛。它首先
在起聯，扣緊「金陵鳳凰臺」，突出登臨之地點，用「遊」與「去」
寫其盛衰，以寓興亡之感；這是頭一個「圖」的部分。接著在頷、頸
兩聯，前以「吳宮」二句，就近寫今日所見「幽徑」與「古邱」之
「衰」景，而用「吳宮花草」與「晉代衣冠」帶入昔日之「盛」況，
形成強烈對比，以深化興亡之感；後以「三山」二句，將空間拓大，
就遠寫今日所見「三山」與「二水」一直延伸到「長安」的山水勝
景；這對上敘的「臺」或下敘的「人」〔不見長安之作者〕而言，均
有烘托、襯映的作用，是「底」的部分。最後在尾聯，聚焦到自己身
上，以「浮雲」之「蔽日」，譬眾邪臣之蔽賢，「長安」之「不見」，
喻己之謫居在外，既為自己被排擠出京而憤懣，又為唐王朝將重蹈六
朝覆轍而憂慮；這是後一個「圖」的部分。附結構分析表如下：

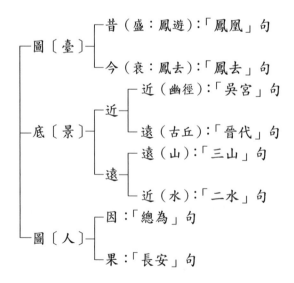

由上表可看出，作者此詩，經過「邏輯思維」，就「篇」而言，以
「圖、底、圖」形成其層次條理；就「章」而言，以「先昔後今」、
「先近後遠」、「先遠後近」與「先因後果」等形成其層次條理。其中
「順」和「逆」並用而產生變化的，除「圖、底、圖」外，還有中間
兩聯所形成的「近、遠、近」，真是變化中就帶有整齊，整齊中又有
變化，其著重層次的「邏輯思維」，是值得人注意的。

　　到了二○○四年後，就有如下十篇：〈層次邏輯與因果律〉（2004
年 12 月發表於《孔孟月刊》43 卷 4 期，頁 37-39）、〈論「多、二、
一 0」螺旋結構與層次邏輯——以《周易》與《老子》為考察重心〉
（2005 年 4 月發表於《孔孟月刊》43 卷 7、8 期，頁 3-8）、〈論二元
與層次邏輯〉（2005 年 5 月發表於上海《修辭學習》總 129 期，頁
36-39）、〈論「移位」、「轉位」與層次邏輯——以《周易》與《老子》
為考察重心〉（2005 年 6 月發表於《孔孟月刊》43 卷 9 期，頁 12-18）、
〈論層次邏輯——以哲學與文學作對應考察〉（2005 年 6 月發表於臺
灣師大《國文學報》37 期，頁 91-135）、〈層次邏輯系統論——以哲
學與章法作對應考察〉（2005 年 11 月發表於《渤海大學學報‧哲學
社會科學版》27 卷 6 期，頁 1-7）、〈層次邏輯系統與「多、二、一
（0）」螺旋結構〉（2006 年 10 月發表於《國文天地》22 卷 5 期，頁
36-40）、〈層次邏輯與意象（思維）系統——以「多、二、一（0）」
螺旋結構作考察（2008 年 3 月發表於臺灣師大《中國學術年刊》30
期‧春季號，頁 255-276）、〈論「才、學、識」之邏輯層次——以
「多二一（0）螺旋結構切入作考察〉（2012 年 1 月發表於高雄師範
大學《國文學報》15 期，頁 1-32）、〈層次邏輯規律在羅門、蓉子詩
作的呈現——為羅門、蓉子夫婦鑽石婚慶而作）（2016 年 7 月發表於
《國文天地》32 卷 2 期，頁 60-72）。

　　綜合這些論文，特聚焦於「層次邏輯與因果邏輯」與「層次邏輯與辭章內涵」兩大內容，分兩節加以說明。

第二節　層次邏輯與因果邏輯

　　一直以來，邏輯學者對「因果律」都非常重視，由於它涉及假設性之「演繹」與科學性之「歸納」，而假設性之「演繹」所形成的是「先果後因」的邏輯層次；與科學性之「歸納」所形成的是「先因後果」的邏輯關係，正好可以對應地發揮證明或檢驗的功能。陳波在其《邏輯學是什麼》一書中說：

　　　　因果聯繫是世界萬物之間普遍聯繫的一個方面，也許是其中最重要的方面。一個（或一些）現象的產生會引起或影響到另一個（或一些）現象的產生。前者是後者的原因，後者就是前者的結果。科學的一個重要任務就是要把握事物之間的因果聯繫，以便掌握事物發生、發展的規律。[1]

可見「因果」邏輯關係的重要。而這種「因果」邏輯，雖然一度受到羅素（B. Russell. 1872-1970）偏執之影響，使研究沉寂了半個世紀；但到了二十世紀三〇年代後卻有了新的發展。如美國當代哲學家、計算機理論家勃克斯（A. W. Burks），就提出了「因果陳述邏輯」，任曉明、桂起權介紹說：

　　　　作為一種證明或檢驗的邏輯，因果陳述邏輯在科學理論創新中

1　陳波：《邏輯學是什麼》（北京市：北京大學出版社，2002年1月），頁167。

能否起重要作用呢？答案是肯定的。第一，因果陳述邏輯對於解釋或預見事實有重要意義。就如同假說演繹法所起的作用一樣，因果陳述邏輯可以從理論命題推演出事實命題，或是解釋已知的事實，或是預見未知的事實。這種推演的基本步驟是以一個或多個普遍陳述，如定律、定理、公理、假說等作為理論前提，再加上某些初次條件的陳述，逐步推導出一個描述事實的命題來。這種情形就如同上一節所舉的「開普勒和火星軌道」的例子一樣。第二，因果陳述邏輯對於探求科學陳述之間的因果聯繫，進而對科學理論做出因果可能性的推斷有著重要作用。勃克斯所創建的這種邏輯對科學理論創新的貢獻在於：通過對科學推理的細緻分析，發現經典邏輯的實質蘊涵、嚴格蘊涵都不適於用來刻劃因果模態陳述的前後關係。於是，他提出了一種「因果蘊涵」，進而建立一個公理系統，為科學理論中因果聯繫的探索奠定了邏輯上的基礎。[2]

勃克斯這樣以「因果蘊涵」作為「因果陳述邏輯」的核心概念，而建立了一個「公理系統」，「從具有邏輯必然性的規律或理論陳述中推導出具有因果必然性的因果律陳述，進而推導出事實陳述。這種推導過程，不僅能解釋已知的事實，而且能預見未知的事實。」[3]這在科學理論方面，是有相當大的創新功能的。

　　由此可見「因果邏輯」在推導「事實」的過程中的重要性，而這種「因果邏輯」，就像陳波所說的，它是「世界萬物之間普遍聯繫的一個方面，也許是其中最重要的方面」。關於這點，可藉「章法」所

2　黃順基、蘇越、黃展驥主編：《邏輯與知識創新》（北京市：中國人民大學出版社，2002年4月），頁328-329。

3　見黃順基、蘇越、黃展驥主編：《邏輯與知識創新》，同上注，頁332。

呈現的層次邏輯系統，來加以驗證。因為「因果」章法確實帶有統括其他章法之母性 [4]，試看孟子〈齊人一妻一妾〉章：

> 齊人有一妻一妾而處室者，其良人出，則必饜酒而後反。其妻
> 問所與飲食者，則盡富貴也。其妻告其妾曰：「良人出，則必
> 饜酒肉而後反。問其與飲食者，盡富貴也，而未嘗有顯者來。
> 吾將瞷良人之所之也。」
> 蚤起，施從良人之所之，遍國中無與立談者。卒之東郭墦間，
> 之祭者乞其餘；不足，又顧而之他。此其為饜足之道也。
> 其妻歸，告其妾曰：「良人者，所仰望而終身也；今若此！」
> 與其妻訕其良人，而相泣於中庭。而良人未之知也，施施從外
> 來，驕其妻妾。
> 由君子觀之，則人之所以求富貴利達者，其妻妾不羞也而不相
> 泣者，幾希矣。

此章文字凡四段，可分為「敘」（因）與「論」（果）兩截。其中前三段為「敘」（因），末段為「論」（果）。「敘」（因）一截，先以「齊人有一妻一妾」三句，泛敘齊人常「饜酒肉而後反」以「驕其妻妾」之事，作為故事的引子；這是「點」的部分。再以「其妻問」句起至「驕其妻妾」句止，具體敘述其妻、妾由起疑、跟蹤，以至於發現、哭泣，而齊人卻一無所覺的經過；這是「染」的部分；而「點」是「因」、「染」是「果」。「論」（果）一截，即末段四句，依據上述的故事，發出感慨，以為人追求富貴利達，很少人不像齊人那樣寡廉鮮恥，很充分地將諷喻的義旨表達出來。依此篇章條理，可將其結構表呈現如下：

4　參見陳滿銘：〈論因果章法的母性〉，《國文天地》18卷7期（2002年12月），頁94-101。

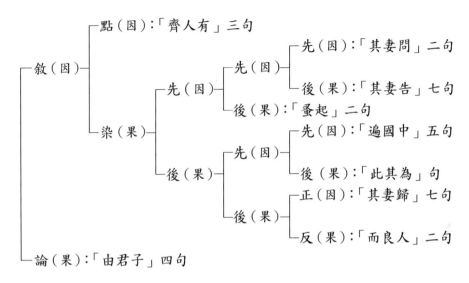

可見此文，經過「邏輯思維」的安排佈置，在「篇」以「先敘後論」形成其「層次邏輯」的條理；而「章」則以「先點後染」、「先昔（先）後今（後）」、「先因後果」、「先正後反」等形成其「層次邏輯」之條理。值得注意的是：在此形成了四個「先因後果」的結構，這是相當奇特的，究其原因，是由於「因果」章這種「層次邏輯」的條理頗原始，既用得很早又用得很普遍的緣故。而很明顯地，「敘論」、「點染」、「先（昔）後（今）」、「正反」等，也都可用「因果」加以代替，以呈現「因果」聯繫。

再看文天祥的〈正氣歌〉：

> 天地有正氣，雜然賦流形；下則為河嶽，上則為日星，於人曰浩然，沛乎塞蒼冥。皇路當清夷，含和吐明庭；時窮節乃見，一一垂丹青。
>
> 在齊太史簡，在晉董狐筆，在秦張良椎，在漢蘇武節；為嚴將軍頭，為嵇侍中血，為張睢陽齒，為顏常山舌；或為遼東帽，清操厲冰雪；或為出師表，鬼神泣壯烈；或為渡江楫，慷慨吞

胡羯；或為擊賊笏，逆豎頭破裂。

是氣所磅礴，凜烈萬古存。當其貫日月，生死安足論？地維賴
以立，天柱賴以尊。三綱實繫命，道義為之根。

這是〈正氣歌〉的前三段文字，主要是論正氣在扶持倫常綱紀、延續
宇宙生命上的莫大價值。其中首段共十句，首先以「天地」二句，拈
出「正氣」（浩然之氣），作一總括，以引出下面的議論；這是「凡」
的部分。然後以「下則」八句，採「先平提、後側注」的順序，先平
提天、地、人，以正氣之無所不在，說明其重要，再側注到「人」身
上，指出它是人類氣節的根源，以見其影響之大；這是前一個「全」
的部分。次段共十六句，承上段之「側注」（人），舉出因發揮浩然正
氣而「一一垂丹青」之十二件古哲的忠烈節義事蹟，以為例證；這是
「偏」的部分。三段共八句，先以「是氣」四句，由十二古哲之正氣
擴大到全人類，由時空的當下擴大到無限的時空，依然側注於
「人」，肯定「正氣」的存在與作用；次以「地維」四句，推及於
「地」、「天」，作進一層的說明；末以「三綱」二句，總括上面六
句，指出「正氣」是維繫天、地、人生命的根源力量；這是後一個
「全」的部分。依此看，其結構表可畫成這樣：

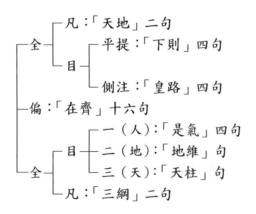

以上「偏全」、「凡目」、「平提側注」、「平列」等法，可用「因果」代替的只有「凡目」，其餘的都很難拉上關係。

可見「因果」章法的確帶有其母性，能相當普遍地替代其他的章法。這樣，章法似乎只要「因果」一法即可。但是，以「因果」這一邏輯，就想要牢籠所有宇宙人生、事事物物，形成「二元對待、互動」既精且細之「層次邏輯」關係，在「移位」、「轉位」、「聯貫」之作用下，趨於「統一」，而形成「0 一二多」的雙螺旋結構，以呈現完整之「層次邏輯」系統，實在是不可能的。更何況還有一些章法，如「偏全」、「平側」、「左右」、「大小」、「並列」、「知覺轉換」……等，是很不容易找出其「因果」關係來的。因此「因果」章法只能用以「兼法」（如同修辭之「兼格」）之方式，輔助其他的章法，而其他章法的開發與研究，仍然有其迫切性之需要，而且也希望能由此而充實「層次邏輯」的既精且細的系統內容，以補邏輯學中「因果律」之不足。這樣將使邏輯的推演過程，能經由「層次邏輯」系統的掌握，而擴大它證明或檢驗的功能。

第三節　層次邏輯與辭章內涵

一般說來，辭章是結合「形象思維」、「邏輯思維」與「綜合思維」而形成的。這三種思維，各有所主。如果是將一篇辭章所要表達之「情」或「理」，訴諸各種偏於主觀之聯想、想像，和所選取之「景（物）」或「事」接合在一起，或者是專就個別之「情」、「理」、「景」（物）、「事」等材料本身設計其表現技巧的，皆屬「形象思維」；這涉及了、「取材」與「措詞」等問題，而主要以此為研究對象的，就是意象學、詞彙學與修辭學等。如果是專就「景（物）」或「事」等各種材料，對應於自然規律，結合「情」與「理」，訴諸偏

於客觀之聯想、想像，按秩序、變化、聯貫與統一之原則，前後加以安排、佈置，以成條理的，皆屬「邏輯思維」；這涉及了「運材」、「佈局」與「構詞」等問題，而主要以此為研究對象的，就字句言，即文（語）法學；就篇章言，就是章法學。至於合「形象思維」與「邏輯思維」而為一，探討其整個體性[5]的，則為「綜合思維」，這涉及了「立意」、「確立體性」等問題，而主要以此為研究對象的，為主題學、文體學、風格學等。而以此整體或個別為對象加以研究的，則統稱為辭章學或文章學。

因此辭章的內涵，對應於學科領域而言，主要含意象學（狹義）、詞彙學、修辭學、文（語）法學、章法學、主題學、文體學、風格學……等。這是辭章研究的寶貴成果。而這些辭章的主要內涵，都與「形象思維」、「邏輯思維」或「綜合思維」有著密切的關係。其中有偏於字句範圍的，主要為詞彙、修辭、文（語）法與意象（個別）；有偏於章與篇的，主要為意象（整體）與章法；有偏於篇的，主要為主旨、文體與風格。

如換另一角度看，則辭章是離不開「意象」的。而「意象」有廣義與狹義之別：廣義者指全篇，屬於整體，可以析分為「意」與「象」；狹義者指個別，屬於局部，往往合「意」與「象」為一來稱呼。而整體是局部的總括、局部是整體的條分，所以兩者關係密切。不過，必須一提的是，狹義之「意象」，亦即個別之「意象」，雖往往合「意」與「象」為一來稱呼，卻大都用其偏義，譬如草木或桃花的意象，用的是偏於「意象」之「意」，因為草木或桃花都偏於「象」；如「桃花」的意象之一為愛情，而愛情是「意」；而團圓或流浪的意

5　陳望道：「語文的體式很多，……表現上的分類，就是《文心雕龍》所謂的『體性』的分類，如分為簡約、繁豐、剛健、柔婉、平淡、絢爛、謹嚴、疏放之類。」見《修辭學發凡》（香港：大光出版社，1961年2月），頁250。

象，則用的是偏於「意象」之「象」，因為團圓或流浪，都偏於
「意」；如「流浪」的意象之一為浮雲，而浮雲是「象」。因此前者往
往是一「象」多「意」，後者則為一「意」多「象」。而它們無論是偏
於「意」或偏於「象」，通常都通稱為「意象」。底下就著眼於整體
（含個別）的「意象」（意與象），試著用相應於它的綜合思維來統合
形象思維與邏輯思維，並貫穿辭章的各主要內涵，以見意象在辭章上
之地位。

　　先從「意象」之形成與表現來看，是都與形象思維有關的，因為
形象思維所涉及的，是「意」（情、理）與「象」（事、景）之結合及
其表現。其中探討「意」（情、理）與「象」（事、景）之結合者，為
「意象學」（狹義），這是就意象之形成來說的。而探討「意」（情、
理）與「象」（事、景）本身之表現者，如就原型求其符號化的，是
「詞彙學」；如就變型求其生動化的，則為「修辭學」。再從「意象」
之組織來看，是與「邏輯思維」有關的，而「邏輯思維」所涉及的，
則是意象（意與意、象與象、意與象、意象與意象）之排列組合，其
中屬篇章者為「章法學」，屬語句者為「文法學」。至於「綜合思維」
所涉及的，乃是核心之「意」（情、理），即一篇之中心意旨──「主
旨」與審美風貌──「風格」。由此看來，「形象思維」、「邏輯思維」
與「綜合思維」三者，涵蓋了辭章的各主要內涵，而都離不開「意
象」。如單由「象」而「意」，亦即「辭章研究」來說，它所循的一樣
是「多、二、一（0）」的逆向邏輯結構。

　　總結上述，辭章各內涵之關係可呈現如下圖：

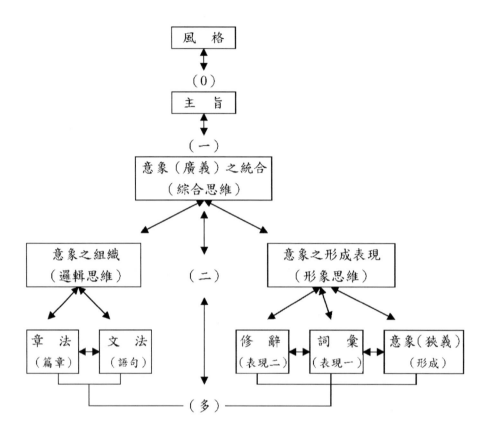

　　這些內涵，如對應於「0 一二多」的雙螺旋結構來說，則所謂的
「多」，指由「意象」（個別）、「詞彙」、「修辭」、「文（語）法」、與
「章法」等所綜合起來表現之藝術形式；「二」指「形象思維」（陰
柔）與「邏輯思維」（陽剛），藉以產生徹下徹上之中介作用；而「一
0」則指由此而凸顯出來的「主旨」與「風格」等，這就是「修辭立
其誠」（《易‧乾》）之「誠」，乃辭章之核心所在。

　　這樣以「0 一二多」來看待辭章內涵，就能透過「二」（「形象思
維」與「邏輯思維」）的居間作用，使「多」（「意象」（個別）、「詞

彙」、「修辭」、「文（語）法」與「章法」等）統一於「一（0）」（「主旨」與「風格」等）了。

　　茲舉白居易的〈長相思〉詞為例，加以說明，以見一斑：

　　　　汴水流，泗水流，流到瓜州古渡頭。吳山點點愁。　　思悠悠，恨悠悠，恨到歸時方始休。月明人倚樓。

這闋詞敘遊子之別恨，是採「先染後點」的層次邏輯來構篇的。

　　就「染」的部分而言，乃用「先象（景）後意（情）」的意象結構所寫成。

　　首先以「象（景）」的部分來說，它先用開篇三句，寫所見「水」景（象一），初步用二水之長流襯托出一份悠悠之恨。其中「汴水流」兩句，都是由「先主後謂」之結構所形成的敘事句，疊敘在一起，以增強纏綿效果。此外，作者又以「流到瓜州古渡頭」來承接「泗水流」，採頂真法來增強它的情味力量。這樣用頂真法來修辭，自然把上下句聯成一氣，起了統調、連綿的作用。況且這個調子，上下片的頭兩句，又均為疊韻之形式，就以上片起三句而言，便一連用了三個「流」字，使所寫的水流更顯得綿延不盡，造成了纏綿的特殊效果。作者如此寫所見「水」景後，再用「吳山點點愁」一句寫所見「山」景（象二）。在這兒，作者以「先主後謂」的表態句來呈現。其中「點點」兩字，一方面用來形容小而多的吳山（江南一帶的山），一方面也用來襯托「愁」之多。這樣，水既以其「悠悠」帶出愁，山又以其「點點」擬作愁之多，所謂「山牽別恨和腸斷，水帶離聲入夢流」（羅隱〈綿谷迴寄蔡氏昆仲〉詩），情韻便格外深長。

　　其次以「意（情）」的部分來說，它藉「思悠悠」三句，即景抒情，來寫見山水之景後所湧生的悠悠長恨。在此，作者特意在「思悠

悠」兩句裡，以「悠悠」形成疊字與疊韻，回應上片所寫汴水、泗水之長流與吳山之「點點」，造成統一，以加強纏綿之效果；並且又冠以「思」（指的是情緒，亦即「恨」）和「恨」，直接收拾上片見山水之景（象）所生之「愁」（意），表達了自己長期未歸之恨。而「恨到歸時方始休」一句，則不僅和上二句產生了等於是「頂真」的作用，以增強纏綿感，又將時間由現在（實）推向未來（虛），把「恨」更推深一層。

就「點」的不分而言，（後）的部分來說，僅「月明人倚樓」一句，寫的是「象（景－事）」。這一句，就文法來說，由「月明」之表態句與「人倚樓」之敘事句，同以「先主後謂」的結構組成，只不過後者之「謂語」，乃含述語加處所賓語，有所不同而已。而「月明人倚樓」，雖是一句，卻足以牢籠全詞，使人想見主人翁這個「人」在「月明」之下「倚樓」，面對山和水而有所「思」、有所「恨」的情景，大大地起了「以景（事）結情」的最佳作用。所以白居易以「月明人倚樓」來收結，是能增添作品的情韻的。何況他在這裡又特地用「月明」之「象」來襯托別恨之「意」，更加強了效果。

作者就這樣以「先染『象（景）、意（情）』後點『象（景——事）』」的層次邏輯結構，將「水」、「山」、「月」、「人」等「象」排列組合，也就是透過主人翁在月下倚樓所見、所為之「象」，把他所感之「意」（恨），融成一體來寫，使意味顯得特別深長，令人咀嚼不盡。有人以為它寫的是閨婦相思之情，也說得通，但一樣無損於它的美。附意象（含章法）的層次邏輯結構系統表如下：

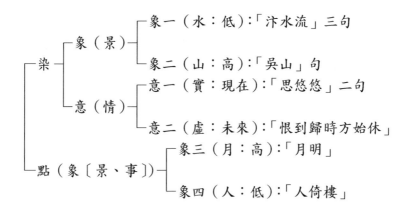

如凸顯其剛柔，則可分層表示如下：

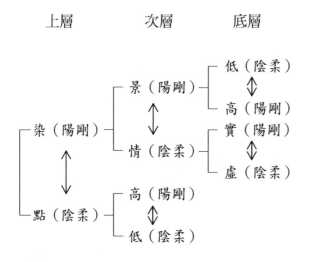

此詞之主旨為「悠悠」離恨，置於篇腹；而所形成的是偏於「陰柔」的風格，因為各層結構的剛柔之「勢」，除底層之「先低後高」趨於「陽剛」外，其餘的都趨於「陰柔」，尤其是其核心結構「先景後情」更如此。如此使「勢」很強烈地趨於「陰柔」，是很自然的事。

這樣，此詞就「意象」之形成、表現、組織、統合而言，可歸結

成如下重點：

　　一、以「意象」之形成來看，主要用「水流」、「山點點」、「月明」、「人倚樓」等，先後形成個別意象，而以「悠悠」之「恨」來統合它們，產生「異質同構」之莫大效果。這可以看出作者形象思維，亦即在意象形成上之特色。

　　二、以「意象」之表現來看，首先看「詞彙」部分，它將所生「情」（意）、所見「景（事）」（象），形成各個詞彙，如「水」（流）、「瓜州」、「渡頭」（古）、「山」（點點）、「思」（悠悠）、「恨」（悠悠）、「月」（明）、「人」（倚）、「樓」等，為進一步之「修辭」奠定基礎。然後看「修辭」，它主要用「頂真」法來表現「水」之個別意象，用「類疊」法、「擬人」法等來表現「山」之個別意象，使「水」與「山」都含情，而連綿不盡，以增強作品的感染力。足以看出作者形象思維，亦即在意象表現上之特色。

　　三、以「意象」之組織來看，首先看「文法」，所謂「水流」、「山點點」、「月明」、「人倚樓」等，無論屬敘事句或屬表態句，用的全是主謂結構，將個別概念組合成不同之意象，以呈現字句之邏輯結構。然後看「章法」，它主要用了「景情」、「高低」、「虛實」等章法，把各個個別意象先後排列在一起，以形成篇章之邏輯結構。這足以看出作者之層次邏輯思維，亦即在意象組織上之特色。

　　四、以「意象」之統合來看，綜合以上「意象」（個別）、「詞彙」、「修辭」、「文法」與「章法」等精心的設計安排，充分地將「恨悠悠」之一篇主旨與「音調諧婉，流美如珠」[6]這種偏於「陰柔」之風格凸顯出來，使人領會到它的美；這樣合形象思維與邏輯思維而為一，可以看出作者在意象統合上之特色。

6　參見趙仁圭、李建英、杜媛萍：《唐五代詞三百首譯析》（長春市：吉林文史出版社，1997年1月），頁148。

　　由此看來，辭章確實離不開「意象」之形成、表現與其組織，此
即「多」；而藉「形象思維」與「邏輯思維」加以統合，此即「二」；
並由此而凸顯出一篇主旨與風格來，此即「一 0」。這種辭章結構，
就相當於一棵樹之合其樹幹與枝葉而成整個形體、姿態與韻味一樣，
是密不可分的。

　　在這種辭章結構中，直接與「層次邏輯」相關的，就是意象之組
織。這個問題，雖一直有人注意，卻無法獲得解決。如陳慶輝在《中
國詩學》中即說道：

　　　　應該說意象的組合方式是多種多樣的，上述所舉只怕是掛一漏
　　　　萬；而且複合意象的構成，作為一種審美創造，是一個複雜的
　　　　心理過程，用所謂並列、對比、敘述、述議等結構形式加以說
　　　　明，似乎是粗糙的、膚淺的，其深層的因素和邏輯還有待我們
　　　　去挖掘和探索[7]。

意象的組織確乎是一種複雜的心理過程，其中動用了精密的「邏輯思
維」能力，原本就是不易掌握、捕捉的，而且在古典詩詞中，可以幫
助確認意象組織的邏輯關係之連接詞常常被省略，因此更加重了探索
的困難度。而王長俊等的《詩歌意象學》也認為：

　　　　中國古典詩歌的意象雖然可以直接拼接，意象之間似乎沒有關
　　　　聯，其實在深層上卻互相勾連著，只是那些起連接作用的紐帶
　　　　隱蔽著，並不顯露出來，這就是前人所謂的「斷峰雲連」、「辭
　　　　斷意屬」。[8]

7　見陳慶輝：《中國詩學》（臺北市：文史哲出版社，1994年12月），頁74。
8　見王長俊等：《詩歌意象學》（合肥市：安徽文藝出版社，2000年8月），頁215。

可見意象與意象間之隱蔽「紐帶」或「深層的因素和邏輯」，一直未被「挖掘」而「顯露」出來，是公認的事實。而這個難題，卻可從上文之論證中，由和「層次邏輯」直接有關的「章法」、「文法」切入，以組織「整體意象」（複合意象）、「個別意象」（單一意象），而獲得圓滿之解決。也由此足以看出「層次邏輯」與「辭章內涵」關係之密切來。

　　而這種「層次邏輯」之系統，可歸結於「0 一二多」，表示如下三圖：

一　單層「層次邏輯系統」圖

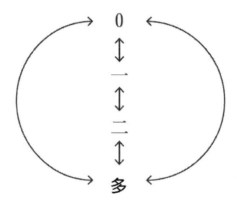

二　多層「層次邏輯系統」圖

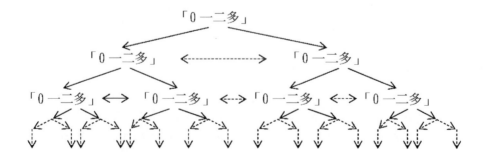

而此「層次邏輯」中每一層的內容或意象雖可以萬變、億變，但其雙螺旋結構卻不變，都以「陰陽二元」之互動為「二」，「秩序（移位）、變化（轉位），聯貫（對比與調和：下徹、上徹）為「多」，「統一」（包孕：下徹）為「一0」。

三　三觀系統圖

如配合「章法類型（結構）」（微觀）、「四大規律」（中觀）與「0一二多」來看，它們的關係可表示如下簡圖：

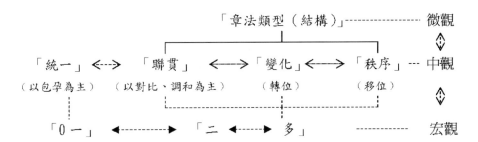

因此，「宏觀」層的「0 一二多」雙螺旋層次邏輯系統，是可統合「微觀」層的「章法類型（結構）」、「中觀」層的「四大規律、族性」（「秩序（移位）」或「變化（轉位）」、「聯貫」（以對比、調和為主）與「統一（以包孕為主）」，而形成其動態的「雙螺旋層次邏輯系統」的。

第五章
包孕結構

　　「包孕」涉及「陰陽」，大體可分「陰陽不分」與「分陰分陽」兩層。以「陰陽不分」而言，指「無極、道（無）」、「太極、一（有之始）」之初始階段；以「分陰分陽」來看，指「兩儀……、二……」的後續階段。而兩者不斷地起動「雙螺旋」作用，使得宇宙創生、轉化的過程，產生層層「層次」，以形成層層「0 一（陰陽不分）二多（分陰分陽）」之「雙螺旋邏輯系統」。由此可見「陰陽包孕」在「『0 一二多』陰陽雙螺旋邏輯系統」中所造成層層「層次」的重要作用；而這種作用，於所不在，就是在知識創新上來說，也是一樣不可或缺的。

第一節　相關論文

　　「包孕」，是在二〇〇六年才開始注意到的。關於此，曾發表數篇論文：〈章法的包孕式結構（上、下）〉（2006 年 2、3 月發表於《國文天地》21 卷 9、10 期，頁 98-103、92-98）、〈章法包孕式結構論——以「多、二、一（0）」螺旋結構切入作考察〉（2006 年 8 月發表於《江南大學學報・人文社會科學版》5 卷 4 期，頁 85-90）、〈意象包孕式結構論——以「多、二、一（0）」螺旋結構切入作考察〉（2009 年 8 月發表於《湘南學院學報》30 卷 4 期，頁 36-42）、〈論二元包孕與章法結構〉（2010 年 4 月發表於《國文天地》25 卷 11 期，頁 80-87）、〈篇章內容、形式包孕關係探論——以「多、二、一

（0）」螺旋結構切入作探討〉（2010 年 9 月發表於臺灣師大《中國學術年刊》32 期・秋季號，頁 283-319）、〈章法包孕式結構類型論——以凡目、圖底、因果等同一章法為例作考察〉（2011 年 2 月發表於《興大中文學報》30 期，頁 121-149）、〈論章法之包孕式結構——以全篇用「因果」章法包孕而成之作品作考察〉（2011 年 9 月發表於臺灣師範大學《中國學術年刊》33 期・秋季號，頁 123-158）、〈論章法包孕結構之陰陽變化——以蘇辛詞為作觀察〉（2014 年 3 月發表於臺北大學《中文學報》15 期・特稿，頁 1-24）。

就以最早發表於《國文天地》的那一篇來說，已為「包孕」的核心理論立好基本之架構。它在「前言」就說：「章法」所探討的，是篇章內容的邏輯結構。由於這種邏輯結構，乃對應於自然由「陰陽二元」之對待與互動為基礎而形成細致、複雜、多變的邏輯系統，足以反映出宇宙創生、含容萬物在時空歷程上那種細緻、複雜與多變之層次邏輯；並且又由於此基礎之「陰陽二元」，往往是「陰中有陽」、「陽中有陰」的，所以就使得對應於自然規律的各種章法，往往形成各種包孕式之邏輯結構，造成層次、映襯、和諧之美感。本文即鎖定這種結構，先探討其哲學義涵，再對應於此，歸結出其重要類型，並舉詩、詞或散文為例，略作說明，以見這種包孕式結構之奧妙。

在此特略去相關論述，只舉一首詩——杜甫之〈曲江〉作說明：

> 一片花飛減卻春，風飄萬點正愁人。且看欲盡花經眼，莫厭傷多酒入唇。江上小堂巢翡翠，苑邊高塚臥麒麟。細推物理須行樂，何用浮榮絆此身？

這是歌詠及時行樂的作品。作者先在首、頷兩聯，藉飛花減春、翡翠巢堂、麒麟臥塚的殘敗景象，暗寓萬物好景無常的盛衰道理，為第一

軌。而在頸聯表出其珍惜光陰、及時行樂的思想，為第二軌；這是「因」的部分，而這個「因」的部分，又以「果、因、果」之條理加以安排。然後以「細推物理須行樂」一句，將上六句的意思作個總括，這是「果」的部分；又由此引出「何用浮榮絆此身」一句，發出感慨收束。這樣詠來，真是一筆兜裏全篇，律法精嚴極了。附結構分析表如下：

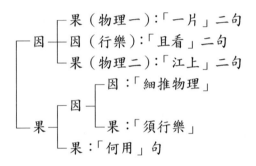

可見作者在此詩，將主旨「細推物理」（因）須行樂（果）以參層、雙軌（因果）貫穿全詩，其「邏輯思維」十分清晰。如配合其陰陽之流動（移、轉位）來表示，則如下圖：

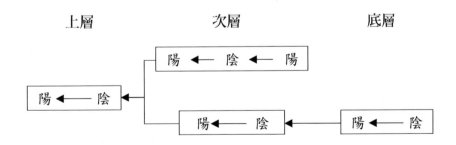

由圖可知此詩以包孕式結構而言，共有兩層，既有陰陽屬性之不同，又形成「先陰（因）後陽（果）」之移位結構與「陽（果）、陰

（因）、陽（果）」之轉位結構，此詩之所以呈現極為強烈之陽剛風格，大約可由此窺知。

以上所舉全篇由因果章法所形成包孕式結構的例子，最能凸顯這種包孕式結構環環相扣的特色。

在「結語」時則說：總結上述，可知無論「篇」或「章」，章法的這種包孕式類型，不僅普遍存在於由不同章法所形成的各層結構，也同樣會出現於由相同章法所形成的某些結構，以造成篇章之間層層相涵的效果。而又由於其陰陽流向有移位與轉位的不同，會影響一篇風格之剛柔強度，而使人獲得不同之美感。因此探討它的哲學義涵及其相關問題，多多少少可藉以增進我們對這種包孕式結構，甚至整個辭章的瞭解。

第二節　核心理論

所謂的「包孕」，是直接涉及「統一規律」的。在《周易》六十四卦中，除「乾」、「坤」兩卦，一為陽之元，一為陰之元外，其他的六十二卦，全是由「陰陽二元」之對待、互動而含融、聯貫而統一的。《周易‧繫辭下》說：「陽卦多陰，陰卦多陽。其故何也？陽卦奇，陰卦偶。」對此，清焦循注云：「陽卦之中多陰，則陰卦之中多陽。兩相孚合挼多益寡之義也。如〈萃〉陽卦也，而有四陰，是陰多於陽，則以〈大畜〉孚之。〈大有〉陰卦也，而有五陽，是陽多於陰，則以〈比〉孚之。設陽卦多陽，則陰卦必多陰，以旁通之；如〈姤〉與〈復〉、〈遯〉與〈臨〉是也。聖人之辭，每舉一隅而已。……奇偶指五，奇在五則為陽卦，宜變通於陰；偶在五則為陰卦，宜進為陽。」[1]可見《周易》六十四卦，有陽卦與陰卦之分，而

1　陳居淵：《易章句導讀》（濟南市：齊魯書社，2002年12月），頁209。

要分辨陽卦與陰卦，照焦循的意思，是要看「奇在五」或「偶在五」
來決定，意即每卦以第五爻分陰陽，如是陽爻則為陽卦，如為陰爻則
是陰卦 [2]。如此卦卦都產生「陰陽包孕」之作用。這種作用，如鎖定
單一結構，擴及全面，以「陽／陰或陽」而言，則可形成下列三種不
同的包孕式結構：

其中 1、2 兩種，可形成「移位」結構（對比或調和）外，3 又可合
而形成「轉位」結構（對比或調和）。

以「陰／陽或陰」而言，則可形成下列三種不同的包孕式結構：

其中 1、2 兩種，一樣各可形成「移位」結構（對比或調和）外，3
又可合而形成「轉位」結構（對比或調和）[3]。而「陰陽包孕」與「0

2　陽卦與陰卦之分，或以為要看每一卦之爻畫線段的總數來決定，如為奇數屬陽，如
　　是偶數則為陰。見鄧球柏：《帛書周易校釋》（長沙市：湖南人民出版社，2002年6
　　月），頁536。
3　其中有關於《易傳》的論述，詳見陳滿銘：〈章法包孕式結構論──以「多、二、
　　一（0）」螺旋結構切入作考察〉，《江南大學學報‧人文社會科學版》5卷4期（2006
　　年8月），頁85-90。又，陳滿銘：〈論章法包孕結構之陰陽變化──以蘇辛詞為例作
　　觀察〉，臺北大學《中文學報》15期‧特稿（2014年3月），頁1-24。

一二多」雙螺旋層次邏輯系統之關係，可用如下簡圖呈現：

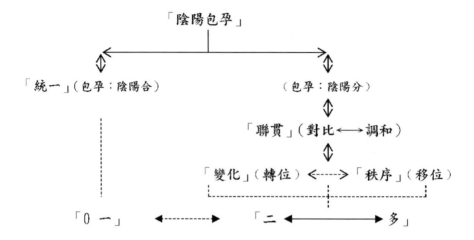

由此可知「陰陽包孕」與「章法四大律」、「0 一二多」是密切結合在一起的 [4]。

　　而這種合上徹與下徹之三層包孕結構，也可見於《老子》第二十五章：

　　　　故道大，天大，地大，王亦大。域中有四大，而王居一焉。王
　　　　法地，地法天，天法道，道法自然。

對此內容，張默生認為「四大事顯然有差等的，也好像各有各的範圍的」[5]，並以圖表是如下：

4　陳滿銘：《陰陽雙螺旋互動論——以「0一二多」層次邏輯系統作通貫觀察》（臺北市：萬卷樓圖書股份有限公司，2016年7月），頁123。

5　張默生：《老子章句新解》（臺北市：樂天出版社，1972年10月），頁30-32。

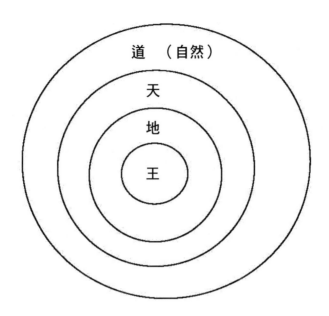

所謂「差等」、「範圍」，就是「包孕」形成的。茲將此「道」、「天」、
「地」、「王」的「陰陽」與「包孕」的螺旋關係表示如下圖：

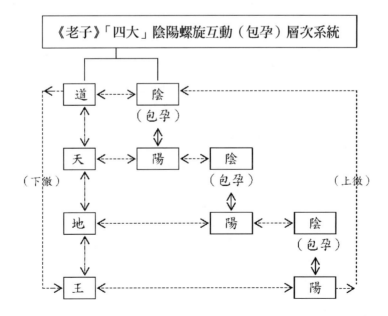

這種「陰陽」之「包孕」雙螺旋互動，如經由上徹、下徹，擴及全面，則可形成層層包孕之「0一二多」雙螺旋邏輯系統。不過，其中「0一」，顯然由「0」包孕「一」，以帶動「二」（陰陽）來包孕「多」，雖不屬於「陰陽二元」包孕互動此一層面，卻是它能產生包孕作用之動力根源。而「0一二多」，反映的是宇宙萬物創生、轉化的動態雙螺旋邏輯系統，是在「無形」（無極、道）剛剛形成「有形」（太極、一）即「0一」時，就先由「陰陽二元」互動開始推動，再經「移位（秩序）」或「轉位（變化）」[6]、對比與調和（聯貫）[7]的轉化過程，然後在「包孕」徹下、徹上的整合下，終於統一，而形成「0一二多」之「雙螺旋層次邏輯系統」。

第三節　驗證實例

在此，單舉「篇章」為例，以驗證「陰陽包孕互動雙螺旋邏輯系統」：

「篇章」之邏輯結構，只有靠「移位」或「轉位」作橫向的拓展是不夠的，必須藉「包孕」作縱向的推深，形成層級，以組織成為完整系統。就在這種「包孕式結構」中，有兩種基本類型：陰柔屬性：「陰／『陰、陽』」、陽剛屬性：「陽／『陰、陽』」的結構類型。一般說來，任何篇章之「邏輯結構系統」都會出現這兩種類型。不過，由於「轉位」比較複雜，並非都會出現於每一辭章，所以篇章的「邏輯

6　陳滿銘：〈章法的「移位」、「轉位」結構論〉，臺灣師範大學《師大學報‧人文與社會類》49卷2期（2004年10月），頁1-22。

7　對比與調和之作用在於聯貫，而聯貫為層次邏輯（章法）四大規律之一。見陳滿銘：〈論辭章章法的四大律〉，《國文天地》17卷4期（2001年9月），頁101-107。又，陳滿銘：〈論章法四大律之方法論原則——以多二一（0）螺旋結構作系統探討〉，臺灣師範大學《中國學術年刊》33期‧春季號（2011年3月），頁87-118。

結構系統」，可單由「移位」（橫向）與「包孕」（縱向）所組成，也可由「移位」（橫向）、「轉位」（橫向）與「包孕」（縱向）所組成。這種情況不僅是「章」如此，就是「篇」也這樣[8]。

　　底下就舉蘇軾〈浣溪沙〉組詞五首為例，進行觀察。它有總題序云：「徐門石潭謝雨，道上作五首。潭在城東二十里，常與泗水增減，清濁相應。」知此全是為徐門石潭謝雨而寫，都作於宋元豐元年（1078 年），東坡知徐州時。

　　其第一首為：

照日深紅暖見魚，連村綠暗晚藏烏。黃童白叟聚睢盱。　　麋鹿逢人雖未慣，猿猱聞鼓不須呼。歸來說與采桑姑。

此詞寫藉潭邊村野風光，以襯托作者與村民的歡樂情緒。乃採「先景後事」（上層）的移位性「篇結構」包孕「先低後高」（次層）、「並列（一、二、三、四）」（底層）兩層的移位性「章結構」寫成。首先就「景」（上層），由「水」（石潭）寫到陸上（次層）的「烏」、「人」（黃童、叟）、「麋鹿」和「猿猱」（底層）；再就「事」（上層），寫村人謝神歸來和採桑姑閒話的情形；呈現出農村的一片生機。

　　附其邏輯結構系統表如下：

8　陳滿銘：〈邏輯結構的篇、章系統〉，《國文天地》30卷2期（2014年7月），頁80-88。

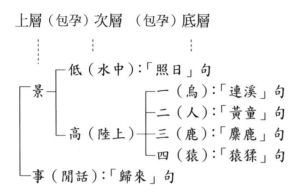

上層（包孕）次層 （包孕）底層

此詞篇章之「陰陽二元」互動，如依據其陰陽流動 [9] 並對它的剛柔成分加以量化[10]，則其「0 一二多」的「雙螺旋邏輯系統」，可簡

---

[9] 篇章結構有關章法類型之陰陽、剛柔之判定是有準則的。陳望衡：「剛柔也與許多成組相對立的事物性質相連屬，如動靜、進退、貴賤、高低……剛為動、為進、為貴、為高；柔為靜、為退、為賤、為低。」見《中國古典美學史》（長沙市：湖南教育出版社，1998年8月），頁184。另參見陳滿銘：〈章法風格中剛柔成分之量化〉，《國文天地》19卷6期（2003年11月），頁86-93；陳滿銘：〈論章法結構系統──以其陰陽變化作輔助觀察〉，高雄師範大學《國文學報》17期（2013年1月），頁1-30。

[10] 有關剛柔成分量化之理論及公式，最早見於陳滿銘：〈章法風格中剛柔成分之量化〉，同上注；最近見於陳滿銘：〈試論篇章風格中剛柔成分之量化──以稼軒「豪壯沉鬱」詞為例作探討〉，彰化師大《國文學誌》25期（2012年12月），頁61-102。又，林大礎、鄭娟榕：「從我國傳統辭章理論，直至當代的辭章學、風格學、文學、美學等，對『風格』的品鑑，歷來都是靠人們主觀上的感知、體悟來作出評判。這雖然會有一定的共通準則，但是也難免因人而異，以致出現見仁見智甚至相互牴牾的觀點；而對於學識尚淺的『青青子衿』，這更是一大難題。陳教授歷經幾十年的教學與科研的實踐，對此有更深的感觸。他經過幾十年的多方探索與苦思冥想，終於從其他學科理論中受到啟迪而觸類旁通，於是大膽地試用定量分析法來研究章法風格。陳教授已經初步成功地運用『量化』的方法來分析辭章風格，這本身就是一種歷史性的突破。這一嘗試性的創舉，不僅確證了『章法風格』的客觀性、可行性、實用性和科學性，也解決了辭章實踐中的一些難題。」見〈開闢漢語辭章學的新領域──陳滿銘教授創建辭章章法學評介〉，仇小屏、陳佳君等編：《陳滿銘與辭章章法學》（臺北市：文津出版社，2007年12月），頁164-168。又指出：「嘗試

單呈現如下圖：

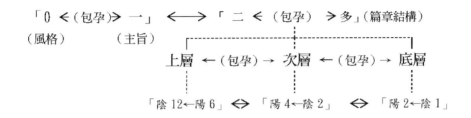

就其剛柔成分之量化來看，底層為「陰 1 ⟷ 陽 2」，次層為「陰 2 ⟷ 陽 4」，上層為「陰 12 ⟷ 陽 6」，總結為「陰 15 ⟷ 陽 12」；換成百分比是「陰 56%、陽 44%」。此詞就這樣以「偏柔」（柔中寓剛）之風格包孕著「作者與村民喜樂」之主旨與其篇章結構，呈現了它「陰 ⟷ 陽」互動之篇章「『0 一二多』雙螺旋邏輯系統」。

其第二首為：

> 旋抹紅妝看使君，三三五五棘籬門。相排踏破舊羅裙。　　老幼扶攜收麥社，烏鳶翔舞賽神村。道逢醉叟臥黃昏。

此詞寫村途所見歡樂景觀，採「由先而後」（上層）的移位性「篇結構」包孕「先點後染」、「先底後圖」（次層）與「先因後果」（底層）的移位性「章結構」寫成。它先在上片，用「先點後染」（次層）的「章結構」，寫「賽神」前村婦為爭看「使君」（作者自稱）而擠在籬門、踏破羅裙的景象。後在下片，用「先底後圖」（次層）包孕「先

對辭章作品進行定量分析，並用定性分析的結果來驗證其定量分析的結果的正確性。這是陳先生的又一大膽而空前的突破，對辭章章法學的發展，必將具有十分重要而特殊的意義。」見〈當代漢語辭章學的三個時期及其主要標誌〉上、下，《國文天地》20卷3、4期（2004年8、9月），頁102-109、99-104。

因後果」（底層）的「章結構」，先以「老幼」二句，寫因收成而「賽神」之熱鬧景象（底）；後以結句，寫「賽神」後老叟醉臥道旁的景象（圖）。這些景象組合在一起，便洋溢著濃濃的泥土氣息。

　　附其邏輯結構系統表如下：

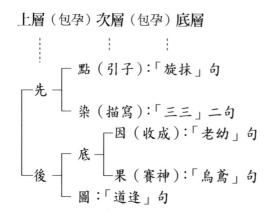

上層（包孕）次層（包孕）底層

先　　點（引子）：「旋抹」句

　　　染（描寫）：「三三」二句

　　　因（收成）：「老幼」句

後　底　果（賽神）：「烏鳶」句

　　　圖：「道逢」句

此詞篇章之「陰陽二元」互動，如依據其陰陽流動並量化它的剛柔成分，則其「０一二多」之「雙螺旋邏輯系統」，可簡單呈現如下圖：

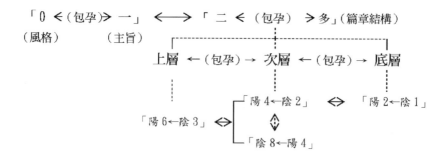

「０ ≪（包孕）≫ 一」　⟷　「 二 ≪ （包孕） ≫ 多」（篇章結構）
（風格）　　　　（主旨）

上層 ←（包孕）→ 次層 ←（包孕）→ 底層

「陽 4←陰 2」　⬄　「陽 2←陰 1」

「陽 6←陰 3」⬄　「陰 8←陽 4」

就其剛柔成分之量化來看，底層為「陰 1 ⟷ 陽 2」，次層為「陰 10 ⟷ 陽 8」，上層為「陰 3 ⟷ 陽 6」，總結為「陰 14 ⟷ 陽 16」；換成百分比是「陰百分之四十七、陽百分之五十三」。此詞就這樣以

「剛柔互濟」之風格包孕著「以沿途所見之景襯出歡樂之情」主旨與其篇章結構，呈現了它「陰 ←→ 陽」互動之篇章「『0 一二多』雙螺旋邏輯系統」。

其第三首為：

> 麻葉層層苘葉光，誰家煮繭一村香。隔籬嬌語絡絲娘。　　垂白杖藜抬醉眼，捋青擣麨軟飢腸。問言豆葉幾時黃。

此詞寫村民衣食無憂景象，採「並列（景一、景二）」（上層）的移位性「篇結構」包孕「先外後內」、「先實後虛」（次層）與「先嗅覺後聽覺」（底層）的移位性「章結構」寫成。其上片用以寫「景一」，由村外（麻葉）寫到村內（煮繭），採知覺變換（視、嗅、聽）法寫村民「衣」無憂的情景。下片用以寫「景二」，由青麥寫到新豆，採時間的「先實後虛」（次層）寫村民「食」無憂的情景。就這樣，襯托出了作者之喜悅心情。

附其邏輯結構系統表如下：

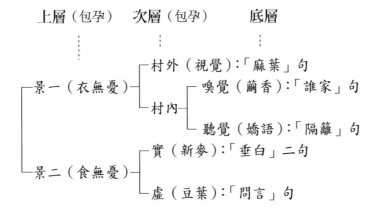

上層（包孕）　　次層（包孕）　　　底層

景一（衣無憂）─┬─村外（視覺）:「麻葉」句
　　　　　　　└─村內─┬─嗅覺（繭香）:「誰家」句
　　　　　　　　　　　└─聽覺（嬌語）:「隔籬」句

景二（食無憂）─┬─實（新麥）:「垂白」二句
　　　　　　　　└─虛（豆葉）:「問言」句

此詞篇章之「陰陽二元」互動，如依據其陰陽流動並量化它的剛柔成分，則其「『０一二多』雙螺旋邏輯系統」，可簡單呈現如下圖：

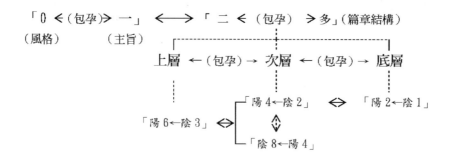

就其剛柔成分之量化來看，底層為「陰 1 ⟷ 陽 2」，次層為「陰 16 ⟷ 陽 8」，上層為「陰 3 ⟷ 陽 6」，總結為「陰 20 ⟷ 陽 16」；換成百分比是「陰百分之五十六、陽百分之四十四」。此詞就這樣以「偏柔」（柔中寓剛）之風格包孕著「村民衣食無憂」之主旨與其篇章結構，呈現了它「陰 ⟷ 陽」互動之篇章「『０一二多』雙螺旋邏輯系統」。

其第四首為：

> 蔌蔌衣巾落棗花，村南村北響繅車。牛衣古柳賣黃瓜。　　酒困路長惟欲睡，日高人渴漫思茶。敲門試問野人家。

此詞藉初夏在途中之所見（景）所為（事），寫作者的盎然情趣，採「先景後事」（上層）的移位性「篇結構」包孕「視、聽、視」、「先因後果」（次層）與「並列（一、二）」（底層）轉位性或移位性的「章結構」寫成。它在上片寫「景」，先用視覺寫「棗花」之落，再用聽覺寫「繅車」之響，然後再用視覺寫「賣瓜」之老人；將衣食無憂之意隱藏在內，寫得極為清新而生動。到了下片，則用以敘

「事」，敘自己由於「欲睡」（並列一：底層）、「思茶」（並列二：底層）而「試問人家」的情事，由此上徹，形成「先因後果」（次層）之「章結構」，將「自身內在的感受」與「野趣橫生的形象」[11]描繪得淋漓盡致。

　　附其邏輯結構系統表如下：

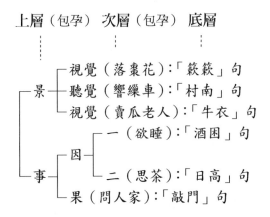

此詞篇章之「陰陽二元」互動，如依據其陰陽流動並量化它的剛柔成分，則其「『0 一二多』雙螺旋邏輯系統」，可簡單呈現如下圖：

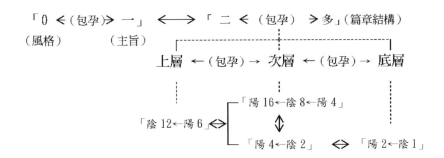

11 朱靖華評析、葉嘉瑩主編：《蘇軾詞新釋輯評》（北京市：中國書店，2007年1月），頁444。

就其剛柔成分之量化來看，底層為「陰 1 ⟷ 陽 2」，次層為「陰 10 ⟷ 陽 24」，上層為「陰 12 ⟷ 陽 6」，總結為「陰 23 ⟷ 陽 32」；換成百分比是「陰百分之四十二、陽百分之五十八」。此詞就這樣以「偏剛」（剛中寓柔）之風格包孕著「作者初夏面對村景村事的盎然情趣」與其篇章結構，呈現了它「陰 ⟷ 陽」互動之篇章「『0 一二多』雙螺旋邏輯系統」。

其第五首為：

> 軟草平莎過雨新，輕沙走馬路無塵。何時收拾耦耕身。　　日暖桑麻光似潑，風來蒿艾氣如薰。使君元是此中人。

這是這套組詞的最後一首，藉村道上雨後景物之美好，抒發喜悅之餘的隱退情思，採「實、虛、實」（上層）的轉位性「篇結構」包孕「先遠後近」、「先空後時」（次層）與「先視後嗅」（底層）的移位性「章結構」寫成。它一開篇就由「實」空間切入，以「軟草」二句，特別著眼於「道旁」（遠）的莎草與道中的輕沙，寫走在「道上」（近）所見道旁雨後的清新景象，預為下句敘隱逸之思鋪路。接著由「實」轉「虛」，將時間推向未來，以「何時」句，即景抒情，抒發了隱退的強烈意願。繼而以「日暖」二句，又回到「實」空間，特別著眼於「桑麻」的光澤（視覺）與「蒿艾」的香氣（嗅覺），應起寫走在道上所見雨後的另一清新景象，以強化隱逸之思；最後以結句，主要著眼於「實」時間，寫此時所以會有強烈的隱退意願，是由於自己原本就來自於田野的緣故。

這樣用「實（空）、虛（時）、實（空、時）」（上層）的「篇結構」來組合材料，將隱逸之旨表達得極為明白。就在兩個「實」（空）的部分裡，則採「遠、近、遠」（次層）的「章結構」來呈

現。先在上片，就「遠、近」，藉路中之所見（實），以引發感觸
（虛）；在下片，就 「遠」，藉路旁之所見（實），以引發感觸
（虛）；使人強烈地感受到農村蓬勃之生氣，而作者因來自農村，歸
隱田園的念頭也因而帶了出來。

　　附其邏輯結構系統表如下：

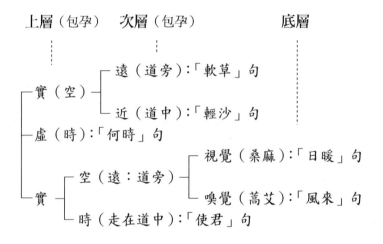

此詞篇章之「陰陽二元」互動，如依據其陰陽流動並量化它的剛柔成
分，則其「『0一二多』雙螺旋邏輯系統」可簡單呈現如下圖：

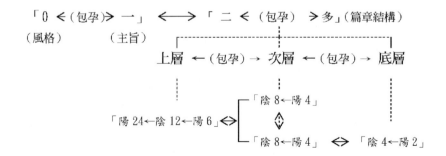

就其剛柔成分之量化來看，底層為「陰 4 ←→ 陽 2」，次層為「陰 16 ←→ 陽 8」，上層為「陰 12 ←→ 陽 30」，總結為「陰 32 ←→ 陽 40」；換成百分比是「陰百分之四十四、陽百分之五十六」。此詞就這樣以「偏剛」（剛中寓柔）之風格包孕了「抒發喜悅之餘的隱退情思」的主旨與其篇章結構，呈現了它「陰 ←→ 陽」互動之篇章「『0 一二多』雙螺旋邏輯系統」。

如將這一組詞視作完整之一篇，則無論寫景或敘事，都可聚焦於村民之「衣食無憂」加以統一，以寫村民喜樂與作者（使君）歡慰之情。其中第一首主要藉「采桑姑」以凸顯「衣無憂」，第二首主要藉「賽神」與「醉叟」以凸顯「食無憂」，第三首主要藉「麻葉」、「繭香」、「醉眼」、「豆葉」以凸顯「衣食皆無憂」，第四首主要藉「落棗花」、「響繰車」、「賣黃瓜」以凸顯「衣食皆無憂」，第五首主要藉「桑麻」、「氣如薰」呼應前四首以凸顯「衣食皆無憂」作結。據此，可用下圖表示其組詞之邏輯結構系統：

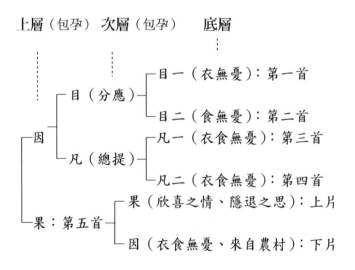

此一組詞（視為一首詞）篇章之「陰陽二元」互動，如依據其陰陽流動並量化它的剛柔成分，則其「『0 一二多』雙螺旋邏輯系統」，可簡單呈現如下圖：

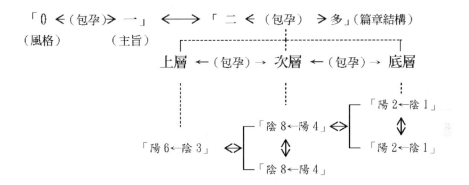

就其剛柔成分之量化來看，底層為「陰 2 ⟷ 陽 4」，次層為「陰 16 ⟷ 陽 8」，上層為「陰 3 ⟷ 陽 6」，總結為「陰 21 ⟷ 陽 18」；換成百分比是「陰百分之五十四、陽百分之四十六」。此一組詞就這樣以非常接近「剛柔互濟」之風格包孕了「農村生活的清新與喜樂」與其篇章結構，呈現了它「陰 ⟷ 陽」互動之篇章「『0 一二多』雙螺旋邏輯系統」。

　　統合起來看此一組詞，是在農村雨後清新、恬靜的初夏風光為背景下，抒寫作者與村民一起「賽神」、「謝雨」的熱鬧、喜樂情事，十分多樣化，是在詞壇上極少見到的。龍沐勛認為：「數闋寫農村生活，為詞壇別開生面。」[12] 而傅經順也讚美說：「這組詞文風樸實，格調清新，不取香豔字眼，不用華麗詞藻，不採生僻典故，以生動活潑的語言，爽朗明快的調子來歌詠農村新鮮淳樸、生機盎然的景象。

12　龍沐勛：《東坡樂府講疏》卷一（臺北市：廣文書局，1972年9月），頁86。

這些藝術特色，對後來辛棄疾的農家詞，曾產生過重大影響。」[13] 可見蘇軾這幾首農家詞所受到的重視。它們寫的是同樣的主題，而所呈現之風格，雖然有的偏於「偏柔」（偏於樸實、清新），有的偏於「偏剛」（偏於活潑、爽朗明快、生機盎然），有的則是「剛柔互濟」，都有其特色，但如從整體來看，則像將組詞五首當一首作品來分析的結果一樣，可以說是「剛柔互濟」，而這種「剛柔互濟」之審美風貌，在美學中是受到極高之推崇的[14]。

經由上述，可知無論「篇」或「章」所用「章法」受「陰陽變化」的影響，會形成包孕結構。而這種結構，在「移位」、「轉位」的橫向與「包孕」的縱向作用下，造成篇章之間層層拓展（橫向）、層層相涵（縱向）的效果，以呈現章法結構的完整系統。為此，本章特著眼於其中「包孕」結構的「陰陽變化」，將其哲學義涵及其相關問題作一探討，並舉蘇詞為例，酌將其風格之剛柔成分試予量化，加以說明，希望或多或少可藉以增進我們對這種包孕式結構，甚至整個辭章的瞭解。

---

13 傅經順：〈太守與民同樂圖〉，《閱讀和欣賞》，葉嘉瑩主編：《蘇軾詞新釋輯評》，同注14，頁437。

14 陳望衡：《中國古典美學史》，同注9，頁186-187。

第六章

三觀理則

　　凡事物之變化，脫離不了「起因」、「過程」與「結果」，乃形成「三觀」理則之主因。如《易》有「三易」（簡易、變易、不易）、「三才」（天、地、人），儒家主張「三德」（智、仁、勇）、三綱（明明德、親民、止於至善），佛家主張「三觀」（空觀、假觀、中觀）、史家主張三長（才、學、識）……等，不一而足。就以「辭章章法學」而言，其「結構類型」（三疊〔一、二、三〕與移位、轉位、包孕）、「族系分類」（對比、調和、中性）、「偏離現象」（負偏離、零度、正偏離）、「篇章統合」（多、二、一〔0〕）、「藝術境界」（真、善、美）與「螺旋體系」（微觀、中觀、宏觀）各層面，就全由「三觀」理則形成，影響極大，由此足見「三觀」理則之重要性及其普遍性[1]。限於篇幅，本文僅就「真 ←→ 善 ←→ 美」此一理則加以呈現。

第一節　相關論文

　　自二〇〇五年起迄今，先後發表了如下論文：
　　〈論「真」、「善」、「美」的螺旋結構──以章法「多」、「二」、「一（0）」結構作對應考察〉（2005 年 3 月發表於臺灣師範大學《中國學術年刊》27 期・春季號，頁 151-188）、〈章法結構與「真、善、

1　陳滿銘：〈章法學三觀論〉，高雄師範大學《國文學報》21期・特約稿（2015年1月），頁1-33。

美」——以「多、二、一（0）」螺旋結構切入作考察〉（2006 年 5 月
「第一屆辭章章法學學術研討會」作專題演講，《章法論叢》第一
輯，頁 1-15）、〈論「真、善、美」與「多、二、一（0）」螺旋結
構——以辭章章法為例作對應考察〉（2008 年 6 月發表於中山大學
《文與哲》學報 13 期，頁 663-698）、〈論篇章意象之真、善、美〉
（2008 年 12 月發表於《成大中文學報》27 期，頁 89-118）、〈羅門詩
國的「真、善、美」——以〈麥堅利堡〉一詩的篇章意象為例作探
討〉（2010 年 6 月發表於《國文天地》26 卷 1 期，頁 66-77）、〈「真、
善、美」螺旋結構論〉（2012 年 5 月發表於文藻外語學院《應華學
報》10 期·特稿，頁 1-32）、〈「真、善、美」〉融合之三探——楊道
麟博士的語文教育美學的核心思想述評〉（2012 年 12 月發表於《焦
作大學學報》26 卷 4 期，頁 106-110）、〈論仁義之道與「真、善、
美」——以「（0）一 二 多」螺旋結構切入作對應考察〉（2014 年 3
月發表於《國文天地》29 卷 10 期，頁 87-91）；〈蓉子詩「篇章意
象」所呈現的「真、善、美」境界——以〈溫泉小鎮〉與〈我們的城
不再飛花〉為例作探討〉（賀蓉子八秩晉七壽慶而寫，2014 年 6 月發
表於《國文天地》29 卷 12 期，頁 72-84）。

這九篇論文，有八篇都落於「辭章」面來研討，而有一篇卻落
在「義理」（仁義之到）上作論述，是比較特別的，下文就對此略作
說明：

所謂「仁義之道」，是「以中和為用」的。其中存「中和」為
「真」，以對應「仁義」之質性；行「中和」為「善」，以對應「仁
義」之實踐；呈「中和」為「美」，以對應「仁義」之境界。而由此
「互動、循環、往復而提升」，便形成雙螺旋結構。因此，「仁義之
道」與「真、善、美」之雙螺旋結構的關係，極為密切，而且與主張
「以中和為用」的《中庸》「0 一二多」雙螺旋結構，更是兩相對應

的。而兩者對應，首先要調整對「真」和「善」的認識。

在西洋的早期，將「善」置於「真」之上，當作「神」或「上帝」來看待，是帶有神秘色彩的；後來「形式論」興起，才認為「美」和「善」一樣，都是建立在「真實的形式上面」，而把「善」放在「真」之下，從倫理學的層面加以把握[2]。如今對「真」和「善」的認識，大致是如此。而這樣的認識，和「0 一二多」會有些接不上頭的。因此需要作一些調整與說明，以見「真、善」和「美」融成一體的雙螺旋關係。

先以「真」來說，要等同於「一 0」，就必須追溯到宇宙創生、含容萬物之原動力來觀察，而這種原動力由「未形」而「已形之始」，為「一 0」，其中之「0」，就和「至誠」（誠）或「无」有關[3]。朱熹注《中庸》，對所謂「至誠」，雖沒有直接解釋，但在《中庸》二十四章（（依朱熹《章句》），下併同）「至誠如神」下卻以「誠之至極」來釋「至誠」，意即「誠之極致」[4]。這個注釋，受到眾多學者的注意與肯定。如果稍加尋繹，便可發現這與《老子》與《周易》脫不了關係。《老子》第二十二章說：「道之為物，惟恍惟惚。惚兮恍兮，其中有象。恍兮惚兮，其中有物。窈兮冥兮，其中又精。其精甚真，其中有信。」此所謂「真」、「信」，即「真實」，因為《說文》就說：「信，實也」。而此「真實」，指的就是《老子》「无，名天地之始」（1 章）、「有生於无」（40 章）之「无」[5]，亦即「无極」而言[6]。因

2　歐陽周、顧建華、宋凡聖：《美學新編》（杭州市：浙江大學出版社，2001年5月），頁52。

3　陳滿銘：〈《中庸》「多、二、一（0）」螺旋結構論〉，《第三屆中國經學國際學術研討會論文集》（臺北市：洪葉文化公司，2003年11月），頁214-265。

4　朱熹：《四書集註》（臺北市：學海出版社，1984年9月），頁31。

5　宗白華即引《老子》二十一章云：「道是无名，素樸，混沌。這個先天地而自生的道體，它本身雖是具體的，然尚未形成任何有形的事物，所以不能有名字。它是素

此朱熹以「真實」釋「誠」，該與老子「无」之說有關，而且加上「无妄」兩字，取義於《周易・无妄》，表示這種「真實而不是虛無（零）」的特性；看來是該有周敦頤「太極本无極」[7]之義理邏輯在內的。這樣，「至誠」也因此可看作是「先天地而自生的道體」[8]了。因此，「真」歸本到這個層面來說，就是「太極」（本无極）、「道生一」、「至誠無息，不息則久，久則徵」，即「0 一」。換句話說，就是形成宇宙人生規律的原動力，亦即「人間正道」之「真」的根源，以質性面照應「仁義」。

再以「善」來看，說得簡單一點，就是「規律」。《周易・說卦傳》說：「立天之道，曰陰與陽；立地之道，曰剛與柔；立人之道，曰仁與義；兼三才而兩之。」而這所謂「兼三才而兩之」的「陰陽」、「剛柔」、「仁義」，就是萬事萬物形成「規律」發展、變化之憑據。因此，人生的規律（仁義），是對應於自然（天地）的規律（陰陽剛柔）的。易言之，無論人生或自然的種種，只要在「至誠無息」的作用下，發揮「剛健」與「柔順」兩種最基本之創生、含容功能，必能依循「規律」發展、變化，而合乎人情（禮）天理（理），達於「善」的要求。因此在這裡把「天」（陰陽）、「地」（柔剛），對應於「0 一二多」的雙螺旋結構，看成是「二」（陰陽、柔剛），該是不會太牽強的。就在這種種的變化的過程當中，是脫離不了宇宙「規律」（善）之作用，而造成所「天」（陰陽）、「地」（柔剛）、「人」（仁義）三才之互動的。由此可知「人間正道」之「善」，就是一切循

模混沌，不可視聽與感觸。正是『道常无名樸』（32章）。」見林同華主編：《宗白華全集》2（合肥市：安徽教育出版社，1996年9月），頁810。

6 馮友蘭：《馮友蘭選集》（北京市：北京大學出版社，2000年7月），頁85。

7 周敦頤〈太極圖說〉：「太極本無極。」見黃宗羲撰、全祖望補：《宋元學案》上（臺北市：世界書局，2009年7月），頁291-292。

8 林同華主編：《宗白華全集》，同注5。

「仁義」而實踐。

　　然後以「美」來看，「至誠」由不息而使天地發揮「剛健」與「柔順」兩種最基本之創生、含容功能（真），形成規律（善），化生萬物，便為和諧的至善之境（美）構築了堅實的橋樑。而這種統合「真」與「善」而達到的和諧境界，便是所謂的「中和」；而此「中和」本來是指人的性情而言的，《中庸》首章說：「喜怒哀樂之未發，謂之中；發而皆中節，謂之和」，對這幾句話，朱熹曾作如下解釋：「喜怒哀樂，情也；其未發，則性也，無所偏倚，故謂之中。發而皆中節，情之正也；無所乖戾，故謂之和」[9]。可見「中」是以「性」言，屬「陰」，為「仁」；而「和」則以「情」言，屬「陽」，為「義」。「中和」指的乃「無所偏倚」和「無所乖戾」的心情狀態，亦即至誠的一種存在與表現。很明顯地，先作了這番說明之後，《中庸》的作者才好接著就「性」說「中」是「天下之大本」、就「情」說「和」是「天下之達道」。這「大本」和「大道」的意義，照朱熹的解釋是：「大本者，天命之性、天下之理皆由此出，道之體也；達道者，循性之謂，天下古今之所共由，道之用也。」[10]「大本」既是天命之性、天下之理之所從出，而「大道」則為天下古今之所共由，那麼，一個人若能透過至誠之性情（仁與義）的發揮，而達到這種是屬「大本」和「大道」的中和狀態，則所謂「天地萬物，本吾一體，吾之心正（中），則天地之心亦正矣；吾之氣順（和），則天地之氣亦順矣」[11]，不僅可藉「仁義」之性情以成己（盡其性、盡人之性），造就孝、悌、敬、信、慈等德行，以純化人倫社會；也可藉「仁義」之性情以成物（盡物之性），使「萬物並育而不相害」（《中庸》第 30

9　朱熹：《四書集註》，同注4，頁21。

10　朱熹：《四書集註》，同上注，頁22。

11　朱熹：《四書集註》，同上注。

章），以改善物質環境¹²。於是《中庸》的作者便又接著說：「致中和，天地位焉，萬物育焉」，這三句話，從其涵義來看，顯然與《中庸》「誠者非自成己而已」（25 章）、「唯天下至誠，為能盡其性」（第22 章）的兩段話，是彼此相通的，因為誠能盡性情（仁義）之正，則必然可以「致中和」。而這所謂「中和」，固然就其終極說，呈現的是「和諧」之境界，就是「美」，卻包孕著「真」與「美」在內。不過，若就其過程來說，則先有「誠」（真）的動力，以存養「仁義」之質性；再所謂「人類在社會實踐活動中所追求的有利、有益、有用的功利價值」，才能因時因地作靈活的調整，適應實際的需要，以實踐「仁義」之德行，做到「善」；然後由此進而呈現「仁義」之境界，臻於「贊天地之中和」的和諧，亦即「美」之終極點。因此單就「仁義之道」之「美」而言，指的就是「仁義」之境界。

由此可見：「真、善、美」，可因其「互動、循環、往復而提升」的雙螺旋結構，就在其作用下，造成「真」中有「善、美」、「善」中有「真、美」、「美」中有「真、善」的包孕效果，使得人在主、客體對應與各種「修己」、「治人」的活動當中，存養「仁義（中和之動能）」（真）而踐行「仁義（中和之運作）」（善）而呈現「仁義（中和之境界）」（美），時時遵循這種「仁義之道」來徹上呼應「客觀存在」，不斷提升「真、善、美」之層面，以涵養自己、造福人群、融通萬有。

第二節　理論重點

大抵而言，「章法學」離不開「意象」，而它落在「篇章」的藝術

---

12 陳滿銘：〈《中庸》的思想體系〉上、下，《國文天地》12卷8、9期（1997年1、2月），頁11-17、14-20。

境界，是以篇章的內容材料（真——義旨）、篇章的邏輯組織
（善——章法）與篇章的審美風貌（美——風格），形成其「三觀」
理則的。如此用「真、善、美」形成「三觀」來呈現「篇章意象」，
使「真、善、美」與「0 一二多」陰陽雙螺旋結構也產生了對應關
係。底下即分兩層略予說明：

一　真、善、美

　　關於「真」、「善」、「美」的探討，在西洋起源甚早。而對三者的
關係，也是經過漫長時間的醞釀而逐步認識的，但爭議也不少。對
此，歐陽周、顧建華、宋凡聖等在《美學新編》中就以為「對美與
真、善的看法，歷來有很大分歧，大體可分為『無關論』、『等同論』
和『有關又有區別論』三種」，其中第一種看法「認為美與真、善無
關，甚至是對立的」，以德國古典主義美學家康德（Immanuel Kant,
1724-1804）與俄國的列夫・托爾斯泰（Lev Tolstoy, 1828-1910）為代
表；第二種看法「強調美與真、善有著密切關係，甚至將美與真、善
等同起來」，以古希臘哲學家蘇格拉底與古羅馬新柏拉圖主義創始人
普羅丁（Plotinos, 204-270）為代表；第三種看法「是認為美與真、善
既有聯繫又有區別」，普為大眾接受[13]。
　　換言之，雖然從古以來對其涵義的界定，由「神秘」、「直觀」而
「客觀」[14]，儘管不盡相同，然而所含藏「真、善→美」（真 ←→ 善

---

13 歐陽周、顧建華、宋凡聖等：《美學新編》，同注2，頁50-54。

14 朱志榮指亞里士多德：「繼承了泰勒斯以來的哲學成就，特別是柏拉圖的思想成
　　果。然而他的繼承是以批判為基礎，以創新為目標的。在方法論上，和他的老師柏
　　拉圖相比，他在批判柏拉圖『理式』說的基礎上，創立自己的『四因』（質料因、
　　形式因、創造因、目的因）說、『實體』論，並以此為基石提出了和柏拉圖根本分
　　歧的『摹仿論』。他拋棄了柏拉圖的直觀的甚至神秘的哲學思辨，對客觀世界進行

→美）或「真→善→美」等三觀的邏輯結構，卻變化不大。因為這種三觀的邏輯結構，相當原始，是可適用於宇宙形成、含容萬物「由上而下」之各個層面的。如果換成「由下而上」來看，則正好相反，各個層面所形成的是「美→真、善」（美→善←→真）或「美→善→真」的邏輯結構。而這種「由上而下」與「由下而上」的順逆向結構加以整合簡化，則可表示如下：

真 ←——→ 善 ←——→ 美

意即按「由上而下」的順向來看，它所呈現的是「真→善→美」的邏輯結構；而依「由下而上」的逆向來看，則它所呈現的是「美→善→真」的邏輯結構；而無論順、逆向都脫離不了「三觀」的關係 [15]。

　　而這種呈現「真、善、美」之「三觀」邏輯，是與「0 一二多」之雙螺旋結構相對應的，其關係可用圖來表示：

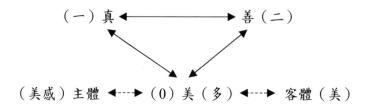

（一）真 ←——→ 善（二）

（美感）主體 ←··→（0）美（多）←··→ 客體（美）

其關係之密切，由此可見。

冷靜的科學分析。」見《古近代西方文藝理論》（上海市：華東師範大學出版社，2002年8月），頁42。

15 陳滿銘：〈論「真、善、美」的螺旋結構——以章法「多、二、一（0）」結構作對應考察〉，臺灣師範大學《中國學術年刊》27期・春季號（2005年3月），頁151-188。

二　篇章意象

「意象」是「辭章」中最重要的一環。而「辭章」乃結合「形象思維」、「邏輯思維」與「綜合思維」而形成。這三種思維，各有所主。如果是將一篇辭章所要表達之「意」，訴諸各種偏於主觀之聯想、想像，和所選取之「象」連結在一起，或者是專就個別之「意」、「象」等本身設計其表現技巧的，皆屬「形象思維」（運用典型的藝術形象來顯示各種事物的特質）；這涉及了「取材」、「措詞」等有關「意象」之形成與表現等問題，而主要以此為研究對象的，就是意象學（狹義）、詞彙學與修辭學等。如果是專就各種「象」，對應於自然規律，結合「意」，訴諸偏於客觀之聯想、想像，按秩序、變化、聯貫與統一之原則，前後加以安排、佈置，以成條理的，皆屬「邏輯思維」（用抽象概念來顯示各種事物的組織）；這涉及了「運材」、「佈局」與「構詞」等有關「意象」之組織等問題，而主要以此為研究對象的，就語句言，即文（語）法學；就篇章言，就是章法學。至於合「形象思維」與「邏輯思維」而為一，探討其整個「意象」體性的，則為「綜合思維」，這涉及了「立意」、「確立體性」等有關「意象」之統合等問題，主要以此為研究對象的，為主題學、意象學（廣義）、文體學、風格學等。而以此整體或個別為對象加以研究的，則統稱為辭章學或文章學[16]。

由此看來，「形象」、「邏輯」與「綜合」三種思維，涵蓋了「辭章」的各主要內涵，而都離不開「意象」。其中「篇章意象」所涉及的是「章法」（邏輯結構）──「善」、「主旨」（內容義旨）──「真」與「風格」（審美風貌）──「美」。

---

16 陳滿銘：〈論語文能力與辭章研究──以「多二一（0）」螺旋結構作考察〉，臺灣師
　　範大學《國文學報》36期（2004年12月），頁67-102。

如此結合「0一二多」雙螺旋結構來看，則其關係是：

(一) 創作（順向：寫）：美感（0）→ 真（一）→ 善（二）→
美（多）

(二) 鑑賞（逆向：讀）：美（多）→ 善（二）→ 真（一）→
美感（0）

從創作（寫）面看，所呈現的是由「意」下貫到「象」的過程；從鑑
賞（讀）面看，所呈現的是由「象」回溯到「意」的過程。這種流動
性的雙向過程，無論是創作或鑑賞，都是經互動、循環而提升的作
用，而形成「意→象→意」或「象→意→象」的雙螺旋關係的。

而其中的「0」，在美學上，指主體之「美感」，而這主體可以指
作者，也可以指讀者；在辭章上，指風格、境界等。「一」，在美學
上，指「真」；在辭章上，指作者所要表達的核心情、理，即一篇
「主旨」。「二」，在美學上，指「規律」，「包括自然界發展的規律，
也包括人類社會發展的規律」；在辭章章法上，指兩相對待、互動之
「陰陽二元」，一篇之核心結構與各輔助結構即由此而形成，以呈現
一篇「規律」，而其中居於徹下徹上的關鍵性地位的，即核心結構。
「多」，在美學上，指客體之「美」；在辭章章法上，指由「陰陽二元
對待、互動」所形成之各輔助結構，藉以組合各個別意象或材料[17]。

第三節　辭章表現

在此，先對以「真、善、美」與「篇章意象」之對應作一簡述，

---

17 陳滿銘：〈章法三觀論〉，同注1。

再舉杜甫〈登高〉詩為例，依次說明如下：

一　真

　　就「篇章意象」來說，涉及辭章的四大要素，即「情」、「理」、「景（物、人）」、「事」，其中「情」與「理」為「意（美）」、「景（物、人）」與「事」為「象」[18]。它們和「真」的緊密關係，可藉格式塔「異質同構」說來說明。這一派學者認為：審美體驗就是對象的表現性及其力的結構（外在世界：象），與人的神經系統中相同的力的結構（內在世界：意）的同型契合。由於事物表現性的基礎在於力的結構，蔣孔陽、朱立元主編《西洋美學通史》第六卷指出：「所以一塊突兀的峭石、一株搖曳的垂柳、一抹燦爛的夕陽餘暉、一片飄零的落葉……都可以和人體具有同樣的表現性，在藝術家的眼裡也都具有和人體同樣的表現價值，有時甚至比人體還更有用。」[19]

　　基於此，魯道夫・安海姆（Rudolf Arheim）提出了「藝術品的力的結構與人類情感的結構是同構」之論點，以為推動我們自己情感活動起來的力，與那些作用於整個宇宙的普遍性的力，實際上是同一種力。他說：「我們自己心中生起的諸力，只不過是在遍宇宙之內同樣活動的諸力之個人的例子罷了。」[20] 也就是說：現實世界存在之本質乃是一種力，它統合著客觀存在之「物理力」與主觀世界的「心理力」，在審美過程中，這種力使人類知覺扮演中介的角色，將作品中

18　陳滿銘：〈談篇章的縱向結構〉，臺灣師範大學《中國學術年刊》22期（2001年5月），頁259-300。

19　蔣孔陽、朱立元主編：《西洋美學通史》（上海市：上海文藝出版社，1999年11月），頁714。

20　安海姆著、李長俊譯：《藝術與視知覺心理學》（臺北市：雄師圖書公司，1982年9月），頁444。

之「物理力」與人類情感的「心理力」因「同構」，就像「大腦中所
激起的電脈衝」[21] 一樣，而結合為一。

因此作者透過「景（物、人）」、「事」材料來抒「情」說「理」
（美），必須因「同構」而結合，以表現其「真」。

以杜甫〈登樓〉詩來說，原詩為：

> 花近高樓傷客心，萬方多難此登臨。錦江春色來天地，玉壘浮
> 雲變古今。北極朝廷終不改，西山寇盜莫相侵。可憐後主還祠
> 廟，日暮聊為〈梁甫吟〉。

影響其篇章意象之「真」的，是其寫作背景。夏松凉指出：

> 唐代宗廣德二年（西元 764 年）正月，杜甫攜妻子由梓州（今
> 四川三臺縣）赴郎閬州（今四川閬中縣），準備由嘉陵江入長
> 江，出峽北歸。三月，忽然聽到嚴武又任成都尹兼劍南節度史
> 的消息，詩人於是決定重返成都。本篇是它重返成都後一次登
> 樓賞景的名作。

而且針對詩中「北極朝廷終不改」一聯的史實說：

> 唐代宗廣德元年（西元 763 年）七月，吐蕃趁唐西北邊境空虛
> 大舉入侵，邊將告急，宦官程元振不上聞，涇州刺使高暉降
> 敵。十月，吐蕃攻陷長安，代宗出奔。吐蕃立廣武王李承宏為

---

21 李澤厚：〈審美與形式感〉，《李澤厚哲學美學文選》（臺北市：谷風出版社，1987年
　5月），頁503-504。

帝，並改置百官。十一月，郭子儀率兵出擊，吐蕃退出長安
（見《舊唐書・吐蕃傳》、《資治通鑑》卷二百二十三）。「終不
改」正指此而言。……「西山寇盜」指吐蕃，與上句「北極朝
廷」相對。「西山」既切合西望，又實指與吐蕃接壤的岷山山
脈。廣德元年（西元763年）十二月，吐蕃曾由此入寇四川，
攻陷松、維、保三州及雲上新築二城。「莫相侵」正即此而言。

由此形成其主要「篇章意象」，他認為：

全詩以倒裝句開頭，突然而起，使人錯愕驚心。第二句，總領
以下六句，是全詩的關鍵。三、四句寫景，俯仰宏闊，氣籠宇
宙，曾被人嘆為絕代之句。五、六句敘事抒情，觸處生姿。
七、八兩句以〈梁父吟〉收束，遣辭委婉而用意深切，於一氣
渾灝之中，而又波瀾跌宕，悠然搖曳，真是匪夷所思。有人
說：這首詩「造意大，命格高，真可度越諸家」，其實不僅這
一首是如此，杜甫的其他一些詩篇也具有這種特色。[22]

對此，喻守真也作了如下說明：

本詩首四句是敘登樓所見的景色，正因「萬方多難」，故傷客
心，春色依舊，浮雲多幻，是用來比喻時事的擾攘。頸聯上句
是喜神京的光復，下句是懼外患的侵陵，一憂一懼，曲曲寫出
詩人愛國的心理。末聯是從樓頭望見後主祠廟，因而引起感

---

[22] 以上三則引文，見夏松涼評析，見俞長江、侯健主編：《中國歷代詩歌名篇鑑賞辭
典》（北京市：農村讀物出版社，1989年12月），頁535-537。

喟,以謂像後主的昏庸,人猶奉祀,可見朝廷正統,終不致被
夷狄所改變也。末句隱隱說出自己的懷抱,大有澄清天下的氣
概。少陵一生心事,在此詩中略露端倪。[23]

如此使意象產生互動,可用下圖表示:

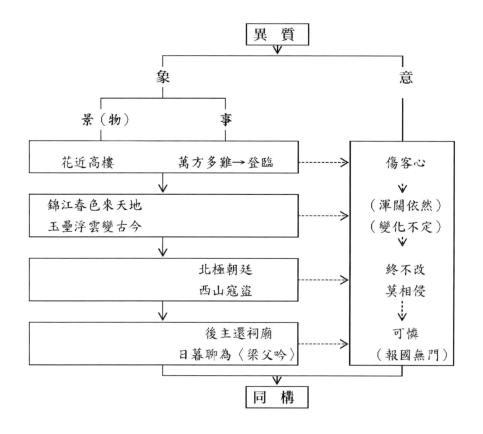

這樣,其篇章之「意」(情、理)與「象」(人、事、物),便產生
「異質同構」之作用而產生互動,以呈現其「篇章意象」之「真」。

---

23 喻守真:《唐詩三百首詳析》(臺北市:臺灣中華書局,1996年4月),頁233-234。

二　善

　　「篇章意象」之「善」涉及「章法」，也就是篇章的邏輯結構。它有其客觀性[24]，乃由「陰陽二元」之互動為基礎，經橫向之「移位」、「轉位」與縱向之「包孕」過程，使陰陽產生多種變化，形成細緻、複雜、多層的結構系統[25]。

　　人對章法的注意，雖相當的早；而找出四十多種章法，而完成「集樹成林」的工作。由於這些章法，是建立在「陰陽二元對待」之基礎上的，每一章法本身即自成陰陽、剛柔。大抵而論，屬於本、先、靜、低、內、小、近……的，為「陰」為「柔」，屬於末、後、動、高、外、大、遠……的，為「陽」為「剛」。而《周易·繫辭上》所謂「天尊地卑，乾坤定矣；卑高以陳，貴賤位矣；動靜有常，剛柔斷矣」，雖然沒有明說何者為「剛」？何者為「柔」？然而從其整個陰陽、剛柔學說看來，卻可清楚地加以辨別[26]。這樣以「陰陽」或「剛柔」來看章法，則所有以《周易》與《老子》之「陰陽二元」互動為基礎而形成的章法，都可辨別它們的陰陽或剛柔。以此為

---

24 王希杰：「『章法』一詞是多義的。『章法』是文章之法，但是，有兩種『章法』。一種是客觀存在的『章法』，它顯然是與文章同時出現的。有文章就有章法，不同的文章有不同的章法，但是沒有完全沒有章法的文章，不過是章法的好和壞罷了。另一種『章法』，是研究者的認識或主張，是知識和理論，是文章的研究者的辛勤勞動的成果，他當然是文章出現後的事情。後一種『章法』，即對章法的研究，也是早就有了的，中國古人對章法的論述很多，但是『章法學』的誕生是比較晚的事情。章法學作為一門學問，不是有關部門章法的個別知識，而是章法知識的總和，是一種概念的系統。章法學是一門實用性很強的學問，也有極高的學術價值。」見〈章法學門外閒談〉，《國文天地》18卷15期（2002年10月），頁92-101。

25 陳滿銘：〈論章法結構之方法論系統——歸本於《周易》與《老子》作考察〉，臺灣師範大學《國文學報》46期（2009年12月），頁61-94。

26 陳望衡：《中國古典美學史》（長沙市：湖南教育出版社，1998年8月），頁184。

基礎，各種章法就可以因「移位」如「陽→陰」或「陰→陽」、又可因「轉位」如「陰→陽→陰」或「陽→陰→陽」，作橫向擴展，又可因「包孕」如「陰／『陰、陽』」、「陽／『陰、陽』」作縱向推深，而形成各種結構類型與系統[27]。而這一系統是結合「形象」（表現內容材料：人類德行的規律——仁義禮智）與「邏輯」（表現自然層次的規律——本末先後）而形成的[28]。

以杜甫〈登樓〉詩來說，是用「先凡（總提）後目（分應）」（上層）的結構以統合篇章的。以「凡」而言，採「先果後因」（次層）包孕「先因後果」（三層）結構加以呈現：作者一開篇便把一因一果的兩句話倒轉過來，敘先因「萬方多難」而「登樓」，次由「登樓」而見「花近高樓」（樓外春色），末由見「花近高樓」而「傷客心」，開門見山地將一篇之主旨「傷客心」拈出。以「目」而言，採「先因後果」包孕「先果後因」、「先因後果」（三層）的結構加以呈現：先承「先因後果」（次層）之「因」與「先果後因」（三層）之「果」，

---

27 陳滿銘：〈章法的「移位」、「轉位」結構論〉，臺灣師大《師大學報・人文與社會類》49卷2期（2004年10月），頁1-22。又，陳滿銘：〈章法包孕式結構論——以「多二一（0）」螺旋結構切入作考察〉（《江南大學學報・人文社會科學版》5卷4期，2006年8月），頁85-90。

28 「善」簡單地說，就是「規律」。《周易・說卦傳》說：「立天之道，曰陰與陽；立地之道，曰剛與柔；立人之道，曰仁與義；兼三才而兩之。」這所謂「兼三才而兩之」的「陰陽」、「剛柔」、「仁義」，就是萬事萬物形成「規律」發展、變化之憑據。因此，人生的規律（仁義），是對應於自然（天地）的規律（陰陽、剛柔）的，而章法由「陰（柔）陽（剛）二元」所形成，與人生的規律（仁義）自然是相對應的，使得篇章的「形象：內容材料」與「邏輯：謀篇佈局」融合為一。參見陳滿銘：〈談縱橫向疊合的篇章結構〉，《國文天地》16卷7期（2000年12月），頁100-106。又，陳滿銘：〈形象、邏輯思維在篇章結構的互動關係〉，《國文天地》28卷1期（2012年6月），頁126-134。又，陳滿銘：〈論仁義之道與真、善、美——以「（0）一二多」螺旋結構切入作對應考察〉，《國文天地》29卷10期（2014年3月），頁87-91。

以三、四兩句，採「先低後高」（底層）的結構，寫「登臨」所見之樓外春色；再承「先因後果」（次層）之「因」與「先果後因」（三層）之「因」，以五、六兩句，寫「萬方多難」。最後承「先因後果」（次層）之「果」（次層），採「先因後果」（三層）的結構，藉尾聯，承「傷客心」，寫「登臨」所感，發出當國無人的慨歎，蘊義可說是極其深婉的。這很顯然的，是在篇首便點明主旨（綱領），然後依此分述的，所謂「綱舉目張」，條理都清晰異常。

　　附結構系統表如下：

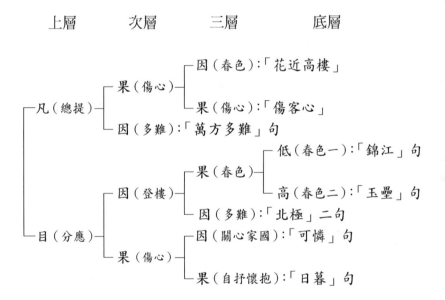

可見此詩，共用四層結構加以組成：底層（第四層）有「高低」疊，三層有「因果」三疊，次層有「因果」兩疊，上層有「凡目」一疊。這些結構，表面看來，皆屬「移位」性質，但次層的兩疊「因果」結構與三層的三疊「因果」，卻蘊含「果、因、果」與「因、果、因」的「轉位」性質，這樣層層組織起來，在「秩序」（移位）中藏有

「變化」（轉位），而以一篇主旨與風格「一以貫之」（統一），完全合乎篇章邏輯所謂「秩序、變化、聯貫、統一」之四大規律。

三　美

　　「篇章意象」之「美」涉及「剛」與「柔」之變化，清代姚鼐的〈復魯絜非書〉，就提出了這個觀點，認為風格之多樣，是由「剛」（陽）與「柔」（陰）的「消長」而造成的[29]。就以篇章各層之意象組織而言，即以此「陰陽二元」之互動為基礎，經其「調和」性或「對比」性之「移位」（順、逆）、「轉位」（抝）與「包孕」所形成；如此透過它們所產生之或強或弱之「勢」[30]，使得層層「篇章意象」組織之「陰柔」或「陽剛」起了「多寡進絀」（多少、消長）的變化。而這種變化，可試著依據幾種相關因素，如陰陽二元、對比、調和、移位、轉位、包孕、結構層級、核心結構……等[31] 所形成之「勢」的大小強弱，約略對一篇辭章剛柔「多寡進絀」之比例加以推定[32]。

　　以杜甫〈登樓〉詩來說，其陰陽流動圖可表示如下：

---

29 周振甫：「姚鼐把各種不同風格的稱謂作了高度的概括，概括為陽剛、陰柔兩大類。像雄渾、勁健、豪放、壯麗等都歸入陽剛類，含蓄、委曲、淡雅、高遠、飄逸等都可歸入陰柔類。……陽剛陰柔可以混雜，在混雜中，陰陽之氣可以有的多有的少，有的消有的長，這就造成風格的各種變化。」《文學風格例話》（上海市：上海教育出版社，1989年7月），頁13。

30 涂光社：《因動成勢》（南昌市：百花洲文藝出版社，2001年10月），頁256-265。

31 陳滿銘：《章法學綜論》（臺北市：萬卷樓圖書股份有限公司，2003年6月），頁298-328。

32 陳滿銘：〈試論篇章風格中剛柔成分之量化——以稼軒「豪壯沉鬱」詞為例作探討〉，彰化師範大學《國文學誌》25期（2012年12月），頁61-102。

上層　　　　　次層　　　　　三層　　　　　底層

　　　　　　　┌「陰12←陽6」←「陽4←陰2」
「陽8←陰4」←┤　　⇕
　　　　　　　└「陽6←陰3」←┐「陰8←陽4」←「陽2←陰1」
　　　　　　　　　　　　　　　　　　⇕
　　　　　　　　　　　　　　└「陽4←陰2」

此詩含四層結構：其底層有「先低後高」（順）的「移位」結構，其「勢」之數為「陰 1、陽 2」；三層有二疊「先因後果」（順）與一疊「先果後因」（逆）等「移位」結構，其「勢」之數為「陰 12、陽12」；次層有「先果後因」（逆）、「先因後果」（順）等「移位」結構，其「勢」之數為「陰 15、陽 12」；上層以「先凡後目」（順、移位）為其核心結構，其「勢」之數為「陰 4、陽 8」。總結起來看，此詩所形成之「勢」，其數為「陰 32、陽 34」，如換算成百分比（四捨五入），則為「陰 48、陽 52」；顯然是些微偏剛的。

　　如此，對應於「0 一二多」來看，則次層以下之結構（「因果」五疊、「高低」一疊）為「多」，它們由下而上地藉層層結構之陰陽流動與呼應，將「勢」形成層層節奏（韻律），以支撐上層的「先凡後目」結構，而此結構即為關鍵性之「二」，它一面徹下以統合「多」，一面又歸根於「一 0」，以表出傷時念亂之情，並抒一己懷抱，呈現了「剛中帶柔」的風格。對此，周振甫以為：

　　　　這首詞（詩），從登樓所見，有錦江春色、玉壘山浮雲。從「傷客心」裡聯繫到「萬方多難」，「寇盜」相侵，想到諸葛亮，用思深沈，所以說「雄闊高渾」，高即指用思深沈，而雄渾即屬於剛健的風格。這首詩，不光「錦江」一聯是剛健的，

全詩的風格也是剛健的。[33]

對應於本詩「陰 48、陽 52」的「勢」之數來看，所謂「雄渾即屬於剛健的風格」，指的正是本詩的主要格調，而所謂「深沈」，則屬於陰柔的風格，指的該是本詩的輔助格調。而經模式探索，卻知道兩者非常接近，雖然「偏剛」，卻仍屬於「剛柔互濟」之作，這樣來看待這首詩，該是十分合理的。

杜甫〈登樓〉詩的藝術境界是如此，戴維揚總結起來說：

杜甫晚年五十二歲精撰〈登樓〉：但見四川錦江的春色，就來神來之筆的「來天地」；驀然但見玉疊山上的浮雲就可盪胸撼動乾坤地「變古今」；亦即歷經國破家亡，又乍見國復家興，眼看著起紅樓，又眼看著樓塌了；那些早年「挾泰山以超北海」的雄心霸志，竟付之春色／浮雲，那一陣大起大落之後的神沈德潛，正能看出世態的炎涼，以及「天地」、「古今」的可敬可畏。被譽為「氣象雄偉，籠蓋宇宙，此杜詩之最上者」，亦即杜甫此刻已經以天眼神思、神來之筆譜出天人合一的靈契，猶如拈花微笑、光中見神。那首聯的「花近高樓傷客心，萬方多難此登臨」，盡將那些大時代小兒女的花傷，早已拋之九霄雲外，……因為他已看盡千里目，已經更上一層樓，早已穿越小我的窘困藩籬，燒盡小我的小悲小喜，渾然連結「天地／古今」；但念天地之悠悠，先天下之憂樂。然而杜甫終究仍須回到人間，其第三聯詩作再返回下凡落實到現實世界，仍見「北極朝廷終不改，西山寇盜莫相侵」，又回到首聯的傷心和

---

33 周振甫：《文學風格例話》，同注29，頁54。

多難的困境，幸好再次超越，才能退而求其次，杜也「終不改」其志：未聯寄托自身比諸諸葛孔明借其〈梁甫吟〉以明安邦興國的心志，其心中仍有恢宏的美麗江山。

又補充說：

人生總有低谷（潮），居時你仍要向山舉目，既時那山高聳入天際，你也要凌雲壯志，才能至終獲得心靈上最終的「終極關懷」（Ultimate Concern），那已經不是僅僅獲得人生的第一桶金，而是遠比金銀寶石更尊貴的「至寶」──達到天人合一的極致。才能像杜甫千辛萬苦、流離顛沛，居無定所，已退居到蜀地還能看出「錦江春色來天地，玉壘浮雲變古今」。……杜甫晚年常自比諸葛孔明「死而後遺」的詩作，遭逢非明君，難以伸大志，仍然「借詩遙想諸葛亮的功業，並感嘆時局」。仍期望鞠躬盡瘁，至死盡心。在「終不改」的朝廷，只求期望「西山寇盜莫相侵」。

並評價說：

杜甫早年緊追「至聖先師」的「齊魯（法統／道統）青未了」獨上高樓，期望望盡天涯路，在其間遭遇國破家亡仍「終不悔」也「終不改」其志，退居蜀地的錦江，竟能點燃了生命長河中的燈火「春色來天地」、玉壘山上（中／下）的浮雲能夠「變古今」，如此超然的視野，又具仁人愛物、民胞物與的「大愛」心志：「大庇天下寒士俱歡顏」，確值得千秋萬世「詩聖」盛名，實至名歸的尊崇，其「死不休」的心流經驗、堅毅

心路歷程值得千萬年、千萬人的學習、讚美。[34]

從〈登樓〉一詩放大到杜甫其他的詩作及其一生，確實「值得千萬年、千萬人的學習、讚美」！

綜上所述，「真」、「善」、「美」與「0 一二多」陰陽雙螺旋層次邏輯結構，是可兩相對應的，這可在美學或哲學上找出它們相關的理論基礎。而它們落在辭章之上，以創作（寫）而言，所形成的是：「美感（0）→真（一）→善（二）→美（多）」的順向結構，由此呈現出由「意」而成「象」的歷程；以鑑賞（讀）而言，所形成的是：「美（多）→善（二）→真（一）→美感（0）」的逆向結構，由此呈現出由「象」而溯「意」的歷程。而此「真」、「善」、「美」與「0 一二多」兩者，必須同時兼顧才能深入辭章之底蘊，獲得圓滿的結果。所謂「文章就是小宇宙」，從這裡可獲得初步證明。

---

34 戴維揚：〈點燃杜甫心流光啓歷程——從〈望嶽〉到〈登樓〉〉，《國文天地》29卷9期（2014年2月），頁44-52。

第七章
完形原理

　　「完形原理」即「格式塔理論」（Gestalt theory）。其核心觀點，為「異質（同形）同構」與「部分相加不等於整體」。它源自維臺默（Max Wertheimer, 1880-1943）的一個實驗，朱立元、張德興等認為：「格式塔心理學……的一個著名原則便是：各種現象都是格式塔現象，整體不等於部分之和。一九一二年，維臺默做過一個著名的似動現象的實驗。他受到玩具影器的啟發，企圖用似動現象來解釋看活動電影時的運動現象。這個實驗表明：在一定的條件下，靜止的各個部分卻能夠產生運動的整體效果。根據這個實驗，他首次提出了「部分相加不等於整體」的基本觀點，從而標誌了柏林格式塔心理學派的誕生。安海姆關於知覺的概念遵循了這一基本原則，強調了知覺的整體性。」[1]這一實驗的「部分」是「靜」的、「整體」是「動」的，由「靜」而「動」產生了「整體」之效果，是有「螺旋」意涵在內的，也就是說，「部分」與「整體」之間，因「由靜而動」而產生螺旋作用，致「部分相加不等於整體」，藉此「強調了知覺的整體性」，而這種整體性，自然也涵蓋了「異質（同形）同構」中「心理場（力）」之整體與「物理場（力）」之部分的觀點。

1　蔣孔陽、朱立元主編、朱立元、張德興等著：《西方美學通史・第六卷・二十世紀美學（上）》（上海市：上海文藝出版社，1999年11月），頁709。

第一節　相關論文

對此，結合「意象」，自二○○五年開始就發表一些論文：

〈論意與象的連結——從格式塔「異質同構」說切入〉（2005 年 9 月發表於《國文天地》21 卷 4 期，頁 59-64）、〈論辭章意象之形成——據格式塔「異質同構」說加以推衍〉（2006 年 6 月發表於中山大學《文與哲》學報 8 期，頁 475-492）、〈以「構」連結「意象」成軌之幾種類型——以格式塔「異質同構」說切入作考察〉（2006 年 12 月發表於《平頂山學院學報》21 卷 6 期，頁 68-72）、〈論意、象連結成「軌」之類型——試參酌格式塔「同形」說作引申探討〉（2008 年 12 月發表於臺灣師大《國文學報》44 期，頁 125-154）、〈意、象形質同構類型論〉（2009 年 3 月發表於臺灣師大《師大學報‧語言與文學類》54 卷 1 期，頁 1-25）、〈論辭章意、象「異質同構」的表現〉（2010 年 5 月發表於《國文天地》25 卷 12 期，頁 79-86）、〈完形理論與意象互動——以辭章為例作觀察〉（2012 年 12 月發表於文藻外語學院《應華學報》12 期‧特稿，頁 1-51）、〈格式塔理論的螺旋意涵〉（2013 年 7 月發表於《國文天地》29 卷 2 期，頁 71-78）。

茲以最早發表於二○○五年之一篇，略作說明，以見當初認知的重點所在：

此文先在「前言」中說：所謂的「意象」，乃合「意」與「象」而成。它不只指狹義的個別意象而已，而是有廣義之整體意象的。廣義者指全篇，屬於整體，可以析分為「意」與「象」；狹義者指個別，屬於局部，往往合「意」與「象」為一來稱呼。而整體是局部的總括、局部是整體的條分，所以兩者關係密切。本文即著眼於此，推衍格式塔之「同形」或「異質同構」說 [2]，就個別意象形成之同質同

2　參見蔣孔陽、朱立元主編：《西方美學通史》第六卷，同上注，頁715-717。

構、異質同構與整體意象連結之同形同構、異形同構等，舉例說明其類型之多樣，以見個別與整體意象形成之梗概。

在論「意義與象的連結類型」時說：「意」與「象」，看來雖是對待的「二元」，卻有形質、主從之分。其中「情」與「理」，是「質」、是「主」、是「意」；而「景」（物）與「事」，為「形」、為「從」、為「象」。這可藉王國維的「一切景語皆情語」一語加以擴充，那就是：

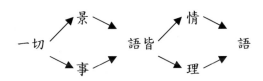

也就是說，作者用「景」（物）、「事」來寫，是手段，而藉以充分凸顯「情」與「理」，才是目的。因此「景」（物）、「事」之形是以「理」或「情」為質的。如果進一步以「質」與「構」切入探討，則大體而言，主體之「情」與客體之「理」是「質」（本質）、主體之「事」（人為）與客體之「景」（自然）為「形」（現象），而主、客體交互由「外在世界的力（物理）與內在世界的力（心理）」（見同上）作用所聯接起來的「形式結構」，則為「構」。它們的關係可用下圖來表示：

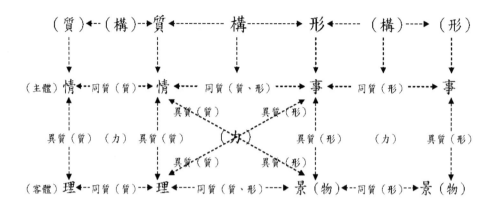

其中主體為「人類」、客體為「自然」，兩者是不同質的，卻可透過
「力」的作用形成「構」，搭起連結的橋樑。而主體與客體，又所謂
「誠於中（質）而形於外（形）」，是各有其「形」、「質」的：就主體
的人類來說，「情」是「質」、「事」（含人事景）是「形」；就客體的
自然而言，「理」是「質」、「景（物）」（含自然事）是「形」。因此完
整說來，主與客、主與主、客與客、質與質、質與形、形與形之間，
都可以形成「構」（力），而連結在一起。其中連結「情」（意）與
「情」（意）、「情」（意）與「事」（象）、「理」（意）與「理」（意）、
「理」（意）與「景（物）」（象）的，為「同質同構」類型；連結
「情」（意）與「理」（意）、「情」（意）與「景（物）」（象）、「理」
（意）與「事」（象）的，為「異質同構」類型；連結「景」（象）與
「景（物）」（象）、「事」（象）與「事」（象）的，為「同形同構」類
型；連結「景」（象）與「事」（象）的，為「異形同構」類型。本
來，這「同形同構」與「異形同構」的兩種類型，乃屬於「同質同
構」或「異質同構」的範圍，可分別歸入上兩類型之內，但為了凸顯
形與質之「二元」關係，在此特地抽離出來單獨探討，以見「象」
（形）以「意」（質）為「構」的特點。如此來看待意象形成之類
型，是會比較周全的。

　　然後在「舉例說明」的部分舉兩篇為例作說明，在此舉其中之《史記·孔子世家贊》一文如下：

　　太史公曰：《詩》有之：「高山仰止，景行行止。」雖不能至，然心鄉往之。余讀孔氏書，想見其為人。適魯，觀仲尼廟堂，車服、禮器，諸生以時習禮其家，余低回留之，不能去云。
　　天下君王至於賢人眾矣，當時則榮，沒則已焉。孔子布衣，傳十餘世，學者宗之。
　　自天子王侯，中國言六藝者，折中於夫子，可謂至聖矣！

這篇贊文，採「先點後染」的「篇」結構寫成，「點」指「太史公曰」：而「染」則自「《詩》有之」起至篇末，乃用「凡」（綱領）、「目」、「凡」（主旨）的「章」結構寫成。其中頭一個「凡」（綱領）的部分，自篇首至「然心鄉往之」止，引《詩》虛虛籠起，以「高山仰止，景行行止」兩句語典形成「象」，由此領出「鄉往」兩字形成「意」，作為綱領，以統攝下文。「目」的部分，自「余讀孔氏書」至「折中於夫子」止，以「由小及大」的方式，含三段來寫：首段寫自己「讀孔氏書」與「觀仲尼廟堂」之所見為「象」、所思為「意」，以「想見其為人」與「低回留之，不能去云」句，偏於個人，表出自己對孔子的「鄉往」之情；次段特將孔子與「天下君王至於賢人」作一對照，以「一反一正」形成「象」，以「學者宗之」形成「意」，由「情」轉「理」，由個人推演到孔門學者，表出他們對孔子的「鄉往」之意（理），並暗示所以將孔子列為世家的理由；三段寫各家以孔子的學說為截長補短的標準形成「象」，以「折中於夫子」形成「意」，依然由「情」轉「理」，又由孔門學者擴及於全天下讀書人，表出他們對孔子的「鄉往」之意（理）。後一個「凡」（主旨）的部

分，即末尾「可謂至聖矣」一句，拈出主旨，以回抱前文之意（情、理）作收。附結構表如下：

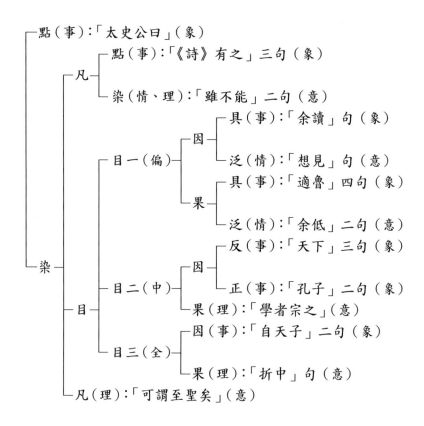

可見此文始終以「鄉（嚮）往」（綱領）為「構」，使全文的「意」與「象」連結在一起，含「事」與「情」（同質同構）、「事」與「理」（異質同構）、「事」與「事」（同形同構）、「情」與「理」（異質同構）等類型。就這樣以「鄉（嚮）往」（綱領）為「構」，藉各種章法將各「個別意象」串聯成「整體意象」[3]，突出一篇之主旨「至聖」

---

3 陳滿銘；〈辭章意象論〉，臺灣師大《師大學報・人文與社會類》51卷1期（2005年4月），頁17-39。

與「虛神宕漾」[4] 之風格來。

第二節　「完形」與「0一二多」

　　大體說來，對於任何思想體系之形成，關涉得最密切的，莫過於「本末」問題。就以中國哲學中的「理」與「氣」、「有」與「無」、「道」與「器」、「體」與「用」、「動」與「靜」、「一」與「兩」、「知」與「行」、「性」與「情」、「天」與「人」……等「陰陽二元」之範疇[5]而言，即有本有末。它們無論是「由本而末」或「由末而本」，均可形成「順」或「逆」的單向「本末結構」。而一般學者也都習慣以此單向來看待它們，卻往往忽略了它們所形成之「互動、循環、往復而提升」的「雙螺旋」關係。

　　而所謂「螺旋」，本用於教育課程之理論上，早在十七世紀，即由捷克教育家夸美紐斯（Comenius, Johann Amos, 1592-1670）所提出；而近代美國心理學家布魯納（J. S. Brunner, 1915-）更進一步提出認知學習理論，指出教材結構與學生的認知結構必須互相結合，以達到螺旋式提升的效果。《教育大辭典》：「螺旋式課程（spiral curriculum）圓周式教材排列的發展，十七世紀捷克教育家夸美紐斯提出，教材排列採用圓周式，以適應不同年齡階段的兒童學習。但這種提法，不能表達教材逐步擴大和加深的含義，故用螺旋式的排列代替。二十世紀六○年代，美國心理學家布魯納也主張這樣設計分科教材：按照正在成長中的兒童的思想方法，以不太精確然而較為直觀的

4　吳楚材、王文濡：《精校評注古文觀止》卷5（臺北市：臺灣中華書局，1972年11月），頁8。

5　葛榮晉：《中國哲學範疇導論》（臺北市：萬卷樓圖書股份有限公司，1993年4月），頁1-650。

材料，儘早向學生介紹各科基本原理，使之在以後各年級有關學科的教材中螺旋式地擴展和加深。」[6] 以為「螺旋」即「圓周」、「逐步擴大和加深」。而《簡明國際教育百科全書》則補充云：「根據不同年齡階段（或年級），遵循由淺入深，由簡單到複雜，由具體而抽象的順序，用循環、往復螺旋式提高的方法排列德育內容。螺旋式亦稱圓周式。」[7] 可見「圓周」、「逐步擴大和加深」，就是「循環、往復、提高」的意思。

這種雙螺旋作用，可用下列簡圖來表示：

二元 ⟷ 互動 ⟷ 循環 ⟷ 往復 ⟷ 提高

這是著眼於「陰陽二元」，即「二」來說的，若以此「二」為基礎，徹上於「一 0」、徹下於「多」，則成為「0 一二多」之系統。而這種系統可從《周易》（含《易傳》）與《老子》等古籍中獲知梗概，它們不但由「有象」而「無象」，找出「多、二、一（0）」之逆向結構；也由「無象」而「有象」，尋得「（0）一、二、多」之順向結構；並且透過《老子》「反者道之動」（四十章）、「凡物芸芸，各復歸其根」（十六章）與《周易·序卦》「既濟」而「未濟」之說，將順、逆向結構不僅前後連接在一起，更形成循環不息的「0 一二多」（含順、逆雙向）雙螺旋結構，以呈現中國宇宙人生「轉化觀」之精微奧妙[8]。

如此照應「0 一二多」整體，則「雙螺旋結構」之體系可用下圖來表示：

---

6 顧明遠主編：《教育大辭典》（上海市：上海教育出版社，1990年6月），頁276。

7 許建鉞編譯：《簡明國際教育百科全書》（北京市：新華書局北京發行所，1991年6月），頁611。

8 陳滿銘：〈論「多二一（0）」的螺旋結構——以《周易》與《老子》為考察重心〉，臺灣師範大學《師大學報·人文與社會類》48卷1期（2003年7月），頁1-20。

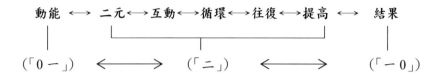

又如果再依其順逆向，將「多」、「二」、「一 0」加以拆解，則可呈現如下列兩式：

一、順向：　「0 一」 ⟶ 「二」 ⟶ 「多」

二、逆向：　「多」 ⟶ 「二」 ⟶ 「一 0」

而這兩式是可以不斷地彼此互動、循環而往復而提高，而形成層層「雙螺旋結構」，以反映宇宙人生「生生不息」的動態規律。

　　既然「0 一二多」的「雙螺旋結構在宇宙萬物創生、含容上可以統合順、逆向之歷程，便成為方法論原則或系統[9]，廣泛用於哲學、文學、美學……上[10]。如落到「完形」理論，則可用如下簡圖來表示：

（一）異質（同形）同構

「心理場」 ⟷ 「同構」 ⟷ 「物理場」

「0 一」 ⟷ 「二 ⟷ 多」

9　落於章法結構而言即如此。見陳滿銘：〈論章法結構之方法論系統——歸本於《周易》與《老子》作考察〉（臺灣師範大學《國文學報》46期，2009年12月），頁61-94。

10　陳滿銘：《多二一（0）螺旋結構論——以哲學、文學、美學為研究範圍》（臺北市：文津出版社，2007年1月），頁1-298。

（二）部分相加不等於整體

「整體」←→「不等於」←→「部分相加」

「0一」⇔≠（>）⇔「二←→多」

第三節　「異質同構」的雙螺旋結構

　　辭章離不開「意象」，其中「意」與「象」兩者是互動的。而在文學理論中最早標舉出「意象」這一藝術概念的，是劉勰《文心雕龍·神思》：「是以陶鈞文思，貴在虛靜，疏瀹五藏，澡雪精神；積學以儲寶，酌理以富才，研閱以窮照，馴致以繹辭；然後使玄解之宰，尋聲律而定墨；燭照之匠，窺意象而運斤。此蓋馭文之首術，謀篇之大端。」[11] 在此，劉勰指出作家須使內心虛靜，才能醞釀文思、經營意象。一個作家如能如此啟動思維力來經營意象，自然就能推陳出新，創造出新的意象，而產生美感。

　　對此，張紅雨在《寫作美學》中說：「人們之所以有了美感，是因為情緒產生了波動。這種波動與事物的形態常常是統一起來的，美感總是附著在一定的事物上。」[12] 他更進一步地指出：事物之所以可以成為激情物，是因為它觸動人們的美感情緒，而為使美感情緒產生波動，所以我們對事物形態的摹擬，實際上是對美感情緒波動狀態的摹擬，是雕琢美感情緒的必要手段。因此，所謂靜態、動態的摹擬，也並不是對無生命的事物純粹作外形，或停留在事物動的表面現象上作摹狀，而是要挖掘出它更本質、更形象的內容，來寄託和流洩美感的波動。[13] 他所說的「情緒波動」，即作者主體之

---

11 黃叔琳注：《增訂文心雕龍校注》卷六（北京市：中華書局，2000年8月），頁369。

12 張紅雨：《寫作美學》（高雄市：麗文文化出版社，1996年10月），頁311。

13 張紅雨：《寫作美學》，同上注，頁311-314。

「意」；而「事物形態」之「更本質、更形象的內容」，則為客體之
「象」。

對這種意與象之互動關係，格式塔心理學家用「同形同構」或
「異質同構」來解釋。他們認為：審美體驗就是對象的表現性及其力
的結構（外在世界：象），與人的神經系統中相同的力的結構（內在
世界：意）的同型契合。由於事物表現性的基礎在於力的結構，「所
以一塊突兀的峭石、一株搖曳的垂柳、一抹燦爛的夕陽餘暉、一片飄
零的落葉……都可以和人體具有同樣的表現性，在藝術家的眼裡也都
具有和人體同樣的表現價值，有時甚至比人體還更有用。」[14] 基於
此，格式塔學派的代表人魯道夫・安海姆（Rudolf Amheim）提出了
「藝術品的力的結構與人類情感的結構是同構」之論點，以為推動
我們自己情感活動起來的力，與那些作用於整個宇宙的普遍性的力，
實際上是同一種力。他說：「我們自己心中生起的諸力，只不過是在
遍宇宙之內同樣活動的諸力之個人的例子罷了」[15] 也就是說：現實世
界存在之本質乃一種力，它統合著客觀存在之「物理力」與主觀世界
的「心理力」，在審美過程中，這種力使人類知覺扮演中介的角色，
將作品中之「物理力」與人類情感的「心理力」因「同構」而結合
為一。

對此，李澤厚在〈審美與形式感〉一文中說：「不僅是物質材
料（聲、色、形等等）與視聽感官的聯繫，而更重要的是它們與人
的運動感官的聯繫。對象（客）與感受（主），物質世界和心靈世
界實際都處在不斷的運動過程中，即使看來是靜的東西，其實也有
動的因素……其中就有一種形式結構上巧妙的對應關係和感染作

---

14 蔣孔陽、朱立元主編：《西洋美學通史》第六卷，同注1，頁714。
15 安海姆著、李長俊譯：《藝術與視知覺心理學》（臺北市：雄師圖書公司，1982年9
　月），頁444。

用……格式塔心理學家則把這種現象歸結為外在世界的力（物理）
與內在世界的力（心理）在形式結構上的『同形同構』，或者說是
『異質同構』，就是說質料雖異而形式結構相同，它們在大腦中所
激起的電脈衝相同，所以才主客協調，物我同一，外在對象與內在
情感合拍一致，從而在相映對的對稱、均衡、節奏、韻律、秩序、
和諧……中，產生美感愉快。」[16]

　　而歐陽周、顧建華、宋凡聖等在《美學新編》中也指出：

> 完形心理學美學依據「場」的概念去解釋「力」的樣式在審美
> 知覺中的形成，並從中引申出了著名的「同形論」或稱為「異
> 質同構」的理論。按照這種理論，他們認為外部事物、藝術樣
> 式、人物的生理活動和心理活動，在結構形式方面，都是相同
> 的，它們都是「力」的作用模式。在安海姆看來，自然物雖有
> 不同的形狀，但都是「物理力作用之後留下的痕跡」。藝術作
> 品雖有不同的形式，卻是運用內在力量對客觀現實進行再創造
> 的過程。[17]

他們這把「意」與「象」之所以形成、互動、趨於統一，而產生美感
的原因、過程與結果，都簡要地交代清楚了。

　　若單從辭章層面來看，則意象和辭章的內容是融為一體的。而辭
章內容的主要成分，不外情、理與事、物（景）。其中情與理為
「意」，屬核心成分；事與物（景）乃「象」，為外圍成分。而此情、

---

16 李澤厚：《李澤厚哲學美學文選》（臺北市：谷風出版社，1987年5月），頁503-504。
17 歐陽周、顧建華、宋凡聖等：《美學新編》（杭州市：浙江大學出版社，2001年5
　　月），頁253。又，安海姆之「同形說」，參見蔣孔陽、朱立元主編：《西方美學通
　　史》第六卷，同註1，頁715-717。

理與事、物（景）之辭章內容成分，就其情、理而言，是「意」；就其事、物（景）而言，是「象」。兩者因「異質同構」或「同形同構」而連結在一起。如王維〈輞川閒居贈裴秀才迪〉詩：

寒山轉蒼翠，秋水日潺湲。倚杖柴門外，臨風聽暮蟬。渡頭餘落日，墟里上孤煙。復值接輿醉，狂歌五柳前。

這首詩就意象之連結來看，凡分兩組：一是「象」（景物）之連結：即起聯「寒山轉蒼翠」兩句與頸聯「渡頭餘落日」兩句；二是「象」（事）之連結：即頷聯「倚杖柴門外」兩句與尾聯「復值接輿醉」兩句。這兩組分別因「同構」而連結，相映成趣，形成物我一體的藝術境界，將「輞川閒居」之樂，亦即「閒逸之情」從篇外帶了出來。茲附簡圖供作參考：

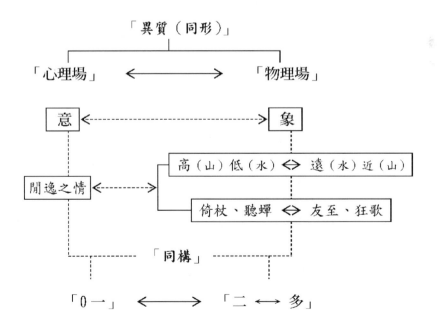

　　這樣產生「雙螺旋作用」使此詩之「異質（同形）」的「意」（心理場）與「象」（物理場）造成了「同構」的藝術效果。

第四節　「部分相加不等於整體」的雙螺旋結構

　　「意象」提升到哲學層面來看，論述得最精要的，要推《易傳》，其〈繫辭上〉云：

> 聖人有以見天下之賾，而擬諸其形容，象其物宜，是故謂之象。

而〈繫辭下〉又云：

> 《易》者，象也。象也者，像也。……是故吉凶生而悔吝著也。

對此，孔穎達在《周易正義》卷八中解釋道：

> 《易》卦者，寫萬物之形象，故《易》者，象也。象也者，像也，謂卦為萬物象者，法像萬物，猶若乾卦之象法像於天也。[18]

可見在此，「象」是指近取諸身、遠取諸物而得來的卦象，可藉以表示人事之吉凶悔吝。廣義地說，即藉具體形象來表達抽象事理，以達到象徵（或譬喻）的作用。因此陳望衡說：

---

18 孔穎達：《周易正義》卷八（臺北市：廣文書局，1972年1月），頁77。

　　《周易》的「觀物取象」以及「象者，像也」，其實並不通向
模仿，而是通向象徵。這一點，對中國藝術的品格影響是極為
深遠的。[19]

而所謂「象徵」，就其表出而言，就是一種符號，所以馮友蘭說：

　　〈繫辭傳〉說：「易者，象也。」又說：「聖人有以見天下之
　　賾，而擬諸其形容，象其物宜，是故謂之象。」照這個說法，
　　「象」是模擬客觀事物的複雜（賾）情況的。又說「象也者，
　　象此者也」；象就是客觀世界的形象。但是這個模擬和形象並
　　不是如照像那樣下來，如畫像那樣畫下來。它是一種符號，以
　　符號表示事物的「道」或「理」。六十四卦和三百八十四爻都
　　是這樣的符號。[20]

所謂「以符號表示事物的『道』或『理』」，和葉朗在《中國美學史大
綱》所說的：〈繫辭傳〉認為整個《易經》都是「象」，都是以形象來
表明義理，[21] 其道理是一樣的。
　　〈繫辭傳〉，指出了《易經》「象」的層面與「道或理」有關外，
還進一步論及「言不盡意」、「立象以盡意」的問題，這就涉及格式塔
「部分相加不等於整體」的道理。〈繫辭上〉云：

　　子曰：「書不盡言，言不盡意。」然則，聖人之意，其不可見
　　乎？子曰：「聖人立象以盡意，設卦以盡情偽，繫辭焉以盡其

19　陳望衡：《中國古典美學史》（長沙市：湖南教育出版社，1998年8月），頁202。
20　馮友蘭：《馮友蘭選集》上卷（北京市：北京大學出版社，2000年7月），頁394。
21　葉朗：《中國美學史大綱》（臺北市：滄浪出版社，1986年9月），頁66。

言，變而通之以盡利，鼓之舞之以盡神。

一般而言，語言在表達思想情感時，會存在著某種侷限性，此即「書不盡言，言不盡意」的意思，這可被視為已初步具有「部分相加不等於整體」的意涵。而對比於此，在〈繫辭傳〉中，卻特地提出了「象可盡意、辭可盡言」的論點。王弼《周易略例·明象》對此曾說明云：

> 夫象者，出意者也；言者，明象者也。盡意莫若象，盡象莫若言。言生於象，故可尋言以觀象；象生於意，故可尋象以觀意。意以象盡，象以言著[22]

由此可知，「情意」可透過「言語」、「形象」來表現，並且可以表現得很具體。而前者（情意）是目的、後者（言語、形象）為工具。陳望衡《中國古典美學史》釋此云：

> 王弼將「言」、「象」、「意」排了一個次序，認為「言」生於「象」、「象」生於「意」。所以，尋言是為了觀象，觀象是為了得意。言——象——意，這是一個系列，前者均是後者的工具，後者均為前者的目的。[23]

他把「意」與「象」、「言」的前後關係，說得十分清楚。不過，落於辭章上，他所謂的「言→象→意」，是就逆向的鑑賞（讀）一面來說

---

22 王弼：《周易略例·明象》，收於《易經集成》149（臺北市：成文出版社，1976年），頁21-22。

23 陳望衡：《中國古典美學史》，同注19，頁207。

的，如果從順向的創作（寫）一面而言，則是「意→象→言」了。此外，葉朗在《中國美學史大綱》裡，也從另一角度，將《易傳》所言之「象」與「意」，關涉到了「空白」、「補白」理論，闡釋得相當扼要而明白，他說：

> 「象」是具體的，切近的，顯露的，變化多端的，而「意」則是深遠的，幽隱的。〈繫辭傳〉的這段話接觸到了藝術形象，以「個別」表現「一般」，以「單純」表現「豐富」，以「有限」表現「無限」的特點。[24]

所謂的「個別」（象）與「一般」（意）、「單純」（象）與「豐富」（意）、「有限」（象）與「無限」（意），說的就是「象」永遠小於「意」、「意」永遠大於「象」之相互關係，凸顯「意」（「整體」）＞「象」（「部分＋部分」）的原則。因此「部分相加」自然≠（＜）「整體」。茲以王安石〈讀孟嘗君傳〉為例，略作說明如下：

> 世皆稱孟嘗君能得士，士以故歸之，而卒賴其力，以脫於虎豹之秦。
> 嗟乎！孟嘗君特雞鳴狗盜之雄耳，豈足以言得士！不然，擅齊之強，得一士焉，宜可以南面而制秦，尚何取雞鳴狗盜之力哉！夫雞鳴狗盜之出其門，此士之所以不至也。

這篇文章，一開頭就直接以「世皆稱」四句，先立一個案，採「先因後果」的條理，藉世人之口，對孟嘗君之「能得士」，作一讚美，並

---

24 葉朗：《中國美學史大綱》，同注21，頁26。

從中拈出「卒賴其力，以脫於虎豹之秦」，隱含「雞鳴狗盜」之意，以作為「質的」，以引出下文之「弓矢」。再以「嗟呼」句起至末，在此用「實、虛、實」的條理，針對「立」的部分，以「雞鳴狗盜」扣緊「卒賴其力，以脫於虎豹之秦」，予以攻破。所謂「質的張而弓矢至」，真是一箭而貫紅心，雖文不滿百字，卻有極強的說服力。依此，其結構系統可表示如下：

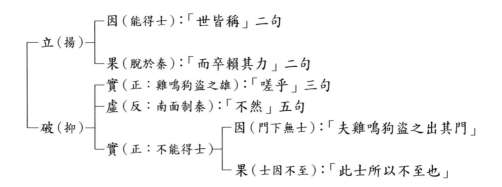

如對應於「0 一二多」而言，則此文以兩層移位性的「先因後果」與轉位性的「實、虛、實」結構與節奏（韻律），形成了「多」；以「先立後破」的核心（移位）結構與節奏（韻律），自為陰陽對比，形成了「二」，以徹下徹上；而以孟嘗君「未足以言得士」之主旨與所形成的毗剛風格、韻律，所謂「筆力簡而健」[25]，則形成了「一 0」。這篇短文之所以有極強之氣勢與說服力，與這種邏輯結構有著密切之關係。如配合「部分相加不等於整體」加以呈現，則是這樣子的：

25 郭預衡：《中國散文史》中（上海市：上海古籍出版社，2000年3月），頁485。

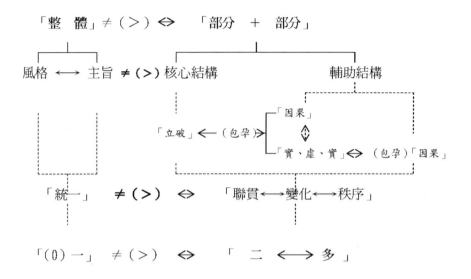

可見「部分相加不等於整體」,是可形成「雙螺旋結構」的。

綜上所述,可知透過維臺默的「似動現象的實驗」,表明「部分」為「靜」、「整體」是「動」的;而由「靜」而「動」地產生了「整體」之效應,這顯然是「雙螺旋」作用之結果,也就是說,「部分」與「整體」之間,因「由靜而動」而產生「不斷互動、循環、往復而提高」的「雙螺旋」作用,致「部分相加不等於整體」,藉此「強調了知覺的整體性」,而這種整體性,自然也涵蓋了「異質(同形)同構」中「心理場(力)」之整體與「物理場(力)」之部分的觀點。這樣來看待「完形」理論,似乎更能凸顯它的「完形」特點。

第八章

思維系統

　　一般說來，人的「思維」有三種：「形象」、「邏輯」與「綜合」，都以「意象」為其內容。其中作比較偏於主觀聯想、想像的，屬「形象思維」[1]；作比較偏於客觀聯想、想像的，屬「邏輯思維」[2]；而兩者形成「二元」，是兩相對待、互動而存在的[3]。至於合「形象」、「邏輯」兩種思維為一的，則為「綜合思維」，用於進一步表現「綜合力」，以發揮「創造力」來轉化「意象」，成為「新產品」。其中的「觀察力」是為「思維力」而服務，「記憶力」乃用以記憶「觀察」以「思維」之所得，「聯想力」是「思維力」的初步表現，而「想像

1　胡有清：「所謂形象思維，指的是以客觀事物的形象信息為基礎，經過分解、轉化、組合等演化過程，創造出新的形象。這是一種始終不捨棄事物的具體型態及形象，並以其為基本形式的思維方式。」見《文藝學論綱》（南京市：南京大學出版社，2002年），頁160。

2　邏輯思維又稱抽象思維。胡有清：「抽象思維側重於對客觀事物本質屬性的理解和認識。思維主體儘管也有自己的個性特徵，但一般總要納入一定的模式範疇，總能用明晰的語言加以說明。」見《文藝學論綱》，同上注，頁171。

3　盧明森：「形象思維是與抽象思維相比較而存在的。抽象思維的基本特點是概念性、抽象性與邏輯性，因此，可以稱之為概念思維、抽象思維、邏輯思維；與之相對應，形象思維的基本特點是意象性、具體性與非邏輯性，因此可以稱之為意象思維、具體思維、非邏輯思維。」見黃順基、蘇越、黃展驥主編：《邏輯與知識創新》第二十章（北京市：中國人民大學出版社，2002年4月），頁429。又，胡有清：「在藝術活動中，當人們用形象思維來把握和展示豐富的社會生活時，總會受到抽象思維的制約和影響。也就是說，抽象思維在一定程度上規範和導引形象思維。」見《文藝學論綱》，同注4，頁172。

力」則是「思維力」的更進一步呈顯，以主導「形象」、「邏輯」[4] 與「綜合」三種思維，形成其系統。本章就將這種「系統」，對應於「0一二多」陰陽雙螺旋層次邏輯結構，落於「辭章」層面，作一探討。

第一節　相關論文

對這一方面之研討，自二〇〇三年開始就先後發表了相當多的論文，比較重要的有：

〈章法四律與邏輯思維〉（2003 年 12 月發表於臺灣師大《國文學報》34 期，頁 87-118）、〈層次邏輯與辭章意象系統〉（2004 年 12 月發表於《國文天地》20 卷 7 期，頁 96-102）、〈論章法結構與意象系統——以「多、二、一（0）」螺旋結構切入作考察〉（2005 年 8 月發表於《江南大學學報・人文社會科學版》4 卷 4 期，頁 70-77）、〈淺論意象系統〉（2005 年 10 月發表於《國文天地》21 卷 5 期，頁 30-36）、〈論思維力與語文螺旋結構之形成——以「多、二、一（0）」螺旋結構加以考察〉（2006 年 6 月發表於《肇慶學院學報》總 79 期，頁 34-38）、〈論層次邏輯與意象系統——以「多、二、一（0）」螺旋結構切入作考察〉（2006 年 11 月發表於銀川《西北第二民族學院學報》2006 年 4 期，頁 19-24）、〈層次邏輯與意象（思維）

4　邏輯思維與形象思維為人類最基本的兩種思維方式。盧明森：「形象思維是與抽象思維相比較而存在的。抽象思維的基本特點是概念性、抽象性與邏輯性，因此，可以稱之為概念思維、抽象思維、邏輯思維；與之相對應，形象思維的基本特點是意象性、具體性與非邏輯性，因此可以稱之為意象思維、具體思維、非邏輯思維。」見黃順基、蘇越、黃展驥主編《邏輯與知識創新》第二十章，同上注，頁429。又胡有清：「在藝術活動中，當人們用形象思維來把握和展示豐富的社會生活時，總會受到抽象思維的制約和影響。也就是說，抽象思維在一定程度上規範和導引形象思維。」見《文藝學論綱》，同上注。

系統──以「多、二、一（0）」螺旋結構作對綜合考察〉（2008 年 3 月發表於臺灣師範大學《中國學術年刊》30 期‧春季號，頁 255-276）、〈論思維系統與文學創作〉（2010 年 7 月發表於《中山人文學報》29 期，頁 127-153）、〈形象、邏輯思維與篇章結構──以思維（意象）系統與「多二一（0）」螺旋結構切入作探討〉（2013 年 6 月發表於《興大中文學報》33 期，頁 211-248）、〈思維系統與辭章內涵──以文本評析為例作觀察〉（2014 年 1 月發表於高雄師大《國文學報》19 期‧特約稿，頁 1-30）、〈辭章鑑賞與思維系統──以集蘇辛詞各一首有關古今人評注為例作說明〉（2016 年 1 月發表於《國文天地‧學術論壇》31 卷 8 期，頁 112-135）。

　　茲以發表於二〇〇五年的〈淺論意象系統〉而言，由於所謂「意象系統」即等同於「思維（形象、邏輯、綜合）系統」；關於這點，在二〇〇四年所發表之〈層次邏輯與辭章意象系統〉一文中，就已強調過。所以二〇〇五年這一篇便此直接指出：「形象思維」、「邏輯思維」與「綜合思維」三者，涵蓋了辭章的各主要內涵，而都離不開「意象」。如對應於「多、二、一（0）」[5] 的逆向邏輯結構來說，則所謂的「多」，指由「意象」（個別）、「詞彙」、「修辭」、「文（語）法」、與「章法」等所綜合起來表現之藝術形式；「二」指「形象思維」（陰柔）與「邏輯思維」（陽剛），藉以產生徹下徹上之中介作用；而「一（0）」則指由此而凸顯出來的「主旨」與「風格」等，這就是「修辭立其誠」（《易‧乾》）之「誠」，乃辭章之核心所在。這樣以「多、二、一（0）」[6] 來看待辭章內涵，就能透過「二」（「形象思

5　陳滿銘：〈章法「多、二、一（0）」結構論〉，臺灣師大《中國學術年刊》25期‧春季號（2004年3月），頁129-172。

6　陳滿銘：〈論「多、二、一（0）」的螺旋結構──以《周易》與《老子》為考察重心〉，臺灣師範大學《師大學報‧人文與社會類》48卷1期（2003年7月），頁1-20。

維」與「邏輯思維」）的居間作用，使「多」（「意象」（個別）、「詞
彙」、「修辭」、「文（語）法」與「章法」等）統一於「一（0）」（「主
旨」與「風格」等）了。它們的關係可呈現如下表：

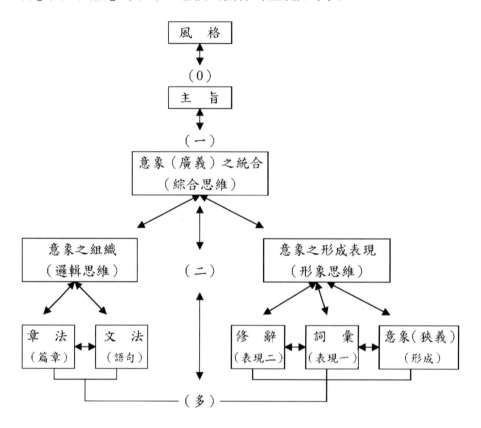

這樣看來，「辭章」是離不開「意象」的，就是其「主旨」與「風
格」，也是如此。因為「主旨」是核心之「意」，而「風格」是以「主
旨」統合各「意象」之形成、表現與組織所產生之一種抽象力量，即
「審美風貌」[7]。因此可以這麼說，如離開了「意象」就沒有「辭
章」，其地位之重要，可想而知。

---

7 顧祖釗：《文學原理新釋》（北京市：人民文學出版社，2001年5月），頁184。

以王維的〈渭川田家〉詩為例來看：

> 斜光照墟落，窮巷牛羊歸。野老念牧童，倚杖候荊扉。雉雊麥
> 苗秀，蠶眠桑葉稀。田夫荷鋤至，相見語依依。即此羨閒逸，
> 悵然吟式微。

這首詩藉「渭川田家」黃昏時「閒逸」之景，以興欣羨之情，從而表
出作者急欲歸隱田園的心願。其「意象系統」，可藉「章法」梳理之
後用下表來呈現：

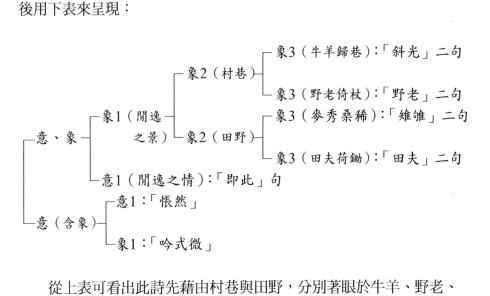

　　從上表可看出此詩先藉由村巷與田野，分別著眼於牛羊、野老、
桑麥、田夫，寫所歆羨的閒逸之景，再由此帶出「羨閒逸」之情，然
後用《詩經・邶風・式微》「式微，式微，胡不歸」的詩意，以表達
自己「踵武靖節」[8]的心願。這就形成了「意、象」與「意含象」（上
層）、「象1、意1」（次層）、「象2」（三層）、「象3」（底層）的「意
象系統」。以下用簡圖分層表示如下：

8　見高步瀛：《唐宋詩舉要》注（臺北市：學海出版社，1973年2月），頁12。

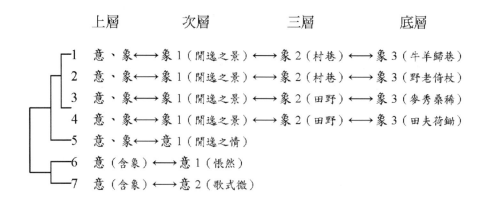

而這種「意象系統」，也自成縱橫兩向，為與「縱意象、橫章法」作區割，特稱縱向者為「大意象系統」、橫向者為「小意象系統」。其中橫向由「底層」到「上層」，呈現的是意象「由實（具體－物或事本身）而虛（抽象－物類或事類）」的各個層級；縱向由「一」到「七」，呈現的是意象「由先而後」（一→二→三→四→五→六→七）的敘寫順序。它們究竟是用什麼內在的邏輯條理，以形成其深層結構，逐一組織的呢？如細予審辨，則不難發現它用了因果、虛實（情景）、遠近、天人（自然、人事）等章法，以形成其結構，那就是：

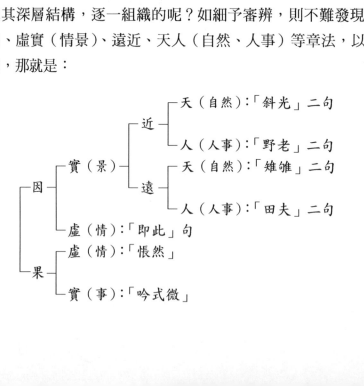

若特別凸顯「章法」，輔以「意象」，將上舉兩表疊合在一起，便成下表：

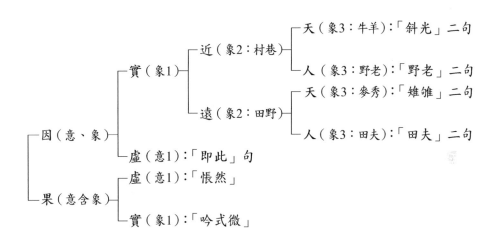

由此可見「意象系統」與「章法結構」的關係，是深密得不可分割的。先就「小意象系統」來看，以「意、象」與「意含象」（上層）、「象 1」與「意 1」（次層）、「象 2」（三層）、「象 3」（底層）形成其小系統；再就「章法結構」來看，以「先因後果」（上層）、「先實後虛」與「先虛後實」（次層）、「先近後遠」（三層）、兩疊「先天後人」（底層）形成其結構；然後就「大意象系統」來看，用各層「章法結構」，將小「意象系統」縱橫連結，以形成其「一」至「七」級之大系統。其中「次」、「三」、「底」等層所屬「意象系統」與「章法結構」為「多」，而上層所屬「意象」與「結構」以徹下徹上者為「二」；至於所表達「羨閒逸，吟式微」之一篇主旨與「疏散簡淡」[9]之風格，則為「一（0）」。

---

9 見韓潤解析，見唐圭璋等：《唐詩鑑賞辭典》（北京市：北京燕山出版社，2000年11月），頁146-147。

　　大體而論，由「意」而「象」而形成縱橫向「系統」，是大都不自覺的；而由「象」而「意」，用「客觀存在」[10]之「章法」切入，是完全自覺的。前者所呈現的是「（0）一、二、多」之順向過程，後者所呈現的為「多、二、一（0）」的逆向過程。在此過程中，兩者一直「互動、循環、往復而提升」，形成「0 一二多」（含雙向）的雙螺旋層次邏輯結構，逐漸地化「不自覺」為「自覺」，以求最後臻於完全合軌的境界，使得大小「意象系統」因「章法結構」之介入而完全顯露出來。

第二節　相關理論

　　在此，分「思維系統與語文能力」與「語文能力與辭章讀寫」兩層加以探討：

一　思維系統與語文能力

　　「語文能力」之重心在「一般能力」，而「一般能力」的核心又在「思維」。因此，「思維力」可視為各種能力之母。而所謂的「一般能力」，正如彭聃齡主編《普通心理學》所言：「指在不同種類的活動中表現出來的能力。」[11] 也就是說，不只是寫作、閱讀時所必須具備，就是從事其他學科的學習或活動時也一樣需要，因此是相當基礎而廣泛的能力，其中主要包括觀察力、記憶力、聯想力、想像力等，而由此衍生出「特殊能力」與「綜合能力」，形成「思維系統」。

---

10 見王希杰：〈章法學門外閒談〉，《國文天地》18卷5期（2002年10月），頁92-95。

11 彭聃齡主編：《普通心理學》（北京市：北京師範大學出版社，2001年5月二版，2003年1月十五刷），頁392。

　　對所謂「思維力」，周元主編《小學語文教育學》說：「思維靠語言來組織。我們進行思考時，必須借助於單詞、短語和句子。因為思維的基本形式——概念，是用語言中的詞來標誌的，判斷過程和推理過程也是憑藉語句來進行的；也正是因為人憑藉語言進行思維，才使思維具有間接性和概括性。」[12] 可見「思維」是靠各種符號來組織的，而「言語」就是其中之一種。而由於人類具有「思維」能力，所以不會只侷限於某個時空的直接感官接觸；而且「思維力」的鍛鍊與「語言能力」的進展，可說密切相關，是可以互動、循環、往復而提升的。周元主編《小學語文教育學》又說道：「語言是思維的直接現實。我們理解語言時，要經歷從語文形式到思想內容，又從思想內容到語文形式的思維；言語表達時則相反，要經過從內容到形式，又從形式到內容的思維過程。在這反覆的過程中，需要進行分析綜合、抽象概括、判斷推理，需要形象思維和邏輯思維的交替進行。」[13] 正因為「語言」與「思維」有著密切之關係，所以在語文教學的過程中，都應有意識地進行「思維訓練」。「思維力」強，表現的就是抽象、概括的能力強，亦即「求異」與「求同」的能力強，彭聃齡主編《普通心理學》甚至認為「抽象概括力」是一般能力的核心[14]。為了強化它，在語文教學中，可以用「比較」的方式，來鍛鍊出學生「求異」與「求同」的能力，因而促進他們的「思維力」。

　　這種「思維力」，就「一般能力」層來說，含觀察力、記憶力、聯想力、想像力等。它是以「思維力」為其重心，而形成系統的。其中的「觀察力」是為「思維力」而服務，「記憶力」乃用以記憶「觀

---

12 周元主編：《小學語文教育學》（上海市：華東師範大學出版社，1992年10月），頁26。

13 同上注。

14 彭聃齡主編：《普通心理學》，同注11。

察」之「思維」所得,「聯想力」是「思維力」的初步表現,而「想像力」則是「思維力」的更進一步呈顯,以主導「形象」、「邏輯」[15]與「綜合」三種思維。其中作比較偏於主觀聯想、想像的,屬「形象思維」;作比較偏於客觀聯想、想像的,屬「邏輯思維」[16];而兩者是兩相對待而互動的。至於合「形象」、「邏輯」兩種思維為一的,則為「綜合思維」,用於進一步表現「綜合能力」,以發揮「創造力」。

這種「思維力」落到語文學科之「特殊能力」層來說,則直承「思維力」(含「聯想力」與「想像力」)而開展,分由「形象思維」、「邏輯思維」與「綜合思維」形成運用「意象」(含狹義、廣義)、「詞彙」、「修辭」、「文(語)法」、「章法」與確立「主旨」(綱領)、「風格」等各種「特殊能力」。

而所謂的「綜合能力」層,指的是統合「一般能力」、「特殊能力」所形成的整體能力。這種能力,如就「思維系統」而言,即「創造力」。彭聃齡主編《普通心理學》指出:「創造力(creative ability)是指產生新的思想和新的產品的能力。」因為一個人的「創造力」通常是透過進行創造活動、產生創造產品而表現出來,因此根據產品來判定是否具有「創造力」是合理的。所以,就寫作活動而言,構思新的人物形象、尋找不同的表達方式,「由意而象」地創造完整之新作

---

15 邏輯思維與形象思維為人類最基本的兩種思維方式。盧明森:「形象思維是與抽象思維相比較而存在的。抽象思維的基本特點是概念性、抽象性與邏輯性,因此,可以稱之為概念思維、抽象思維、邏輯思維;與之相對應,形象思維的基本特點是意象性、具體性與非邏輯性,因此可以稱之為意象思維、具體思維、非邏輯思維。」見黃順基、蘇越、黃展驥主編:《邏輯與知識創新》第二十章,同注3,頁429。又胡有清:「在藝術活動中,當人們用形象思維來把握和展示豐富的社會生活時,總會受到抽象思維的制約和影響。也就是說,抽象思維在一定程度上規範和導引形象思維。」見《文藝學論綱》,同注1,頁172。

16 陳滿銘:〈論意象與聯想力、想像力之互動──以「多二一(0)」螺旋結構切入作考察〉,《浙江師範大學學報‧社會科學版》31卷2期(2006年4月),頁47-54。

品，就是一種「創造力」的整體展現；這呈現的是創作活動的過程。而換就閱讀活動來說，透過作品中之各種材料、各種表現手法，「由象而意」地凸出「主旨、風格」，以欣賞作者之「創造力」的，則是一種再創造之完整歷程 [17]。

二　語文能力與辭章讀寫

　　從整體來看，「辭章」所呈現的主要為「特殊能力」，是結合「形象思維」、「邏輯思維」與「綜合思維」而形成的。這三種思維，各有所主。如果是將一篇辭章所要表達之「情」或「理」，訴諸各種偏於主觀之聯想、想像，和所選取之「景（物）」或「事」接合在一起，或者是專就個別之「情」、「理」、「景」（物）、「事」等材料本身設計其表現技巧的，皆屬「形象思維」（運用典型的藝術形象來顯示各種事物的特質）；這涉及了「取材」與「措詞」等問題，而主要以此為研究對象的，就是意象學、詞彙學與修辭學等。如果是專就「景（物）」或「事」等各種材料，對應於自然規律，結合「情」與「理」，訴諸偏於客觀之聯想、想像，按秩序、變化、聯貫與統一之原則，前後加以安排、佈置，以成條理的，皆屬「邏輯思維」（用抽象概念來顯示各種事物的組織）；這涉及了「布局」與「構詞」等問題，而主要以此為研究對象的，就字句言，即文（語）法學；就篇章言，就是章法學。至於合「形象思維」與「邏輯思維」而為一，探討其「主題」與「體性」[18] 的，則為「綜合思維」，這涉及了「立意」、

---

17 陳滿銘：〈論讀、寫互動〉，《泉州師範學院學報》23卷3期（2005年5月），頁108-116。

18 陳望道：「語文的體式很多，……表現上的分類，就是《文心雕龍》所謂的『體性』的分類，如分為簡約、繁豐、剛健、柔婉、平淡、絢爛、謹嚴、疏放之類。」見《修辭學發凡》（香港：大光出版社，1961年2月），頁250。

「確立體性」等問題，而主要以此為研究對象的，為主題學、文體學、風格學等。而以此整體或個別為對象加以研究的，則統稱為辭章學或文章學。

以上這些「辭章」的內涵，都是經由「辭章」之「模式研究」加以確定的。它們都與「形象思維」、「邏輯思維」或「綜合思維」有著密切的關係。其中有偏於字句範圍的，主要為「詞彙」、「修辭」、「文（語）法」與「意象（個別）」；有偏於章與篇的，主要為「意象（整體）」與「章法」；有偏於篇的，主要為「主旨」、「文體」與「風格」。因此「辭章」的篇章，是主要以「意象（個別到整體、狹義到廣義）」與「章法」為其內涵，而以「主旨」與「風格」（文體）來「一以貫之」的。

換另一個角度看，「辭章」是離不開「意象」的[19]。而「意象」有廣義與狹義之別：廣義者指全篇，屬於整體，可以析分為「意」與「象」；狹義者指個別，屬於局部，往往合「意」與「象」為一來稱呼。而整體是局部的總括、局部是整體的條分，所以兩者關係密切。不過，必須一提的是，狹義之「意象」，亦即個別之「意象」，雖往往合「意」與「象」為一來稱呼，卻大都用其偏義，譬如草木或桃花的意象，用的是偏於「意象」之「意」，因為草木或桃花都偏於「象」；如「桃花」的意象之一為愛情，而愛情是「意」；而團圓或流浪的意象，則用的是偏於「意象」之「象」，因為團圓或流浪，都偏於「意」；如「流浪」的意象之一為浮雲，而浮雲是「象」。因此前者往往是一「象」多「意」，後者則為一「意」多「象」。而它們無論是偏於「意」或偏於「象」，通常都通稱為「意象」。底下就著眼於整體

---

19 古人論及「言」、「意」、「象」關係者頗多，見陳滿銘：〈論辭章意象之形成——據格式塔「異質同構」說加以推衍〉，中山大學《文與哲》學報8期（2006年6月），頁475-492。

（含個別）的「意象」（意與象），試著用相應於它的「綜合思維」來統合「形象思維」與「邏輯思維」，並貫穿「辭章」的各主要內涵，以見「意象」在「辭章」上之地位[20]。

先從「意象」之形成與表現來看，是都與「形象思維」有關的，因為「形象思維」所涉及的，是「意」（情、理）與「象」（事、景）之結合及其表現。其中探討「意」（情、理）與「象」（事、景）之結合者，為「意象學」（狹義），這是就「意象」之形成來說的。而探討「意」（情、理）與「象」（事、景）本身之表現者，如就原型求其符號化的，是「詞彙學」；如就變型求其生動化的，則為「修辭學」。再從「意象」之組織來看，是與「邏輯思維」有關的，而「邏輯思維」所涉及的，則是「意象」（意與意、象與象、意與象、意象與意象）之排列組合，其中屬篇章者為「章法學」，屬語句者為「文法學」。至於「綜合思維」所涉及的，乃是核心之「意」（情、理），即一篇之中心意旨：「主旨」與審美風貌：「風格」（文體）。由此看來，「形象思維」、「邏輯思維」與「綜合思維」三者，涵蓋了「辭章」的各主要內涵，而都離不開「意象」。如單由「象」與「意」來說，如涉及後天之「辭章研究」（閱讀），所循的是「由象而意」逆向邏輯結構；如涉及先天之「語文能力」（寫作）而言，所循的則是「由意而象」順向邏輯結構[21]。

這些內涵，如就逆向之邏輯結構來說，首先是由「意象」（個別）、「詞彙」、「修辭」、「文（語）法」、與「章法」等所呈現之藝術形式（善）；其間藉「形象思維」（陰柔）與「邏輯思維」（陽剛），來

---

20 陳滿銘：〈意、象互動論——以「一意多象」與「一象多意」為考察範圍〉，中山大學《文與哲》學報11期（2007年12月），頁435-480。

21 陳滿銘：〈辭章意象論〉，臺灣師範大學《師大學報・人文與社會類》50卷1期（2005年4月），頁17-39。

產生徹下徹上之中介作用；然後是藉「綜合思維」所凸顯出來的「主旨」與「風格」（文體）等，這涉及了「修辭立其誠」（《易‧乾》）之「誠」（真）與篇章有機整體之「美」，乃「辭章」之核心所在。這樣在「思維系統」之牢籠下，回歸「語文能力」來看待「辭章（意象）」內涵，就能凸顯「形象思維」與「邏輯思維」的居間作用，使「辭章」之表現呈現「善」，將「意象」（個別）、「詞彙」、「修辭」、「文（語）法」與「章法」等，統一於「主旨」與「風格」（文體），以臻於「真、善、美」的最高境界 [22]。而這些都是經驗累積與辭章研究之成果，是不能忽略的。

　　總結上述，「思維系統」、「語文能力」與「辭章讀寫」的一體性關係，可用如下簡圖來表示：

---

22 陳滿銘：〈論「真」、「善」、「美」的螺旋結構——以章法「多、二、一（0）」結構作對應考察〉，臺灣師範大學《中國學術年刊》27期‧春季號（2005年3月），頁151-188。

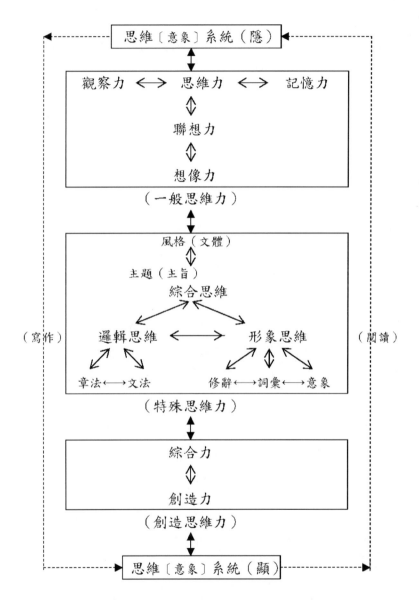

這種形成雙螺旋結構的能力，是可用「閱讀」與「寫作」來印證的。
由於「寫作」乃由「意」而「象」，靠的是先天（先驗）自然而然的
能力，這多是不自覺的，屬「直觀表現」；而「閱讀」則由「象」而

「意」,靠的是後天研究所推得的結果,用科學的方法分析作品,自覺地將先天(先驗)自然而然的能力予以確定,屬「模式探索」。因此「寫作」是先天能力的順向發揮、「閱讀」是後天研究的逆向(歸根)努力,兩者可說互動而不能分割,而「創造力」就由「隱」而「顯」地表現出來。

第三節　舉例說明

茲舉李煜〈相見歡〉詞為例,略作說明,以見一斑:

> 林花謝了春紅,太匆匆。無奈朝來寒雨、晚來風。　　胭脂淚,相留醉,幾時重?自是人生長恨、水長東。

此詞旨在借寫傷春傷別,以暗寓亡國之恨,是採「先實(寫景)後虛(抒情)」(上層)的「篇結構」以統合「章結構」(次、三、底層)而寫成的。

就「實(寫景)」(上層)來看,這主要透過「聯想」,著眼於「象」來寫的,含上片三句,用「先果後因」(次層)的「章結構」,寫林花在寒風急雨的不斷摧殘下,很快地卸下它們的紅衣而哀謝。其中「林花」二句是「果」,而「無奈」句為「因」。以「果」而言,用「先主後副」(三層)的「章結構」來寫。本來林花謝紅的景象,已夠令人為之惋惜哀傷,而如今卻謝得「太匆匆」,使得本就已經十分濃摯的哀惜之情更趨強烈。而就「因」而言,則對林花何以匆匆謝紅的原因,作了直接的交代。在主人翁眼裡,這些花已不再是花,而是過去的一段美好時光。但這段時光,卻因曹彬以迅雷不及掩耳之勢兵臨城下,而整個結束了,這是萬萬想不到,是無可奈何的。

　　就「虛（抒情）」（上層）來看，這主要是經由「聯想」與「想像」，著眼於「意」來寫的，含下片四句，用「先因後果」（次層）的「章結構」包孕「先實（現在）後虛（未來）」（三層）與「先今後昔」（底層）的「章結構」加以呈現。它先以「胭脂淚」三句，承上個部分之落紅來敘寫好景不再的哀愁。作者以「胭脂」代指花紅，又加上一個「淚」字，將它擬人化，以產生更大的感染力量。值得注意的是：在此「說花即以說人」[23]，而這「人」該是指「宮娥」而言，於是時間由現在推回過去，想起當年她們流著「胭脂淚」來送別，使自己也痛苦得「揮淚」相對（見〈破陣子〉）；如今面對著帶雨的落紅，豈不是會想起當年「辭廟」的一幕，而感傷重逢無日嗎？至於「幾時重」，則時間由過去推向未來，表達了這種沈痛；這兼含「聯想」與「想像」兩種思維在內。寫到這裡，很自然地由這個「因」而帶出它的「果」，以「自是」句來總結這份悠悠長恨，作者在另一首〈子夜歌〉裡說：「人生愁恨何能免，銷魂獨我情何限！」表達的就是這種「天」、「人」互動的痛苦，令人難於負荷；這主要涉及了「聯想」思維。

　　這首詞即景（象）抒情（意），通過春殘花謝的景象，抒發了人生失意的無限悵恨。而這種悵恨，顯然又已超越了李後主個人，而具有普遍性。其詞情之深在此，其詞境之奇亦在此，而「創造力」之偉大也由此表現出來。

---

23 唐圭璋：《唐宋詞簡釋》（臺北市：木鐸出版社，1982年3月），頁40。

附結構系統表供參考：

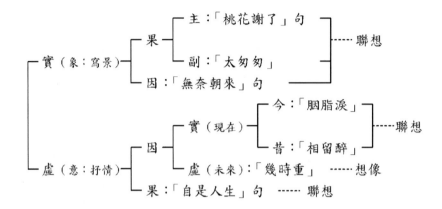

如由此凸顯其風格中的陰（柔）陽（剛）成分，則可分層表示如下：

上層　　　　　次層　　　　　三層　　　　　底層

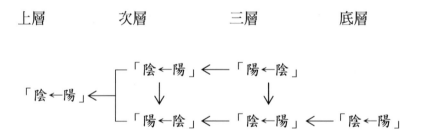

　　此詞之主旨為「長恨」，置於篇末；而所形成的是屬於「偏柔」（柔中寓剛）的風格，因為各層結構的剛柔之「勢」，流向「陽剛」的只有兩個，而流向「陰柔」得卻有四個，尤其是其核心結構[24]為上層之「先實（景）後虛（情）」，使「勢」顯然強烈地趨於「陰

24 核心結構對篇章主旨與風格的影響最大。參見陳滿銘：〈論章法「多、二、一（０）」的核心結構〉，臺灣師範大學《師大學報・人文與社會類》48卷2期（2003年12月），頁71-94。

柔」，因此其中的成分是「陰柔」多於「陽剛」的 [25]。

綜結此詞，如融合「思維力」與「思維（意象）系統」切入來看，則可歸納成如下重點：

一　一般思維力

在此，特別值得注意的是：「聯想」與「想像」兩種「思維力」之運用，本詞雖未忽略「想像力」，卻以「聯想力」為主。楊敏如釋此詞云：「借傷春為喻，恨風雨摧花。『林花謝了春紅』，對這個文采風流的皇帝來說，正好用來比擬他的天堂的傾落。……『胭脂淚』，濃縮地描繪了經風著雨的『春紅』的一副慘澹的樣子，既有概括，又有形象。……俞平伯《讀詞偶得》：『……蓋「春紅」二字已遠為「胭脂」作根，而匆匆風雨，又處處關合「淚」字。春紅著雨，非胭脂淚歟，心理學者所謂「聯想」也。』」[26]這樣來看待此詞，很能掌握作者敏銳的「思維力」。

---

25 由此圖可知，此詞含四層結構，如進一步地加以量化，則其結果是：底層以「先今後昔」（逆）形成移位結構，其「勢」之數為「陰4陽2」；三層以「先主後副（順）」、「先現後未」（逆）形成移位結構，其「勢」之數為「陰10陽8」；次層以「先果後因（逆）」、「先因後果（順）」形成移位結構，其「勢」之數為「陰15陽12」；上層以「先實後虛（順）」形成移位結構，其「勢」之數為「陰16陽8」；這樣累積成篇，其「勢」之數的總和為「陰45陽30」，如換算成百分比（四捨五入），則為「陰60陽40」，乃「偏柔」的作品。其量化原理及公式，見陳滿銘：〈章法風格論──以「多、二、一（0）」結構作考察〉，《成大中文學報》12期（2005年7月），頁147-164。

26 葉嘉瑩主編：《南唐二主詞新釋輯評》（北京市：中國書店，2005年1月），頁102-104。

二　特殊思維力

在此，可分如下三層加以觀察：

（一）形象思維：此含意象之形成與表現，主要關涉「詞彙」與「修辭」。對此，唐圭璋在其《唐宋詞簡釋》中說：「『太匆匆』三字，極傳驚嘆之神，『無奈』句，又轉怨恨之情，說出林花所以速謝之故。朝是雨打，晚是風吹，花何以堪，說花即以說人，語固雙關也。『無奈』二字，且見無力護花、無計回天之意，一片珍惜憐愛之情，躍然紙上。……『自是』句重落。以水之必然長東，喻人之必然長恨，語最深刻。『自是』二字，尤能揭出人生苦悶之義蘊。」[27] 陳弘治《唐宋詞名作析評》也說：「南唐的亡國，後主的『歸為臣虜』，是出乎他意料的，所以有『太匆匆』的驚歎。」[28] 傅正谷和王沛霖在《唐宋詞鑑賞集成》則說：「『胭脂淚』，是擬人手法的運用。胭脂，本女人搽臉的紅粉，此則指凋零的『林花』，亦即所謂的『謝了春紅』。胭脂和淚，是說那飄落遍地的紅花，被夾著晚風吹來的寒雨打濕，猶如美人傷心之極而和著胭脂滴下的血淚。『謝了春紅』的『林花』本不會落淚，淚是詞人賦予它的。」[29] 而周汝昌則說：「以『春紅』二字代『花』，即是修飾，即是藝術。……過片三字句三疊句，……老杜的名句『林花著雨胭脂濕』，……後主分明從杜少陵的『林花』而來，……只運化了三字而換了一個『淚』字來代『濕』，於是便青出於藍，而大勝於藍，便覺全幅因此一字而生色無限。『淚』字已是傳奇，但『醉』字也非趁韻諧音的忘下之字。此醉，非

---

27 唐圭璋：《唐宋詞簡釋》，同注18。

28 陳弘治：《唐宋詞名作析評》（臺北市：文津出版社，1977年10月），頁87。

29 唐圭璋主編：《唐宋詞鑑賞集成》（香港：中華書局香港分局，1987年7月），頁124。

陶醉俗義，蓋悲傷淒惜之甚，心如迷醉也。末句略如上片歇拍長句，
也是運用疊字銜聯法：『朝來』、『晚來』，『長恨』、『長東』，前後呼應
更增其異曲同工之妙，即加倍具有強烈的感染力量。」[30]可見所用
「詞彙」中的「春紅」、「太匆匆」、「無奈」、「淚」、「醉」與「自是」
等，既最能傳神；而修辭中的「感嘆」、「雙關」、「譬喻」、「擬人」、
「借代」、「類疊」、「映襯」與「引用」等藝術手法，又使作品「生色
無限」。

　　（二）邏輯思維：此指意象之組織，主要涉及語句層面的「文
（語）法」與篇章層面的「章法」。對此，周汝昌說：「上片三句，亦
千回百轉之情懷，有匪特一筆三過折也。」[31] 喬櫻、于淑月說：「周
振甫先生分析李煜詞時引《文心雕龍·隱秀篇》的命意，指出李煜亡
國後的詞，既是『隱──情在言外，又是『秀』──狀溢目前。……
這首〈烏夜啼〉（即〈相見歡〉）足以當隱秀之稱。……上片三句，一
句一折。……首句敘其事，次句一斷，夾議，三句溯其經過因由。」[32]
楊敏如說：「上闋長短三句，自然淋灕，一句一折，一氣貫下。下闋
三個短句，承接上闋，又是一句一折，一氣貫下。」[33] 就邏輯結構而
言，這裡所謂的「隱秀」，就是「虛（情）實（景）」，屬本詞結構系
統中的上層結構，涉及章法；所謂的「上片三句，一句一折」，指的
就是次層「先果後因」（複句）與三層「果」中「先主後副」（主副句
法）的結構，涉及文（語）法與章法；所謂「下闋三個短句，承接上
闋，又是一句一折，一氣貫下」，指的就是三層「先實（現在）後虛

30 唐圭璋、繆鉞、葉嘉瑩等：《唐宋詞鑑賞辭典》（上海市：上海辭書出版社，1988年
　　4月），頁126。

31 唐圭璋、繆鉞、葉嘉瑩等：《唐宋詞鑑賞辭典》，同上註。

32 潘慎主編：《唐五代詞鑑賞辭典》（北京市：北京燕山出版社，1997年6月），頁
　　388。

33 葉嘉瑩主編：《南唐二主詞新釋輯評》，同注26，頁103。

（未來）」與底層「先今後昔」，形成「現在→過去→未來」（複句）的結構，也涉及文（語）法與章法。可見此詞之邏輯思維是相當富於變化的。

（三）綜合思維：此含意象之綜合，主要關涉「主題」（主旨）與「風格」。對此，何均地說：「這首詞別有深意，萬勿滿足於惜花傷別的理解。深一層的意思是以林花之遭風雨催殘而凋謝，象徵自己國家之被滅亡而身為國主之歡樂生活的喪失；以對美人的不得重逢，象徵不得重返故國，從而書發他不敢明言的感傷、悲苦、怨恨和絕望的心情。」[34] 喬櫻、于淑月說：「李煜此詞以花喻人喻情，狀花直在目前，感慨也爽直明快，正所謂『秀』。但其中就包含著深意，要讀詞者去品味，去咀嚼。詞外之情，深深無盡。此所謂『隱』吧。此詞股人常用『濡染大筆』四字來評價，豈是一般的評語。」[35] 楊敏如說：「《相見歡》兩首，都是李煜入宋後詞作中之名篇，最為淒婉。是李清照在她的《詞論》中特別指出的所謂『亡國之音哀以思』。……上闋結句，宛轉回環，極陰柔之美。……最後，……妙筆天成，凝重有力，富有陽剛之美。俞平伯《讀詞偶得》：『……後主之詞，兼有陽剛陰柔之美。』」就「主題」（主旨）而言，所謂「隱秀」即「潛顯」[36]，李煜此詞之「主題」（主旨）確實是「顯中有潛」的。就「風格」而言，李煜此詞既「宛轉回環」又「凝重有力」，如此，與其說是「剛柔適中」，不如說是「柔中寓剛」來得貼切。周振甫說李煜「亡國後的詞，在清新秀麗，深沉淒婉，形成他的風格」[37]，很有道理。

---

34 蔡厚示主編：《李璟李煜詞賞析集》（成都市：巴蜀書社，1988年9月），頁76。

35 潘慎：《唐五代詞鑑賞辭典》，同注32。

36 陳滿銘：〈辭章篇旨辨析——以其潛性與顯性切入作探討〉，中興大學《興大中文學報》28期（2010年12月），頁137-162。

37 周振甫：《文學風格例話》（上海市：上海教育出版社，1989年7月），頁135。

三　創造思維力

　　在此，聚焦於「創造力」中「情性之爽直」、「藝術之天巧」與「境界之擴大」三層來看。關於「情性之爽直」與「藝術之天巧」兩層，周汝昌說：「南唐後主的這種詞，都是短幅的小令，況且明白如話，不待講析，自然易曉。他所『依靠』的，不是粉飾裝作，扭捏以為態，雕琢以為工，這些在他都無意為之，所憑的只適宜片強烈直爽的情性。其筆亦天然流麗，如不用力，只是隨手抒寫。這些自屬有目共見。但如以為他這『隨手』就是任意『胡來』，文學創作都是以此為『擅場』，那自然也是一個笑話。即如首句，先出『林花』，全不曉畢竟何林何花，繼而說是『謝了春紅』，乃知是春林之紅花，——而此春林紅花事，已經凋謝！可見這所謂『隨手』、『直寫』，正不啻書家之『一波三過折』，全任『天然』，『不加修飾』就能成『文』嗎？誠夢囈之言也。且說已春紅二字代花，既是修飾，既是藝術，天巧人工，總須『兩賦而來』方可。」[38] 關於「境界之擴大」一層，陳邦炎說：「王國維指出：『詞至李後主而眼界始大，感慨遂深。』並舉這首詞的結句為例說：『《金荃》（溫庭筠）、《浣花》（韋莊）』能有此氣象耶？』（《人間詞話》）……那是因為：作者對事物的觀照乃用『詩人之眼』，『通古今而觀之』，不『域於一人一事』（《人間詞話刪稿》），其『所寫者非個人之性質』，而是『人類全體之性質』（《紅樓夢評論‧餘論》）。這首〈相見歡〉詞的著眼之點就不囿於眼前林花之凋謝，其所表達也超越了傷春、惜花的感慨範圍。作者所見到的、所感到的是一個人間悲劇，而且這並不是屬於個人的，出於偶然的，而是帶有普遍性、必然性的人事無常的悲劇。其詞情之深在此，其詞境之

38　唐圭璋、繆鉞、葉嘉瑩等：《唐宋詞鑑賞辭典》，同注30。

大亦在此。」[39] 由此看來，此詞之「創造思維」，是局部或整體之呈現，都是非常敏銳而強大的。

上舉之例，對三層「思維力」之運用，呈現得相當齊備完整，這種情形，雖不是很常見，卻起碼顯示出：後天之「模式研究」（含經驗智慧）是可反映先天之「思維能力」的。

---

39 陳邦炎主編：《詞林觀止》上（上海市：上海古籍出版社，1994年4月），頁118。

第九章
基因螺旋

　　一般而論，人類面對天、地、人所作之研究與觀察，其過程是一面由部分之「神學」而「哲學」而「科學」，主要藉「求異」以累積「已知」，又一面由部分之「科學」而「哲學」而「神學」，主要藉「求同」以開發「未知」，形成「神學 ←→ 哲學 ←→ 科學」而進步不已的「雙螺旋系統」。本章特鎖定科學性之「基因」：「DNA」的「雙螺旋結構」，除個人「相關論文」外，試用哲學性的「0 一二多」之「陰陽雙螺旋層次邏輯」切入，先以「理論重點」，對哲學螺旋與科學螺旋的對應、貫通的進行探討，再以「綜合討論」，從多角度引用專家的相關論述，凸顯其對應、貫通的關係，以見「基因：DNA」雙螺旋之特色及其重要性於一斑。

第一節　相關論文

　　研討「螺旋結構」，早在二○○○年就開始 [1]。但對「基因：DNA」雙螺旋結構的注意，則起於二○○七年，雖引約翰·格里賓著、方玉珍等譯《雙螺旋探秘——量子物理學與生命》[2]，探討「螺旋結構與『多、二、一（0）』」，收入《多二一（0）螺旋結構論——

1　見陳滿銘：〈談儒家思想體系中的螺旋結構〉，臺灣師範大學《國文學報》29期（2000年6月），頁1-34。

2　約翰·格里賓著、方玉珍等譯：《雙螺旋探秘——量子物理學與生命》（上海市：上海科技教育出版社，2001年7月），頁335。

以哲學、文學、美學為研究範圍・第一章第一節 》[3]，卻討論得很簡單，當時只指出：

　　大體說來，對於任何思想體系之形成，關涉得最密切的，莫過於「本末」問題。就以中國哲學中的「理」與「氣」、「有」與「無」、「道」與「器」、「體」與「用」、「動」與「靜」、「一」與「兩」、「知」與「行」、「性」與「情」、「天」與「人」⋯⋯等「陰陽二元」之範疇[4]而言，即有本有末。它們無論是「由本而末」或「由末而本」，均可形成「順」或「逆」的單向本末結構。而一般學者也都習慣以此單向來看待它們，卻往往忽略了它們所形成之「互動、循環而提升」的螺旋結構。

　　而所謂「螺旋」，本用於教育課程之理論上，早在十七世紀，即由捷克教育家夸美紐斯所提出，《教育大辭典》解釋說：

　　　　螺旋式課程（spiral curriculum）圓周式教材排列的發展，十七世紀捷克教育家夸美紐斯提出，教材排列採用圓周式，以適應不同年齡階段的兒童學習。但這種提法，不能表達教材逐步擴大和加深的含義，故用螺旋式的排列代替。二十世紀六〇年代，美國心理學家布魯納也主張這樣設計分科教材：按照正在成長中的兒童的思想方法，以不太精確然而較為直觀的材料，儘早向學生介紹各科基本原理，使之在以後各年級有關學科的教材中螺旋式地擴展和加深。[5]

3　陳滿銘：《多二一（0）螺旋結構論──以哲學、文學、美學為研究範圍・第一章第一節》（臺北市：文津出版社，2007年1月），頁1-5。

4　見葛榮晉：《中國哲學範疇導論》（臺北市：萬卷樓圖書股份有限公司，1993年4月），頁1-650。

5　見顧明遠主編：《教育大辭典》（上海市：上海教育出版社，1990年6月），頁276。

所謂「圓周」、「逐步擴大和加深」，指的正是「循環、往復、螺旋式提高」，《簡明國際教育百科全書》即指出：

> 螺旋式循環原則（Principle of Spiral Circulation）排列德育內容原則之一，即根據不同年齡階段（或年級），遵循由淺入深，由簡單到複雜，由具體而抽象的順序，用循環、往復螺旋式提高的方法排列德育內容。螺旋式亦稱圓周式」。[6]

可見「螺旋」就是「互動、循環而提升」的意思。這種「螺旋」作用，可用下列簡圖來表示：

二元 → 互動 → 循環 → 往復 → 提升

這是著眼於「陰陽二元」，即「二」來說的，若以此「二」為基礎，徹上於「一（0）」、徹下於「多」，則成為「0 一二多」之雙螺旋系統。而這種系統可從《周易》（含《易傳》）與《老子》等古籍中獲知梗概，它們不但由「有象」而「無象」，找出「多→二→一（0）」之逆向結構；也由「無象」而「有象」，尋得「（0）一→二→多」之順向結構；並且透過《老子》「反者道之動」（四十章）、「凡物芸芸，各復歸其根」（十六章）與《周易・序卦》「既濟」而「未濟」之說，將順、逆向結構不僅前後連接在一起，更形成循環不息的「0 一二多」（含順、逆雙向）雙螺旋結構，以呈現中國動態宇宙人生觀之精微奧妙 [7]。

6　見許建鉞編譯：《簡明國際教育百科全書》（北京市：新華書局北京發行所，1991年6月），頁611。

7　詳見陳滿銘：〈論「多、二、一（0）」的螺旋結構──以《周易》與《老子》為考察重心〉，臺灣師範大學《師大學報・人文與社會類》48卷1期（2003年7月），頁1-20。

　　如此照應「0 一二多」整體，則「雙螺旋結構」之體系可用下圖來表示：

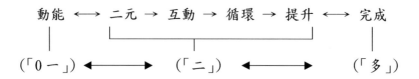

　　又如果再依其順逆向，將「0 一二多」加以拆解，則可呈現如下列兩式：

　　一、順向：「0 一」⟶「二」⟶「多」
　　二、逆向：「多」⟶　「二」⟶「一 0」

而這兩式是可以不斷地彼此循環而銜接而提升，而形成層層「雙螺旋結構」，以體現宇宙人生「生生不息」之生命力的。

　　很值得注意的是：相對於人文，近年科技界亦發現生命之「基因：DNA」也呈現「雙螺旋結構」，約翰・格里賓著、方玉珍等譯《雙螺旋探密——量子物理學與生命》以為：

　　　　生命分子是雙螺旋這一發現為分子生物學揭開了新的一頁，而不是標誌著它的結束。但在我們以雙螺旋發現為基礎去進一步理解世界之前，如果能有實驗證明雙螺旋複製的本質，那麼關於雙螺旋的故事就會更加完美了。[8]

8　見約翰・格里賓著、方玉珍等譯：《雙螺旋探密——量子物理學與生命》，同注2，頁225。

對這種「雙螺旋結構」，歐陽周、顧建華、宋凡聖編著的《美學新編》也作解釋說：

> 從微觀看，由於近代物理學與生物學、化學、數學、醫學等的相互交叉和滲透，對分子、原子和各種基本粒子的研究更加深入，並取得一系列的成果。……特別要指出的是，DNA 分子的雙螺旋結構模式，體現了自然美的規律：兩條互補的細長的核苷酸鏈，彼此以一定的空間距離，在同一軸上互相盤旋起來，很像一個扭曲起來的梯子。由於每條核苷酸鏈的內側是扁平的盤狀鹼基，當兩個相連的互補鹼基 A 連著 P（應是 T），G 連著 C 時，宛若一級一級的梯子橫檔，排列整齊而美觀，十分奇妙。[9]

這樣，對應於「０一二多」雙螺旋結構來看，所謂「宛若一級一級的梯子橫檔」，該是「二」產生作用的整個歷程與結果，亦即「多」；所謂「當兩個相連的互補鹼基 A 連著 T，G 連著 C」，該是「二」；而 DNA 本身的質性與動力，則該為「一０」。至於所謂「兩條互補的細長的核苷酸鏈，彼此以一定的空間距離，在同一軸上互相盤旋起來」，該是一順一逆、一陰一陽的螺旋結構。如果這種解釋合理，那麼，從極「微觀」（小到最小）到極「宏觀」（大到最大），都可由一順一逆的「０一二多」雙螺旋結構加以層層組織，以體現自然「真、善、美」之規律。

　　可見人文與科技雖然各自「求異」，而有不同之內容，但所謂

9　見歐陽周、顧建華、宋凡聖編著：《美學新編》（杭州市：浙江大學出版社，2001年5月），頁303。

「萬變不離其宗」，在「求同」上，不無「殊途同歸」的可能。如果是這樣，則「0 一二多」雙螺旋結構之「原始性」與「普遍性」，就值得大家共同重視了。

於是以此為基礎，又於二○一二年作了類似之探討 [10]，卻一樣只作簡略論述，而未進行較仔細之解析。因此稍作腳深入之討論，該自二○一四年開始：〈論哲理章法——以《中庸》誠明思想為例作探討〉（2014 年 10 月 25 日在「第九屆辭章章法學學術研討會」作專題演講），收入《章法論叢》第九輯，頁 1-38）、〈哲學「多、二、一（0）」與科學「DNA」雙螺旋的對應、貫通〉（2015 年 5 月發表於《國文天地》30 卷 12 期，頁 116-125）、〈論螺旋邏輯學的創立——以哲學螺旋與科學螺旋為鍵軸探討其體系之建構〉（2015 年 6 月發表於《國文天地‧學術論壇》31 卷 1 期，頁 1136-136）、〈哲學螺旋與科學螺旋的對應、貫通——以「多 ←→ 二 ←→ 一（0）」與「DNA」雙螺旋結構為重心作探討〉（2015 年 7 月發表於《南京曉莊學院學報》2015 年 4 期，頁 36-39）、〈陰陽雙螺旋互動的方法論三觀系統〉、《陰陽雙螺旋互動論——以「0 一二多」層次邏輯系統作通貫觀察‧第一章》（2016 年 7 月由萬卷樓圖書股份有限公司出版，頁 1-34）、〈論跨界章法學——以章法學方法論之三觀體系為重心作探討〉，2016 年 11 月 5 日在「第十一屆辭章法學學術研討會」作專題演講，《第五屆語文教育暨第十一屆辭章法學學術研討會論文集，頁 5-24》。可見真正作比較深入之研討.是最近幾年的事。

---

10 陳滿銘：《章法結構論》（臺北市：萬卷樓圖書股份有限公司，2012年2月），頁299-303。

第二節　理論重點

在此，先略述哲學的螺旋系統：「0 一二多」（含順逆雙向），再舉科學的雙螺旋實證：「DNA」，以見兩者對應、貫通之梗概。

就「0 一二多」之「雙螺旋層次邏輯系統」而言，其根本為「陰陽二元」之對待（靜）、互動 （動），成為一切事物「轉化」之根源。這在《老子》、《易傳》中就可找到這種觀點，如：

> 道生一，一生二，二生三，三生萬物。萬物負陰抱陽，沖氣以為和。(《老子‧四十二章》)
>
> 易有太極，是生兩儀，兩儀生四象，四象生八卦。(《周易‧繫辭上》)

這樣，結合《周易》和《老子》來看，它們所主張的「道」，如僅著眼於其「同」，則它們主要透過「相反相成」、「返本復初」而循環不已的雙螺旋作用，不但將「一→多」的順向歷程與「多→一」的逆向歷程前後銜接起來，更使它們層層推展，「循環、往復而提高」不已，而形成了雙螺旋式之結構，以呈現宇宙創生、含容而轉化萬物的基本動態規律。

而最值得注意的是：就在這「由一而多」（順）、「多而一」（逆）的過程中，是有「二」介於中間，以產生承「一」啟「多」的作用的。而這個「二」，從「道生一，一生二，二生三，三生萬物」等句來看，該就是「一生二，二生三」的「二」。雖然對這個「二」，歷代學者有不同的說法，大致說來，以為「二」是指「陰陽二（兩）氣」[11]。

---

11 以上諸家之說與引證，見黃釗：《帛書老子校注析》（臺北市：臺灣學生書局，1991年10月），頁231。

而這種「陰陽二氣」的說法，其實也照樣可包含「天地」在內，因為「天」為「乾」為「陽」，而「地」則為「坤」為「陰」；所不同的，「天地」說的是偏於時空之形式，用於持載萬物 [12]；而「陰陽」指的則是偏於「二氣之良能」[13]，用於創生萬物。這樣看來，老子的「一」該等同於《易傳》之「太極」、「二」該等同於《易傳》之「兩儀」（陰陽），因此所呈現的，和《周易》（含《易傳》）一樣，是「一→二→多」與「多→二→一」之原始結構。不過，值得一提的是：（一）即使這「一」、「二」、「多」之內容，和《周易》（含《易傳》）有所不同，也無損於這種結構的存在。（二）「道生一」的「道」，既是「創生宇宙萬物的一種基本動力」，而它「本身又體現了無（无）」[14]，那麼正如王弼所注「欲言無（无）耶，而物由以成；欲言有耶，而不見其形」[15]，老子的「道」可以說是「无」，卻不等於實際之「無」（實零）[16]，而是「恍惚」的「无」（虛零），以指在「一」之前的「虛理」[17]。這種「虛理」，如勉強以「數」來表示，則可以是「（0）」。這樣，順、逆向的結構，就可調整為「（0）一→二→多」（順）與「多→二→一（0）」（逆），以補《周易》（含《易傳》）之不足，這就使得宇宙萬物創生、含容的順、逆向歷程，更趨於完整而周延了 [18]。而順、逆向的統合，可用「0 一二多」來表示 其關係可用如下簡圖加以呈現：

---

12 徐復觀：《中國人性論史》（臺北市：臺灣商務印書館，1978年10月），頁335。

13 朱熹：《四書集注》（臺北市：學海出版社，1984年9月），頁31。

14 林啟彥：《中國學術思想史》（臺北市：書林出版社，1999年9月），頁34。

15 王弼：《老子王弼注》（臺北市：河洛圖書出版社，1974年10月），頁16。

16 馮友蘭：《馮友蘭選集》上卷（北京市：北京大學出版社，2000年7月），頁84。

17 唐君毅：《中國哲學原論・導論篇》（香港：新亞研究所，1966年3月），頁350-351。

18 陳滿銘：〈論「多、二、一（0）」的螺旋結構——以《周易》與《老子考察重心〉，同注7。

一 單層「0一二多」雙螺旋層次邏輯結構圖

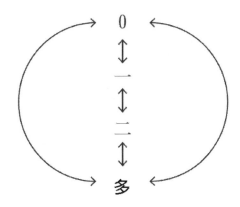

二 單層「0一二多」融貫的雙螺旋層次邏輯結構圖

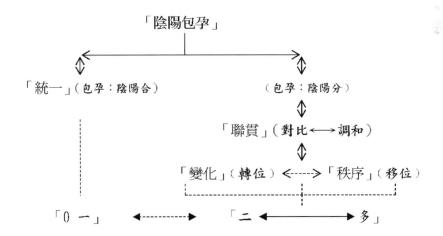

三 層層在「轉化四律」融貫下的「0一二多」雙螺旋層次邏輯系統圖

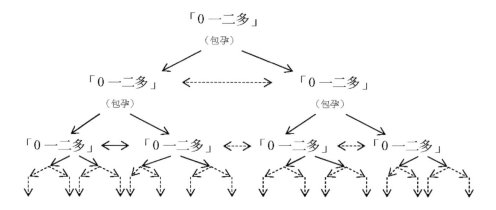

而此「雙螺旋層次邏輯系統」中每一層的內容或意象,雖可以萬變、億變,但每一層都以「陰陽二元」之互動為「二」,「秩序(移位)、變化(轉位),聯貫(對比、調和)」為「多」,「統一(包孕)」為「一(0)」,亦即由「0」包孕「一」(陰陽未分),由「一」包孕「二」(分陰分陽),由「二」包孕「多」,呈現不變之雙螺旋層次邏輯結構;而由此層層「包孕」,便形成「以大包小」之龐大系統。

再以科學的螺旋實證:「DNA」而言,它的發現(1953),是近年來科學界最重大的之成就之一。王淑鶯(2013)在〈DNA 雙股螺旋結構──跨領域之美麗結晶〉一文中指出:

> 西元二十世紀初期,當科學家們在爭論生命的遺傳本質(基因)是 DNA 或蛋白質時,也是量子力學大放光彩的年代。……西元一九五三年四月二十五日,來自英國劍橋卡文迪西實驗室的華生(James Watson)和克里克(Francis Crick)共同在國際知名期刊《自然》發表了完整的 DNA 雙股螺旋結

構模型。這個關鍵性的結果不僅確立了生命的遺傳物質為 DNA 而非蛋白質，同時更提供 DNA 複製模式的分子機制以及準確的遺傳法則，也敞開分子生物學的新時代。……克里克和華生從一九五一年開始合作建構 DNA 的三維模型，期間陸續有許多關於 DNA 物理化學本質的研究被發表，像是著名的「查加夫法則」發現 DNA 的核苷酸存在著 A：T=G：C=1：1 現象；化學家格里菲斯（J.Griffith）透過計算表明，A 必須與 T 鍵結，G 必須與 C 鍵結；多諾霍（J. Donohue）提出 A-T 和 G-C 配對是靠氫鍵維繫的。最重要也最具爭議的是，華生和克里克從魏爾金手上看見了由富蘭克林（Rosalind Franklin）所拍攝的一張極為清晰的 DNAX 光繞射圖，讓他們推論 DNA 是由兩條走向相反單鏈所組成的雙螺旋。而從化學的角度來看，為了能夠符合 A-T 和 G-C 的氫鍵鍵結，唯有鹼基朝內，醣－磷酸骨架在外，且兩條單鏈走向相反才能形成穩定的分子。綜合這些資料，華生和克里克構築完整的三維 DNA 分子模型並發表結果在期刊上，之後與魏爾金在一九六二年獲得諾貝爾生物醫學獎的榮耀，也成功引領生物學邁向更深入的分子生物學研究領域。[19]

而約翰・格里賓（John Gribbin）著、方玉珍等譯《雙螺旋探密——量子物理學與生命》也早在二〇〇一年指出「這一發現為分子生物學揭開了新的一頁」，並附「DNA」分子的雙螺旋結構圖 [20] 如下：

---

19 王淑鶯：〈DNA雙股螺旋結構——跨領域之美麗結晶〉，《成大校刊》24期（2013年2月），頁48-49。

20 約翰・格里賓著、方玉珍等譯：《雙螺旋探密——量子物理學與生命》，同注2，頁221-225。

其一：

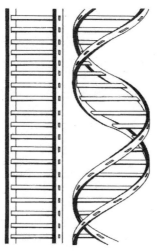

兩條 DNA 鏈互相盤繞，形成一個雙螺旋

其二：

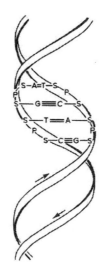

部分 DNA 雙螺旋近觀圖

試將鹼（碱）基雙雙配對，用梯形配合「0 一二多」呈現，可形成下圖：

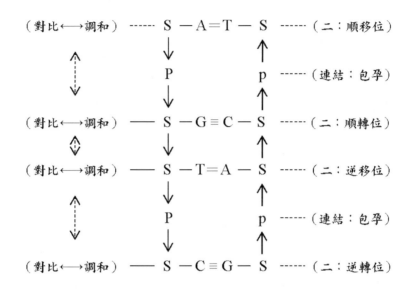

其中「A（Adenine：腺嘌呤）⟷ T（Thymine：胸腺嘧啶）」、「G（Guanine：鳥嘌呤）⟷ C（Cytosine：胞嘧啶）」為鹼基 4 密碼（雙雙形成「陰陽互動」）；「S」表示端點；「P」（磷酸根）表示連結（形成層次：涉及「包孕」之分合[21]與「對比 ⟷ 調和」）；「＝」表示兩組（對）「氫鍵」，力度較弱（涉及「移位」）、「≡」表示三組（對）「氫鍵」，力度較強（涉及「轉位」）。由此層層以「對比 ⟷ 調和」下徹、上徹並加以「包孕」，趨於「統一」，形成每一單元「DNA」的「0 一二多」雙旋螺結構，呈現如下簡表：

---

21 陳滿銘：《陰陽雙螺旋互動論——以「0 一二多」層次邏輯系統作通貫觀察・第四章》（臺北市：萬卷樓圖書股份有限公司，2016年7月），頁111-146。

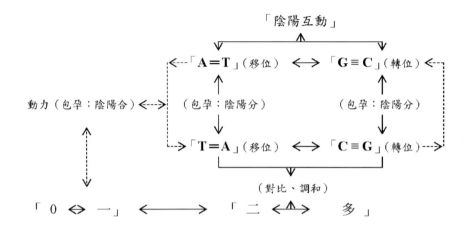

如單就「轉化四律」來看，則 可呈現如下簡圖：

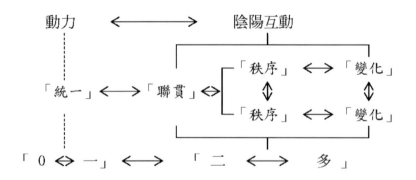

可見這種「雙螺旋結構」，都一律由「一順一逆」的「0 一二多」雙螺旋邏輯結構，按「轉化四律」加以層層組織，以體現大自然「生生不息」的「轉化」運動規律[22]。

---

22 陳滿銘：〈論螺旋邏輯學的創立——以哲學螺旋與科學螺旋為鍵軸探討其體系之建構〉，《國文天地・學術論壇》31卷1期（2015年6月），頁116-136。又，陳滿銘：〈哲學螺旋與科學螺旋的對應、貫通——以「多二一（0）」與「DNA」雙螺旋結構為重心作探討〉，《南京曉莊學院學報》4期（2015年7月），頁19-22。

對此，戴維揚詮釋說：

> 陳滿銘……「多、二、一（0）」及「（0）一、二、多」雙向的「邏輯結構」，筆者將其譯成英文的「DNA」的雙螺旋結構（in the form of a double helix）；一個超大超長變化萬千的大體系，其運作方式以兩兩（4 基底），結合一再衍生的「DNA」譜系。其……鹼基「DNA」的運作模式，A 常配 T；G 常配 C，兩兩、雙雙、對對構成天底下萬物的結構密碼；證之，星球的運轉也是如此遵照「普世法則」的大原理（Principles）以及彗星（如哈雷）每七十六年穿梭其間的小插曲（Parameters）。[23]

因此「0 一二多」雙螺旋層次邏輯系統之「原始性」與「普遍性」，是值得大家共同重視的。

第三節　綜合討論

單就上節所述對應、貫通的實例來說，看似「個案」，卻有「通則」的特點。因為「0 一二多」雙螺旋本就可視為「方法論系統」[24]，而「DNA」雙螺旋則所謂「天文學家在銀河系中心附近發現了一個史無前例的雙螺旋星雲。……我們看到兩條就像 DNA 分子一樣的相互纏繞的條帶」[25]；又所謂「龐大的宇宙系統竟然呈現層層相嵌套的旋

---

23 戴維揚：〈概論詞彙學（Lexicology）的體系架構〉，《國文天地》30卷5期（2014年10月），頁53。

24 陳滿銘：〈論章法結構之方法論系統——歸本於《周易》與《老子》作考察〉，臺灣師範大學《國文學報》46期（2009年12月），頁61-94。

25 周新：〈銀河系中心發現雙螺旋星雲——一新恆星河流橫過北方天空〉，《正見網・2006年3月19日》，引自：http://www.spaceflightnow.com/news/n0603/15doublehelix/。

轉奇觀，一切天體都由雙螺旋運動軌跡所交織和貫穿」、「人們在宏大的太空尺度上已經觀測到了這種典型 DNA 結構」[26]；於是認為：「從天體到地體，從地體到人體，都默默地遵循著一個共同的運動法則——宇宙的總法則——神奇的雙螺旋運動」[27]；由此可知這種「DNA 雙螺旋結構」是無所不在的。

　　正由於它們形成「通則」，因此繞此討論的便相當地多：首先看《華夏中醫網》（2006）中所載的兩段文字：「《太極陰陽圖》是遠古時代東方人傳下來的一張圖，據邵雍說：『伏羲之易，初無文字只有一圖寓其象數。』伏羲所作先天八卦根於《太極圖》，伏羲在位一百一十五年，距今大約六千六百年前，那時中國正處於古代原始社會的漁獵畜牧時代。據〈繫辭上傳〉記載：太極出現在黃河、洛水之間，伏羲氏在被洪水沖擊出土的玉石上發現了《太極圖》，加上個人仰觀俯察的各種體會，才畫出八卦來。八卦後來又被演化成六十四卦，作為《易經》的核心內容流傳甚廣。……李政道博士曾說：「《太極圖畫》中所包含的抽象概念已超過了物理上的基礎理論，而其形態動盪，更深刻地表達了從宇宙、星雲、乃至電子……的一切形成」。我們發現，宇宙中的物體無論怎樣複雜，都可分為陽性的正力和陰性反力，二力相互作用，此起彼伏，相互交織，就構成了宇宙基本內涵——螺旋。在宇宙的不同層次中，都可發現這種螺旋規律：大到銀河系星雲的漩渦運動，太陽系環繞近星系質心的公轉運動，行星圍繞太陽的旋轉運動；小到原子中電子環繞質子的運動，都是旋轉運動。只不過是不同層次的大螺旋套小螺旋的衍生運動而已。《太極陰陽圖》既然是宇宙中各種物體結構和運動的基本形式，那麼宇宙中普遍存在

---

26 李華平：《論天下‧雜談（2014年4月13日21:37:30）》，引自：http://blog.sina.com.cn/s/blog_88ca44120101ja7f.html。

27 李華平：《論天下‧雜談（2014年4月13日21:37:30）》，同上注。

的螺旋現象就不足為怪了。」「我們將東方的《太極陰陽圖》與西方的科學成就：DNA 雙螺旋結構作一對照，就不難發現其中的關聯。因為 DNA 的雙螺旋結構完全可以看作是立體《太極陰陽圖》兩側的環形延伸。DNA 應該是地球上迄今發現的最為複雜、最為精細的生命部件，因此應該是宇宙的精品，並且帶來了宇宙的整套資訊。」[28]

文中值得大加注意的是引用了諾貝爾獎得主李政道的一番話，這番話，據李玉山指出：「一九八八年在北京召開的『二維強關聯電子系統國際討論會』上，中國著名畫家吳作人為此次會議製作了《太極圖》會標。他是應諾貝爾物理獎獲得者李政道的要求繪製的。吳作人在談到這幅畫的創作思想時說：『以往對於《太極圖》雖有多樣的理解，但多半認為它是個封閉的、固定的、渾然寂寞的整體。而我想要表現的，卻是在無限空間中旋轉運動而又相互作用、聯繫的體系，它更能表達博大深邃的宇宙的變化和無比深奧的大自然現象。』李政道博士對這一《太極圖》會標非常欣賞。他說：『您的大作已獲國內外科學家的最高評價。如太極、兩儀，畫中包含的抽象理念，已經超過了物理上的基礎理論。而其形象動盪，更深深地表達了從宇宙星雲至電子、質子……一切之形成。結合古今，融會萬象，實創作之結晶』（以上摘至徐道一《周易科學觀》，頁 145）。」[29] 而歌詠明論也補充說：「二○○四年，李政道為了說明自己成果的爭論，出版了《宇稱不守恆發現之爭論解謎》。該書的封面上，按李政道的創意設計，特地選擇用中心的《太極圖》，表達因 θ 和 τ 粒子的不同衰變結果而提示出來的宇稱不守恆。無獨有偶。一九四七年丹麥國王破格授予諾貝

---

28 佚名：〈太極陰陽與螺旋互動〉，《華夏中醫網》（2006年9月14日 5:46:57 PM），引自：http://www.epochtimes.com/b5/6/9/14/n1453677.htm。

29 李玉山：〈《周易》與東方文明〉（2005年2月25日），引自：四川省社會科學院資訊網路中心：http://www.sciencetimes.com.cn/col36/col73/artic。

爾獎得主玻爾（Neils Bohr）榮譽勳章時，按照慣例，勳章上應該鑴刻受獎人的族徽。玻爾在設計自己的族徽時，特意選用了中國的《陰陽魚太極圖》，並刻上一句名言「對立即互補」。因為《太極圖》完全地表現了他最為得意的互補原理：當微觀粒子表現為『波』時，就用『波』來描述，當其表現為『粒子』時，就用『粒子』來描述，二者「互補」。這與《易經》陰陽共存的思想是非常吻合的！東西方的兩大科學巨匠，用如出一轍的行為表現了對中國古老《易經》的極大推崇。」[30] 茲附圖如下供參考：

玻爾勳章：http：//zh.wikipedia.org/wiki/尼爾斯・玻爾

---

30 歌詠明論：〈李政道對《易經》的推崇〉（2012 年 2 月 26 日），引自：
http://blog.sina.com.cn/s/blog_85ed05d60100v0gl.html。

四川省社會科學院資訊網路

http：//www.sciencetimes.com.cn/col36/col73/artic

　　其次看俞懿嫻〈乾坤二卦形上解〉：「《易》以『乾坤一體』，時空
合一，這與愛因斯坦的時空套具（space-time continuum）的概念相
符。只是《易》強調空間必須配合時間，以時間為重，愛因斯坦
（Albert Einstein）則仍以時空為物理測量的架構。在他的理論中，時
間依然被空間化了。……《易》以乾坤兩卦為極，就六十四卦言，實
為三十二對，每對無不陰陽相孚、兩兩旁通。可說在古易學家看來，
自然事物無不『旁通相關』，互補相成。而量子論發現基本粒子同時
具備粒子與波動雙重性（particles-waves duality），排除了光學波動論
與粒子論的爭議，令兩種對比的性質互補相成，與古易學家的構想頗
為相符。……參見程石泉《易學新探》，頁109）。」[31]

　　又其次看張成《易經預測》：「也許你會對《易經》的作用產生懷
疑心理，但一個現實是，不僅越來越多的中國人在學習應用《易

<hr />

[31] 俞懿嫻：〈乾坤二卦形上解〉，《周易研究》2004年第4期，引自：http://zhouyi.sdu.
edu.cn/yixueshiyanjiu/YUYIXIAN.HTM。

經》，就是在過去的幾十年裡，《易經》在西方世界裡也得到了更多的重視，它的實用性和系統性得到了不同領域專家的認可。如世界著名的瑞士心理學家卡爾・古斯塔夫・瓊（Carl Gustav Jung）研究《易經》多年，認為它是一個取之不盡、用之不竭的智慧源泉；……物理學家弗里特喬夫・卡普拉（Fritjof Capra）也注意到現代物理學和易學最重要的特徵都是變化和變革，他在《物理學之道》一書中對此給予了解釋，事實上現代微積分——也是電腦科學建立的基石——的產生，也可歸因於《易經》對於科學家的啟示。」[32]

　　然後看竇宗儀〈試探一個貫通中西文化的世界觀——陰陽辯證一元論〉：「世界觀是人類對人與人，人與自然之間複雜萬千的關係之基本看法和行動指針。人類如果能形成這樣的共同意識去求同存異那兼容並俱的心理狀態便較有適當的孕育。和平共處的希望或許要大些。今天的新科學不外是量子學及其所導致的尖端科學，驚異地是，量子學創始人玻爾（Niels Bohr）不僅用周敦頤的太極圖作丹麥國王給他的勳章底案，而且指出量子學的基本原則是『相反而相成』（Complimentarity in contradiction，中譯為『互補並協』，似太拘執於物理字義），竟與董仲舒們後先輝映。一九八九年哈佛大學出版的量子學作者休士（R. I. G. Hughes）在序言中坦白承認：『量子學和儒、道、禪、至理之相同處，乃無可攻擊者』，作此說者豈止休士一人？由於量子觀念的演進不僅對中西有心人想瞭解宇宙萬事萬物的存在、變異和創新之道提供共識而且和傳統儒道觀念：天之道即人之道，法天道以立人道同路。玻爾一再指出量子原則不侷限於物理現象的應用，化學、生物、經濟、社會、歷史，都包括在內。分子生物學之進展，因量子學作用即為一例；經濟學宏觀、微觀概念之來源似亦出於此。因為量子學對

---

32 張成：《易經預測》（2011年），引自：http://baike.baidu.com/view/5135460.htm。

宇宙事物的深刻認識，人們發現萬千複雜的萬事萬物的存在變異中大
體上有三條規律可尋：（1）事物的存在和變異是雙重性的，（2）雙重
性的組成分互相依存、互為因果而自發消長，（3）在相互關係中雙重
性組成分綜合創新的新生事物不失其雙重本質而生生不已。這三條規
律就是辯證關係，在這個基礎上，『相反而相成』原則可概括一切。
這似乎和今天人們尋求的統一理論（Unifield theory）相符合。唯其如
此，以儒道世界觀系統化為『陰陽辯證一元論』去解說，不僅和人類
文化最寶貴的成就、現代科學智識相符合，而且避免唯心唯物和『天
外來客及上帝創造的困難』。在今天人類的認識功能和既得智識中用
陰陽概念似乎最能象徵萬事萬物存在變異的雙重性，陰陽的相互依
存、相互消長和相互轉化似乎最能自圓其說的敘述這個雙重性之間的
辯證關係或磁性作用（polarity），陰陽兩力（energy）綜合創化，產
生新事物後，因陰陽太極的統一性而新生事物仍具有陰陽，所以生生
不已。因人心認識體會以致繼續創新亦同出一元似乎能最簡明的闡發
這個至理。此即所謂陰陽辯證一元說，人類文化活動可以說是受這個
世界觀的顯現支配的。」「把儒家經典翻譯傳送西歐，許多學者認為
是引發西歐啟蒙運動的火花，最顯著的像萊本尼茲（Leibniz）之發表
二元數系、黑格爾之承襲易理發揮辯證法、洛克（Locke）之染於蒼
則蒼染於黃則黃的人性論調（Tabula rosa）有同抄襲荀子、伏爾泰
（Voltaire）之任其自然（Laissez faire）主張無不反映儒道思想。甚至
有人說美國開國元勳傑佛遜總統之政教分離和亞當士斯密斯的原富觀
點來自儒家，更說馬克思辯證概念，淵源中國經馬克思唯物化後回歸
故土。」「生理學家研究生命現象，分析到底發現構成細胞的基本粒
子是質子和電子，電子、質子們沒有生命但它們構成細胞、構成生命
的。沒有量子學人們不會知道基本粒子的（Fundamental Particleo）。
所以科學界最有貢獻的分析派到今天亦碰了頭。非僅如此，傳統科學

人是人，自然是自然的看法亦出了岔子。量子學深入研討發現，人和自然的物質結構成分是一樣的，大至宇宙、星球大地，小至細菌就人所知都不外夸克（層子）（quarks）和輕子（Leptons），不僅儒家天人合一說，就是道家人是自然的一部分說法，現在都有科學的根據了。今天數學界證明方圓可以相等，一可以等於二，分形幾何學（fractal geometry）指出萬象可為一象，一象可為萬象的。近代科學認識了萬有引力後，從牛頓到愛因斯坦一直在找一個統一的理論來解說一切自然現象，找來找去，發現宇宙的命運仍然在原子的結構與性能中，量子學的銳進更發現形成原子的質子有反質子，電子有反電子，中子有反中子。甚至物質有反物質。核子物理學家知道粒子與粒子的結合因正負電荷而不同，為什麼？不知道。粒子由強力合為萬物；由弱力分散為萬物。萬有引力使萬物保持其形態而存在。正與反，強與弱，正物質與反物質不僅是雙重的而且相反以相成的。分散離合變易無窮，最終還離不了夸克（層子）與輕子兩類。分子生物學家瓦遜（Watson）也承認他們之發現生命本質和遺傳密碼（DNA）是受量子相反而相成觀念的暗示而得。DNA 的結構是成對的，一長一短，由螺旋形而發展，形成 DNA 的核酸苷有四個，必然成對。所以男女交合出生男女，不因交合新生而喪失男女的存在是顯而易見的成對的。唯其如此，以今天人們所知，沒有雙重性就沒有生命和宇宙。人和自然的基本物質結構如此；人類活動的文化結構亦如此。」「西方科學家把中國科學家今天在西方的突破成績歸源於儒道背景者還大有人在。《易經》的太極陰陽概念，由耶穌會士介入西歐後，其影響今日仍在探討：二元數系雖為萊本尼茲（Leibniz）獨創，但他之熟悉《易經》大意及邵雍的二元排列六十四卦系，已不能否認；自夏納（Shannon）引用二元數系發展電腦後，六十四卦的數學問題，已為科學界的大難題；一九七四年數學家加納（M. Gardner）在美國科學

人雜誌以『易經的數學』為題公諸於世後，此問題更引人注意；近年已有六十四卦軟件出現，同年分子生物學家巴阿里（H. Bialy）晤會到 DNA 結構竟能和六十四卦系相符合；前年（1990）米勒斯（K.B.Mullis）發表他所發現的 DNA 複化程序（以聚合酶鏈條反應為基）與六十四卦程序完全一致，為什麼？其意義何在？或許會成為下一世紀科學發展的大關鍵……。依此類推，陰陽辯證一元的世界觀，能貫通中西文化，便更有立足之所了。」[33]

　　從上述論說中，可看出中國「陰陽二元」由對待而互動、相反相成的哲學螺旋規律，與西方的科學螺旋實證，是可兩相對應、貫通而互動的。其實不必有中西之分，一九五七年諾貝爾物理學獎得主楊振寧曾說：「科學的極致是哲學，哲學的極致是宗教。」[34] 假如用「雙螺旋」切入，並將「宗教」改作「神學」，則為：「科學 ⟷『極致』⟷ 哲學 ⟷『極致』⟷ 神學」，如又以「0 一二多」、「DNA」加以通貫，那麼可以如此表示：「科學 0 一二多[35]」⟷「哲學 0 一二多」⟷「神學 0 一二多」或「科學 DNA」⟷「哲學 DNA」⟷「神學 DNA」，又如果呼應本章所論，撇開「神學」，則可充分看出「0 一二多 ⟷ DNA」、「哲學 ⟷ 科學」雙螺旋互動的密切關係。

---

33 竇宗儀：〈試探一個貫通中西文化的世界觀：陰陽辯證一元論〉，引自：http://www.macaudata.com/macaubook/book121/html/36201.htm。

34 佚名：〈楊振寧&李政道：敢於質疑和挑戰權威〉，引自《蝌蚪五線譜》：http://story.kedo.gov.cn/kxjqw/351119.shtml。

35 個人對這一方面所作探討，發表過相當多的論文與著作。以著作而言，如《多二一（0）螺旋結構論──以哲學、文學、美學為研究範圍》（臺北市：文津出版社，2007年1月），頁1-298。

第十章
修辭轉化

　　「修辭」是促進語句作為美感表現的一種藝術。這種藝術最關鍵的就是「轉化」。而「轉化」，由其「思維方式」來看，重在主觀性的「形象思維」。王德春說：「認為『辭章』是結合『形象思維』與『邏輯思維』而形成的，這是正確的看法。……又認為『修辭學』主要以『形象思維』為對象，……這大體上也是正確的看法。」[1] 可見這樣來看待「修辭轉化」，是可以被接受的。不過，「邏輯思維」與「形象思維」，是不可截然劃分的。也就是說，「邏輯思維」中往往含有「形象思維」，而「形象思維」中也往往含有「邏輯思維」，亦即客觀中帶有主觀、主觀中帶有客觀，是很難一刀完整切開的。本章即著眼於此，由一般的「形象轉化」開展到「邏輯轉化」，試從「陰陽二元」、「移位、轉位、對比 ⟷ 調和與包孕」與「0 一二多」的「陰陽雙螺旋互動」切入，歸本於《周易》或《老子》加以探討，凸顯「修辭轉化」之源頭活水，並鎖定「邏輯」，舉例酌予說明，以見邏輯性「修辭轉化」的辭章表現於一斑。

第一節　相關論文

　　個人對「修辭形象轉化」的關切雖然很早，卻到最近幾年才對「修辭邏輯轉化」付出較多心力。試看：

1　王德春：〈適應語言學發展趨勢的論著——評陳滿銘教授的辭章學〉，《陳滿銘與辭章章法學》（臺北市：文津出版社，2007年12月），頁49。

〈中學國文課文修辭實例舉要〉（1986 年 8 月發表於《中等教育》37 卷 4 期，頁 39-56）、〈論修辭教學之重心〉（2011 年 1 月發表於《國文天地》26 卷 8 期，頁 23-33）、〈「螺旋」乃「修辭轉化」研究方法論之精義——孟建安《修辭轉化運行原理》序言〉（2011 年 5 月發表於《肇慶學院學報》32 卷 3 期，頁 27-31、44）、〈試論修辭之邏輯性〉（2011 年 12 月發表於《國文天地》27 卷 7 期，頁 99-105）、〈論修辭轉化之審美價值〉（2012 年 6 月發表於《平頂山學院學報》27 卷 3 期，頁 100-104）、〈試論方法論原則之層次系統——以修辭與章法為考察範圍〉（2012 年 6 月發表於中山大學《文與哲》學報 20 期，頁 367-407）、〈論修辭轉化理論之核心原則〉（2012 年 10 月發表，收入張高評主編《哲學美學與傳統修辭——「修辭學之多元詮釋與教學」學術研討會論文集（一）》，臺北市：新文豐出版公司，頁 61-84）、〈論修辭轉化之理論及其應用〉（2013 年 5 月發表，收入張高評主編《修辭學之多元詮釋與教學運用演講集》，臺北市：新文豐出版公司，頁 185-208）、〈修辭「轉化」論〉（2013 年 12 月發表於彰化師範大學《國文學誌》27 期，頁 1-38）。

即以二〇一一年五月所發表的那一篇而言，就特別強調了「偏離」理論與「修辭轉化」的關係，指出：

近年來，語言學界出現「三一」學派，由南京大學教授王希杰所主導，提出「零度和偏離」、「潛顯」與「四個世界」三者統合為「一」的理論體系，應用於語言學、修辭學上，普受學界推崇。其中特別關注到零度和偏離——正偏離和負偏離之間的聯繫與轉化問題，成為他「三一語言學」理論之核心內容 [2]。而所謂「偏離」，乃現代語言學、

---

2 李名方、鐘玖英主編：《王希杰與三一語言學》（北京市：中國文聯出版社，2006年11月），頁190-222。

修辭學中最重要而基本的概念，源自於西方索緒爾（Ferdinand de Saussure, 1875-1913）和葉爾姆斯列夫（Louis Trolle Hjelmslev, 1899-1965）的理論，但王希杰雖受此啟發，卻未受侷限，而加以引申、開創，不僅注意「零度」與「偏離」之對立，更提出「正偏離」與「負偏離」，並重視兩者之間之聯繫與轉化，而且也和「四個世界」（語言、物理、文化、心理）作了連結[3]，形成他「三一語言學」之主體內容。他在其《修辭學通論》中說：

> 如果把規範的形式稱之為「零度形式」（0），那麼對零度的超越、突破、違背或反動的結果，便是「偏離形式」（p）。零度和偏離存在於語言的四個世界之中，也存在於交際活動的一切因素和變量之中。偏離又可區分為「正偏離」（p+）和「負偏離」（p-）。不但在零度和偏離之間是可以互相轉化的，而且在正偏離和負偏離之間也是可以互相轉化的。而轉化的關鍵就在於一定的條件。修辭學就是研究這種轉化的，也可以說，修辭學就是一門轉化之學。[4]

這種理論有著「陰（零、正）陽（偏、負）」二元「互動、循環、往復而提升」之「螺旋」意涵[5]，王希杰在其〈零度和偏離面面觀〉中進一層地結合「潛顯」、「四個世界」與「陰陽對立」加以說明：

3　王希杰：〈作為方法論原則的零度和偏離〉，收入王末主編《語言學新思潮》（北京市：中國社會科學出版社，2005年7月），頁17。

4　王希杰：《修辭學通論》（南京市：南京大學出版社，1996年6月），頁211。

5　凡「二元對待」之兩方，都會產生「互動、循環、往復而提升」的作用，而形成「多、二、一（0）」的螺旋結構。參見陳滿銘：〈論「多、二、一（0）」的螺旋結構──以《周易》與《老子》為考察重心〉，臺灣師範大學《師大學報・人文與社會類》48卷1期（2003年7月），頁1-20。

四個世界中都存在著零度和偏離兩個對立又相互聯繫相互轉化的方面。我的零度偏離論不是僵化的形而上學的。其實是隨著著眼點的不同而不同的。事實上，不僅每個世界中都存在著零度和偏離的關係。而且，在我看來，四個世界本身都有一個零度和偏離的問題。……如果仿造《周易》的陰陽對立的模式，我們可以把顯和潛的對立和聯繫看作一種相對的開放的模式：零度＝潛性＝語言＝物理世界＝本體＝規範＝理想，偏離＝顯性＝言語＝文化世界＝變體＝變異＝現實。在四個世界的任何一個世界中，零度形式總是顯性的、有限的，而其偏離形式總是潛性的、無限多的。[6]

這樣將「三一」理論提升到一種方法論原則的高度來看待，所謂「每個世界中都存在著零度和偏離的關係」，它的適用面自然就很廣，而且也很自然地和「辭章分析」與「寫作指導」產生直接關係。為此，個人曾先後以〈論王希杰「零點與偏離」之章法觀〉[7]、〈三一理論與作文評改〉[8]、〈論偏離理論與寫作指導〉[9]與〈偏離理論在作文教學上之運用〉[10]等四篇文章加以引申推衍，以見其存在之普遍性。所以能如此，是因為「零偏、正負（陰陽二元）」與「轉化（移位、轉位）」

---

6 王希杰：〈零度和偏離面面觀〉，收入鐘玖英主編《語言學心思維》（北京市：中國文聯出版社，2004年6月），頁26-29。

7 陳滿銘：〈論王希杰「零點與偏離」之章法觀〉，《唐山學院學報》20卷4期（2007年7月），頁1-3、62。

8 陳滿銘：〈三一理論與作文評改〉，《渤海大學學報‧哲學社會科學版》總140期（2007年11月），頁130-134。

9 陳滿銘：〈論偏離理論與寫作指導〉，高雄師範大學《國文學報》7期（2007年12月），頁1-32。

10 陳滿銘：〈偏離理論在作文教學上之運用〉，《畢節學院學報》26卷1期（2008年2月），頁7-13。

的說法，有著「（二元）互動、循環、往復而提升」之「螺旋」意涵，與被視為「普遍性之存在」[11] 的「0 一二多」陰陽雙螺旋結構，關係是十分密切的 [12]。

　　既然「負偏離」、「零度」與「正偏離」三者，指的是「轉化」的過程。而這種「轉化」又涉及了「陰陽二元」互動的「移位」與「轉位」問題。如此，落到「修辭之轉化」上來說，則「變化（含秩序）」是「多 ←→ 二」、「聯貫」（調和、對比）與「統一」（包孕）為「二 ←→ 一 0」；而「負偏離」、「零度」、「正偏離」三者，它們所反映的乃宇宙萬物的「原型」或「變型」現象；當然它們產生「互動」、「轉化」，也一樣不能自外於這種宇宙萬物創生、含容的普遍性動態規律。

　　這種動態規律，從整個「互動、循環、往復而提升」的歷程來看，「一 0」是起點，也是終點，而「二 ←→ 多」則為過程。而「負偏離」、「零度」、「正偏離」所呈現的正是「二 ←→ 多」過程中之一環。其關係可用如下簡圖表示：

---

11 王希杰：「陳教授的專長是詩詞學，非常具體。章法學則要抽象多了。這部著作（即《「多、二、一（0）」螺旋結構論──以哲學、文學、美學為研究範圍》），就更抽象了。……我以為本書很值得一讀，因為這個螺旋結構是普遍性的存在，值得重視。」見王希杰：《王希杰博客・書海採珠》（南京市：新浪公司，2008年1月），頁1。

12 陳滿銘：〈論「多、二、一（0）」的螺旋結構──以《周易》與《老子》為考察重心〉，同注5。又，《「多、二、一（0）」螺旋結構論──以哲學、文學、美學為研究範圍》（臺北市：文津出版社，2007年1月），頁1-298。

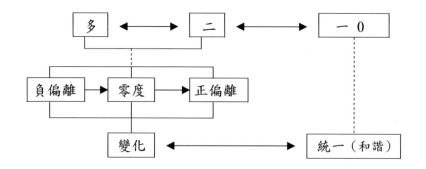

如此看待「修辭『轉化』之運行」，是很可以凸顯其理論是有其普遍性的。因此，孟建安指出：

> 這種結構和規律落在修辭轉化上，從修辭建構一面看，「（0）一、二、多」可呈現修辭轉化的順向過程；從修辭解構一面看，「多、二、一（0）」可呈現修辭轉化的逆向過程。[13]

這樣從「修辭轉化」的順、逆向過程來看待「0 一二多」（含順、逆雙向）的雙螺旋結構，很能掌握「互動、循環、往復而提升」的「螺旋」精義。

第二節　陰陽對待

在中國的哲學古籍裡，很容易尋出含「二元對待」觀念的論述，其中以《周易》一書，最為明顯。

以《周易》來看，它以「陰陽」為其一對基本概念，是由此「陰

---

13 陳滿銘：〈「螺旋」乃修辭轉化研究方法論之精義——孟建安《修辭轉化運行原理》序言〉，《肇慶學院學報》32卷3期（2011年5月），頁29-31。

陽」二爻而衍為四象，再由四象而衍為八卦、六十四卦的。而八卦之
取象，是兩相對待的，即乾（天）為「三連」而坤（地）為「六斷」、
震（雷）為「仰盂」而艮（山）為「覆碗」、離（火）為「中虛」而
坎（水）為「中滿」、兌（澤）為「上缺」而巽（風）為「下斷」，而
所謂「三連」與「六斷」、「仰盂」與「覆碗」、「中虛」與「中滿」、
「上缺」與「下斷」，正好形成四組兩相對待之關係。後來將此八卦
重疊，推演為六十四卦，雖更趨複雜，卻依然存有這種「二元對待」
的關係，以象徵或反映宇宙人生之種種關係，來適應宇宙自然之規
律[14]，《周易·繫辭上》：「一陰一陽之謂道」，說的就是這種道理。

　　這種「陰陽二元」之對待，落到「修辭」來說：在傳統修辭藝術
中，「辭格」是最重要的內容。王希杰指出「辭格學說的發展，大趨勢
是辭格越來越多，辭格內部的分類越來越細。唐松波、黃建霖的《漢
語修辭格大辭典》中，修辭格有一百五十六個之多，比喻就有二十四
種之多。」[15] 雖然如此，一般通論性質的著作，為便大眾易於認知或
學習，卻力求簡要，如陳望道《修辭學發凡》只列出三十八種[16]，而
黃慶萱《修辭學》又僅為三十種而已，那就是：感歎、設問、摹寫、
引用、析字、轉品、婉曲、夸飾、譬喻、借代、轉化、映襯、倒反、
鑲嵌、類疊、對偶、排比、層遞、頂真、倒裝、仿擬、藏詞、飛白、
雙關、象徵、示現、呼告、回文、錯綜、跳脫等[17]。這些修辭方式，
都以「陰陽二元」（對比、調和）為基礎，「現實美、醜」（原型）與
「藝術美」（變型）[18] 即形成「陰陽二元」（對比、調和），而且有不

---

14 徐復觀：《中國人性論史》（臺北市：臺灣商務印書館，1978年10月），頁20

15 王希杰：《修辭學通論》，同注4，頁414。

16 陳望道：《修辭學發凡》（香港：大光出版社，1961年2月），頁1-286。

17 黃慶萱：《修辭學》（臺北市：三民書局，2002年10月），頁1-920。

18 柳正昌論「藝術與美的關係」說：「藝術創作除了要將現實美轉化成藝術美，將現
　　實醜轉化成藝術美以外，還包括將現實中非醜亦非美的東西，轉化成藝術美。總

少辭格，如「設問」之問與答、「摹寫」之視覺與聽覺、「引用」（用典）之時間三相（過去、現在、未來），「譬喻」之本體與喻體、「轉化」之人與物、「映襯」與「倒反」之正與反或先與後、「對偶」之兩聯或多聯、「排比」與「層遞」之兩層或多層，除以「陰陽對待」為基礎外，都又涉及「層次邏輯」；「修辭轉化」的邏輯性，即由此呈現。

　　試看歐陽修〈踏莎行〉詞：

　　　　離愁漸遠漸無窮，迢迢不斷如春水。

作者在此，即景抒情，拈出一篇主旨「離愁」，而又將此漸「迢迢」而遠而無窮的心覺，譬作不斷的「春水」，以「無窮、「不斷」為「喻解」（喻旨），使情景交融，增強了它的感染力。這種呈現可用如下結構簡圖來表示：

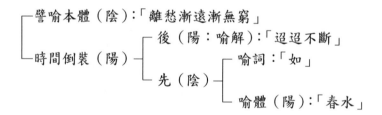

圖中譬喻之「本體」（陰）與「喻體」（陽）、倒裝之「先」（陰）與「後」（陽），都植根於「調和性」的「陰陽二元」相對待而形成互動，此詞就由此承上啟下，聯貫成篇。

之，藝術的內容雖不都是美的，卻都是審美化了的。」見張涵主編：《美學大觀》（鄭州市：河南人民出版社，1988年1月），頁261。

第三節　陰陽互動

　　「移位」、「轉位」、「對比、調和」與「包孕」，是使事物變化的
主要因素。它們與「陰陽互動」有關。

　　就「移位」來看，陰陽兩種動力是在互動往來中起伏消息、迭相
推蕩而產生「移位」的。因為事物之發展是統一物分裂之際，由兩相
對待（靜）而相互作用（動）的過程。而此對待而互動的作用，在
《周易》的《易傳》中以相互推移（剛柔相推）、相互摩擦（剛柔相
摩）、與相互衝擊（八卦相蕩）等各種表現形式[19]，為順向「移位」與
逆向「移位」，提出了最精微的論證。以「修辭」而言，舉較常見的
幾種辭格來看，它們可就其先後順序，照理形成如下邏輯層次：

　　　　1　設問格：「先問後答」、「先答後問」
　　　　2　摹寫格：「先視後聽」、「先聽後視」
　　　　3　引用格：「先昔後今」、「先今後昔」
　　　　4　譬喻格：「先體後喻」、「先喻後體」
　　　　5　轉化格：「先人後物」、「先物後人」
　　　　6　對襯格：「先正後反」、「先反後正」

　　就「轉位」來看，由於「剛」性質的力與「柔」性質的力相摩，
陰陽相索，八卦相蕩，觸類以長，終至合成《周易》六十四卦物物對
待、事事交感的旁通系統[20]。如作為天地陰陽對立統一體的〈乾〉、
〈坤〉兩卦，以六爻的變化，反映一序列的變化發展過程，產生了位

19　馮友蘭：《中國哲學史新編》二（臺北市：藍燈文化公司，1991年12月），頁37。
20　曾春海：《儒家哲學論集》（臺北市：文津出版社，1989年5月），頁438。

移的情形。若再按陰陽的兩個側面來看，〈乾〉主「統」，居於剛健主
導的地位；〈坤〉主「承」，居於含容順從的地位。通過六爻運動變化
的展開，又可以揭示出陰陽如何漸次向對待方轉化而互相「移位」、
並形成「轉位」的歷程。《周易》六十四卦，每卦設六個爻位。唯有
〈乾〉、〈坤〉二卦，於六爻之上，又特設「用九」、「用六」兩爻，用
來論述陰陽向對立面互相「轉位」之理。

　　以「修辭」而言，同樣以上舉六種常見修辭格來看，照理可形成
如下邏輯層次：

　　　1 設問格：「問、答、問」、「答、問、答」
　　　2 摹寫格：「視、聽、視」、「聽、視、聽」
　　　3 引用格：「昔、今、昔」、「今、昔、今」
　　　4 譬喻格：「體、喻、體」、「喻、體、喻」
　　　5 轉化格：「人、物、人」、「物、人、物」
　　　6 對襯格：「正、反、正」、「反、正、反」

　　就「對比、調和」來看，「對比」也稱「異類相應的聯繫」，如
〈雜卦〉所謂的「剛」與「柔」、「樂」與「憂」、「與」與「求」、
「起」與「止」、「衰」與「盛」、「時」與「災」、「見」與「伏」、
「速」與「久」、「離」與「止」、「否」與「泰」……等都是，對此，
戴璉璋說：「以上各卦所標示的特性或要義：剛和柔、樂和憂、與和
求、起和止、盛和衰等等，都是異類相應的聯繫。」[21]。而「調和」，
是由史伯、晏嬰「同」的觀念發展出來的。原來的「同」，指「同一
物的加多或重複」，到了《周易》，則指同類事物的「相從」，〈雜卦〉

---

21 戴璉璋：《易傳之形成及其思想》（臺北市：文津出版社，1988年11月），頁196。

云：「屯，見而不失其居；蒙，雜而著。……大壯，則止；遯，則退
也。大有，眾也；同人，親也。……小畜，寡也；履，不處也。需，
不進也；訟，不親也。……歸妹，女之終也；漸，女歸待男行也。」
這是以「止」和「退」、「眾」和「親」、「寡」和「不處」、「不進」和
「不親」、「女之終」和「女歸待男行」等的相類而形成「同類相從
的聯繫」（調和），對此，戴璉璋說：「依〈序卦傳〉，屯與蒙都是代表
事物始生、幼稚時期的情況，〈雜卦傳〉作者用『見而不失其居』、
『雜而著』來描述屯、蒙兩卦的特性，也都是就始生的事物而言。
此外大壯以下各卦的『止』和『退』、『眾』和『親』、『寡』和『不
處』、『不進』和『不親』、『女之終』和『女歸待男行』，都是同類相
從的聯繫。」[22]。而這所謂的「對比」、「調和」，是對應於「剛柔」來
說的[23]。如說得徹底一點，即一切「對比」與「調和」，都是由於陰
（柔）陽（剛）相對、相交、相和的結果，如單以「章法類型」來
說，「正反」法為「對比」、「因果」法為「調和」[24]。這樣結構由單一
而系統、下徹而上徹，以凸顯了相反相成的互動作用，由「聯貫」趨
於「統一」，而形成「雙螺旋層次邏輯結構」。

　　以「修辭」而言，同樣以上舉六種常見修辭格來看，多「調和」
而少「對比」：

　　1 設問格：以「調和」居多
　　2 摹寫格：以「調和」居多

22 戴璉璋：《易傳之形成及其思想》同上注，頁195。

23 歐陽周、顧建華、宋凡聖編著：《美學新編》（杭州市：浙江大學出版社，2001年5
　　月），頁81。又，仇小屏：《古典詩詞時空設計美學》（臺北市：文津出版社，2002
　　年11月），頁332。

24 仇小屏：〈論辭章章法的對比與調和之美〉，《章法學論文集》上冊（福州市：海潮
　　攝影藝術出版社，2002年12月），頁78-97。

3 引用格：以「調和」居多

4 譬喻格：以「調和」居多

5 轉化格：有「調和」，有「對比」

6 對襯格：以「對比」居多

就「包孕」來看，始終關涉到「陰陽兩儀」，此「陰陽」，不僅是互相對待，而且是互相含容、互相統一的。《老子》所謂「萬物負陰而抱陽，沖氣以為和」，即此意。而在《周易》六十四卦中，除「乾」、「坤」兩卦，一為陽之元，一為陰之元外，其他的六十二卦，全是陰陽互相對待而含容而統一的。《周易‧繫辭下》說：「陽卦多陰，陰卦多陽。其故何也？陽卦奇，陰卦偶。」就形成「陰／陽或陰」、「陽／陰或陽」的「包孕」層次。

落到「修辭」來說，包孕性「二元互動」之主要作用，是使「修辭邏輯轉化」之上下層以至於整體都形成「聯貫」、「統一」。而在此包孕性結構中，係陽剛屬性的有兩種類型：「陽中陽」與「陽中陰」。而陰柔屬性的也有兩種類型：「陰中陰」與「陰中陽」。這些類型，照理可以出現在同一「辭格」，如修辭「譬喻格」的「主體（陰）／主體（陰）或喻體（陽）」，這種情況較少；也可以出現在不同「辭格」，如修辭譬喻格與引用格的「喻體（陰）／引用（陽）或反襯（陰）」，這種情況較常見。

針對這種「移位」、「轉位」、「對比、調和」與「包孕」在「修辭」上之呈現，試舉一例加以說明，以見一斑。如李煜〈清平樂〉詞：

別來春半，觸目愁腸斷。砌下落梅如雪亂，拂了一身還滿。

雁來音信無憑，路遙歸夢難成。離恨恰如春草，更行更遠還生。

此詞寫「離恨」，首先在開篇二句作一總括，揭明「腸斷」，以領出篇末之「離恨」；屬於未藝術化之「原型」。其次以「砌下」兩句，寫「觸目」所見之頭一樣景物，將「拂了一身還滿」的落梅譬作「雪亂」；此為藝術化的「變型」之一。而梅之落，既可藉以表示作者憐惜哀傷之情，又可由「梅」來象徵離恨。王兆鵬在《詞林觀止》（上）則說：「『亂』字，極巧妙，表層寫風吹落梅的迷濛狀態，暗寫主體內心的迷亂不安。」[25] 又其次以「雁來」兩句，藉「觸目」所見之「雁來」、「路遙」等另樣景物，來寫「音信無憑」、「歸夢難成」的離恨。在這裡從寬處說，是用了「對仗」的修辭技巧；若嚴格來看，則屬於「排比」，此為藝術化的「變型」之二。末了以結尾二句，藉「觸目」所見春日最後一樣草景來加強離恨，並以譬喻的方式將景和情融合為一；此為藝術化的「變型」之三。唐杜牧〈題安州浮雲寺樓寄湖州張郎中〉詩說：「恨如春草多，事與孤鴻去。」李煜此詞該是由此化出。其實，由於草逢春而漫生無際，時時入人眼目，是可襯出離恨之多的，所以自來辭章家都喜歡用草來具寫別情，如《楚辭・招隱士》說：「王孫遊兮不歸，春草生兮萋萋。」又如盧綸〈送李端〉詩說：「故園衰草遍，離別正堪愁」，而這裡所謂的「離恨」，乃承篇首的「愁腸斷」來寫，為一篇主旨之所在。這種主旨，因為有許多「觸目」所及的景物加以譬喻、排比，使得它的感染力特別強烈。據此，其整體結構可用下圖來表示：

25 陳邦炎主編：《詞林觀止》上（上海市：上海古籍出版社，1994年4月），頁123。

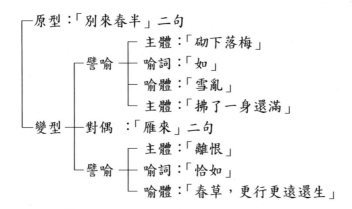

從整體之修辭藝術來著眼，可分三層：上層之「先原型後變型」與底層之「先主體後喻體」為「移位」邏輯，次層之「譬喻、對偶、譬喻」與「主體、喻體、主體」為「轉位」，而由上層包孕次層、次層包孕底層，統合為一篇的「修辭邏輯」，呈現其調和性「轉化」之藝術美。

　　由於此詞，全篇皆呈現「調和」色彩，因此底下僅對應於「移位」、「轉位」與「包孕」，將其分層簡圖表示如下：

上層	次層	底層
「移位（順）」←→（包孕）←→	「轉位」←→（包孕）	┌「轉位（順）」 └「移位（順）」

由此可看出在「修辭」上，由「秩序」（移位）、「變化」（轉位）與「聯貫」（調和：徹上、徹下），以求「統一」（包孕：徹下），其歷程是十分清晰的。

第四節　陰陽統合

　　以「陰陽統合」而言，涉及「0 一二多」。大致說來，古代的聖賢，探討宇宙萬物創生、含容的歷程，結果用「0 一二多」（含順逆雙向）的「雙螺旋層次邏輯系統」來呈現。大致說來，他們是先由「有象」（現象界）以探知「無象」（本體界），逐漸形成「多→二→一（0）」的逆向結構；再由「無象」（本體界）以解釋「有象」（現象界），逐漸形成「（0）一→二→多」的順向結構。就這樣一順一逆，往復探求、驗證，久而久之，終於形成了他們圓融的動態性宇宙人生觀。而這種宇宙人生觀，各家雖各有所見，但若只求其「同」而不求其「異」，則總括起來說，都可以從「（0）一→二→多」（順）與「多→二→一（0）」（逆）的「互動、循環、往復而提升」的雙螺旋關係[26]上加以統合。茲以《周易》、《老子》為例，分別加以探討：

　　首先看《周易》，在《周易》的〈序卦傳〉裡，對這種「0 一二多」雙螺旋結構形成之過程，就曾約略地加以交代。其六十四卦，從其排列次序看，就粗具這種特點。而各種物類、事類在「變化」中，循「由天（天道）而人（人事）」來說，所呈現的是「（一）二、多」的結構，這可說是〈序卦傳〉上篇的主要內容；而循「由人（人事）而天（天道）」來說，則所呈現的是「多、二（一）」的結構了，這可說是〈序卦傳〉下篇的主要內容，如此自然就「錯綜天人，以效變化」[27]。《周易・繫辭上》云：

　　　　是故易有太極，是生兩儀，兩儀生四象，四象生八卦。

---

26 陳滿銘：〈論「多、二、一（0）」——以《周易》與《老子》為考察重心〉，同注5。

27 戴璉璋：《易傳之形成及其思想》，同注21，頁187。

據此，其順向歷程顯然就可用「一→二→多」的結構來呈現，其中「一」指「太極」、「二」指「兩儀（陰陽）」、「多」指「四象生八卦（萬物）」（含人事）。如果對應於〈序卦傳〉由天而人、由人而天，亦即「既濟」而「未濟」之循環來看，則此「一→二→多」，就可以緊密地和逆向歷程之「多→二→一」接軌，形成其「雙螺旋互動」。

這種互動，在《老子》一書中，不但可以找到，而且更完整，如：

> 道生一，一生二，二生三，三生萬物。萬物負陰而抱陽，沖氣以為和。（42章）

在此，老子的「一」該等同於《易傳》之「太極」、「二」該等同於《易傳》之「兩儀」（陰陽），因此所呈現的，和《周易》一樣，是「一→二→多」與「多→二→一」之原始結構。不過，值得一提的是：老子的「道」可以說是「无」，卻不等於實際之「無」（實零），而是「恍惚」的「无」（虛零），以指在「一」之前的「虛理」[28]。這種「虛理」，如勉強以「數」來表示，則可以是「（0）」。這樣，順、逆向的結構，就可調整為「（0）一→二→多」（順）與「多→二→一（0）」（逆），以補《周易》（含《易傳》）之不足，這就使得宇宙萬物創生、含容的順、逆向歷程，更趨於完整而周延了。

這種雙螺旋歷程，如以「陰陽二元」為核心，可表示如下簡圖：

---

28 唐君毅：《中國哲學原論・導論篇》（香港：人生出版社，1966年3月），頁350-351。

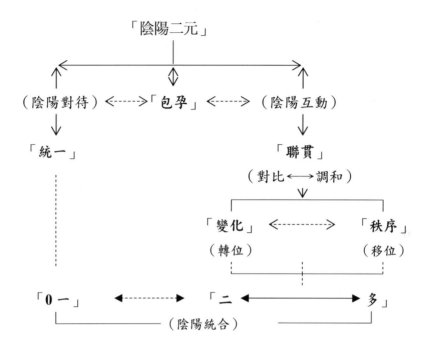

　　如果落到「修辭」來說，則「0 一二多」的雙螺旋在「修辭邏輯轉化」中之作用，最重要的就是「統一」，屬於「綜合思維」，與前此之「秩序」（移位）、「變化」（轉位）與「聯貫」（對比、調和）所形成之側重於「分析思維」者不同。而以「0 一二多」來說，「多」指「秩序」（移位）、「變化」（轉位）與「聯貫」（對比、調和）所形成之各種結構；「二」指徹下徹上之「陰陽二元」，而「0 一」則指通貫章節與全篇之情意（一）、韻律與風格（0）。如此對應「四大規律（秩序、變化、聯貫、統一）」[29]加以呈現，凸顯了四大規律所形成的不是平列的關係，而是「0 一二多」的「雙螺旋層次邏輯結構」。任何篇章，無論是何種類型，都可以由此「一以貫之」。

29 陳滿銘：〈「螺旋」乃修辭轉化研究方法論之精義——孟建安《修辭轉化運行原理》序言〉，同注13，頁29。

這種「一以貫之」之呈現，以辛棄疾〈生查子・簡吳子似縣尉〉詞為例，略作說明，以見一斑：

> 高人千丈崖，太古儲冰雪。六月火雲時，一見森毛髮。　俗人如盜泉，照影都昏濁。高處挂吾瓢，不飲吾寧渴。

此詞把高人與俗人，分別譬喻作高崖上的冰雪與盜泉裡的泉水，來加以刻畫描繪，使它們成為一個強烈的映襯。除譬喻與映襯外，又暗中用典兩次，先是「盜泉」，典出《尸子》：「孔子過於盜泉，渴矣而不飲，惡其名也。」[30] 後是「挂瓢」，典出《逸士傳》，也用於作者的另一首〈水龍吟〉（稼軒何必長貧），朱德才、薛祥生、鄧紅梅注說：「《逸士傳》：『許由手捧水飲，人遺一瓢，飲訖，挂木上，風吹有聲，由以為煩，去之。』此雙關語意，既切『瓢泉』之『瓢』，又托諷現實：瓢有聲而碎，何如作啞矣自全；亦遠世自高之意。」[31] 這首詞雖未「瓢泉」之「瓢」，卻有「遠世自高之意」。

針對此詞用「映襯」的藝術效果，喻朝剛說：「此篇係以詞代簡、自明心志之作。上片寫對高人的崇敬，下片說對俗人的鄙棄。全篇通過生動的形象和鮮明的對比，表達了作者尊賢嫉惡，不與世俗同流合污的高尚情操」[32]。而對全篇用「映襯」、「譬喻」與「用典」的藝術成就，朱德才、薛祥生、鄧紅梅則讚美說：「全詞運用對比手法來構章，效果鮮明；全篇形成了由兩大比喻生發出的隱喻象徵系統，

---

30 松渭水譯注、陳滿銘校閱：《新譯尸子讀本》（臺北市：三民書局，1997年1月），頁182。

31 葉嘉瑩主編，朱德才、薛祥生、鄧紅梅編：《辛棄疾詞新釋輯評》（北京市：中國書店，2006年1月），頁533-534

32 喻朝剛：《辛棄集及其作品》（長春市：時代文藝出版社，1989年3月），頁24。

來表明他對高人和俗人的不同觀感和態度。另外，在用典上，這首詞也直入於化境：不生澀、不呆板、不膚淺，閱讀起來毫無障礙，博學通典者固然可以覺出其妙處，即不知出處者也能明白它的含意。用典到這一境界，十分神奇而美妙。」[33] 據此，其邏輯簡表可呈現如下：

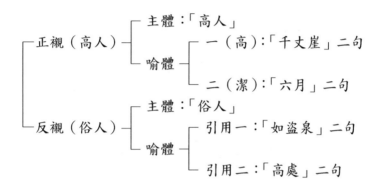

可見此詞之「修辭邏輯」之「轉化」含三層：上層為「先正襯（陰）後反襯（陽）」（對比），次層有兩疊「譬喻」：「先主體（陰）後喻體（陽）」，底層又兩疊「並列（陰 ⟷ 陽）」（對比中有調和）。而由上層包孕次層、次層包孕底層，統合為一篇，呈現其「對比中有調和性」的特色，以凸顯一篇主旨與風格。其分層簡圖如下：

33 葉嘉瑩主編，朱德才、薛祥生、鄧紅梅編：《辛棄疾詞新釋輯評》，同注31，頁1242-1243。

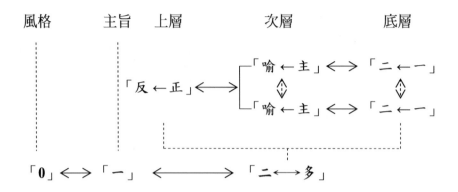

如就「0 一二多」來看,正反「映襯」為核心之「二」,由此徹下,統攝兩疊「譬喻」與「引用」,為「多」;由此徹上,一面拈出「尊賢嫉惡」、「遠世自高」的辭旨,為「一」;一面凸顯清新脫俗的審美風貌,為「0」。

綜上所述,可知「修辭轉化」雖以形象性為主,卻脫不開其邏輯性。而其邏輯性,是以「陰陽二元」之對待、互動為基礎,經其「移位」、「轉位」、「對比、調和」與「包孕」之作用,而形成「秩序、變化、聯貫、統一」,而由「0 一二多」之「雙螺旋互動」加以統合的。其中「陰陽二元」為起始,「移位、轉位、對比 ←→ 調和」與「包孕」為過程,而以「0 一二多」之「陰陽雙螺旋互動」呈現完整歷程,由此凸顯其「義旨」與「風格」,形成一個嚴密之層次體系。希望這種探討,將有助於今後「修辭學」跨越性之研究。

第十一章
陰陽互動

　　「章法學」呈現的是宇宙人生萬事萬物「轉化」之動態性「層次邏輯」規律，必定產生「陰陽二元」的「雙螺旋互動」作用，以對應靜態性之「對待」關係。如此由「對待」而「互動」（螺旋）的道理，多年以來雖沒有明確交代，然而在一九六七年開始講授「學庸」課時，卻對「自誠明」（天）與「自明誠」（人）間「本末先後」之「層次邏輯」即特別關注，思考再思考，終於找出兩者「互動、循環、往復而提升」的「雙螺旋」關係，而在一九七六年九月寫了〈淺談「自誠明」與「自明誠」的關係〉之論文，當時為了便於讀者瞭解，曾畫一簡圖表示「自誠明」與「自明誠」之間天人互動、循環、往復，由「偏」提升至「全」的「雙螺旋」作用（發表於《孔孟月刊》15 卷 1 期，頁 12-15），不過，此文並沒有用「雙螺旋」一詞直接指明它。

　　由於「陰陽互動」的範圍太廣，本章只先針對「陰陽二元」之「互動」或「螺旋」，以「相關論文」概介個人所發表的一些論文；再舉「意（陰）象（陽）」之「雙螺旋互動」為例，以「理論重點」略作論述；然後以「舉例說明」加以驗證。希望能由此以概見其餘。

第一節　相關論文

　　由「對待」而「互動」之「雙螺旋」作用，早期雖沒有直接論述，卻一直是潛藏著其意涵的。現在回過頭來檢查一下論著，凸顯

「互動」或「螺旋」的相當地多。單以二○○○年後發表於臺灣各大學學報或學術性刊物之論文而言，比較醒目的，如：〈談儒家思想體系中的螺旋結構〉（2000 年 6 月發表於臺灣師範大學《國文學報》29 期，頁 1-34）、〈論時空交錯的虛實複合結構——以蘇辛詞為例〉（2002 年 6 月發表於臺灣師範大學《中國學術年刊》23 期，頁 357-379）、〈論「多、二、一（0）」的螺旋結構——以《周易》與《老子》為考察重心〉（2003 年 7 月發表於臺灣師範大學《師大學報‧人文與社會類》48 卷 1 期，頁 1-20）、〈論語文能力與辭章研究——以「多、二、一（0）」螺旋結構作考察〉（2004 年 12 月發表於臺灣師範大學《國文學報》36 期，頁 67-102）、〈論「真、善、美」的螺旋結構——以章法「多、二、一（0）」結構作對應考察〉（2005 年 3 月發表於臺灣師範大學《中國學術年刊》27 期‧春季號，頁 151-188）、〈辭章「多、二、一（0）」螺旋結構論〉（2007 年 6 月發表於中山大學《文與哲》學報 10 期，頁 483-514）、〈意、象互動論——以「一意多象」與「一象多意」為考察範圍〉（2007 年 12 月發表於中山大學《文與哲》學報 11 期，頁 435-480）、〈層次邏輯與意象（思維）系統——以「多、二、一（0）」結構作對綜合考察〉（2008 年 3 月發表於臺灣師範大學《中國學術年刊》30 期‧春季號，頁 255-276）、〈論「真、善、美」與「多、二、一（0）」螺旋結構——以辭章章法為例作對應考察〉（2008 年 6 月發表於中山大學《文與哲》學報 13 期，頁 663-698）、〈潛性、顯性互動類型論——以辭章之義旨、章法為例作探討〉（2009 年 4 月發表於《成大中文學報》24 期，頁 29-56）、〈論二元互動與章法結構——以「多二一（0）」螺旋結構切入作綜合考察〉（2009 年 11 月發表於《東吳中文學報》18 期，頁 1-32）、〈論辭章之聯貫——以「多二一（0）」螺旋結構切入作考察（2010 年 3 月發表於臺灣師範大學《師大學報‧語言與文學類》55

卷 1 期，頁 29-56）、〈篇章內容、形式包孕關係探論——以「多二一（0）」螺旋結構切入作探討〉（2010 年 9 月發表於臺灣師範大學《中國學術年刊》32 期・秋季號，頁 283-319）、〈論篇章意象之聯貫藝術——以「多二一（0）」螺旋結構切入作探討〉（2010 年 12 月發表於臺灣師範大學《國文學報》48 期，頁 255-287）、〈論章法四大律之方法論原則——以「多二一（0）」螺旋結構作系統探討〉（2011 年 3 月發表於臺灣師大《中國學術年刊》33 期・春季號，頁 87-118）、〈論才、學、識之邏輯層次——以「多二一（0）」螺旋結構切入作考察〉（2012 年 1 月發表於高雄師範大學《國文學報》15 期，頁 1-32）、〈篇章邏輯與文本分析——以「多二一（0）」螺旋結構切入作探討〉（2012 年 3 月發表於《臺北大學中文學報》11 期，頁 1-32）、〈「真、善、美」螺旋結構論〉（2012 年 5 月發表於文藻外語學院《應華學報》10 期・特稿，頁 1-32）、〈完形理論與意象互動——以辭章為例作觀察〉（2012 年 12 月發表於文藻外語學院《應華學報》12 期・特稿，頁 1-51）、〈形象、邏輯思維與篇章結構——以思維（意象）系統與「多二一（0）」螺旋結構切入作探討〉（2013 年 6 月發表於《興大中文學報》33 期，頁 211-248）、〈語文能力與讀寫互動關係〉（2013 年 9 月發表於臺灣師範大學《中等教育・專題論文》64 卷 3 期，頁 17-34）、〈論螺旋邏輯學的創立——以哲學螺旋與科學螺旋為鍵軸探討其體系之建構〉（2015 年 6 月發表於《國文天地・學術論壇》31 卷 1 期，頁 116-136）、〈論《老子》「二生三」的螺旋互動——以「0 一二多」、「DNA」雙螺旋系統作對應、統合觀察〉（2016 年 1 月發表於《高雄師大國文學報》23 期・特刊，頁 1-30）、〈論篇章「異、同」互動的雙螺旋層次系統——以「0 一二多」為鍵軸、蘇辛詞「篇章結構」為實例作探討〉（2016 年 8 月發表於《國文天地・學術論壇》32 卷 3 期，頁 102-136）。

正因為「陰陽二元」之「雙螺旋互動」，是由靜態「對待」而變為「動態」之關鍵所在，所以是「章法學」要特別強調的。為此，在今年（2016）推出《陰陽雙螺旋互動思想論——以「0 一二多」層次邏輯系統作通貫觀察》一書，說明「陰←→陽」雙螺旋互動，主要以「0 一二多」雙螺旋層次邏輯系統、大自然「轉化」四律（秩序：移位、變化：轉位、聯貫：對比與調和、統一：包孕）與方法論等三大內涵，以形成其完整系統。而就由此系統貫通「歸納（陽）←→ 演繹（陰）」、「異（陽）←→ 同（陰）」、「包孕（合：陰）←→ 包孕（分：陽）」、「意（陰）←→ 象（陽）」、「形象（陽）←→ 邏輯（陰）」、「有法（陽）←→ 無法（陰）」、完形「形（陽）←→ 質（陰）」、《老子》「二（陰陽分）←→ 三（陰陽轉化）」、《中庸》「誠（陰）←→ 明（陽）」等內容，以見「陰 ←→ 陽」雙螺旋互動於一斑。

在此，限於篇幅，單舉「意（陰）←→ 象（陽）」為例作概介，以見一斑。

第二節　理論重點

所謂的「意象」，乃由「意（陰）」與「象（陽）」互動而形成。它有廣義與狹義之別，廣義者指全篇，屬於整體，可以析分為「意」與「象」；狹義者指個別，屬於局部，往往合「意（陰）」與「象（陽）」為一來稱呼。而整體是局部的總括、局部是整體的條分，所以兩者關係密切。不過，必須一提的是，狹義之「意象」，亦即個別之「意象」，雖往往合「意（陰）」與「象（陽）」為一來稱呼，卻大都用其偏義，譬如草木或桃花的意象，用的是偏於「意象」之「意（陰）」，因為草木或桃花都偏於「象（陽）」；如「桃花」的意象之一為愛情，而愛情是「意（陰）」；而團圓或流浪的意象，則用的是偏於

「意象」之「象（陽）」，因為團圓或流浪，都偏於「意（陰）」；如「流浪」的意象之一為浮雲，而浮雲是「象（陽）」。因此前者往往是「一象（陽）⟷ 多意（陰）」，後者則為「一意（陰）⟷ 多象（陽）」。而它們無論是偏於「意（陰）」或偏於「象（陽）」，通常都通稱為「意象」[1]。本章即著眼於此，先探討這種「意（陰）」與「象（陽）」互動之相關理論，再以「一象（陽）⟷ 多意（陰）」與「一意（陰）⟷ 多象（陽）」兩種類型為範圍，依序舉「離別意象」與「梅花意象」為例，針對其辭章表現略作說明，然後試作美學詮釋，以見「意（陰）⟷ 象（陽）」雙螺旋互動之密切關係與藝術效果。

茲分「意（陰）⟷ 象（陽）」與「多（陽）⟷ 一（陰）」兩層面加以探討：

一　「意（陰）⟷ 象（陽）」層面

「意象」乃合「意（陰）」與「象（陽）」而成。由於它有哲學層面之基礎，所以運用在辭章層面上便能切合無間。

從哲學層面來看，意、象與心、物之合一是有關的，但因它牽扯甚廣，而爭議也多，所以在此略而不論，只直接落到「意（陰）」與「象（陽）」來說。而論述「象」與「意」最精要的，要推《易傳》。其〈繫辭上〉云：

> 聖人有以見天下之賾，而擬諸其形容，象其物宜，是故謂之象。

而〈繫辭下〉又云：

1　陳滿銘：〈論章法結構與意象系統——以「多」、「二」、「一（0）」螺旋結構切入作考察〉，《江南大學學報・人文社會科學版》4卷4期（2005年8月），頁70-77。

《易》者，象也。象也者，像也。……是故吉凶生而悔吝著也。

對此，孔穎達在《周易正義》卷八中解釋道：

《易》卦者，寫萬物之形象，故《易》者，象也。象也者，像
也，謂卦為萬物象者，法像萬物，猶若乾卦之象法像於天也。[2]

可見在此，「象」是指近取諸身、遠取諸物而得來的卦象，可藉以表
示人事之吉凶悔吝。廣義地說，即藉具體形象來表達抽象事理，以達
到象徵（或譬喻）的作用。因此陳望衡說：

《周易》的「觀物取象」以及「象者，像也」，其實並不通向
模仿，而是通向象徵。這一點，對中國藝術的品格影響是極為
深遠的。[3]

而所謂「象徵」，就其表出而言，就是一種「符號」，所以馮友蘭說：

〈繫辭傳〉說：「易者，象也。」又說：「聖人有以見天下之
賾，而擬諸其形容，象其物宜，是故謂之象。」照這個說法，
「象」是模擬客觀事物的複雜（賾）情況的。又說「象也者，
象此者也」；象就是客觀世界的形象。但是這個模擬和形象並
不是如照像那樣下來，如畫像那樣畫下來。它是一種符號，以
符號表示事物的「道」或「理」。六十四卦和三百八十四爻都

---

2 孔穎達：《周易正義》卷八（臺北市：廣文書局，1972年1月），頁77。
3 陳望衡：《中國古典美學史》（長沙市：湖南教育出版社，1998年8月），頁202。

是這樣的符號。[4]

所謂「以符號表示事物的『道』或『理』」，和葉朗在《中國美學史大綱》所說的：〈繫辭傳〉認為整個《易經》都是「象」，都是以形象來表明義理，[5] 其道理是相通的。

而在文學理論中最早以合成詞的方式標舉出「意象」這一藝術概念的，是劉勰《文心雕龍·神思》：

> 是以陶鈞文思，貴在虛靜，疏瀹五藏，澡雪精神；積學以儲寶，酌理以富才，研閱以窮照，馴致以繹辭；然後使玄解之宰，尋聲律而定墨；燭照之匠，窺意象而運斤。此蓋馭文之首術，謀篇之大端。[6]

在此，劉勰指出作家須使內心虛靜，才能醞釀文思、經營意象，而產生美感。張紅雨在《寫作美學》中說：

> 人們之所以有了美感，是因為情緒產生了波動。這種波動與事物的形態常常是統一起來的，美感總是附著在一定的事物上。[7]

他又進一步地指出：事物之所以可以成為激情物，是因為它觸動人們的美感情緒，而使美感情緒產生波動，所以我們對事物形態的摹擬，實際上是對美感情緒波動狀態的摹擬，是雕琢美感情緒的必要

---

4 馮友蘭：《馮友蘭選集》上卷（北京市：北京大學出版社，2000年7月），頁394。
5 葉朗：《中國美學史大綱》（臺北市：滄浪出版社，1986年9月），頁66。
6 劉勰著、黃叔琳注：《增訂文心雕龍校注》卷六（北京市：中華書局，2000年8月），頁369。
7 張紅雨：《寫作美學》（高雄市：麗文文化出版社，1996年10月），頁311。

手段。因此，所謂靜態、動態的摹擬，也並不是對無生命的事物純粹作外形，或停留在事物動的表面現象上作摹狀，而是要挖掘出它更本質、更形象的內容，來寄託和流洩美感的波動。[8]

　　他所說的「情緒波動」，即主體之「意」；而「事物形態」之「更本質、更形象的內容」，則為客體之「象」。對這種「意」與「象」之關係，格式塔心理學家用「同形同構」或「異質同構」來解釋。他們認為：審美體驗就是對象的表現性及其力的結構（外在世界：象），與人的神經系統中相同的力的結構（內在世界：意）的同型契合。由於事物表現性的基礎在於力的結構，「所以一塊突兀的峭石、一株搖曳的垂柳、一抹燦爛的夕陽餘暉、一片飄零的落葉……都可以和人體具有同樣的表現性，在藝術家的眼裡也都具有和人體同樣的表現價值，有時甚至比人體還更有用。」[9] 基於此，魯道夫・安海姆（Rudolf Amheim）提出了「藝術品的力的結構與人類情感的結構是同構」之論點，以為推動我們自己情感活動起來的力，與那些作用於整個宇宙的普遍性的力，實際上是同一種力。他說：「我們自己心中生起的諸力，只不過是在遍宇宙之內同樣活動的諸力之個人的例子罷了。」[10] 也就是說：現實世界存在之本質乃是一種力，它統合著客觀存在之「物理力」與主觀世界的「心理力」，在審美過程中，這種力使人類知覺扮演中介的角色，將作品中之「物理力」與人類情感的「心理力」因「同構」而結合為一。對此，李澤厚在〈審美與形式感〉一文中說：

8　張紅雨：《寫作美學》，同上注，頁311-314。

9　蔣孔陽、朱立元主編：《西洋美學通史》第六卷（上海市：上海文藝出版社，1999年11月），頁714。

10　安海姆著、李長俊譯：《藝術與視知覺心理學》（臺北市：雄獅圖書公司，1982年9月），頁444。

不僅是物質材料（聲、色、形等等）與視聽感官的聯繫，而更重要的是它們與人的運動感官的聯繫。對象（客）與感受（主），物質世界和心靈世界實際都處在不斷的運動過程中，即使看來是靜的東西，其實也有動的因素……其中就有一種形式結構上巧妙的對應關係和感染作用……格式塔心理學家則把這種現象歸結為外在世界的力（物理）與內在世界的力（心理）在形式結構上的「同形同構」，或者說是「異質同構」，就是說質料雖異而形式結構相同，它們在大腦中所激起的電脈衝相同，所以才主客協調，物我同一，外在對象與內在情感合拍一致，從而在相映對的對稱、均衡、節奏、韻律、秩序、和諧……中，產生美感愉快。[11]

而歐陽周、顧建華、宋凡聖等在《美學新編》中也指出：

完形心理學美學依據「場」的概念去解釋「力」的樣式在審美知覺中的形成，並從中引申出了著名的「同形論」或稱為「異質同構」的理論。按照這種理論，他們認為外部事物、藝術樣式、人物的生理活動和心理活動，在結構形式方面，都是相同的，它們都是「力」的作用模式。在安海姆看來，自然物雖有不同的形狀，但都是「物理力作用之後留下的痕跡」。藝術作品雖有不同的形式，卻是運用內在力量對客觀現實進行再創造的過程。所以，「書法一般被看著是心理力的活的圖解」。總之，世界上的一切事物，其基本結構最後都可歸結為「力的圖式」。正是在這種「異質同構」的作用下，人們才在外部事物

---

11 李澤厚：《李澤厚哲學美學文選》（臺北市：谷風出版社，1987年5月），頁503-504。

和藝術作品中，直接感受到某種「活力」、「生命」、「運動」和「動態平衡」等性質。……所以，事物的形體結構和運動本身就包含著情感的表現，具有審美的意義。[12]

他們用「同構」之作用，將「意（陰）⟷象（陽）」雙螺旋互動之所以形成、趨於統一，而產生美感的原因、過程與結果，都簡要地交代清楚了。

二 「多⟷一」層面

「多」與「一」互動的觀念，在中國起源甚早，但其形成是漸進的。而它的雛形，在《周易》與《老子》之前，見於古籍的雖多，如《尚書・洪範》的五行說「認知事物簡單的多樣性」和《管子・地水》「水作為世界多樣性統一」[13] 的說法就是；發展到了春秋時，史伯與晏嬰終於體認出「和」與「同」的兩個範疇。在具象之外，加入了抽象思維，提煉出「和」的觀點，「作為對事物的多樣性、多元性衝突融合的體認」[14]，即「多」（多樣），而「同」，就是「一」（統一）；顯然所形成的是「多而一」的結構。

這種觀點影響極深遠，就先以《老子》而言，它是用「无、有、无」的結構[15] 來組織其思想的，而其思想又以「道」作為重心，來統

---

12 歐陽周、顧建華、宋凡聖等：《美學新編》（杭州市：浙江大學出版社，2001年5月），頁253。安海姆之「同形論」或「同形說」，參見蔣孔陽、朱立元主編：《西方美學通史》第六卷，同注9，頁715-717。

13 張立文：《中國哲學邏輯結構論》（北京市：中國社會科學出版社，2002年1月），頁110-114。

14 張立文：《中國哲學邏輯結構論》，同上注，頁22-23。

15 此即「（0）一、二、三（多）⟷三（多）、二、一（0）」的結構，如就「有」的

合「有」與「无」。所謂「无」，即「道常无名、樸」（32 章）之意，指無形無象；所謂「有」，是「樸散則為器」（28 章）之意，指有形有象。他認為宇宙人生是由「樸」（无）而「散為器」（有），又由「器」（有）而「復歸於樸」（无）的一個歷程。如單就其「由无而有」的這一面而言，則老子論述得相當清楚。對此，宗白華說：

> 道的作用是自然的動力、母力，非人為的，非有目的及意志的。「萬物生於有，有生於无」這個素樸混沌一團的道體，運轉不已，化分而成萬有。故曰：「大道氾兮，其可左右。」（三十四章）「周行而不殆。」（二十五章）「反者道之動。」（四十章）「樸，則散為器。聖人用之，則為官長。」（廿八章）道體化分而成萬有的過程是「由一而多」、「由无形而有形」。[16]

而徐復觀也說：

> 宇宙萬物創生的過程，乃表明道由無形無質以落向有形有質的過程。但道是全，是一。道的創生，應當是「由全而分」、「由一而多」的過程。[17]

可見宇宙萬物之創生，是可用這種「一而多」的「邏輯結構」加以概括的。而這種「一而多」的邏輯結構，在《易傳》裡也可以找到，它主要見於〈彖傳〉與〈繫辭傳〉：

部分而言，可造成「一、二、多」與「多、二、一」之循環，而成為螺旋結構。參見陳滿銘：〈論「多、二、一（0）」的螺旋結構——以《周易》與《老子》為考察重心〉，臺灣師範大學《師大學報・人文與社會類》48卷1期（2003年7月），頁1-20。

16 林同華主編：《宗白華全集》2（合肥市：安徽教育出版社，1996年9月），頁810。

17 徐復觀：《中國人性論史》（臺北市：臺灣商務印書館，1978年10月），頁337。

　　以〈彖傳〉而言，據知萬物之所以生、所以成的首要依據，有兩種：即乾元與坤元。由於「元」乃「氣之始」[18]，因此對應於「乾，陽物也；坤，陰物也」的說法，可知「乾元」，指陽氣之始，是「一種剛健的創生功能」；「坤元」，指陰氣之始，為「一種柔順的含容功能」，而萬物就在這兩種功能之作用下生成、變化[19]。如此先由「乾元」創生，再由「坤元」含容，萬物就不斷地盡其本性而實現、完成自我，以趨於和諧之境界，所呈現的就是「一（元）、二（乾、坤）、多（萬物）」的過程。

　　以〈繫辭傳〉，所謂「乾知大始，坤作成物」、「天地絪縕，萬物化醇」、「生生之謂易，成象之謂乾，效法之謂坤」與「繼之者善也，成之者性也」等，與〈彖傳〉之說是明顯相呼應的。而值得格外注意的是，「一陰一陽之謂道」、「生生之謂易」、「是故易有太極，是生兩儀，兩儀生四象，四象生八卦」、「乾坤其易之縕也」、「乾坤其易之門也」等這些話。在這些話裡，《易傳》的作者用「易」、「道」或「太極」來統括「陰」（坤）與「陽」（乾），作為萬物生生不已的根源。而此根源，就其「生生」這一含意來說，即「易」，所以說「生生之謂易」；就其「初始」這一象數而言，是「太極」，所以《說文解字》於「一」篆下說「惟初太極，道立於一，造分天地，化成萬物」[20]；就其「陰陽」這一原理來說，就是「道」，所以說「一陰一陽之謂道」。分開來說是如此，若合起來看，則三者可融而為一。關於此點，馮友蘭分「宇宙」與「象數」加以說明云：

---

18 李鼎祚：《周易集解》卷一（臺北市：世界書局，1963年5月），頁4。

19 戴璉璋：《易傳之形成及其思想》（臺北市：文津出版社，1989年6月），頁93。

20 黃慶萱：「太極，是原始，也是無窮。從數方面來講，原始的數是一，所以《說文解字》於「一」篆下云：『惟初太極，道立於一，造分天地，化成萬物。』可見太極既為初為一；及其化成萬物，又可至於無窮。」見《周易縱橫談》（臺北市：東大圖書公司，1995年3月），頁33-34。

　　《易傳》中講的話有兩套：一套是講宇宙及其中的具體事物，
另一套是講《易》自身的抽象的象數系統。〈繫辭傳·上〉
說：「易有太極，是生兩儀，兩儀生四象，四象生八卦。」這
個說法後來雖然成為新儒家的形上學、宇宙論的基礎，然而它
說的並不是實際宇宙，而是《易》象的系統。可是照《易傳》
的說法：「易與天地準」（同上），這些象和公式在宇宙中都有
其準確的對應物。所以這兩套講法實際上可以互換。「一陰一
陽之謂道」這句話固然是講的宇宙，可是它可以與「易有太
極，是生兩儀」這句話互換。「道」等於「太極」，「陰」、
「陽」相當於「兩儀」。《繫辭傳·下》說：「天地之大德曰
生。」《繫辭傳·上》說：「生生之謂易。」這又是兩套說法。
前者指宇宙，後者指易。可是兩者又是同時可以互換的。[21]

他從實（宇宙）虛（象數）之對應來解釋，很能凸顯《周易》這本書
的特色。這樣，其歷程就可用「一、二、多」的結構來呈現，其中
「一」指「太極」、「道」、「易」，「二」指「陰陽」、「乾坤」（天地），
「多」指「萬物」；這和〈彖傳〉之說，是互相疊合的。這種結構如
果隱去其中之「二」，就是「一而多」，與《老子》之說是可互相對應
的[22]。

　　如此「多（陽）」與「一（陰）」彼此互動所形成之「螺旋結
構」，恰恰可以解釋「意（陰）與「象」（陽）雙螺旋互動之作用，而
「一意（陰）多象（陽）」與「象（陽）多意（陰）」之理論基礎也就
建立在這裡。

---

21 馮友蘭：《馮友蘭選集》上卷，同注4，頁286。
22 《老子》對宇宙萬物創生之過程，完整地說，呈現的是「（0）一、二、多」的邏輯
　　結構，在此只聚焦於其中「一、多」加以說明而已。參見陳滿銘：〈論「多、二、
　　一（0）」的螺旋結構——以《周易》與《老子》為考察重心〉，同注15。

第三節　舉例說明

大體而論，辭章內容的主要成分，不外「情」、「理」與「事」、「物（景）」。其中「情」與「理」為「意（陰）」，屬核心成分；「事」與「物（景）」乃「象（陽）」，為外圍成分。而它們的關係可藉王國維「一切景語皆情語」[23]一語加以擴充，那就是：

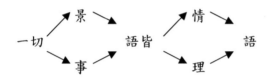

也就是說，作者用「景」（物）、「事」—「象（陽）」來寫，是手段，而藉以充分凸顯「情」與「理」—「意（陰）」，才是目的 [24]。可見「意（陰）」與「象（陽）」雖然「異質」，可經由「同構」而產生「雙螺旋互動」，但無論所形成的是「一意（陰）多象（陽）」還是還是「一象（陽）多意（陰）」，都一樣以「意（陰）」為「主」、「象（陽）」為「從」。茲就「一意（陰）多象（陽）」與「一象（陽）多意（陰）」分舉例說明如下：

一　一意（陰）多象（陽）

由「一意（陰）多象（陽）」所形成的辭章之「意（陰）」有多

---

23 王國維：《人間詞話刪稿》，《詞話叢編》五（臺北市：新文豐出版公司，1988年2月），頁4257。

24 陳滿銘：《文章結構分析——以中學國文課文為例》（臺北市：萬卷樓圖書股份有限公司，1999年5月），頁331。

種，諸凡發生在天地宇宙之間的事物都可以引起人的理性與感性之反應，形成「理」或「情」—「意（陰）」，如取捨、公私、出入、聚散、得失、送往、迎來、仕隱、成敗、弔古、傷今、閒居、出遊、感時、雪恥、修身、齊家、治國、平天下，甚至孝、悌、敬、信、慈……等就是。作者從中提煉出某種主題（「理」或「情」—「意（陰）」）以確立一篇主旨，即可選擇材料（「景」「物」、「事」—「象（陽）」），進行實際之寫作。因囿於篇幅，在此特別鎖定「離別」意象，舉例說明，以見一斑。

　　與離別之「意（陰）」可以與之形成「同構」的「象（陽）」者，有很多種，常見者為柳（楊花、柳絮、堤柳）、水（綠水、春水、江水）、草（春草、碧草、芳草、衰草）、花（桃花、梅花、落花）、鳥（黃鸝、子規、鷓鴣、燕、雁）、月（明月、鉤月、簾月）、雲（浮雲、雲霞、片雲）、黃昏（夕陽、日暮、落日）、秋（秋空、秋色、秋風）、酒（沉醉、酒醒、樽前、一杯酒）與離別之地（長亭、謝亭、勞勞亭、灞陵亭、南浦）……等，不一而足。

　　以一篇作品而言，就往往有著「一意（陰）多象（陽）」的表現。如杜審言〈和晉陵陸丞早春游望〉詩：

獨有宦遊人，偏驚物候新。雲霞出海曙，梅柳渡江春。淑氣催黃鳥，晴光轉綠蘋。忽聞歌古調，歸思欲霑巾。

此詩採「先凡（總括）後目（條分）」的篇結構寫成，「凡（總括）」的部分為起聯，首句為引子，用以帶出次句，分「偏驚」（特別地會觸動情思）與「物候新」兩軌來統攝屬「目」的三聯。其中「偏驚」統括尾聯，「物候新」統括頷、頸兩聯。而頷、頸兩聯是用以具寫春來「物候新」之景（陽）的。作者在此，依次以「雲霞」、「梅柳」、

「黃鳥」、「蘋」等寫「物」，以「曙」、「春」、「淑氣」、「晴光」等寫「候」，以「出海」、「渡江」、「催」、「轉綠」等寫「新」，使「物候新」由抽象化為具體，產生更大的觸發力，以加強尾聯「歸思」（即歸恨，意：陰）這種一篇主旨的感染力量。這首詩能產生強烈的感染力量，深究起來，與所選取的「物」，即「景」（象：陽）實有極為密切的關係，因為「雲霞」、「梅柳」、「黃鳥」和「蘋」，都和作者所要抒發的「歸恨（離情）」（意：陰）有關：

首以「雲霞」來說，由於它們經常是飄浮空中、動止不定的，所以辭章家便在「動止不定」之「同構」下，常用「雲」或「霞」來象徵遊子、行客，以襯寫「離情」（意：陰）。用「雲」的，如杜甫〈夢李白〉詩說：

浮雲終日行，遊子久不至。

又如韋應物〈淮上喜會梁州故人〉詩說：

浮雲一別後，流水十年間。

用「霞」的，如賀知章〈綠潭〉篇說：

綠水殘霞催席散，畫棲明月待人歸。

又如錢起〈送屈突司馬充安西書記〉詩說：

海月低雲旆，江霞入錦車。

次以「梅柳」來說，其中「柳」，已見上述，十分常見。而「梅」
（象：陽）則由於南北朝時范曄與陸凱的故事，也和「離情（意：
陰）」結了「同構」之緣。據《荊州記》的記載，陸凱在江南，有一
次遇到來自京師的信差，便折下一株梅花託他帶給在長安的范曄，並
贈詩說：

　　　折梅逢驛使，寄與隴頭人。江南無所有，聊贈一枝春。²⁵

從此，「梅（象：陽）」便被辭章家用來寫相思之情（意：陰），如宋
之問〈題大庾嶺北驛〉詩說：

　　　明朝望鄉處，應見隴頭梅。

又如韓偓〈亂後春日途經野塘〉詩說：

　　　世亂他鄉見落梅，野塘晴暖獨徘徊。

此類例子，真是俯拾皆是。
　　再以「黃鳥」來說，誰都曉得與金昌緒的〈春怨〉詩有關，這首
詩是這樣寫的：

　　　打起黃鶯兒，莫叫枝上啼。啼時驚妾夢，不得到遼西。

有了這首詩作「同構」之媒介，黃鶯（即黃鳥）和牠的啼聲（象：

---

25 王慧：〈零落成泥碾作塵，只有香如故──宋代詩詞中的梅花意象解讀〉，《開封教
　　育學院學報》26卷2期（2006年6月），頁12-14。

陽）便全蘊含著「離情」（意：陰）了。如高適〈送前衛縣李寀縣尉〉詩說：

　　黃鳥翩翩楊柳垂，春風送客使人悲。

又如白居易〈三月二十八日贈周判官〉詩說：

　　柳絮送人鶯勸酒，去年今日別東都。

所謂的「黃鳥翩翩」、「鶯勸酒」（象：陽），不是將離情（意：陰）更推深了一層嗎？

　　末以「蘋」來說，它本是水生蕨類植物的一種，夏秋之間有花，色白，故又稱「白蘋」。由於俗以為是萍的一種，即大萍，所以和萍一樣，也常被用以喻指飄泊（象：陽），形成「同構」，以抒寫「離情」（意：陰）。如劉長卿〈餞別王十一南遊〉詩說：

　　誰見汀洲上，相思愁白蘋。

又張籍〈湘江曲〉說：

　　送人發，送人歸，白蘋茫茫鷓鴣飛。

這裡所謂的「白蘋」（象：陽），無疑地是特別用以寫「離情」（意：陰）的。

　　由此看來，杜審言在諸多初春景物中所以選「雲、霞」、「梅、柳」、「黃鳥」與「蘋」等，是有意藉著「同構」之作用，用這些「象

（陽）」以襯托「意（陰）──離情（歸思）」的，這樣「非常縝密」[26] 地用「一意（陰）多象（陽）」來經營，自然就增強了它的感染力了。

二　一象（陽）多意（陰）

可取為辭章之「象」，包羅甚廣，凡是存於天地宇宙之間的實物或東西都包含在內。以較大的物類而言，如天（空）、地、人、日、月、星、山（陸）、水（川、江、河）、雲、風、雨、雷、電、煙、嵐、花、草、竹、木（樹）、泉、石、鳥、獸、蟲、魚、室、亭、珠、玉、朝、夕、晝、夜、酒、餚……等就是；以個別的對象而言，如桃、杏、梅、柳、菊、蘭、蓮、茶、麥、梨、棗、鶴、雁、鶯、鷗、鷺、鶒鵊、鷓鴣、杜鵑、蟬、蛙、鱸、蚊、蟻、馬、猿、笛、笙、琴、瑟、琵琶、船、旗、轎……等就是。這些所形成的「象（陽）」，藉由「同構」作用，與「意（陰）」連結，便可進行實際之寫作。

因限於篇幅，在此特別鎖定「梅花」意象，舉例說明，以見其梗概。

梅花是中國的傳統名花，由於它與霜雪相伴、苦寒為友，具凌霜傲雪、堅貞不屈之風骨，因此以其「自然特質」而言，便經由「同構」作媒介，而有玉潔冰清、淡泊閑雅、幽獨孤傲、堅毅頑強的意象；又由於南朝宋人陸凱作〈贈范曄〉詩云：「折梅逢驛使，寄與隴頭人；江南無所有，聊贈一枝春」，將友情（意：陰）與梅花（象：陽）產生「同構」連結在一起，從此「梅花」有了「文化積澱」，而

---

26 喻守真：《唐詩三百首詳析》（臺北市：臺灣中華書局，1996年4月），頁132。

與離別之情（友情、鄉情、親情、男女之情）結了不解之緣。茲從中抽出幾種意象，概述如下：

以「堅貞」（意：陰）為例，它主要藉由梅花堅忍、貞潔之「自然特質」（象：陽）而形成「同構」的。如王安石〈梅花〉詩云：

牆角數枝梅，凌寒獨自開。遙知不是雪，為有暗香來。

在此「梅」是作者「堅貞」人格之化身。又如陸游題作「詠梅」之〈卜算子〉詞云：

驛外斷橋邊，寂寞開無主。已是黃昏獨自愁，更著風和雨。

無意苦爭春，一任群芳妒。零落成泥碾作塵，只有香如故。

這又何嘗不象徵著作者的人格呢？

以「清雅」（意：陰）為例，它主要由其「清高閑雅」之「自然特質」（象：陽）而形成「同構」的。如盧梅坡〈雪梅〉詩云：

有梅無雪不精神，有雪無梅俗了人。日暮詩成天又雪，與梅並作十分春。

意境十分清雅。又如李清照詠「梅」之〈漁家傲〉詞云：

雪裡已知春信至，寒梅點綴瓊枝膩。香臉半開嬌旖旎，當庭際、玉人浴出新妝洗。

這樣以「梅」比作「清雅」之美人，將作者「清高閑雅」之意趣傾注其中。

　　以「隱逸」（意：陰）為例，它主要由其「幽獨孤傲」、「遺世獨立」之「自然特質」（象：陽）而形成「同構」的。如張道洽〈瓶梅〉詩云：

　　　寒水一瓶春數枝，清香不減小溪時。橫斜竹底無人識，莫與微
　　　雲淡月知。

很清晰地傳遞出一種「隱逸」精神。又如鄭域詠「梅」之〈昭君怨〉詞云：

　　　冷落竹籬茅舍，富貴玉堂瓊樹。兩地不同栽，一般開。

簡單幾句就道出了梅花「清靜自守、傲視富貴」的性格。
　　以「離思」（意：陰）為例，它主要由陸凱「折梅贈范曄」以表「離情」（象：陽）之典故，形成「文化積澱」而產生「同構」的[27]。如陸游〈客舍對梅〉詩云：

　　　還憐客路龍山下，未折一枝先斷腸。

這表達了思鄉之苦。又如歐陽脩〈踏莎行〉詞云：

　　　候館梅殘，溪橋柳細。草薰風暖搖征轡。離愁漸遠漸無窮，迢
　　　迢不斷如春水。

27　王慧：〈零落成泥碾作塵，只有香如故——宋代詩詞中的梅花意象解讀〉，同注25。

依序以「梅」、「柳」、「草」、「水」（象：陽）來寫「離愁」（意：陰），「離愁」自然綿連不斷。

經由上述，已可看出「一象（陽）多意（陰）」之梗概。而它們雖然是虛、實「異質」，卻可因「同構」的作用，造成互動，使「心理場」（意）與「物理場」（象）產生「電脈衝」，將兩者融鑄一體，成為藝術作品。而這種「意」與「象」之互動，不但可在哲學與心理學上，理出它的根本原理；也可在辭章上，透過「一意多象」與「一象多意」之表現加以檢驗；甚且可在美學上尋得其歸趨。如此「一以貫之」，希望或多或少有助於對「陰陽互動」作更進一層之研究。

第十二章
跨界章法

　　「章法」呈現的是「陰陽雙螺旋層次邏輯」，它深藏於宇宙人生「萬事萬物」之間，以「陰陽二元」對待、互動為基礎，在其不斷作用下，使「陰陽」由「合」（對待）而「分」（互動），經「移位」（秩序）、或「轉位」（變化）、「對比、調和」（聯貫：徹下、徹上）與「包孕」（統一：徹下），而產生「互動、循環、往復而提高」之「0一二多」雙螺旋運動，形成其「陰陽雙螺旋層次邏輯系統」。「跨界章法」即由此打開其研究之大門[1]：如「風格」、「文體」、「讀寫」、「古文」、「唐詩」、「宋詞」、「新詩」、「哲理」、「音樂」、「完形」、「基因」…… 等「章法」，不一而足。在此，限於篇幅，僅以「蘇辛詞」為例，略作說明，以概其餘。

第一節　相關論著

　　個人對「蘇辛詞」之研究，由來已久。以專著而言，有兩種：即《蘇辛詞比較研究》（220 頁）與《蘇辛論稿》（282 頁），先後於一九八○年十月、二○○三年八月，由臺北市「文津出版社」出版。以論

1　此扇門自一九七四年開始逐漸打開，見陳滿銘：《比較章法學》（臺北市：萬卷樓圖書股份有限公司，2012年11月）。頁1-377。即以個人專著而言，除《比較章法學》外，《學庸義理別裁》（2002年）、《論孟義理別裁》（2003年）、《蘇辛詞論稿》（2003年）、《意象學廣論》（2006年）、《辭章學十論》（2006年）、《多二一（0）螺旋結構論──以哲學、文學、美學為研究範圍》（2007年）、《篇章意象學》（2011年），皆屬「跨界章法學」之性質。

文而言，有如下二十幾篇：

〈稼軒長短句研究〉（1968 年 6 月發表於臺灣師範大學《師大國研所集刊》12 期，頁 271-446）、〈稼軒詞作法舉隅〉（1974 年 6 月發表於臺灣師範大學《文風》25 期，頁 11-15）、〈辛稼軒的境遇與其詞風〉（1977 年 3 月發表於《中華文化復興月刊》10 卷 3 期，頁 18-23）、〈中秋寄遠——辛稼軒的〈滿江紅〉詞〉（1981 年 9 月發表於《臺灣日報》副刊）、〈意氣崢嶸的辛棄疾〉（1987 年 6 月發表於《幼獅月刊》414 期，頁 24-31）、〈怎樣教詞選——李煜的〈清平樂〉與蘇軾的〈念奴嬌〉詞〉（1989 年 6 月發表於《國文天地 5 卷 1 期，頁 51-55〉、〈凡目法在蘇辛詞裡的運用（上、下）〉（1996 年 4、5 月發表於《國文天地》11 卷 11、12 期，頁 36-44、56-65）、〈唐宋詞拾玉（四）——辛棄疾的〈賀新郎〉〉（1996 年 6 月發表於《國文天地》12 卷 1 期，頁 66-69）、〈談東坡詞與陶淵明〉（2000 年 2 月發表於《國文天地》15 卷 9 期，頁 5-11）、〈談蘇東坡的幾首清峻詞〉（2000 年 9 月發表於《國文天地》16 卷 4 期，頁 93-100）、〈文章主旨或綱領安置於篇腹的結構類型〉——以蘇辛詞為例〉（2000 年 10 月發表於《人文及社會學科教學通訊》11 卷 3 期，頁 42-57）、〈蘇東坡的境遇與其詞風〉（2001 年 6 月發表於臺灣師大《國文學報》30 期，頁 163-194）、〈唐宋詞拾玉（二十七）——蘇軾的〈水調歌頭〉〉（2001 年 10 月發表於《國文天地》17 卷 5 期，頁 42-45）、〈唐宋詞拾玉（二十八）——蘇軾的〈賀新郎〉〉（2002 年 1 月發表於《國文天地》17 卷 8 期，頁 37-39）、〈唐宋詞拾玉〔二十九〕——蘇軾的〈念奴嬌〉〉（2002 年 3 月發表於《國文天地》17 卷 10 期，頁 52-55）、〈論時空交錯的虛實複合結構——以蘇辛詞為例〉（2002 年 6 月發表於臺灣師範大學《中國學術年刊》23 期，頁 357-379）、〈論東坡清俊詞的章法風格〉（2004 年 7 月發表於成功大學《宋代文學研究叢刊》9 期，頁 311-344）、〈論

東坡清俊詞中剛柔成分之量化〉（2004 年 9 月發表於《貴州畢節師範高等專科學校學報》22 卷 1 期，頁 11-18）、〈試論篇章風格中剛柔成分之量化——以稼軒「豪壯沉鬱」詞為例作探討〉（2012 年 12 月發表於彰化師範大學《國文學誌》25 期，頁 61-102）、〈稼軒「豪壯沉鬱」詞中剛柔成分之量化〉（2013 年 1 月發表於《南京曉莊學院學報》2003 年 1 期，頁 74-79）、〈論章法包孕結構之陰陽變化——以蘇辛詞為作觀察〉（2014 年 3 月發表於臺北大學《中文學報》15 期‧特稿，頁 1-24）、〈辭章鑑賞與思維系統——以集蘇辛詞各一首有關古今人評注為例作說明〉（2016 年 1 月發表於《國文天地‧學術論壇》31 卷 8 期，頁 112-135）、〈論篇章「異、同」互動的雙螺旋層次系統——以「0 一二多」為鍵軸、蘇辛詞「篇章結構」為實例作探討〉（2016 年 8 月發表於《國文天地‧學術論壇》32 卷 3 期，102-136）。

　　就以《蘇辛詞比較研究》來說，因用新觀點研究，受到學界注意。如《中國文學大辭典》即以「詞條」方式被收入，由何貴初先生作了如下推介：

　　《蘇辛詞比較研究》，古代文學研究論著，陳滿銘著。臺北文津出版社一九八〇年出版。蘇軾和辛棄疾是宋代豪放詞派的兩員大將，但因性情、學問、襟抱及所處時代與環境不同，表現於歌詞者，亦往往有異。本書分五章論述：第一章「蘇辛詞擇調之比較研究」，作者用統計學的方法，得出蘇辛二家選用的詞調，大同而小異，並列出二家所慣用的詞調及其篇數的簡表。第二章「蘇辛詞行韻之比較研究」，指出蘇軾用韻嚴、辛棄疾用韻寬，至於選用韻部，亦異多於同。第三章「蘇辛詞用詞之比較研究」，就兩家所引用經語、史語、子語和集與作比較，得出蘇詞從語言和句法來看近於詩、辛詞則近於古文的結

論。第四章「蘇辛詞內容之比較研究」，二家詞作題材多樣、
內容豐富，作者分七大類加以比較。第五章「蘇辛詞風格之比
較研究」，作者先就二家詞格的分期來論述，再作綜合比較，
認為蘇詞以「清雄」而辛詞以「豪壯」為其最大特色。蘇詞多
「空靈動盪」，於雄健之中，時饒清曠之致；辛詞「慷慨縱
橫」，於豪宕之中，時趨壯烈之途。書末有三個附錄：（1）〈蘇
辛年表〉，（2）〈蘇辛詞韻表〉，（3）〈重要參考書目〉。[2]

而鞏本棟《辛棄疾評傳》也作了如下評述：

> 關於蘇、辛詞的比較，可以說，自辛棄疾的弟子范開編《稼軒
> 詞》並為其作序便開始了。所論或著眼於其同，或側重於抉發
> 其異，各有所見。現代以來，關於蘇、辛詞的比較研究亦愈益
> 深入、細緻。例如，王國維先生論「東坡之詞曠，稼軒之詞
> 豪」（《人間詞話》），我們前曾引述的鄭騫先生之論蘇、辛異
> 同，從性情襟抱上著眼，都是很精到的。又如繆鉞先生從藝術
> 淵源的角度，提出蘇詞源於《莊》、辛詞源於《騷》。而葉嘉瑩
> 先生比較蘇、辛詞的異同，認為題材和主題的「無意不可入，
> 無是不可言」方面，二者皆有絕大的魄力和眼界，在風格上，
> 則蘇詞超曠、辛詞沉鬱。這同樣是十分深刻的。另，臺灣學者
> 陳滿銘先生所著《蘇辛詞比較研究》（文津出版社一九七〇
> （應是一九八〇年版）一書，分別對蘇辛詞的擇調、用韻、用
> 語、內容和風格等，進行了具體、細緻的比較和辨析，也不失

2　李福田主編：《中國文學大辭典》（天津市：天津人民出版社，1991年10月），頁
　　2668。

為蘇辛比較研究的途徑之一。[3]

這種肯定是令人鼓舞的。

　　此外，曹馨華則針對《蘇辛詞比較研究》與《蘇辛詞論稿》兩專著作了如下評介：

> 陳滿銘先生在蘇辛詞研究方面，頗有深化之功。一九六七年，他師從詞曲學家盧元駿教授完成了學位論文《稼軒長短句研究》，一九七一年撰成了升等論文《蘇辛詞比較研究》，一九八○年在二者的基礎上又先後由文津出版社出版了《稼軒詞研究》、《蘇辛詞比較研究》專著，二○○三年，又將研究蘇辛詞的論文結集由文津出版社出版，名為《蘇辛詞論稿》。這些論著從不同的角度用多種方法來研究蘇辛詞，在當代蘇辛詞研究史上占著重要地位。……從研究內容上講，陳氏對蘇辛詞的研究涉及多個方面。如對蘇辛境遇的探求，對蘇辛詞風的定位，對蘇辛詞內容的分析；對蘇辛詞用典的發明，對蘇辛詞作法的歸納：對蘇辛詞結構類型的概括、對蘇辛詞擇調問題和行韻問題的研究，甚至蘇辛詞年表等，其中新見頗多。……從論述方式來看，陳氏對蘇、辛詞通常採用「綜論」的方式。如在論述蘇辛詞異同時，不時採用比較方法與以章法理則貫串始終，同時採用了「先總後分」的敘述方式；在對二人詞作內容進行比較分析時，又用集評方式來加強論斷，還以按語的形式對詞作的繫年等問題進行了「要言不煩」的考論。如對蘇東坡境遇與

3　鞏本棟：《辛棄疾評傳》，《中國思想家評傳叢書》96（南京市：南京大學出版社，1998年12月），頁400。

其詞風關係的探求，避免常見的「詞人生平」介紹的方式，而是緊緊結合詞人境界對其詞風的影響。

又指出：

> 對蘇辛詞的章法學透視與探微，是陳滿銘先生拓深蘇辛詞研究的最重要體現。前面我們已指出，陳氏在建構章法學體系時，往往以詞為樣本，由詞作中歸納各種章法，總結其規律。他這樣做的原因顯然是與其師從盧元駿先生研究辛棄疾詞的經歷有關。也正因此，其研究蘇辛詞時很自然用到章法學，而探討章法學時又會結合蘇辛詞來進行。這種雙向互動的研究方法，使陳氏能夠得出一些前所未有結論。……對蘇辛詞的結構類型，歷來少人探討，而陳氏則在分析「文章主旨或綱領安置於篇明複的結構類型」時，以蘇辛詞為例詳加總結歸納為「以凡目結構呈現者」、「以虛實結構呈現者」、「以實主結構呈現者」、「以因果結構呈現者」等四類。每一類又分出四種，從而，使人洞悉「稼軒」（案：應作「蘇辛」）詞法。（參見《蘇辛詞論稿》第八章）他在分析論時間交錯的虛實複合結構時也是以蘇辛為例，將詞體中不可或離之「時」與「空」，由章法結構切入，概括出為「先虛後實」、「先實後虛」、「虛、實、虛」、「實、虛、實」等四種。……總而言之，陳滿銘先生作為當代臺灣詞學研究的優秀代表之一，體現了臺灣學人勇於創新、敢於探索、持之以恆的學術個性。陳氏的詞學研究在二十世紀詞學研史上功不可沒，需要我們探討、思考與發揚。[4]

4　以上兩則引文，見曹辛華：〈論陳滿銘先生的詞學貢獻〉，仇小屏、陳佳君等主編：《陳滿銘與辭章章法學》（臺北市：文津出版社，2007年12月），頁330-347。

這些評論，可供參考！

第二節　篇章邏輯

「篇章邏輯」的範圍很廣，在此僅就「因果」、「凡目」邏輯為範圍，舉例略作說明，以見一斑。

一　因果邏輯

「因果邏輯」在目前所發現的「篇章邏輯」（章法）中，是相當重要的。它在哲學上，雖只看成是範疇之一，卻與「諸範疇」息息相關。張立文在《中國哲學邏輯結構論》中說：「就彼此相聯繫的範疇而言，中國佛教哲學中的『因』這個範疇，它自身包含著兩個事物或現象的聯繫，這種特定的聯繫，各以對方的存在為自己存在的前提或條件。其內在衝突的伸展，使『因』作為一方與『果』作為另一方構成相對相關的聯繫。範疇這種衝突性格，使自身或與諸範疇都處於相互聯繫、相互轉化之中，並在這種普遍的有機聯繫中，再現客觀世界的衝突及其發展的全進程。」[5] 既然「因果」這一範疇能產生「普遍的有機聯繫」，其重要性就可想而知。也就難怪在邏輯學中，會那樣受到普遍的重視，而視之為「律」了。

從另一角度看，「因果律」涉及的是假設性之「演繹」與科學性之「歸納」，而假設性之「演繹」所形成的是「先果後因」的邏輯層次；與科學性之「歸納」所形成的是「先因後果」的邏輯關係，正好可以對應地發揮證明或檢驗的功能。陳波在其《邏輯學是什麼》一書

5　張立文：《中國哲學邏輯結構論》（北京市：中國社會科學出版社，2002年1月），頁11。

中說：「因果聯繫是世界萬物之間普遍聯繫的一個方面，也許是其中最重要的方面。一個（或一些）現象的產生會引起或影響到另一個（或一些）現象的產生。前者是後者的原因，後者就是前者的結果。科學的一個重要任務就是要把握事物之間的因果聯繫，以便掌握事物發生、發展的規律。」[6]可見「因果邏輯」對「世界萬物之間普遍聯繫」的重要。而這種邏輯，是可藉「章法結構」所呈現的「母性」，來加以驗證的。

為此，就以「因果邏輯」，亦即「章法」為軸心，舉在蘇辛詞上的表現，形成全篇「章法結構」，略作說明，以見「因果邏輯」之母性於一斑。

如蘇軾〈如夢令〉：

> 水垢何曾相受。細看兩俱無有。寄語揩背人，盡日勞君揮肘。輕手。輕手。居士本來無垢。

東坡很早就和僧道來往，這對他產生了相當程度的影響。這種影響可明顯看出的是：佛家語、道家語在他的作品裡，可以找到不少。尤其在離黃後，更是如此。這首〈如夢令〉，便使用了佛家語。其題序云：「元豐七年十二月十八日浴泗州雍熙塔下，戲作〈如夢令〉兩闋。此曲本唐莊宗制，名〈憶仙姿〉，嫌其名不雅，改為〈如夢令〉，莊宗作此詞，卒章云：『如夢，如夢，和淚出門相送』，因取以為名云。」據知它們作於佛寺，而在此用佛語也就十分自然了。這是其首闋，是採「因、果、因」（上層）之「篇結構」包孕「先果後因」、「先因後果」（底層）的「章結構」組織而成的。

6　陳波：《邏輯學是什麼》（北京市：北京大學出版社，2002年1月），頁167。

　　作者先以「水垢」二句，說水是水，垢是垢，是不能相受的，這是「因中果」（底層）；因為它們原本就是「無有」，特為以下之「寄語」，就「水垢」說明原因；這是「因中因」（底層），為前一個「因」（上層）的部分。接著以「寄語」四句，交代「揩背人」，這是「果中因」（底層）；要「輕手」，這是「果中果」（底層）；為「果」（上層）的部分。最後以「居士」句，再為「輕手」的寄語，就自己本身說明如此寄語的原因，為後一個「因」（上層）的部分。有了這前後的兩個「因」（上層），那「果」（上層）就有說服力了。

　　附其結構系統表供參考：

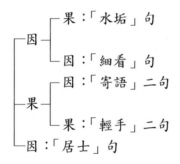

作者在此，諧戲地用了一些佛家語，極富趣味。用「因、果、因」（上層）之「篇結構」與「先果後因」、「先因後果」（底層）的「章結構」，表達「無垢」的旨趣，其「邏輯思維」，是十分清晰的。

　　又如辛棄疾〈賀新郎〉：

　　綠樹聽鵜鴃，更那堪、鷓鴣聲住，杜鵑聲切！啼到春歸無尋處，苦恨芳菲都歇。算未抵人間離別：馬上琵琶關塞黑，更長門翠輦辭金闕。看燕燕，送歸妾。　　將軍百戰身名裂，向河梁回頭萬里，故人長絕。易水蕭蕭西風冷，滿座衣冠似雪。正

壯士、悲歌未徹。啼鳥還知如許恨，料不啼清淚長啼血。誰共我，醉明月。

這闋詞題作「別茂嘉十二弟。鵜鴂、杜鵑實兩種，見《離騷補註》」，是採「先賓（因）後主（果）」（上層）的「篇結構」統合四層「章結構」而寫成的。

其中的「賓」（因），用「敲（果）、擊（因）、敲（果）」（次層）的「章結構」加以呈現：先以「綠樹」句起至「苦恨」句止，從側面切入，用「先目（因）後凡（果）」（三層）包孕「並列（一、二、三）」（四層）之「章結構」，藉鵜鴂、鷓鴣、杜鵑等春鳥之啼春，啼到春歸，來寫「苦恨」；這是頭一個「敲（果）」的部分。再以「算未抵」句起至「正壯士」句止，由「鳥」過渡到「人」，用「先平提（因）後側收（果）」（三層）包孕「先反（果）後正（因）」（四層）與兩疊「並列（一、二）」（底層）的「章結構」，舉古代之二女〔昭君、歸妾〕二男〔李陵、荊軻〕為例，來寫人間離別的「苦恨」，暗涉慶元黨禍，將朝臣之通敵與志士之犧牲，構成強烈的對比，以抒發家國之恨 [7]；這是「擊（因）」的部分，也是本詞的主結構所在。末以「啼鳥」二句，又應起回到側面，用虛寫（假設）方式，推深一層寫啼鳥的「苦恨」；這是後一個「敲（果）」的部分。

而「主」（果），則正式用「誰共我」二句，表出惜別「茂嘉十二弟」之意，以收拾全篇。所謂「有恨無人省」，作者之恨在其弟離開後，將要變得更綿綿不盡了。

附其結構系統表供參考：

---

7 陳滿銘：〈唐宋詞拾玉（四）——辛棄疾的〈賀新郎〉詞〉，《國文天地》12卷1期（1996年6月），頁66-69。

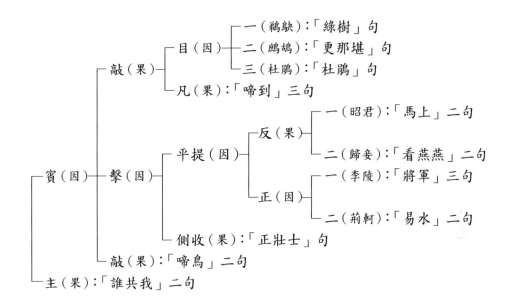

如此，既以「賓」和「主」、「敲」和「擊」、「虛」和「實」、「凡」和「目」、「平提」和「側收」等結構，形成「調和」，又以「正」和「反」形成「對比」、「敲」和「擊」形成「變化」；也就是說，在「調和」中含有「對比」，在「順敘」中含有「變化」。而這「變化」的部分，既占了差不多整個篇幅，其中「對比」又出現在篇幅正中央，形成主結構，且用「擊」加以呈現，這樣在「變化」的牢籠之下，特用「對比」結構來凸顯其核心內容，使得其他「調和」的部分，也全為此而服務，而這些都完全可用對比與調和的「因果」聯繫而一以貫之。這樣，對此詞風格之趨於「沉鬱蒼涼，跳躍動盪」[8]，也是大有作用的。明瞭了這一點，則此詞「因果」聯繫之密，既可以掌握，而其風格之美，也可以大致領略出來了。

　　經由所述，可知「因果邏輯」（章法）的確帶有其母性，能相當

8　陳廷焯：《白雨齋詞話》卷一，《詞話叢編》4（臺北市：新文豐出版公司，1988年2月），頁3791。

普遍地替代其他的章法。這樣，章法似乎只要「因果」一法即可。但是，以「因果」這一邏輯，就想要牢籠所有宇宙人生、事事物物，形成「二元」對待、互動的既精且細之層次關係，實在是不可能的。更何況還有一些章法，如「左右」、「大小」、「並列」、「知覺轉換」等，是很不容易找出其「因果」關係來的。因此「因果」章法只能用以「兼法」（如同修辭之「兼格」）之方式，輔助其他的章法，而其他章法的開發與研究，以尋出其心理基礎與美感效果，仍然有其迫切性之需要，而且也希望能由此而充實「層次邏輯」的內容。

二　凡目邏輯

　　所謂的「凡」，是指「總括」，而「目」則指「條分」。以「凡目邏輯」來經營篇章，可說是相當常見的。這種方法，歷代文評家都注意到了，不過，所用的名稱，卻稍有不同，如陳騤《文則》稱之為「總、數」[9]、歸有光《文章指南》稱之為「總提、分應」[10]、唐彪《讀書作文譜》稱之為「總、分」[11]、王葆心《古文辭通義》稱之為「外籀、內籀」[12]、蔣伯潛《中學國文教學法》稱之為「綜合、分析」[13]。一九九二年，為求簡單明確，試在「第一屆臺灣地區國語文教學學術研討會」中，用見於《周禮・天官・宰夫》的「凡」與「目」[14]來統一這些稱呼，發表了〈凡目法在高中國文課文裡的運

9　陳騤：《文則》（臺北市：臺灣商務印書館，1968年6月），頁12。

10　歸有光：《文章指南》（臺北市：廣文書局，1985年10月），頁11-12。

11　唐彪：《讀書作文譜》（臺北市：偉文圖書出版社，1976年11月），頁93。

12　王葆心：《古文辭通義》（臺北市：臺灣中華書局，1984年4月），頁46。

13　蔣伯潛：《中學國文教學法》（臺北市：泰順書局，1972年5月），頁84-85。

14　鄭玄注、賈公彥疏：《十三經注疏・周禮》（臺北市：臺灣藝文印書館，1965年6月），頁47。

用〉一文[15]，受到與會學者的認可，這就是本章在此用「凡目」這個名稱的原因。

一般說來，這種「凡目邏輯」，最常用於散文，形成「先凡後目」、「先目後凡」、「凡、目、凡」與「目、凡、目」等四種結構，並且所涉及的「軌數」也可以多至八、九軌[16]。而古典詩詞中，雖也隨處可以見到以上四種「凡目邏輯」結構，卻由於受到篇幅的限制，大都軌數有限，僅見到單軌與雙軌兩種而已；這是「凡目邏輯」用於散文和詩詞時最大不同所在。底下單就「目、凡、目」的「轉位邏輯」，舉例略予說明，以見一斑。

這是將一篇的綱領或主意置於篇腹，而以條分的材料分置於首尾加以敘寫的一種形「邏輯結構」。宋文蔚《評注文法津梁》說：

> 束法有用之於中段者，一面束上，即一面起下，乃全篇之過脈。[17]

所謂的「束」，即「總括」；「總括」出現在中段（即中幅），指的就是「目、凡、目」的結構。這種結構在詩詞裡，雖不是用得很普遍，但還是可以見到。它也可分為兩式：

一為單軌式，這是用置於篇腹的單一意思來統一首尾材料的一種形式，其簡式為：

---

15 陳滿銘：〈凡目法在高中國文課文裡的運用〉，收入《第一屆臺灣地區國語文教學學術討會論文集》（國立臺灣師範大學中等教育輔導委員會、國文系，1992年4月），頁229-254。

16 陳滿銘：〈從軌數的多寡看見凡目結構在詞章裡的運用〉，《國文天地》11卷5期（1995年10月），頁50-57。又，仇小屏《文章章法論》（臺北市：萬卷樓圖書股份有限公司，1998年11月），頁467-501。

17 宋文蔚：《評註文法津梁》（臺北市：復文圖書出版社，1993年2月），頁139。

A1 ……→ A → A2……

一為雙軌式，這是將平列或有主從關係的兩個意思安置於篇腹，以分領首尾兩組材料的一種形式，其簡式是：

A1……→ A · B → B1……

單軌者，如蘇軾〈浣溪沙〉：

> 覆塊青青麥未蘇，江南雲葉暗隨車（A1）。臨皋煙景世間無（A）。　　雨腳半收簷斷線，雪床初下瓦跳珠。歸來冰顆亂黏鬚（A2）。

這是首描寫「臨皋」（作者所居，在黃岡）美景的作品。它的主意在「臨皋煙景世間無」一句，採泛寫的方式，對臨皋之風景作了讚美，這是「凡」部分。為什麼作這樣子的讚美呢？它的依據有二：一是依據篇首「覆塊青青麥未蘇」二句所寫作者在車上所見遠距離的純自然清景，這是「目一」的部分；一是依據下片「雨腳半收簷斷線」三句所寫作者在車上所見近距離而融入人事的清景，這是「目二」的部分。有了這首尾兩個條分的部分，合為一軌，來為篇腹的主意作有力襯托，作品的感染力自然增強不少。

附其結構系統表如下：

```
        ┌ 目（煙景一）┬ 一（地面）：「覆塊」句
        │              └ 二（空中）：「江南」句
        ├ 凡：「臨臬」句
        └ 目（煙景二）┬ 一（屋簷）：「雨腳」二句
                       └ 二（人身）：「歸來」句
```

雙軌者，如辛棄疾〈醜奴兒近〉：

> 千峰雲起，驟雨一霎兒價。更遠樹斜陽風景，怎生圖畫！青旗
> 賣酒，山那畔別有人家（A1）。只消山水光中（A），無事過這
> 一夏（B）。　　　午醉醒時，松窗竹戶，萬千瀟灑。野鳥飛
> 來，又是一般閑暇。卻怪白鷗，覷著人欲下未下。舊盟都在，
> 新來莫是，別有說話（B1）？

這是首即景抒情的作品。它的綱領置於篇腹「只消山光水色中」二
句，其中「山（水）光」為一軌、「無事」為一軌，這是「凡」的部
分。作者為了要具寫「山（水）光」，便以篇首「千峰雲起」六句，
寫「博山道中」（題目）所見夏日雨後的景色，這是「目一」的部
分；為了要具寫「無事」，就在下片「午醉醒時」十句，藉松竹的瀟
灑、野鳥的閑暇與盟鷗（作者有題作「盟鷗」的〈水調歌頭〉的反
應），寫自己的閑情，這是「目二」的部分。很明顯地，這又是採雙
軌的「目、凡、目」結構所寫成的。

　　附其結構系統表如下：

```
        ┌ 目（山光）┬ 因：「千峰」二句
        │          │      ┌ 一（遠樹）：「更遠樹」二句
        │          └ 果 ┤
        │                 └ 二（人家）：「青旗」二句
        │      ┌ 一（山光）：「只消」句
        ├ 凡 ┤
        │      └ 二（無事）：「無事」句
        │              ┌ 一（松竹）：「午醉」三句
        └ 目（無事）┼ 二（野鳥）：「野鳥」二句
                       └ 三（白鷗）：「卻怪」五句
```

可見「凡目邏輯」結構在蘇辛詞裡，無論單軌或雙軌，都運用得極為靈活，不但其脈絡可以掌握得更加清楚；就是一篇的作意也更能凸顯出來。這對作品（含各種詩歌與散文）的創作或鑑賞而言，都是大有助益的。

第三節　剛柔量化

篇章是建立在二元（陰柔、陽剛）互動的基礎上，以呈現其「0一二多」之雙螺旋層次邏輯結構的；而其風格之形成，便與這種由「二元（陰柔、陽剛）」互動所組織而成之「0一二多」與其「移位」、「轉位」、「調和、對比」與「包孕」息息相關。本文即以蘇軾「清遠高俊」與稼軒「豪壯沉鬱」之詞作為語料，對整體結構之陽剛與陰柔消長的情形，進行探討，並試予量化，由此可概見篇章風格中剛柔成分量化之功用於一斑。

而這種「量化」，關涉到章法結構之陽剛或陰柔的強度（「勢」），它當受到下列幾個因素的影響：

（一）章法本身的陰柔、陽剛屬性，如「近」為陰柔、「遠」為
　　陽剛，「正」為陰柔、「反」為陽為剛，「凡」為陰柔、
　　「目」為陽剛。

（二）章法結構的調和、對比屬性，如淺與深、賓與主、凡與目
　　等形成調和，而正與反、抑與揚、立與破等則形成對
　　比。

（三）章法結構之變化，如「移位」之「順」、「逆」與「轉位」
　　之「拗」。其中「順」屬原型，「逆」與「拗」屬變型。

（四）章法結構由「包孕」所形成之層級，如底層、次層、三
　　層、四層……等。

（五）章法「0一二多」的核心結構。

以上幾個因素，對於陰陽、剛柔之「勢」（力量）之「消長」影響極
大，而這所謂的「勢」，可用涂光社在《因動成勢》中的說法來說明：

> 「勢」有「順」有「逆」。「順」指其運動方式和取向與審美主
> 體的心理傾向或思維習慣協調一致，能使欣賞者有意氣宏深盛
> 壯、淋漓暢快的感受；「逆」則是其運動方式和取向與審美主
> 體的心理傾向或思維習慣相抵觸、相違背，於是波瀾陡起，衝
> 突、騷動和搏擊成為心態的主導方面。[18]

準此以觀，「順勢」較渾成暢快，「逆勢」較激盪騷動；「拗勢」則自
然地，比起順、逆來，更為渾成暢快、激盪騷動。而這些「勢」的本
身，雖然也有其陰陽（以弱、小者為陰，強、大者為陽），卻不能藉

18　見涂光社：《因動成勢》（南昌市：百花洲文藝出版社，2001年10月），頁265。

以確定章法結構之「陰」、「陽」，是完全要看結構內之運動而定的如結構是向「陰」而動，則加強的是陰柔之「勢」；如「結構」是向「陽」而動，則加強的是陽剛之「勢」了。

　　如果這種看法或推測正確，則可根據以上所述幾種因素所形成的「勢」之大小強弱，約略地推算出一篇辭章剛柔成分之比例來。大抵而言，據上述因素加以推定：

> （一）除判其陰陽外，以起始者取「勢」之數為「1」（倍）、終末者取「勢」之數為「2」（倍）。
>
> （二）將「調和」者取「勢」數為「1」（倍）、「對比」者取「勢」之數為「2」（倍）。
>
> （三）將「順」之「移位」取「勢」之數為「1」（倍）、「逆」之「移位」取「勢」之數為「2」（倍）、「轉位」之「拗」取「勢」之數為「3」（倍）；而「拗」向「陽」者取「勢」之數為「1」（倍）、「拗」向「陰」者取「勢」之數為「2」（倍）。[19]
>
> （四）在層層「包孕」下，將處「底層」者取「勢」之數為「1」（倍）、「次層」者取「勢」之數為「2」（倍）、「三層」者取「勢」之數為「3」（倍）……以此類推。
>
> （五）以核心結構一層所形成「勢」之數為最高，過此則「勢」之數（倍）逐層遞降。

雖然這些「勢」之數（倍），由於一面是出自推測，一面又為了便於計算，因此其精確度是不足的，卻也可約略藉以推測出一篇辭章剛柔

---

19 「拗」向「陰」或「陽」部分，乃參酌仇小屏與謝奇懿之意見加以增訂。

成分之比例來[20]。而且可由這種剛柔成分比例之高低，大概分為三等：

  （一）首先為純剛或純柔：其「勢」之數為「66.66%→71.43%」。
  （二）其次為偏剛或偏柔：其「勢」之數為「55.78%→66.65%」。
  （三）又其次為剛柔互濟：其「勢」之數為「45.23%→54.77%」。

其中「71.43」是由轉位結構的陰陽之比例「5/7」推得，這可說是陰陽之比例之上限；而「66.66」是由移位結構的陰陽之比例「2/3」推得，這可說是陰陽之比例之中限；至於「45.23」與「54.77」是以「50」為準，用上限與中限之差數「4.77」上下增損推得。如果取整數並稍作調整，則可以是：

  （一）純剛、純柔者，其「勢」之數為「66%→72%」。
  （二）偏剛、偏柔者，其「勢」之數為「56%→65%」。
  （三）剛、柔互濟者，其「勢」之數為「45%→55%」。

如此初步為姚鼐「夫陰陽剛柔，其本二端，造萬物者糅而氣有多寡、進絀，則品次億方，以至於不可窮，萬物生焉」的說法，作較具體的印證。

  由於分析繁瑣，在此特略去分析過程，而僅檢討其結果：

  以蘇詞而言，其具「清曠高俊」風格者，以〈南鄉子〉（寒雀滿疏籬）、〈西江月〉（照野瀰瀰淺浪）、〈卜算子〉（缺月挂疏桐）、〈好事

20　以上見陳滿銘：〈論辭章的章法風格〉，《修辭論叢》五輯（臺北市：洪葉文化事業公司，2003年11月），頁1-51。

近〉（湖上雨晴時）與〈賀新郎〉（乳燕飛華屋）等五首為例，分如下兩層作綜合討論：

首先從東坡幾首「清曠高峻」詞中剛柔成分「消長進絀」之幅度來看，它們可概括成下表：

清曠高峻詞作	剛柔比例
〈南鄉子〉	剛 44%、柔 56%
〈西江月〉	剛 37%、柔 63%
〈卜算子〉	剛 46%、柔 54%
〈好事近〉	剛 37%、柔 63%
〈賀新郎〉	剛 40%、柔 60%

從上表可看出：上舉東坡的五首詞，它們形成風格的剛柔成分，以陽剛而言，介於純剛、純柔者，其「勢」之數為「65→72」；（二）偏剛、偏柔者，其「勢」之數為「55→65」；（三）剛、柔互濟者，其「勢」之數為「45→55」之準則加以對照，則這五首清峻詞，除〈卜算子〉一首外，其他四首全為「偏柔」的作品。

在此，值得注意的是，這五首「清曠高峻」之詞，沒有一首的剛柔成分是「剛」多於「柔」的。而蘇東坡的詞，卻一直以來都被歸入「豪放」一派，似乎他的主要詞篇，應該全屬陽剛之作才對。但是，最足以代表他生命情調的「清曠高峻」詞作，其中的剛柔成分卻「柔」多於「剛」。這該是因為東坡之「清曠高峻」詞，大都以「幽獨」為其骨髓。而「幽獨」本身，又以「幽」為因、「獨」為果。因為品格幽潔的人，常人既無法瞭解他，而他又不肯與流俗妥協，以至於終生都孤獨自守。這樣形之於文辭，往往就形成「清曠高峻」的風格。由於東坡一生，「幽獨」的情懷特別強烈，所以「清曠高峻」之風格在他的詞裡，也表現得最為出色。如上舉的〈賀新郎〉（乳燕飛

華屋）一詞，被後人推為「東坡詞第一」，不是沒原因的。

　　然後看其「主旨」」，主旨是內容的核心，對風格之影響極大，就以上舉五首「清曠高峻」之詞而言，都離不開身世之感、物外之思：

詞作	主旨
〈南鄉子〉	寫身世之感
〈西江月〉	寫瀟灑出塵的意趣，以超脫出謫居之不幸
〈卜算子〉	寫幽憤寂苦之情
〈好事近〉	寫遊心物外，不肯與世俗妥協的幽獨心境
〈賀新郎〉	寫懷才不遇的抑鬱情懷，和不肯與流俗妥協的孤高人格

對東坡而言，很多作品是離不開寫身世之感（高峻）或物外之思（清曠）的，而「清曠高峻」之作，則往往將二者融在一起來寫。從上表可看出：偏重於身世之感的，其陽剛的成分會高一些；同樣地，偏重於物外之思的，則其陰柔的成分會多一些。譬如〈卜算子〉寫幽憤寂苦之情、〈南鄉子〉寫身世之感，物外之思的成分都比較低，所以陽剛的成分會高一些；而〈西江月〉寫瀟灑出塵的意趣，以超脫出謫居之不幸、〈好事近〉寫遊心物外，不肯與世俗妥協的幽獨心境，身世之感的成分都比較少，其陰柔的成分會多一些；至於〈賀新郎〉寫懷才不遇的抑鬱情懷和不肯與流俗妥協的孤高人格，兩者之成分都差不多，所以在「清曠高峻」之詞裡，是比較不偏不倚的。[21]

　　以辛詞而言，其具「豪壯沉鬱」風格者，以〈水龍吟〉（楚天千里清秋）、〈水調歌頭〉（我飲不須勸）、〈摸魚兒〉（更能消）、〈賀新郎〉（綠樹聽鵜鴃）、〈永遇樂〉（千古江山）等五首為例，分如下兩層

21　陳滿銘：〈論東坡清俊詞中剛柔成分之量化〉，《貴州畢節師範高等專科學校學報》
　　22卷1期（2004年9月），頁11-18。

作綜合探討：綜合以上的探討結果，可分幾層作綜合檢討：首先從篇章風格中剛柔成分「消長進絀」之幅度來看，即以上舉稼軒「豪壯沉鬱」詞而言，可概括成下表：

豪壯沉鬱詞作	剛柔比例
〈水龍吟〉	剛 59%、柔 41%
〈水調歌頭〉	剛 51%、柔 49%
〈摸魚兒〉	剛 64%、柔 36%
〈賀新郎〉	剛 66%、柔 34%
〈永遇樂〉	剛 70%、柔 30%

從上表可看出：上舉稼軒的五首「豪壯沉鬱」詞，它們形成風格的剛柔成分，以陽剛而言，介於百分之五十一與百分之七十之間；而以陰柔而言，則相應地介於三十與四十九之間。若以上定：（一）純剛、純柔者，其「勢」之數為「65→72」；（二）偏剛、偏柔者，其「勢」之數為「55→65」；（三）剛、柔互濟者，其「勢」之數為「45→55」之準則加以對照，則這五首「豪壯沉鬱」詞，除〈水調歌頭〉一首屬「剛柔互濟」外，〈水龍吟〉與〈摸魚兒〉屬「偏剛」，〈賀新郎〉與〈永遇樂〉則為「純剛」的作品。

在此，值得注意的是，這五首「豪壯沉鬱」詞，沒有一首的剛柔成分是「柔」多於「剛」的。而稼軒一直以來都被歸入「豪放」一脈之集其大成者，當然他的主要詞篇，應該全屬陽剛之作才對。從上舉的五首詞來看，果然全無例外。

所謂內容決定形式，而主旨又是內容的核心，因此主旨對風格之影響極大，就以上舉五首「豪壯沉鬱」詞而言，都離不開身世之感、家國之思：

詞作	主旨
〈水龍吟〉	主要寫羈旅落拓、請纓無路的憾恨。
〈水調歌頭〉	主要寫不願對權貴阿諛逢迎，寧可棄官歸隱的思想感情。
〈摸魚兒〉	主要寫關涉身世、家國的最苦閒愁。
〈賀新郎〉	主要寫自己對南宋政權對金妥協投降政策的憂慮。
〈永遇樂〉	主要寫隱憂國事，借劉喻趙以諷諭當局。

對稼軒而言，很多作品是離不開寫家國之思與身世之感的，而「豪壯沉鬱」之作，則往往將二者融在一起來寫。從上表可看出：偏重於家國之思的，其陽剛的成分會強一些；同樣地，偏重於身世之感的，其陽剛的成分會弱一些，而如果涉及隱退思想的，其陽剛的成分則會更弱一些。譬如〈水龍吟〉偏重於寫身世之感、〈水調歌頭〉偏重於寫隱退之思，其陽剛的成分都相對地比較低，尤其是〈水調歌頭〉，其陽剛與陰柔的成分即相當接近，趨於平衡；兩者皆屬「偏剛」之作。而〈摸魚兒〉兼顧家國之思與身世之感，其陽剛之成分顯然比起前兩首為高；至於〈賀新郎〉與〈永遇樂〉，寫的都是家國之思，兩者皆屬「純剛」之作，尤其是〈永遇樂〉，是五首中最為陽剛的。

由此可見，一個人的個性、學問、襟抱，甚至人生境遇與時空背景，是會影響其作品之風格韻致的。以蘇辛而言，才高學富、器大志高，情思既厚，氣節又高，由此發而為詞篇，所謂「器大者聲必閎，至高者意必遠」（范開《稼軒詞‧序》），自非「溫網綿麗」所能困住，於是另立「豪放」一脈，為詞體另開一片天地：東坡特以「清曠高俊」，稼軒則以「豪壯沉鬱」呈現其「豪放」特色。

所謂「辛苦必有收穫」，真希望章法學之研究團隊能繼續不畏辛苦，加倍努力，靈活運用具有原始性、普遍性之「章法學三觀方法論體系」，繼續多方研討，從各個角度找出「事事物物」逐層「雙螺旋

互動」的「層次邏輯」，一面加深對「辭章章法學」之研究，一面擴大推出「跨界章法學」，並儘量將成果化深為淺、轉繁為簡，作積極之推廣。為此，特於去年（2016）十一月由萬卷樓圖書股份有限公司出版《跨界章法學研究叢書》一套六冊：

第一冊：顏智英《辭章章法變化律研究》

第二冊：黃淑貞《辭章章法四大律》

第三冊：陳滿銘《唐宋詞章法學》

第四冊：蒲基維《辭章風格教學新論》

第五冊：陳滿銘《陰陽雙螺旋互動論──以「0一二多」層次邏輯系統作通貫觀察》

第六冊：陳滿銘《中庸天人雙螺旋互動思想研究》

希望由此獲得各界更多的支持與鼓勵，而提出更多成果！

附編
統整性資料

陳滿銘 2017.6.19 重新整理

第一種　著作目錄（暫：1968-2016）

一　撰著

（一）個人專著

1　《唐宋詞章法學》　臺北市　萬卷樓圖書股份有限公司　2016年11月初版　收入《跨界章法學研究叢書》中

2　《中庸天人雙螺旋互動思想研究》　臺北市　萬卷樓圖書股份有限公司　2016年11月初版收入《跨界章法學研究叢書》中

3　《逍遙遊吟稿》　臺北市　萬卷樓圖書股份有限公司　2016年9月初版

4　《陰陽雙螺旋互動論——以「0一二多」層次邏輯系統作通貫觀察》　臺北市　萬卷樓圖書股份有限公司　2016年7月初版收入《跨界章法學研究叢書》中

5　《辭章章法學體系建構叢書》十冊　臺北市　萬卷樓圖書股份有限公司　2014年8月初版

6　《辭章章法學導讀》　臺北市　萬卷樓圖書股份有限公司　2014年3月初版

7 《比較章法學》　臺北市　萬卷樓圖書股份有限公司　2012年11月初版

8 《章法結構論》　臺北市　萬卷樓圖書股份有限公司　2012年2月初版

9 《篇章意象學》　臺北市　萬卷樓圖書股份有限公司　2011年3月初版

10 《當代辭章創作及研究評析——以成惕軒、羅門與王希杰、鄭頤壽、曾祥芹、趙山林等大師為對象》　臺北市　萬卷樓圖書股份有限公司　2011年1月初版

11 《Discourse Analysis in Chinese Composition》(《篇章結構學》)　陳滿銘著、戴維揚等譯　國立編譯館獎助　臺北市　萬卷樓圖書股份有限公司　2010年11月初版

12 《唐宋詞拾玉——以篇章結構分析為軸心》　臺北市　萬卷樓圖書股份有限公司　2010年7月初版

13 《新編作文教學指導》　臺北市　萬卷樓圖書股份有限公司　2007年9月初版

14 《章法結構原理與教學》　臺北市　萬卷樓圖書股份有限公司　2007年4月初版

15 《多二一（0）螺旋結構論——以哲學、文學、美學為研究範圍》　臺北市　文津出版社　2007年1月初版

16 《意象學廣論》　臺北市　萬卷樓圖書股份有限公司　2006年11月初版

17 《辭章學十論》　臺北市　里仁書局　2006年5月初版

18 《篇章結構學》　臺北市　萬卷樓圖書股份有限公司　2005年5月初版

19 《篇章辭章學》上下編　福州市　晨風出版社　2005年2月一版一刷

20 《論孟義理別裁》 臺北市 萬卷樓圖書股份有限公司 2003年8月初版

21 《蘇辛詞論稿》 臺北市 文津出版社 2003年8月初版

22 《章法學綜論》 臺北市 萬卷樓圖書股份有限公司 2003年6月初版

23 《章法學論粹》 臺北市 萬卷樓圖書股份有限公司 2002年7月初版

24 《學庸義理別裁》 臺北市 萬卷樓圖書股份有限公司 2002年1月初版

25 《章法學新裁》 臺北市 萬卷樓圖書股份有限公司 2001年1月初版

26 《詞林散步——唐宋詞結構分析》 臺北市 萬卷樓圖書股份有限公司 2000年1月初版

27 《文章結構分析——以中學國文課文為例》 臺北市 萬卷樓圖書股份有限公司 1999年5月初版

28 《國文教學論叢續編》 臺北市 萬卷樓圖書股份有限公司 1998年3月初版

29 《作文教學指導》 臺北市 萬卷樓圖書股份有限公司 1994年10月初版

30 《詩詞新論》 臺北市 萬卷樓圖書股份有限公司 1994年6月初版

31 《文章的體裁》 臺北市 圖文出版事業公司 1993年8月初版

32 《國文教學論叢》 臺北市 萬卷樓圖書股份有限公司 1991年7月初版

33 《學庸釂談》 臺北市 文津出版社 1982年6月初版

34 《蘇辛詞比較研究》 臺北市 文津出版社 1980年10月初版

35 《稼軒詞研究》　臺北市　文津出版社　1980年9月初版

36 《中庸思想研究》　臺北市　文津出版社　1980年3月初版

（二）合撰、主編

1 《新式寫作教學導論》（主編、合撰）　臺北市　萬卷樓圖書股份
有限公司　2007年3月初版

2 《寫作測驗必讀文選》一套十本（策劃、主編）　臺北市　文揚資
訊股份有限公司　2006年11月出版

3 《大學國文選》（主編）　臺北市　普林斯頓國際有限公司　2006
年9月初版

4 《停雲詩友選集》　與汪中、羅尚、陳新雄等合撰　臺北市　萬卷
樓圖書股份有限公司　2006年9月出版

5 《大學辭章學》　與鄭頤壽合編撰　福州市　福建人民出版社
2004年12月一版一刷

6 《國中一綱多本國文教材點線面系列1～7》（主編）　臺北市　萬
卷樓圖書股份有限公司　2000年7月至2004年1月出版

7 《國家考試國文科命題參考手冊》　與蔡信發、簡宗梧等合編　臺
北市　考選部　2002年6月出版

8 《高中一綱多本國文教材點線面系列》（主編）　臺北市　萬卷樓
圖書股份有限公司　2001年9月初版

9 《我國中小學國語文基本學力指標系統規劃研究》　與歐陽教、李
琪明等合編撰　臺北市　教育部　2000年12月出版

10 高中《中國文化基本教材》（合編）　臺北市　三民書局　1999年

11 《大學國文選》（合編）　臺北市　三民書局　1998年

12 《名家論高中國文續編》（主編）　臺北市　萬卷樓圖書股份有限
公司　1998年9月初版

13 《名家論國中國文續編》（主編）　臺北市　萬卷樓圖書股份有限公司　1998年9月初版

14 《五專國文選》（合編）　臺北市　東大圖書公司　1996年

15 《新譯世說新語》　與劉正浩、邱燮友、黃俊郎、許錟輝等合撰　臺北市　三民書局　1996年8月初版

16 《高中國文》（合編）　臺北市　國立編譯館　1995年

17 高職《中國文化基本教材》（合編）　臺北市　東大圖書公司　1995年

18 《學典》（合編）　臺北市　三民書局　1991年5月初版

19 《大專國文選》（合編）　臺北市　東大圖書公司　1989年

20 《新辭典》（合編）　臺北市　三民書局　1989年5月初版

21 《詞曲選注》　與王熙元、陳弘治、黃麗貞、賴橋本等合編　臺北市　臺灣學生書局　1985年9月初版

22 《大辭典》（合編）　臺北市　三民書局　1985年8月初版

23 《唐宋詩詞評注》　與陳弘治合編　臺北市　文津出版社　1983年11月初版

24 《重編國語辭典》（編審）　臺北市　臺灣商務印書館　1981年11月初版

25 《詞林韻藻》　與王熙元、陳弘治合編　臺北市　臺灣學生書局　1978年4月初版

26 《譯註大學國文選》　與陳弘治、劉本棟、邱鎮京合編撰　臺北市　文津出版社　1972年7月初版

二 論文

（一）學報論文

1 臺灣學報

1 陳滿銘　2016年8月〈論篇章「異、同」互動的雙螺旋層次系統——以「0一二多」為鍵軸、蘇辛詞「篇章結構」為實例作探討〉　《國文天地・學術論壇》32卷3期　102-136

2 陳滿銘　2016年5月〈論篇章「異、同」互動的雙螺旋層次系統——以「0一二多」為主軸切入作考察〉　《興大中文學報》39期　頁131-164

3 陳滿銘　2016年1月〈論《老子》「二生三」的螺旋互動——以「0一二多」、「DNA」雙螺旋系統作對應、統合觀察〉　高雄師範大學《國文學報》23期・特刊　頁1-30

4 陳滿銘　2016年1月〈辭章鑑賞與思維系統——以集蘇辛詞各一首有關古今人評注為例作說明〉　《國文天地・學術論壇》31卷8期　頁112-135

5 陳滿銘　2015年12月〈意象研究與跨界整合——以篇章意象組織為例作觀察〉　彰化師範大學《國文學誌》31期・特約稿　頁1-38

6 陳滿銘　2015年6月〈論螺旋邏輯學的創立——以哲學螺旋與科學螺旋為鍵軸探討其體系之建構〉　《國文天地・學術論壇》31卷1期　頁116-136

7 陳滿銘　2015年1月〈章法學三觀論〉　高雄師範大學《國文學報》21期・特約稿　頁1-33

8 陳滿銘　2014年3月〈論章法包孕結構之陰陽變化——以蘇辛詞為例作觀察〉　臺北大學《中文學報》15期・特稿　頁1-24

9　陳滿銘　2014年1月〈思維系統與辭章內涵──以文本評析為例作
　　觀察〉　高雄師範大學《國文學報》19期・特約稿　頁1-30

10 陳滿銘　2013年12月〈論辭章章法學三觀體系之建構〉　中山大學
　　《文與哲》學報　23期　頁333-388

11 陳滿銘　2013年12月〈修辭「轉化」論〉　彰化師範大學《國文學
　　誌》27期　頁1-38

12 陳滿銘　2013年9月〈因果邏輯與章法結構〉　臺北大學《中文學
　　報》14期　頁1-28

13 陳滿銘　2013年9月〈語文能力與讀寫互動關係〉　臺灣師範大學
　　《中等教育・專題論文》64卷3期　頁17-34

14 陳滿銘　2013年6月〈形象、邏輯思維與篇章結構──以思維（意
　　象）系統與「多二一（0）」螺旋結構切入作探討〉　《興大中文學
　　報》33期　頁211-248

15 陳滿銘　2013年1月〈論章法結構系統──以其陰陽變化作輔助觀
　　察〉　高雄師範大學《國文學報》17期　頁1-30

16 陳滿銘　2012年12月〈完形理論與意象互動──以辭章為例作觀
　　察〉　高雄市　文藻外語學院《應華學報》12期・特稿　頁1-51

17 陳滿銘　2012年12月〈試論篇章風格中剛柔成分之量化──以稼軒
　　「豪壯沉鬱」詞為例作探討〉　彰化師範大學《國文學誌》25期
　　頁61-102

18 陳滿銘　2012年6月〈時空定位與章法結構──以遠近、今昔、點
　　染、凡目等章法為例作觀察〉　高雄市　文藻外語學院《應華學
　　報》11期・特稿　頁1-38

19 陳滿銘　2012年6月〈試論方法論原則之層次系統──以修辭與章
　　法為考察範圍〉　中山大學《文與哲》學報20期　頁367-407

20 陳滿銘　2012年5月〈「真、善、美」螺旋結構論〉　高雄市　文藻
　　外語學院《應華學報》10期・特稿　頁1-32

21 陳滿銘　2012年3月〈篇章邏輯與文本分析──以「多、二、一（0）」螺旋結構切入作探討〉　《臺北大學中文學報》11期　頁1-32

22 陳滿銘　2012年1月〈論才、學、識之邏輯層次──以「多、二、一（0）」螺旋結構切入作考察〉　高雄師範大學《國文學報》15期　頁1-32

23 陳滿銘　2011年12月〈篇章邏輯與讀寫教學〉　《北市大語文學報》7期　頁95-130

24 陳滿銘　2011年12月〈論辭章之無法與有法──以客觀存在與科學研究作對應考察〉　彰化師範大學《國文學誌》23期　頁29-63

25 陳滿銘　2011年12月〈章法包孕式結構類型論──以凡目、圖底、因果等同一章法為例作考察〉　《興大中文學報》30期　頁121-149

26 陳滿銘　2011年9月〈論章法之包孕式結構──以全篇用「因果」章法包孕而成之作品作考察〉　臺灣師範大學《中國學術年刊》33期・秋季號　頁123-158

27 陳滿銘　2011年11月〈論辭章多層面之解析──以白居易〈長相思〉為例作考察〉　《臺北市立教育大學學報・人文社會類》42卷2期　頁81-108

28 陳滿銘　2011年3月〈論章法四大律之方法論原則──以「多、二、一（0）」螺旋結構作系統探討〉　臺灣師範大學《中國學術年刊》33期・春季號　頁87-118

29 陳滿銘　2010年12月〈辭章篇旨辨析──以其潛性與顯性切入作探討〉　《興大中文學報》28期　頁137-162

30 陳滿銘　2010年12月〈論篇章意象之聯貫藝術──以「多、二、一（0）」螺旋結構切入作探討〉　臺灣師範大學《國文學報》48期　頁255-287

31 陳滿銘　2010年11月〈論篇章邏輯──秩序、變化、聯貫、統一〉
　　《東吳中文學報》20期　頁23-50

32 陳滿銘　2010年9月〈篇章內容、形式包孕關係探論──以「多、
　　二、一（0）」螺旋結構切入作探討〉　臺灣師範大學《中國學術年
　　刊》32期‧秋季號　頁283-319

33 陳滿銘　2010年7月〈論思維系統與文學創作〉　《中山人文學
　　報》29期　頁127-153

34 陳滿銘　2010年6月〈論辭章章法與閱讀教學〉　高雄師範大學
　　《國文學報》12期　頁1-32

35 陳滿銘　2010年3月〈論辭章之聯貫──以「多、二、一（0）」螺
　　旋結構切入作考察〉　臺灣師範大學《師大學報‧語言與文學類》
　　55卷1期　頁29-56

36 陳滿銘　2010年3月〈篇章風格論──以直觀表現與模式探索作對
　　應考察〉　臺灣師範大學《中國學術年刊》32期‧春季號　頁129-
　　166

37 陳滿銘　2009年12月〈論篇章意象之真、善、美〉　《成大中文學
　　報》27期　頁89-118

38 陳滿銘　2009年12月〈論意象之統合──以辭章之主題與風格為範
　　圍作探討〉　高雄市　中山大學《文與哲》學報15期　頁1-32

39 陳滿銘　2009年12月〈論章法結構之方法論系統──歸本於《周
　　易》與《老子》作考察〉　臺灣師範大學《國文學報》46期　頁
　　61-94

40 陳滿銘　2009年11月〈論二元互動與章法結構──以「多、二、一
　　（0）」螺旋結構切入作綜合考察〉　《東吳中文學報》18期　頁1-
　　32

41 陳滿銘　2009年9月〈論「零點與偏離」之哲學意涵──以《周
　　易》與《老子》為考察重心〉　《孔孟學報》87期　頁51-80

42 陳滿銘　2009年9月〈論「多、二、一（0）」螺旋結構與辭章章法〉　臺灣師範大學《中國學術年刊》31期・秋季號　頁43-72

43 陳滿銘　2009年6月〈《論語・述而》「子曰志於道」章析論──主要以錢穆之詮釋切入作引申探討〉　高雄師範大學《國文學報》10期　頁1-23

44 陳滿銘　2009年4月〈潛性、顯性互動類型論──以辭章之義旨、章法為例作探討〉　《成大中文學報》24期　頁29-56

45 陳滿銘　2009年3月〈意、象形質同構類型論〉　臺灣師範大學《師大學報・語言與文學類》54卷1期　頁1-25

46 陳滿銘　2009年3月〈論辭章之潛性與顯性──以篇旨與章法為例作探討〉　臺灣師範大學《中國學術年刊》31期（春季號）　頁115-144

47 陳滿銘　2009年1月〈論辭章分析之專業化〉　高雄師範大學《國文學報》9期　頁1-22

48 陳滿銘　2008年12月〈論意、象連結成「軌」之類型──試參酌格式塔「同形」說作引申探討〉　臺灣師範大學《國文學報》44期　頁125-154

49 陳滿銘　2008年9月〈論三一理論與作文評改〉　臺灣師範大學《中等教育・學術論文》59卷3期　頁42-62

50 陳滿銘　2008年7月〈論意象組織之基本類型──以「移位」與「轉位」切入作考察〉　臺灣師範大學《師大學報・人文與社會類》53卷2期　頁1-26

51 陳滿銘　2008年6月〈論真、善、美與多、二、一（0）螺旋結構──以辭章章法為例作對應考察〉　中山大學《文與哲》學報13期　頁663-698

52 陳滿銘　2008年6月〈論意象組合與章法結構〉　臺灣師範大學《國文學報》43期　頁233-262

53 陳滿銘　2008年3月〈層次邏輯與意象（思維）系統──以「多、二、一（0）」螺旋結構作對綜合考察〉　臺灣師範大學《中國學術年刊》30期‧春季號　頁255-276

54 陳滿銘　2007年12月〈意、象互動論──以「一意多象」與「一象多意」為考察範圍〉　中山大學《文與哲》學報11期　頁435-480

55 陳滿銘　2007年12月〈論偏離理論與寫作指導〉　高雄師範大學《國文學報》7期　頁1-32

56 陳滿銘　2007年11月〈論意象之組合方式──以趙山林《詩詞曲藝術論》所論為考察範圍〉　《東吳中文學報》14期　頁89-128

57 陳滿銘　2007年6月〈辭章「多、二、一（0）」螺旋結構論〉　中山大學《文與哲》學報10期　頁483-514

58 陳滿銘　2006年6月〈論辭章意象之形成──據格式塔「異質同構」說加以推衍〉　中山大學《文與哲》學報8期　頁475-492

59 陳滿銘　2005年7月〈章法風格論──以「多、二、一（0）」結構作考察〉（23000字）　《成大中文學報》12期　頁147-164

60 陳滿銘　2005年6月〈論層次邏輯──以哲學與文學作對應考察〉　臺灣師範大學《國文學報》37期　頁91-135

61 陳滿銘　2005年4月〈辭章意象論〉　臺灣師範大學《師大學報‧人文與社會類》50卷1期　頁17-39

62 陳滿銘　2005年3月〈論「真」、「善」、「美」的螺旋結構──以章法「多、二、一（0）」結構作對應考察〉　臺灣師範大學《中國學術年刊》27期‧春季號　頁151-188

63 陳滿銘　2004年12月〈論語文能力與辭章研究──以「多、二、一（0）」螺旋結構作考察〉　臺灣師範大學《國文學報》36期　頁67-102

64 陳滿銘　2004年10月〈章法的「移位」、「轉位」結構論〉　臺灣師範大學《師大學報‧人文與社會類》49卷2期　頁1-22

65 陳滿銘　2004年9月〈章法結構及其哲學義涵〉　臺灣師範大學
　《中國學術年刊》26期・秋季號　頁67-104

66 陳滿銘　2004年7月〈論東坡清俊詞的章法風格〉　成功大學《宋
　代文學研究叢刊》9期　頁311-344

67 陳滿銘　2004年6月〈論篇章辭章學〉　臺灣師範大學《國文學
　報》35期　頁35-68

68 陳滿銘　2004年3月〈章法「多、二、一（0）」結構論〉　臺灣師
　範大學《中國學術年刊》25期・春季號　頁129-172

69 陳滿銘　2003年12月〈論章法「多、二、一（0）」的核心結構〉
　臺灣師範大學《師大學學報・人文與社會類》48卷2期　頁71-94

70 陳滿銘　2003年12月〈章法四律與邏輯思維〉　臺灣師範大學《國
　文學報》34期　頁87-118

71 陳滿銘　2003年7月〈論「多、二、一（0）」的螺旋結構——以
　《周易》與《老子》為考察重心〉　臺灣師範大學《師大學報・人
　文與社會類》48卷1期　頁1-20

72 陳滿銘　2003年6月〈論章法「多、二、一（0）」結構的節奏與韻
　律〉　臺灣師範大學《國文學報》33期　頁81-124

73 陳滿銘　2003年6月〈「志道」、「據德」、「依仁」、「游藝」臆解〉
　臺灣師範大學《中國學術年刊》24期　頁39-76

74 陳滿銘　2002年12月〈論章法的哲學基礎〉　臺灣師範大學《國文
　學報》32期　頁87-126

75 陳滿銘　2002年10月〈《論語》「天生德於予」辨析〉　臺灣師範大
　學《師大學報・人文與社會類》47卷2期　頁87-104

76 陳滿銘　2002年9月〈朱王格致說新辨〉　《孔孟學報》80期　頁
　149-163

77 陳滿銘　2002年6月〈論時空交錯的虛實複合結構——以蘇辛詞為
　例〉　臺灣師範大學《中國學術年刊》23期　頁357-379

78 陳滿銘　2002年6月〈論幾種特殊的章法〉　臺灣師範大學《國文學報》31期　頁175-204

79 陳滿銘　2001年6月〈蘇東坡的境遇與其詞風〉　臺灣師範大學《國文學報》30期　頁163-194

80 陳滿銘　2001年5月〈談篇章的縱向結構〉　臺灣師範大學《中國學術年刊》22期　頁259-300

81 陳滿銘　2000年6月〈談儒家思想體系中的螺旋結構〉　臺灣師範大學《國文學報》29期　頁1-34

82 陳滿銘　2000年3月〈論博文約禮〉　臺灣師範大學《中國學術年刊》21期　頁69-88

83 陳滿銘　1999年6月〈《中庸》的性善觀〉　臺灣師範大學《國文學報》28期　頁1-16

84 陳滿銘　1999年3月〈論恕與《大學》之道〉　臺灣師範大學《中國學術年刊》20期　頁73-89

85 陳滿銘　1992年4月〈從偏全的觀點試解讀《四書》所引生的一些糾葛〉　臺灣師範大學《中國學術年刊》13期　頁11-22

86 陳滿銘　1989年6月〈詞的章法與結構〉　臺灣師大文學院《教學與研究》11期　頁85-94

87 陳滿銘　1985年6月〈談安排詞章主旨的幾種基本形式〉　臺灣師範大學《國文學報》14期　頁201-224

88 陳滿銘　1980年6月〈賈誼及其作品析論〉　臺灣師範大學《國文學報》9期　頁111-122

89 陳滿銘　1978年6月〈學庸的價值、要旨及其實踐工夫〉　臺灣師範大學《中國學術年刊》2期　62-85

90 陳滿銘　1968年6月〈稼軒長短句研究〉　臺灣師範大學《師大國研所集刊》12期　頁271-446

2 大陸學報

1 陳滿銘　2015年7月〈哲學螺旋與科學螺旋的對應、貫通——以「多 ←→ 二 ←→ 一（0）」與「DNA」雙螺旋結構為重心作探討〉《南京曉莊學院學報》2015年4期　頁36-39

2 陳滿銘　2013年11月〈論篇、章的邏輯結構系統〉　《當代修辭學》2013年5期　頁84-91

3 陳滿銘　2013年6月〈意象「多、二、一（0）」螺旋結構的哲學意涵〉　《平頂山學院學報》2013年3期　頁114-117

4 陳滿銘　2013年1月〈稼軒「豪壯沉鬱」詞中剛柔成分之量化〉《南京曉莊學院學報》2003年1期　頁74-79

5 陳滿銘　2012年12月〈章法研究在海峽兩岸交流與推進——以論文發表於學報與研討會者為範圍〉　《畢節學院學報》2012年12期　頁13-17

6 陳滿銘　2012年12月〈「真善美融合」之三探——楊道麟博士的語文教育美學的核心思想述評〉　《焦作大學學報》26卷4期　頁106-110

7 陳滿銘　2012年6月〈論修辭轉化之審美價值〉　《平頂山學院學報》27卷3期　頁100-104

8 陳滿銘　2012年2月〈篇章邏輯與思考訓練〉　《平頂山學院學報》27卷1期　頁109-113

9 陳滿銘　2012年2月〈論辭章意象與「多、二、一（0）」螺旋結構〉　《當代修辭學》2012年1期　頁76-80

10 陳滿銘　2012年1月〈修辭的邏輯性〉　《畢節學院學報》2012年1期　頁1-6

11 陳滿銘　2011年12月〈意象「多、二、一（0）」螺旋結構在文學上的表現〉　《平頂山學院學報》26卷6期　頁95-99

12 陳滿銘　2011年8月〈文本解析的專業化〉　《湘南學院學報》32
卷4期　頁75-80

13 陳滿銘　2011年5月〈「螺旋」乃修辭轉化研究方法論之精義——孟
建安《修辭轉化運行原理》序言〉　《肇慶學院學報》32卷3期
頁27-31、44

14 陳滿銘　2011年2月〈一象多意論〉　《畢節學院學報》29卷1期
頁1-6

15 陳滿銘　2010年12月〈論「異質同構」在辭章意象中的表現〉
《平頂山學院學報》25卷6期　頁98-102

16 陳滿銘　2010年6月〈章法的「移位」、「轉位」與「多、二、一
（0）」結構〉　《湘南學院學報》31卷3期　頁50-54

17 陳滿銘　2010年5月〈篇章風格新辨〉　《肇慶學院學報》31卷3期
頁25-30

18 陳滿銘　2010年3月〈論時空、虛實的複合結構〉　《當代修辭
學》2010年第2期　頁62-67

19 陳滿銘　2010年1月〈篇章邏輯與內容義旨〉　《阜陽師範學院學
報》133期　頁1-5

20 陳滿銘　2010年1月〈論「對比與反諷」之意象組合方式〉　《畢
節學院學報》28卷1期　頁1-6

21 陳滿銘　2009年8月〈意象包孕式結構論——以「多、二、一
（0）」螺旋結構切入作考察〉　《湘南學院學報》30卷4期　頁36-
42

22 陳滿銘　2009年6月〈意象轉位結構論〉　《平頂山學院學報》
2009年3期　頁85-89

23 陳滿銘　2009年1月〈論潛性與顯性之互動類型——以辭章章法為
例作觀察〉　《畢節學院學報》27卷1期　頁1-7

24 陳滿銘　2009年1月〈論章法結構之方法論系統〉　《肇慶學院學報》總95期　頁33-37

25 陳滿銘　2008年12月〈辭章分析與科際整合——以白居易〈長相思〉詞為例〉　《湘南學院學報》29卷6期　頁40-45

26 陳滿銘　2008年6月月〈論潛性與顯性之互動類型——以辭章義旨為例作觀察〉　《江陰職業技術學院學報》19卷2期　頁25-29

27 陳滿銘　2008年6月〈論辭章之藝術聯貫〉　《柳州職業技術學院學報》8卷2期　頁91-97

28 陳滿銘　2008年2月〈論意象的組合方式——逆推與並置〉　《平頂山學院學報》23卷1期　頁98-101

29 陳滿銘　2008年2月〈偏離理論在作文教學上之運用〉　《畢節學院學報》26卷1期　頁7-13

30 陳滿銘　2007年11月〈三一理論與作文評改〉（7800字）　《渤海大學學報哲學社會科學版》總140期　頁130-134

31 陳滿銘　2007年8月〈論意象的組合方式——承續與層遞〉　《平頂山學院學報》22卷4期　頁92-94

32 陳滿銘　2007年7月〈論王希杰「零點與偏離」之章法觀〉　《唐山學院學報》20卷4期　頁1-3、62

33 陳滿銘　2007年5月〈意象「多、二、一（0）」螺旋結構論——以哲學、文學、美學作對應考察〉　《濟南大學學報社會科學版》17卷3期　頁47-53

34 陳滿銘　2007年5月〈章法與「多、二、一（0）」螺旋結構〉　《西北第二民族學院學報哲學社會科學版》總75期　頁114-118

35 陳滿銘　2006年12月〈以「構」連結「意象」成軌之幾種類型——以格式塔「異質同構」說切入作考察〉　《平頂山學院學報》21卷6期　頁68-72

36 陳滿銘　2006年12月〈論思維力與語文螺旋結構之形成──以「多、二、一（0）」螺旋結構加以考察〉（10000字）　《畢節學院學報》24卷6期　頁1-6

37 陳滿銘　2006年11月〈論層次邏輯與意象系統──以「多、二、一（0）」螺旋結構切入作考察〉　《西北第二民族學院學報》總72期　頁19-24

38 陳滿銘　2006年8月〈章法包孕式結構論──以「多、二、一（0）」螺旋結構切入作考察〉　《江南大學學報人文社會科學版》5卷4期　頁85-90

39 陳滿銘　2006年6月〈論思維力與語文螺旋結構之形成──以「多、二、一（0）」螺旋結構加以考察〉（10000字）　《肇慶學院學報》總79期　頁34-38

40 陳滿銘　2006年6月〈辭章意象論〉　《無錫高等師範學校學報》2006年1期　頁20-27

41 陳滿銘　2006年4月〈論意象與聯想力、想像力之互動──以「多、二、一（0）」螺旋結構切入作考察〉（10000字）　《浙江師範大學學報社會科學版》31卷2期　頁47-54

42 陳滿銘　2006年2月〈章法風格論──以「多、二、一（0）」結構作考察〉（10000字）　《溫州師範學院學報》27卷1期　頁49-54

43 陳滿銘　2006年2月〈論意與象之連結──以格式塔「異質同構」說切入〉　《畢節學院學報》總84期　頁1-5

44 陳滿銘　2005年11月〈層次邏輯系統論──以哲學與章法作對應考察〉　《渤海大學學報哲學社會科學版》27卷6期　頁1-7

45 陳滿銘　2005年8月〈論章法結構與意象系統──以「多、二、一（0）」螺旋結構切入作考察〉（9000字）　《浙江師範大學學報社會科學版》30卷4期　頁40-48

46 陳滿銘　2005年8月〈論章法結構與意象系統──以「多、二、一（0）」螺旋結構切入作考察〉（16000字）　《江南大學學報人文社會科學版》4卷4期　頁70-77

47 陳滿銘　2005年7月〈論章法結構與意象系統之疊合──以「多、二、一（0）」螺旋結構切入作考察〉　《南平師範高等專科學校學報》2005年第3期　頁5-8

48 陳滿銘　2005年6月〈「真、善、美」螺旋結構論──以章法「多、二、一（0）」螺旋結構作對應考察〉（10000字）　《閩江學院學報》總89期　頁96-101

49 陳滿銘　2005年6月〈論讀、寫互動〉　《貴州畢節師範高等專科學校學報》23卷2期　頁1-8

50 陳滿銘　2005年5月〈論二元與層次邏輯〉　《修辭學習》總129期　頁36-39

51 陳滿銘　2005年5月〈論讀、寫互動〉　《泉州師範學院學報》23卷3期　頁108-116

52 陳滿銘　2004年12月〈語文能力與辭章研究──以「多、二、一（0）」螺旋結構作考察〉（10000字）　《平頂山師專學報》19卷6期　頁50-55

53 陳滿銘　2004年9月〈論東坡清俊詞中剛柔成分之量化〉（10000字）　《貴州畢節師範高等專科學校學報》22卷1期　頁11-18

54 陳滿銘　2004年4月〈章法結構及其哲學義涵〉（10000字）　《浙江師範大學學報會科學版》29卷2期　頁8-14

55 陳滿銘　2004年3月〈論意象與辭章〉　《畢節師範高等專科學校學報》總76期　頁5-13

56 陳滿銘　2004年3月〈辭章章法「多、二、一（0）」結構的理論基礎〉　《亳州師範高等專科學校學報》總5期　頁28-34

57 陳滿銘　2003年12月〈論章法規律與思考邏輯〉　《畢節師範高等
專科學校學報》21卷4期　頁1-9

58 陳滿銘　2003年12月〈辭章章法「多、二、一（0）」結構的理論基
礎〉　《唐山學院學報》16卷4期　頁19-24

59 陳滿銘　2003年11月〈辭章章法「多、二、一（0）」的核心結構〉
（濃縮版）　《阜陽師範學院學報》總96期　頁1-5

60 陳滿銘　2003年9月〈辭章深究與章法結構〉　《南通紡織職業技
術學院學報》總8期　頁12-19

61 陳滿銘　2003年8月〈論篇章辭章學〉　《浙江工商職業技術學院
學報》2卷4期　頁45-50

62 陳滿銘　2003年6月〈辭章章法「多、二、一（0）」的核心結構〉
中篇　《平頂山師專學報》18卷3期　頁58-63

63 陳滿銘　2003年3月〈論章法結構的節奏與韻律〉中篇　《阜陽師
範學院學報》92期　頁8-14

（二）一般論文

1 陳滿銘　2016年12月〈「章法學三觀體系」中「微觀」層之建構〉
《國文天地》32卷7期　頁38-52

2 陳滿銘　2016年10月〈客觀中有主觀——章法的形象性〉　《國語
日報25日‧語文教育版》

3 陳滿銘　2016年10月〈《陰陽雙螺旋互動論》一書的推出〉　《國
文天地》32卷5期　頁110-116

4 陳滿銘　2016年10月〈「賦比興」與「意象思維」的對應考察——
為追思蔡宗陽教授而作〉　《國文天地》32卷5期　頁14-23

5 陳滿銘　2016年7月〈層次邏輯規律在羅門、蓉子詩作的呈現——
為羅門、蓉子夫婦鑽石婚慶而作〉　《國文天地》32卷2期　頁60-
72

6 陳滿銘　2015年7月〈語文讀講教學應有的基本認識──以思維系統、辭章內涵與四六結構切入作探討〉　《國文天地》31卷2期　頁72-83

7 陳滿銘　2015年5月〈哲學「多、二、一（0）」與科學「DNA」雙螺旋的對應、貫通〉　《國文天地》30卷12期　頁116-125

8 梁錦興、余崇生、蒲基維、顏智英、張晏瑞、陳滿銘　2014年12月〈辭章章章法學座談會〉　《國文天地》30卷7期　頁14-29

9 陳滿銘　2014年10月〈篇章結構在藝術歌曲中的呈現──以法國杜巴克藝術歌曲為例作觀察〉　《國文天地》30卷5期　頁58-69

10 陳滿銘　2014年8月〈關於《辭章章法學體系建構叢書》十冊的出版〉　《國文天地》30卷3期　頁80-85

11 陳滿銘　2014年7月〈邏輯結構的篇、章系統〉　《國文天地》30卷2期　頁80-88

12 陳滿銘　2014年6月〈蓉子詩「篇章意象」所呈現的「真、善、美」境界──以〈溫泉小鎮〉與〈我們的城不再飛花〉為例作探討（賀蓉子八秩晉七壽慶而寫）〉　《國文天地》29卷12期　頁72-84

13 陳滿銘　2014年3月〈論仁義之道與真、善、美──以「（0）一二多」螺旋結構切入作對應考察〉　《國文天地》29卷10期　頁87-91

14 陳滿銘　2014年2月〈章法結構的美感特色〉　《國文天地》29卷9期　頁82-88

15 陳滿銘　2014年1月〈常見於描寫文體中的幾種章法〉　《國文天地》29卷8期　頁91-97

16 陳滿銘　2013年12月〈常見於抒情文體中的幾種章法〉　《國文天地》29卷7期　頁71-77

17 陳滿銘　2013年11月〈常見於記敘文體中的幾種章法〉　《國文天地》29卷6期　頁66-73

18 陳滿銘　2013年10月〈兩岸辭章學交流——側記臺灣章法學團隊所作的回應〉　《國文天地》29卷5期　頁75-81

19 陳滿銘　2013年8月〈常見於論說文體中的幾種章法〉　《國文天地》29卷3期　頁87-94

20 陳滿銘　2013年7月〈格式塔理論的螺旋意涵〉　《國文天地》29卷2期　頁71-78

21 陳滿銘　2013年6月〈詠桃、梅詞作中「一意多象」的表現〉　《國文天地》29卷1期　頁82-89

22 陳滿銘　2013年3月〈試論辭章章法學的「完形」意涵〉　《國文天地》28卷10期　頁66-73

23 陳滿銘　2013年2月〈羅門詩國的三觀境界〉（下）　《國文天地》28卷9期　頁85-92

24 陳滿銘　2013年1月〈羅門詩國的三觀境界〉（上）　《國文天地》28卷8期　頁100-103

25 陳滿銘　2012年12月〈語文能力與辭章鑑賞——以李煜〈相見歡〉詞為例作探討〉　《國文天地》28卷7期　頁84-89

26 陳滿銘　2012年11月〈離別主題中的「一意多象」——以春景與秋景切入作探討〉　《國文天地》28卷6期　頁81-85

27 陳滿銘　2012年10月〈期待已久的鉅作《唐宋詩舉要精選今注》〉　《國文天地》28卷5期　頁20-22

28 陳滿銘　2012年6月〈形象、邏輯思維在篇章結構的互動關係〉　《國文天地》28卷1期　頁126-134

29 陳滿銘　2012年5月〈章法四律在閱讀教學上的運用〉　《國文天地》27卷12期　頁85-92

30 陳滿銘　2012年4月〈兩岸辭章學交流——側記福建團隊的支持與肯定〉　《國文天地‧名家博客》27卷11期　頁7-9

31 陳滿銘　2012年3月〈兩岸辭章學交流──側記南京團隊的支持與肯定〉《國文天地・名家博客》27卷10期　頁6-9

32 陳滿銘　2012年2月〈《章法結構論》的推出〉　《國文天地・名家博客》27卷9期　頁8-11

33 陳滿銘　2012年1月〈章法結構與節奏韻律──以剛柔成分之消長作輔助觀察〉　《國文天地》27卷8期　頁75-80

34 陳滿銘　2012年1月〈辭章意象學的初步建構〉　《國文天地・名家博客》27卷8期　頁9-11

35 陳滿銘　2011年12月〈章法與哲學〉　《中國語文》564期　頁30-33

36 陳滿銘　2011年12月〈試論修辭之邏輯性〉　《國文天地》27卷7期　頁99-105

37 陳滿銘　2011年11月〈因果邏輯〉　《中國語文》563期　頁25-31

38 陳滿銘　2011年10月〈章法結構與語文能力──以科學研究與客觀存在作對應考察〉　《國文天地》27卷5期　頁82-90

39 陳滿銘　2011年6月〈論羅門〈觀海〉詩的時空螺旋結構〉　《國文天地》27卷1期　頁87-91

40 陳滿銘　2011年5月〈論章法結構的節奏與韻律──以「多、二、一（0）」螺旋結構切入作觀察〉（下）　《國文天地》26卷12期　頁54-58

41 陳滿銘　2011年4月〈論章法結構的節奏與韻律──以「多、二、一（0）」螺旋結構切入作觀察〉（上）　《國文天地》26卷11期　頁62-65

42 陳滿銘　2011年2月〈《當代辭章創作及研究評析》序〉　《國文天地》26卷9期　頁93-96

43 陳滿銘　2011年1月〈論修辭教學之重心〉　《國文天地》26卷8期　頁23-33

44 陳滿銘　2010年12月〈羅門第三自然觀對詩學的貢獻——以「多、二、一（0）」螺旋結構切入作探討〉（下）　《國文天地》26卷7期頁77-85

45 陳滿銘　2010年11月〈羅門第三自然觀對詩學的貢獻——以「多、二、一（0）」螺旋結構切入作探討〉（上）　《國文天地》26卷6期頁70-77

46 陳滿銘　2010年10月〈章法分析與文本解讀——以「多、二、一（0）」螺旋結構切入作探討〉　《國文天地》26卷5期　頁54-53

47 陳滿銘　2010年7月〈范仲淹〈岳陽樓記〉篇章意象的表現〉《國文天地》26卷2期　頁4-14

48 陳滿銘　2010年6月〈羅門詩國的真、善、美——以〈麥堅利堡〉一詩的篇章意象為例作探討〉　《國文天地》26卷1期　頁66-77

49 陳滿銘　2010年5月〈論辭章意、象「異質同構」的表現〉　《國文天地》25卷12期　頁79-86

50 陳滿銘　2010年4月〈論二元包孕與章法結構〉　《國文天地》25卷11期　頁80-87

51 陳滿銘　2010年1月〈論二元移位與章法結構〉　《國文天地》25卷8期　頁83-88

52 陳滿銘　2009年11月〈章法四律與言之有理〉　《國文天地》25卷6期　頁79-86

53 陳滿銘　2009年10月〈論篇章內容與形式之關係——以「多、二、一（0）」螺旋結構切入作觀察〉　《國文天地》25卷5期　頁69-76

54 陳滿銘　2009年8月〈楚望樓詩文篇章意象探析——紀念成惕軒先生百歲誕辰〉　《國文天地》25卷3期　頁86-92

55 陳滿銘　2009年7月〈篇章意象的轉位結構〉　《國文天地》25卷2期　頁4-11

56 陳滿銘　2009年6月〈辭章篇旨鑑賞──以其潛性與顯性切入作探討〉　《國文天地》25卷1期　頁80-88

57 陳滿銘　2009年5月〈論王希杰「零點與偏離」之章法觀〉　《國文天地》24卷12期　頁80-87

58 陳滿銘　2009年3月〈論意象之組合方式──對比與反諷〉　《國文天地》24卷10期　頁4-9

59 陳滿銘　2008年12月〈《論語》中的「才、學、識、德」〉　《國文天地》24卷7期　頁32-36

60 陳滿銘　2008年12月〈從偏離理論看孔子之仁智觀〉（下）　《孔孟月刊》47卷3、4期　頁8-15

61 陳滿銘　2008年11月〈論王希杰「潛顯與兼格」之章法觀〉　《國文天地》24卷6期　頁87-93

62 陳滿銘　2008年10月〈「辭章章法學」研究概況──寫在「第三屆辭章章法學學術研討會」前夕〉　《國文天地》24卷5期　頁85-94

63 陳滿銘　2008年10月〈從偏離理論看孔子之仁智觀〉（上）　《孔孟月刊》47卷1、2期　頁3-9

64 陳滿銘　2008年8月〈論意象之組合方式──承續與層遞〉　《國文天地》24卷3期　頁29-33

65 陳滿銘　2008年3月〈辭章通海西──記辭章學在臺灣與福建之交流〉　《國文天地》23卷10期　頁87-88

66 陳滿銘　2008年2月〈對「多、二、一（0）」螺旋結構之確認（下）〉　《國文天地》23卷9期　頁99-104

67 陳滿銘　2008年1月〈對「多、二、一（0）」螺旋結構之確認（上）〉　《國文天地》23卷8期　頁77-87

68 陳滿銘　2007年9月〈偏離理論在作文教學上之運用〉　《國文天地》23卷4期　頁77-86

69 陳滿銘　2007年5月〈章法學研究團隊近幾年來之編書服務〉下
　《國文天地》22卷12期　頁77-82

70 陳滿銘　2007年4月〈章法學研究團隊近幾年來之編書服務〉上
　《國文天地》22卷11期　頁87-94

71 陳滿銘　2007年3月〈章法學研究之回顧〉　《國文天地》22卷10
　期　頁81-88

72 陳滿銘　2006年12月〈以「構」連結「意象」成軌之幾種類型──
　以格式塔「異質同構」說切入作考察〉　《國文天地》22卷7期
　頁86-93

73 陳滿銘　2006年10月〈層次邏輯系統與「多、二、一（0）」螺旋結
　構〉　《國文天地》22卷5期　頁36-40

74 陳滿銘　2006年7月〈意象學研究的新方向〉（下）　《國文天地》
　22卷2期　頁43-46

75 陳滿銘　2006年7月〈論章法結構與意向系統之疊合──以「多、
　二、一（0）」螺旋結構切入作考察〉　《國文天地》22卷2期　頁
　4-9

76 陳滿銘　2006年6月〈意象學研究的新方向〉（上）　《國文天地》
　22卷1期　頁50-55

77 陳滿銘　2006年4月〈辭章章法的「多、二、一（0）」螺旋結構〉
　《國文天地》21卷11期　頁88-94

78 陳滿銘　2006年3月〈章法的包孕式結構〉（下）　《國文天地》21
　卷10期　頁92-98

79 陳滿銘　2006年2月〈章法的包孕式結構〉（上）　《國文天地》21
　卷9期　頁98-103

80 陳滿銘　2005年12月〈辨意象與聯想力、想像力的關係──以
　「多、二、一0」螺旋結構切入作觀察〉　《國文天地》21卷7期
　頁97-106

81 陳滿銘　2005年10月〈淺論意象系統〉　《國文天地》21卷5期　頁30-36

82 陳滿銘　2005年9月〈論意與象的連結——從格式塔「異質同構」說切入〉　《國文天地》21卷4期　頁59-64

83 陳滿銘　2005年8月〈談思維力與語文螺旋結構的關係〉　《國文天地》21卷3期　頁79-86

84 陳滿銘　2005年7月〈關於《篇章結構學》〉　《國文天地》21卷2期　頁97-99

85 陳滿銘　2005年6月〈論「移位」、「轉位」與層次邏輯——以《周易》與《老子》為考察重心〉　《孔孟月刊》43卷9、10期　頁12-18

86 陳滿銘　2005年4月〈論「多、二、一（0）」螺旋結構與層次邏輯——以《周易》與《老子》為考察重心〉　《孔孟月刊》43卷7、8期　頁3-8

87 陳滿銘　2005年2月〈讀《近三百年名家詞選》〉　《國文天地》20卷9期　頁105-111

88 陳滿銘　2005年2月〈論二元對待與層次邏輯——以《周易》與《老子》為考察重心〉　《孔孟月刊》43卷5、6期　頁10-15

89 陳滿銘　2005年1月〈談因果律與層次邏輯〉　《國文天地》20卷8期　頁77-80

90 陳滿銘　2004年12月〈層次邏輯與辭章意象系統〉　《國文天地》20卷7期　頁96-102

91 陳滿銘　2004年12月〈層次邏輯與因果律〉　《孔孟月刊》43卷4期　頁37-39

92 陳滿銘　2004年11月〈迎接辭章學「花團錦簇」的明天——從兩岸學術交流談起〉　《國文天地》20卷6期　頁90-94

93 陳滿銘　2004年11月〈孔子的「信」之教〉　《孔孟月刊》43卷3期　頁10-11

94 陳滿銘　2004年10月〈孔子的「忠」之教〉　《孔孟月刊》43卷2期　頁6-7

95 陳滿銘　2004年10月〈辨語文能力與辭章研究之關係──以「多、二、一（0）」的螺旋結構切入作考察〉　《國文天地》20卷5期　頁80-91

96 陳滿銘　2004年9月〈辭章學在讀與寫教學中的運用〉　《國文天地》20卷4期　頁4-19

97 陳滿銘　2004年9月〈孔子的「行」之教〉　《孔孟月刊》43卷1期　頁4-5

98 陳滿銘　2004年8月〈國文科資優生讀寫的指導與評量〉　《國文天地》20卷3期　頁86-94

99 陳滿銘　2004年8月〈孔子的「文」之教〉　《孔孟月刊》42卷12期　頁4-5

100 陳滿銘　2004年7月〈《中庸》首章的邏輯結構〉（下）　《孔孟月刊》42卷11期　頁6-9

101 陳滿銘　2004年7月〈鄭頤壽教授在辭章學研究上的成就〉　《國文天地》20卷2期　頁101-103

102 陳滿銘　2004年6月〈《中庸》首章的邏輯結構〉（上）　《孔孟月刊》42卷10期　頁5-10

103 陳滿銘　2004年5月〈對成立「國語文教學學會」的期待〉　《國文天地》19卷12期　頁72-73

104 陳滿銘　2004年5月〈《中庸》「至誠無息」章的邏輯結構〉　《孔孟月刊》42卷9期　頁6-12

105 陳滿銘　2004年4月〈論章法的變化律與思考訓練〉　《國文天地》19卷11期　頁86-90

106陳滿銘　2004年4月〈《中庸》「自誠明」思想的邏輯結構〉　《孔
　　孟月刊》42卷8期　頁14-19

107陳滿銘　2004年3月〈論章法的秩序律與思考訓練〉　《國文天
　　地》19卷10期　頁94-97

108陳滿銘　2004年3月〈論語中一串互文見義的例子〉　《孔孟月
　　刊》42卷7期　頁7-13

109陳滿銘　2004年2月〈論明明德與親民的關係〉　《孔孟月刊》42
　　卷6期　頁9-14

110陳滿銘　2004年2月〈科學化章法學體系之建立〉　《國文天地》
　　19卷9期　頁85-96

111陳滿銘　2004年1月〈從意象看辭章的內容成分〉　《國文天地》
　　19卷8期　頁93-98

112陳滿銘　2004年1月〈論章旨之貫穿──以《學》、《庸》幾段文字
　　為例〉　《孔孟月刊》42卷5期　頁6-8

113陳滿銘　2003年12月〈從天人互動看《中庸》的誠明思想〉　《孔
　　孟月刊》42卷4期　頁6-10

114陳滿銘　2003年11月〈章法風格中剛柔成分之量化〉　《國文天
　　地》19卷6期　頁86-93

115陳滿銘　2003年11月〈《中庸》「天命」之「性」的內容〉　《孔孟
　　月刊》42卷3期　頁10-12

116陳滿銘　2003年10月〈從意象看辭章的內涵〉　《國文天地》19卷
　　5期　頁97-103

117陳滿銘　2003年10月〈《中庸》性善思想的特色〉　《孔孟月刊》
　　42卷2期　頁4-8

118陳滿銘　2003年9月〈《中庸》的性善思想與孔子〉　《孔孟月刊》
　　42卷1期　頁3-5

119陳滿銘　2003年9月〈談命題作文的分項指引〉　《國文天地》19
　　卷4期　頁92-97

120陳滿銘　2003年8月〈唐宋詞拾玉（三十一）——晏幾道的〈鷓鴣
　　天〉〉　《國文天地》19卷3期　頁49-51

121陳滿銘　2003年8月〈《論語》中的「義」與「知」〉　《孔孟月
　　刊》41卷12期　頁10-12

122陳滿銘　2003年7月〈《論語》中的「義」與「仁」〉　《孔孟月
　　刊》41卷11期　頁9-11

123陳滿銘　2003年6月〈《論語》中的「義」〉　《孔孟月刊》41卷10
　　期　頁16-18

124陳滿銘　2003年5月〈蘇軾〈超然臺記〉篇章結構分析〉《國文天
　　地》18卷12期　頁96-100

125陳滿銘　2003年5月〈《孟子》義利之辨與《論語》、《大學》
　　（下）——從義理的邏輯結構切入〉　《孔孟月刊》41卷9期　頁
　　13-16

126陳滿銘　2003年4月〈《孟子》義利之辨與《論語》、《大學》
　　（中）——從義理的邏輯結構切入〉　《孔孟月刊》41卷8期　頁
　　6-10

127陳滿銘　2003年3月〈《孟子》義利之辨與《論語》、《大學》
　　（上）——從義理的邏輯結構切入〉　《孔孟月刊》41卷7期　頁
　　10-12

128陳滿銘　2003年3月〈談章法結構的節奏與韻律——以幾首詩詞為
　　例〉（短篇）　《國文天地》18卷10期　頁85-90

129陳滿銘　2003年2月〈論「志道」、「據德」、「依仁」、「遊藝」的關
　　係〉　《孔孟月刊》41卷6期　頁14-16

130陳滿銘　2003年2月〈論章法與層次邏輯〉　《國文天地》18卷9期
　　頁98-104

131陳滿銘　2003年1月〈論《論語》中的「遊於藝」〉　《孔孟月刊》
　　41卷5期　頁11-13

132陳滿銘　2002年12月〈論「因果」章法的母性〉　《國文天地》18
　　卷7期　頁94-101

133陳滿銘　2002年12月〈論《論語》的「依於仁」〉　《孔孟月刊》
　　41卷4期　頁11-15

134陳滿銘　2002年11月〈論《論語》中的「據於德」〉　《孔孟月
　　刊》41卷3期　頁8-12

135陳滿銘　2002年10月〈唐宋詞拾玉（三十）——晏幾道的〈臨江
　　仙〉〉　《國文天地》18卷5期　頁41-43

136陳滿銘　2002年10月〈論《論語》中的「志於道」〉　《孔孟月
　　刊》41卷2期　頁8-11

137陳滿銘　2002年9月〈論篇章的「圖底」結構〉　《國文天地》18
　　卷4期　頁102-105

138陳滿銘　2002年9月〈論《論語》中的「直」〉　《孔孟月刊》41卷
　　1期　頁12-15

139陳滿銘、康世統　2002年8月〈網路科技對高級中學國文科教學影
　　響之研究報告〉　《人文及社會學科教學通訊》13卷2期　頁6-64

140陳滿銘　2002年8月〈論《論語》中的「禮」〉　《孔孟月刊》40卷
　　12期　頁7-10

141陳滿銘　2002年8月〈章法論叢序〉　《國文天地》18卷3期　頁
　　101-103

142陳滿銘　2002年7月〈論篇章的「偏全」結構〉　《國文天地》18
　　卷2期　頁102-105

143陳滿銘　2002年7月〈論《論語》中的「文」〉　《孔孟月刊》40卷
　　11期　頁8-9

144陳滿銘　2002年6月〈論篇章的「敲擊」結構〉　《國文天地》18卷1期　頁96-101

145陳滿銘　2002年5月〈《中庸》「天命之謂性」與《論語》「天生德於予」〉　《孔孟月刊》40卷9期　頁9-11

146陳滿銘　2002年4月〈論篇章的「點染」結構〉　《國文天地》17卷11期　頁100-104

147陳滿銘　2002年4月〈《論語》中的「仁」與「知」〉　《孔孟月刊》40卷8期　頁20-25

148陳滿銘　2002年3月〈《論語》中的「德」與「性」〉　《孔孟月刊》40卷7期　頁9-14

149陳滿銘　2002年3月〈唐宋詞拾玉（二十九）——蘇軾的〈念奴嬌〉〉　《國文天地》17卷10期　頁52-55

150陳滿銘　2002年2月〈論時空與虛實——以幾首唐詩為例〉　《國文天地》17卷9期　頁94-98

151陳滿銘　2002年2月〈《論語》中的「道」〉　《孔孟月刊》40卷6期　頁11-14

152陳滿銘　2002年1月〈唐宋詞拾玉（二十八）——蘇軾的〈賀新郎〉〉　《國文天地》17卷8期　頁37-39

153陳滿銘　2002年1月〈朱王格致說淺析〉　《孔孟月刊》40卷5期　頁19-22

154陳滿銘　2001年12月〈章法教學與思考訓練〉　《人文及社會學科教學通訊》12卷4期　頁28-50

155陳滿銘　2001年11月〈論章法與情意的關係〉　《國文天地》17卷6期　頁104-108

156陳滿銘　2001年10月〈唐宋詞拾玉（二十七）——蘇軾的〈水調歌頭〉〉　《國文天地》17卷5期　頁42-45

157陳滿銘　2001年9月〈論辭章章法的四大律〉　《國文天地》17卷4
　　期　頁101-107

158陳滿銘　2001年8月〈唐宋詞拾玉（二十六）──柳永的〈八聲甘
　　州〉〉　《國文天地》17卷3期　頁56-58

159陳滿銘　2001年5月〈唐宋詞拾玉（二十五）──柳永的〈雨霖
　　鈴〉〉　《國文天地》16卷12期　頁53-56

160陳滿銘　2001年3月〈唐宋詞拾玉（二十四）──歐陽修的〈木蘭
　　花〉〉　《國文天地》16卷10期　頁54-56

161陳滿銘　2001年1月〈卻顧所來徑──《章法學新裁》代序〉
　　《國文天地》16卷8期　頁100-105

162陳滿銘　2000年12月〈談縱橫向疊合的篇章結構〉　《國文天地》
　　16卷7期　頁100-106

163陳滿銘　2000年11月〈微觀古本與今本《大學》〉　《國文天地》
　　16卷6期　頁42-49

164陳滿銘　2000年10月〈文章主旨或綱領安置於篇腹的結構類型──
　　以蘇辛詞為例〉　《人文及社會學科教學通訊》11卷3期　頁42-57

165陳滿銘　2000年10月〈唐宋詞拾玉（二十三）──歐陽修的〈踏莎
　　行〉〉　《國文天地》16卷5期　頁59-62

166陳滿銘　2000年9月〈談蘇東坡的幾首清峻詞〉　《國文天地》16
　　卷4期　頁93-100

167陳滿銘　2000年8月〈唐宋詞拾玉（二十二）──晏殊的〈踏莎
　　行〉〉　《國文天地》16卷3期　頁61-64

168陳滿銘　2000年7月〈談《中庸》的一篇體要（下）〉　《國文天
　　地》16卷2期　頁11-14

169陳滿銘　2000年6月〈談《中庸》的一篇體要（上）〉　《國文天
　　地》16卷1期　頁24-29

170陳滿銘　2000年4月〈改革有成──談大考中心八十九學年度學科
　　能力測驗國文科「非選擇題」的命題與閱卷〉　《國文天地》15卷
　　11期　頁5-18

171陳滿銘　2000年3月〈唐宋詞拾玉（二十一）──晏殊的〈浣溪
　　沙〉〉　《國文天地》15卷10期　頁60-62

172陳滿銘　2000年2月〈談東坡詞與陶淵明〉　《國文天地》15卷9期
　　頁5-11

173陳滿銘　2000年1月〈談篇章結構分析的切入角度〉　《國文天
　　地》15卷8期　頁89-94

174陳滿銘　1999年12月〈唐宋詞拾玉（二十）──張先的〈青門
　　引〉〉　《國文天地》15卷7期　頁61-63

175陳滿銘　1999年11月〈談篇章結構（下）〉　《國文天地》15卷6期
　　頁57-66

176陳滿銘　1999年10月〈談篇章結構（上）〉　《國文天地》15卷5期
　　頁65-71

177陳滿銘　1999年9月〈唐宋詞拾玉（十九）──張先的〈天仙子〉〉
　　《國文天地》15卷4期　頁74-76

178陳滿銘　1999年8月〈八十八年度大學聯招國文科試題略析〉
　　《國文天地》15卷3期　頁9-21

179陳滿銘　1999年6月〈唐宋詞拾玉（十八）──范仲淹的〈蘇幕
　　遮〉〉　《國文天地》15卷1期　頁69-71

180陳滿銘　1999年6月〈談《論語》中的「義」〉　《高中教育》6期
　　頁44-49

181陳滿銘　1999年5月〈周邦彥〈蘇幕遮〉詞賞析〉　《國文天地》
　　14卷12期　頁92-95

182陳滿銘　1999年4月〈唐宋詞拾玉（十七）──李煜的〈浪淘沙〉〉
　　《國文天地》14卷11期　頁50-53

183陳滿銘　1999年3月〈蘇軾〈留侯論〉結構分析〉　《國文天地》
　　14卷10期　頁86-89

184陳滿銘　1999年2月〈談《大學》所謂的「誠意」〉　《國文天地》
　　14卷9期　頁64-68

185陳滿銘　1999年1月〈唐宋詞拾玉（十六）──李煜的〈相見歡〉
　　（二）〉　《國文天地》14卷8期　頁53-56

186陳滿銘　1998年12月〈高中國文〈近體詩選〉（一）課文結構分
　　析〉　《國文天地》14卷7期　頁87-89

187陳滿銘　1998年11月〈高中國文〈散曲選〉課文結構分析〉　《國
　　文天地》14卷6期　頁104-107

188陳滿銘　1998年10月〈高中國文古典詩歌教材探析〉　《人文及社
　　會學科教學通訊》9卷3期　頁20-51

189陳滿銘　1998年9月〈今年大學聯招國文科試題試析〉　《國文天
　　地》14卷4期　頁5-21

190陳滿銘　1998年7月〈唐宋詞拾玉（十五）──李璟的〈攤破浣溪
　　沙〉（二）〉　《國文天地》14卷2期　頁53-56

191陳滿銘　1998年6月〈李煜〈清平樂〉詞賞析〉　《國文天地》14
　　卷1期　頁70-73

192陳滿銘　1998年5月〈唐宋詞拾玉（十四）──李煜的〈相見歡〉
　　（一）〉　《國文天地》13卷12期　頁26-28

193陳滿銘　1998年3月〈唐宋詞拾玉（十三）──李璟的〈攤破浣溪
　　沙〉〉　《國文天地》13卷10期　頁30-33

194陳滿銘　1998年2月〈唐宋詞拾玉（十二）──馮延巳的〈蝶戀
　　花〉〉（二）　《國文天地》13卷9期　頁28-31

195陳滿銘　1998年1月〈談詞章章法的主要內容（下）〉　《國文天
　　地》13卷8期　頁105-117

196陳滿銘　1997年12月〈談詞章章法的主要內容（上）〉　《國文天地》13卷7期　頁84-93

197陳滿銘　1997年11月〈唐宋詞拾玉（十一）──馮延巳的〈蝶戀花〉〉（一）　《國文天地》13卷6期　頁28-31

198陳滿銘　1997年11月〈作文教學指導〉　《明道文藝》260期　頁189-193

199陳滿銘　1997年10月〈談三疊法在詞章裡的運用〉　《國文天地》13卷5期　頁104-111

200陳滿銘　1997年9月〈唐宋詞拾玉（十）──馮延巳的〈謁金門〉〉　《國文天地》13卷4期　頁82-84

201陳滿銘　1997年8月〈談詞章主旨在凡目結構中的安排〉　《國文天地》13卷3期　頁84-92

202陳滿銘　1997年7月〈唐宋詞拾玉（九）──韋莊的〈菩薩蠻〉〉（二）　《國文天地》13卷2期　頁36-39

203陳滿銘　1997年5月〈唐宋詞拾玉（八）──韋莊的〈菩薩蠻〉〉（一）　《國文天地》12卷12期　頁42-45

204陳滿銘　1997年4月〈國文科測驗題的一般原則──以大學聯考試題為例〉　《國文天地》12卷11期　頁88-92

205陳滿銘　1997年3月〈唐宋詞拾玉（七）──溫庭筠的〈更漏子〉〉　《國文天地》12卷10期　頁34-36

206陳滿銘　1997年2月〈談《中庸》的思想體系（下）〉　《國文天地》12卷9期　頁14-20

207陳滿銘　1997年1月〈談《中庸》的思想體系（上）〉　《國文天地》12卷8期　頁11-17

208陳滿銘　1996年12月〈唐宋詞拾玉（六）──溫庭筠的〈菩薩蠻〉〉　《國文天地》12卷7期　頁60-63

209陳滿銘　1996年11月〈談補敘法在詞章裡的運用〉　《國文天地》12卷6期　頁38-43

210陳滿銘　1996年10月〈談中國古典詩歌之美——以中等學校國文課文為例〉　《人文及社會學科教學通訊》7卷3期　頁41-64

211陳滿銘　1996年9月〈孔子的仁智觀〉　《國文天地》12卷4期　頁8-15

212陳滿銘　1996年8月〈唐宋詞拾玉（五）——白居易的〈長相思〉〉《國文天地》12卷3期　頁80-83

213陳滿銘　1996年6月〈唐宋詞拾玉（四）——辛棄疾的〈賀新郎〉〉《國文天地》12卷1期　頁66-69

214陳滿銘　1996年5月〈凡目法在蘇辛詞裡的運用（下）〉　《國文天地》11卷12期　頁56-65

215陳滿銘　1996年4月〈凡目法在蘇辛詞裡的運用（上）〉　《國文天地》11卷11期　頁36-44

216陳滿銘　1996年3月〈唐宋詞拾玉（三）——張志和的〈漁父〉〉《國文天地》11卷10期　頁64-66

217陳滿銘　1996年2月〈談崔顥〈黃鶴樓〉與李白〈登陵鳳凰臺〉二詩的異同〉　《國文天地》11卷9期　頁36-43

218陳滿銘　1996年1月〈唐宋詞拾玉（二）——李白的〈憶秦娥〉〉《國文天地》11卷8期　頁64-66

219陳滿銘　1995年12月〈談〈與宋元思書〉與〈溪頭的竹子〉二文在結構上的異同〉　《國文天地》11卷7期　頁46-51

220陳滿銘　1995年11月〈唐宋詞拾玉（一）——李白的〈菩薩蠻〉〉《國文天地》11卷6期　頁28-29

221陳滿銘　1995年10月〈從軌數的多寡看凡目法在詞章裡的運用——以國高中國文課文為例〉　《國文天地》11卷5期　頁50-57

222陳滿銘　1995年8月〈談詞章主旨的顯與隱──以中學國文課文為例〉　《國文天地》11卷3期　頁76-81

223陳滿銘　1994年12月〈談作文批改的項目與技巧〉　《中等教育》45卷6期　頁66-77

224陳滿銘　1994年11月〈談詞章的義蘊與運材的關係〉　《國文天地》10卷6期　頁44-50

225陳滿銘　1994年9月〈談作文批改的原則〉　《國文天地》10卷4期　頁50-56

226陳滿銘　1994年8月〈談作文命題的原則〉　《國文天地》10卷3期　頁47-54

227陳滿銘　1994年4月〈談幾種非傳統的作文命題方式〉　《國文天地》9卷11期　頁46-64

228陳滿銘　1994年1月〈談近體詩的欣賞──以國中國文課本所選作品為例〉　《國文天地》9卷8期　頁78-84

229陳滿銘　1993年12月〈談國中的詞曲教學〉　《國文天地》9卷7期　頁88-95

230陳滿銘　1993年10月〈談詞章剪裁的手段──以周敦頤〈愛蓮說〉與賈誼〈過秦論〉為例〉　《國文天地》9卷5期　頁62-66

231陳滿銘　1993年9月〈談文章作法賞析──以國中國文課文為例〉　《國文天地》9卷4期　頁76-82

232陳滿銘　1993年1月〈凡目法在國中國文課文裡的運用〉　《國文天地》8卷8期　頁69-81

233陳滿銘　1992年10月〈凡目法在高中國文課文裡的運用〉（下）　《國文天地》8卷5期　頁88-99

234陳滿銘　1992年9月〈凡目法在高中國文課文裡的運用〉（上）　《國文天地》8卷4期　頁76-82

235陳滿銘　1992年8月〈〈五柳先生傳〉三問〉　《國文天地》8卷3期　頁4-5

236陳滿銘　1992年7月〈談詞章的兩種作法——泛寫與具寫〉　《國文天地》8卷2期　頁100-104

237陳滿銘　1992年5月〈「白」日依山盡如何讀〉　《國文天地》7卷12期　頁5

238陳滿銘　1992年5月〈聽徹梅花弄——秦觀〈桃園憶故人〉詞賞析〉　《國文天地》7卷12期　頁47-49

239陳滿銘　1992年4月〈「多情」如何解〉　《國文天地》7卷11期　頁6

240陳滿銘　1992年3月〈「我獨何害」與「便當」的解釋〉　《國文天地》7卷10期　頁8

241陳滿銘　1991年11月〈「攻守之勢異也」如何解釋〉　《國文天地》7卷6期　頁10

242陳滿銘　1991年11月〈東坡「赤壁」三問〉　《國文天地》7卷6期　頁9-10

243陳滿銘　1991年10月〈常見於詩詞裡的兩種寫景法〉　《中等教育》42卷5期　頁43-49

244陳滿銘　1991年10月〈攀條折其榮將以遺所思〉　《國文天地》7卷5期　頁8

245陳滿銘　1991年10月〈談詞章主旨、綱領與內容的關係〉　《國文天地》7卷5期　頁112-114

246陳滿銘　1991年9月〈作文在國文教學上的意義〉　《選才》2卷2期　頁23-24

247陳滿銘　1991年9月〈插敘法在詞章裡的運用〉　《國文天地》7卷4期　頁101-105

248陳滿銘　1991年8月〈惟字的讀音〉　《國文天地》7卷3期　頁7-8

249陳滿銘　1991年8月〈綠楊歸路燕子西飛去──賀鑄〈點絳唇〉欣賞〉　《國文天地》7卷3期　頁65-67

250陳滿銘　1991年5月〈落花微雨燕歸來──晏氏父子詞中的花與燕〉　《國文天地》6卷12期　頁37-41

251陳滿銘　1989年11月〈從現行國中國文課本看我國當前古典文學教育〉　《國文天地》5卷6期　頁35-38

252陳滿銘　1989年6月〈怎樣教詞選──李煜的〈清平樂〉與蘇軾的〈念奴嬌〉詞〉　《國文天地》5卷1期　頁51-55

253陳滿銘　1988年12月〈談詞章聯絡照應的幾種技巧〉　《中等教育》39卷66期　頁14-25

254陳滿銘　1988年11月〈屏障中原關盛衰──北平〉　《國文天地》4卷6期　頁16-21

255陳滿銘　1988年11月〈無水無山不入神──桂林〉　《國文天地》4卷6期　頁35-39

256陳滿銘　1988年9月〈今年大學聯考國文試題評析〉　《國文天地》4卷4期　頁20-22

257陳滿銘　1988年7月〈怎樣寫好命題作文〉　《國文天地》4卷2期　頁39-41

258陳滿銘　1988年5月〈談採先敘後論的形式所寫成的幾篇課文〉　《國文天地》3卷12期　頁100-102

259陳滿銘　1988年4月〈歸納法在詩詞裡的運用〉　《國文天地》3卷11期　頁99-102

260陳滿銘　1988年2月〈演繹法在詩詞裡的運用〉　《國文天地》3卷9期　頁98-101

261陳滿銘　1988年1月〈談心廣體胖〉　《孔孟月刊》26卷4期　頁16-20

262陳滿銘 1988年1月〈談主旨見於篇腹的幾篇課文〉 《國文天地》3卷8期 頁98-101

263陳滿銘 1987年12月〈談主旨見於篇首的幾篇課文〉 《國文天地》3卷7期 頁96-98

264陳滿銘 1987年11月〈談主旨見於篇末的幾篇課文〉 《國文天地》3卷6期 頁88-91

265陳滿銘 1987年9月〈談主旨見於篇外的幾篇課文〉 《國文天地》3卷4期 頁92-96

266陳滿銘 1986年8月〈中學國文課文修辭實例舉要〉 《中等教育》37卷4期 頁39-56

267陳滿銘 1987年6月〈意氣崢嶸的辛棄疾〉 《幼獅月刊》414期 頁24-31

268陳滿銘 1985年10月〈氣吞萬里的辛棄疾〉 《幼獅少年》108期 頁55-58

269陳滿銘 1985年10月〈談運用詞章材料的幾種基本手段〉 《中等教育》36卷5期 頁5-23

270陳滿銘 1984年9月〈談孔子的四教──文、行、忠、信〉 《孔孟月刊》23卷1期 頁3-11

271陳滿銘 1984年6月〈心廣體胖──為什麼《大學》如此說〉 《華岡女青年》7期 頁12-14

272陳滿銘 1983年12月〈章法教學〉 《中等教育》33卷5、6期 頁5-15

273陳滿銘 1983年12月〈國文科的命題與評量〉 《中等教育》34卷5、6期 頁48-65

274陳滿銘 1982年2月〈怎樣教學生臨摹碑帖〉 《中等教育》33卷1期 頁61-64

275陳滿銘　1982年2月〈國中三年級學生書法能力評量報告〉　《中
　　等教育》33卷1期　頁65-67

276陳滿銘　1981年9月〈中秋寄遠──辛稼軒的〈滿江紅〉詞〉
　　《台灣日報》

277陳滿銘　1979年9月〈從修學的過程看智仁勇的關係（下）〉　《孔
　　孟月刊》18卷1期　頁34-35

278陳滿銘　1979年8月〈從修學的過程看智仁勇的關係（上）〉　《孔
　　孟月刊》17卷12期　頁33-35

279陳滿銘　1979年5月〈愛國詞人辛棄疾的境遇與其詞風〉　《葡萄
　　園詩刊》67期　頁47-52

280陳滿銘　1979年4月〈北宋詞風的轉變〉　《中華文化復興月刊》
　　12卷4期　頁12-19

281陳滿銘　1978年11月〈談忠恕在儒學中的地位〉　《幼獅月刊》48
　　卷5期　頁13-16

282陳滿銘　1978年10月〈大德者必得其壽──為什麼《中庸》如此
　　說〉　《師大校刊》230期　頁21-22

283陳滿銘　1978年6月〈談學庸讀法之一：會通群籍〉　臺灣師
　　範大學《今日教育》34期　頁25-26

284陳滿銘　1978年4月〈淺談國中國文科的電化教學〉　《中等教
　　育》29卷2期　頁11-29

285陳滿銘　1977年3月〈辛稼軒的境遇與其詞風〉　《中華文化復興
　　月刊》10卷3期　頁18-23

286陳滿銘　1976年9月〈淺談自誠明與自明誠的關係〉　《孔孟月
　　刊》15卷1期　頁12-15

287陳滿銘　1976年6月〈談詞章的兩種基本作法──歸納與演繹〉
　　《中等教育》27卷3、4期　頁49-52

288陳滿銘　1976年4月〈讀學庸的目的、方法與主要參考書目〉
　　《學粹雜誌》18卷1、2期　頁24-26
289陳滿銘　1974年12月〈探求詞調聲情的幾條途徑〉　《學粹雜誌》
　　17卷5、6期　頁18-23
290陳滿銘　1974年6月〈稼軒詞作法舉隅〉　臺灣師範大學《文風》
　　25期　頁11-15

（三）研討會論文

1　陳滿銘　2016年11月〈論跨界章法學──以章法學方法論之三觀體
　　系為重心作探討〉　在第五屆語文教育暨第十一屆辭章章法學學術
　　研討會作專題演講　臺北市　臺北市立大學藝術學院藝術館A101
　　教室

2　陳滿銘　2015年11月〈論「篇章結構」教學之重心──以思維（意
　　象）「0一二多」雙螺旋邏輯系統作探討〉　在第四屆語文教育暨
　　第十屆辭章章法學學術研討會作專題演講　臺北市　臺灣師大綜合
　　大樓509國際會議廳

3　陳滿銘　2014年10月〈論哲理章法──以《中庸》誠明思想為例作
　　探討〉　在第三屆語文教育暨第九屆辭章章法學學術研討會作專題
　　演講　臺北市　臺灣師大文學院會議廳

4　陳滿銘　2013年10月〈大陸學界對臺灣章法學體系建構的評價──
　　以發表於學報或研討會者為範圍〉　在第二屆語文教育暨第八屆辭
　　章章法學學術研討會作專題演講　臺北市　臺灣師大綜合大樓509
　　國際會議廳

5　陳滿銘　2012年12月〈章法結構與意象統合──以高職國文課文為
　　例作探討〉　發表於育達商業科技大學「2012高職國文教材學術研
　　討會」　育達商業科技大學綜合大樓綜317多媒體會議廳

6 陳滿銘　2012年12月〈章法學三觀體系的建構過程〉　在第一屆語
文教育暨第七屆辭章章法學學術研討會作專題演講　臺北市　臺灣
師大綜合大樓509國際會議廳

7 陳滿銘　2011年12月〈論修辭轉化理論之核心原則〉　在成功大學
教育部頂尖大學計畫跨越「辭格」之新視野學術研討會作專題演講
臺南市　成功大學文學院演講廳

8 陳滿銘　2010年10月〈篇章邏輯與思考訓練〉　在第五屆辭章章法
學學術研討會作專題演講　高雄市　文藻外語學院求真樓地下一樓
Q001、Q002室

9 陳滿銘　2010年3月〈論意、象之互動──以古典詩歌為例作考
察〉　發表於成功大學「感官素材與人性辯證國際學術研討會」
臺南市　國立臺灣文學館

10 陳滿銘　2009年11月〈辭章章法學研究的過去、現在與未來〉　在
海峽兩岸辭章學研討會作專題演講　福州市　晉城大酒店二樓會議
廳

11 陳滿銘　2009年10月〈論篇章邏輯與內容義旨〉，在第四屆辭章章
法學學術研討會作專題演講　臺北市　臺灣師大綜合大樓5樓國際
會議廳、503室

12 陳滿銘　2009年6月〈創意神奇的語文表達──以成惕軒先生詩文
之篇章意象為例作探討〉　在「淡江大學中國文學系中國語文能力
表達學術研討會──以成惕軒先生之詩文為研討主題並紀念成惕軒
先生百歲誕辰」作專題演講　臺北縣　淡大城中校區演講廳

13 陳滿銘　2009年4月〈論《論語》「知（智）」論與後代「才、學、
識」說〉，發表於「第一屆兩岸儒學交流研討會」　北京市　《第
一屆兩岸儒學交流研討會論文集》　頁211-226

14 陳滿銘　2008年10月〈論辭章分析與科際整合──以白居易〈長相

思〉詞為例〉　在第三屆辭章章法學學術研討會作專題演講　臺北市　臺灣師大教育學院國際廳

15 陳滿銘　2007年5月〈章法學研究團隊之成立〉，在第二屆辭章章法學學術研討會作專題演講　臺北市　《章法論叢》第二輯　2008年1月　頁1-35

16 陳滿銘　2006年5月〈章法結構與真、善、美——以「多、二、一（0）」螺旋結構切入作考察〉　在第一屆辭章章法學學術研討會作專題演講　臺北市　《章法論叢》第一輯　2006年7月　頁1-15。

17 陳滿銘　2006年5月〈意象與聯想、想像互動論——以「多、二、一（0）」螺旋結構切入作考察〉　發表於第七屆中國修辭學國際學術研討會　臺北市　《第七屆中國修辭學國際學術研討會論文集》頁1-12

18 陳滿銘　2004年11月〈意象與辭章〉　發表於第六屆中國修辭學國際學術研討會　新竹市　《第六屆中國修辭學國際學術研討會論文集》（《修辭論叢》6輯）　頁351-375

19 陳滿銘　2004年10月〈論國語文能力的螺旋結構〉　發表於親民技術學院　國文教學學術研討會2004、中文寫作暨語文應用學術研討會2004頭份　《國文教學學術研討會論文集》　2005年7月　頁189-220

20 陳滿銘　2004年5月〈閱讀與寫作〉　發表於「第二梯次提升大學基礎教育計畫實用中文與寫作策略研討會」　臺南市　成功大學中文系

21 陳滿銘　2003年11月〈論辭章的章法風格〉　在第五屆中國修辭學國際學術研討會作專題演講　臺北市　《第五屆中國修辭學國際學術研討會論文集》（《修辭論叢》5輯）　頁1-51

22 陳滿銘　2003年11月〈《中庸》「多、二、一（0）」螺旋結構論〉

發表於第三屆中國經學國際學術研討會　臺北市　《第三屆中國經學國際學術研討會論文集》　頁214-265

23 陳滿銘　2003年9月〈經典作品與章法結構〉　發表於人文研究與語文教育研討會　臺北市　《人文研究與語文教育研討會論文集》　頁57-77

24 陳滿銘　2003年3月〈《孟子》義利之辨與《論語》——從義理的邏輯結構切入〉　發表於海峽兩岸儒家思想學術研討會　臺北市　《孔孟月刊》41卷8期　頁6-10

25 陳滿銘　2002年12月〈章法的哲學思辨〉　在閩臺辭章學學術研討會作專題演講　廈門市　《辭章學論文集》(上冊)　頁40-67

26 陳滿銘　2002年7月〈論章法與國文教學〉　發表於親民工商專科學校「國文教學研討會2002」　苗栗市　《國文教學學術研討會論文集2002》　頁235-283

27 陳滿銘　2002年5月〈論章法與邏輯思維〉　在第四屆中國修辭學國際學術研討會作專題演講　臺北市　《第四屆中國修辭學國際學術研討會論文集(《修辭論叢》4輯)　頁1-32

28 陳滿銘　2001年6月〈文章主旨置於篇外的謀篇形式——以詩詞為例〉　發表於第三屆中國修辭學學術研討會　臺北市　《第三屆中國修辭學學術研討會論文集》《修辭論叢》3輯)　頁1114-1143

29 陳滿銘　2000年6月〈談平提側收的篇章結構〉　發表於第二屆中國修辭學學術研討會　高雄市　《第二屆中國修辭學學術研討會論文集》(《修辭論叢》2輯)　頁193-213

30 陳滿銘　1999年6月〈談見於詩詞裡的凡目結構〉　發表於第一屆中國修辭學學術研討會　臺北市　《第一屆中國修辭學學術研討會論文集》(《修辭論叢》1輯)　頁95-116

31 陳滿銘　1995年6月〈談課文結構分析的重要——以高中國文課文

為例〉　發表於兩岸暨港新中小學國語文教學國際研討會　臺北市
《兩岸暨港新中小國語文教學國際研討會論文集》　頁13-44

32 陳滿銘　1992年4月〈凡目法在高中國文課文裡的運用〉　發表於
第一屆臺灣地區國語文教學學術研討會　臺北市　《第一屆臺灣地
區國語文教學學術研討會論文集》　頁229-254

33 陳滿銘　1989年6月〈國中國文課文分析舉隅〉　發表於七十七學
年度國民中學國文教學論文研討會　臺北市　《七十七學年度國民
中學國文教學論文研討會論文集》　頁15-32

（四）專書論文

1　陳滿銘　2016年10月〈論篇章結構教學之重心──以思維（意象）
「0一二多」雙螺旋邏輯系統切入作探討〉（專題演講）　《章法
論叢》（第十輯）　中華章法學會主編　臺北市　萬卷樓圖書股份
有限公司　頁1-42

2　陳滿銘　2015年11月〈論哲理章法──以《中庸》成名思想為例作
探討〉（專題演講）　《章法論叢》（第九輯）　中華章法學會主編
臺北市　萬卷樓圖書股份有限公司　頁1-38

3　陳滿銘　2014年10月〈大陸學界對臺灣章法學體系建構的評價──
以發表於學報與研討會者為範圍〉（專題演講）　《章法論叢》（第
八輯）　中華章法學會主編　臺北市　萬卷樓圖書股份有限公司
頁1-32

4　陳滿銘　2013年11月〈章法學三觀體系之建構〉（專題演講）
《章法論叢》（第七輯）　中華章法學會主編　臺北市　萬卷樓圖
書股份有限公司　頁1-24

5　陳滿銘　2013年6月〈高職國文教材的篇章教學──以章法結構與
意象統合切入作探討〉　收入渡也、陳敬介主編《高職國文教材學
術研討會論文集》　臺北市　讀冊文化公司　頁107-156

6　陳滿銘　2013年5月〈論修辭轉化之理論及其應用〉　收入張高評主編《修辭學之多元詮釋與教學運用演講集》　臺北市　新文豐出版公司　頁185-208

7　陳滿銘　2012年10月〈論修辭轉化理論之核心原則〉　收入張高評主編《哲學美學與傳統修辭──「修辭學之多元詮釋與教學」學術研討會論文集（一）》　臺北市　新文豐出版公司　頁23-60

8　陳滿銘　2011年9月〈篇章邏輯與思考訓練〉（專題演講）　《章法論叢》（第五輯）　中華章法學會主編　臺北市　萬卷樓圖書股份有限公司　頁1-25

9　陳滿銘　2011年4月〈曾祥芹教授「四律」觀對章法學之貢獻〉收入甘其勛主編《「三學」創新論──曾祥芹學術思想國際研討會文集》　鄭州市　河南人民出版社　頁66-78

10　陳滿銘　2011年1月〈論意與象之連結〉　收入張學立主編《辭學新視野》　上海市　社科文獻出版社　頁78-86

11　陳滿銘　2011年1月〈論思維力與語文螺旋結構之形成〉　收入張學立主編《辭學新視野》　上海市　社科文獻出版社　頁87-96

12　陳滿銘　2010年12月〈羅門詩國的真、善、美〉　收入羅門《我的詩國》（上）　臺北市　文史哲出版社　頁38-48

13　陳滿銘　2010年12月〈論羅門詩國之第三自然結構觀〉　收入羅門《我的詩國》（上）　臺北市　文史哲出版社　頁49-66

14　陳滿銘　2010年7月〈論篇章邏輯與內容義旨〉（專題演講）　《章法論叢》（第四輯）　中華民國章法學會主編　臺北市　萬卷樓圖書股份有限公司　頁1-27

15　陳滿銘　2010年1月〈論《論語》「知（智）」論與後代「才、學、識」說──由思維（意象）系統切入作探討〉　收入《國際儒學研究》（第十七輯）　北京市　九州出版社　頁51-75

16 陳滿銘　2009年10月〈論辭章分析與科技整合──以白居易〈長相思〉詞為〉（專題演講）　《章法論叢》（第三輯）　中華民國章法學會主編　臺北市　萬卷樓圖書股份有限公司　頁1-25

17 陳滿銘　2009年9月〈篇章風格教學之新嘗試──以剛柔成分之多寡與比例切入探討〉　收入戴維揚、余金龍編著《漢學研究與華語文教學》　臺北市　萬卷樓圖書股份有限公司　頁41-54

18 陳滿銘　2008年6月〈閱讀與寫作〉　收入張高評主編《實用中文講義》上　臺北市　東大圖書公司　頁166-184

19 陳滿銘　2008年6月〈讀後感寫作〉　收入張高評主編《實用中文講義》上　臺北市　東大圖書公司　頁185-203

20 陳滿銘　2008年3月〈章法學研究團隊之成立〉（專題演講）　《章法論叢》（第二輯）　辭章章法學會籌備會編　臺北市　萬卷樓圖書股份有限公司　頁1-35

21 陳滿銘　2007年12月〈讀寫原理與實例分析〉　收入國立嘉義大學中文系編著《文思與創意──大學國文教學論集》　臺北市　萬卷樓圖書股份有限公司　頁1-36

22 陳滿銘　2007年1月〈意象與辭章〉　收入夏中華主編《修辭學論文集》（第九集）　北京市　北京大學出版社　頁58-75

23 陳滿銘　2006年11月〈王希杰教授之章法觀〉　收入李名方、鍾玖應主編《王希杰和三一語言學》　北京市　中國文聯出版社　頁302-327

24 陳滿銘　2006年9月〈章法結構與真、善、美──以「多、二、一（0）」螺旋結構切入作考察〉（專題演講）　《章法論叢》（第一輯）　辭章章法學會籌備會編　臺北市　萬卷樓圖書股份有限公司　頁1-31

25 陳滿銘　2006年4月〈論讀寫互動原理──歸本於語文能力與意象

（思維）系統作探討〉　收入《李爽秋教授八十壽慶祝壽論文集》
臺北市　李爽秋教授八十壽慶祝壽論文集編輯委員會　頁141-160

26 陳滿銘　2005年12月〈辭章意象論〉（中篇）　收入陳之芥、鄭榮
馨主編《修辭學新視野》　北京市　中國文聯出版社　頁159-173

27 陳滿銘　2005年7月〈章法「多、二、一（0）」結構的節奏與韻
律──以兩首詩詞為例〉（短篇）　收入王未主編《語言學心思
潮》　北京市　中國社會科學出版社　頁293-298

28 陳滿銘　2004年12月〈論意象與辭章「多、二、一（0）」結構〉
收入《中國改革發展理論文集》　北京市　中國文藝出版社　頁
632-634

29 陳滿銘　2004年12月〈閱讀與寫作〉　收入張高評主編《實用中文
寫作學》　臺北市　里仁書局　頁45-82

30 陳滿銘　2004年9月〈論章法「多、二、一0」結構之美〉　收入
《許錟輝教授七秩嵩壽論文集》　臺北市　萬卷樓圖書股份有限公
司　頁553-578

31 陳滿銘　2004年9月〈章法「多、二、一0」邏輯結構論〉　收入高
鑫主編《當代中國科教文集》（第二集）　北京市　亞太國際出版
有限公司　頁357-360

32 陳滿銘　2004年7月〈經典作品與章法結構〉　收入戴維揚主編
《人文研究與語文教育》　臺北市　國立臺灣師範大學　頁215-
242

33 陳滿銘　2004年6月〈章法結構及其哲學義涵〉（11000字）　收入
鍾玖英主編《語言學新思維》北京市　中國文聯出版社　頁143-
156

34 陳滿銘　2004年4月〈論意象與辭章「多、二、一（0）」結構〉
收入鮑嶽廷主編《中華名人文論大全》　北京市　中國文聯出版社
頁935-936

35 陳滿銘　2003年5月〈章法「多、二、一（0）」結構的節奏與韻律——以兩首詩詞為例〉（短篇）　收入《中國科技發展精典文庫》（2003卷）上冊　北京市　中國言實出版社　頁367-368

36 陳滿銘　2003年4月〈論辭章章法與邏輯思維〉　收入鄭頤壽主編《辭學論文集》下冊　福州市　海潮攝影藝術出版社　頁145-168

37 陳滿銘　2003年4月〈章法「移位」與「轉位」結構的理論基礎〉（11000字）　收入鄭頤壽主編《辭章學論文集》下冊　福州市　海潮攝影藝術出版社　頁125-144

38 陳滿銘　2003年4月〈論辭章章法之風格——以幾首詩詞為例〉（10000字）　收入鄭頤壽主編《辭章學論文集》下冊　福州市　海潮攝影藝術出版社　頁73-91

39 陳滿銘　2002年12月〈談章法結構的節奏與韻律——以幾首詩詞為例〉（中篇）　收入《新時期的語言學》　北京市　中國文聯出版社　頁53-60

40 陳滿銘　2002年12月〈論「因果」章法的母性〉　收入《新時期的語言學》　北京市　中國文聯出版社　頁43-52

41 陳滿銘　2002年12月〈論辭章章法的四大律〉　《辭章學論文集》（上冊）　福州市　海潮攝影藝術出版社　頁68-77

42 陳滿銘　2002年6月〈論幾種特殊的辭章章法〉　收入《修辭學研究》（第9輯）　香港　華星出版社　頁208-237

43 陳滿銘　2001年6月〈《孟子・養氣》章的篇章結構〉　收入《慶祝莆田黃錦鈜教授八秩嵩壽論文集》　臺北市　文史哲出版社　頁251-274

44 陳滿銘　1999年10月〈結語〉　《階梯作文2》　臺北市　三民書局　頁353-356

45 陳滿銘　1999年6月〈如何進行課文結構分析——以高中國文教材

為例〉　收入《臺灣省政府教育廳國文科教學研究專輯（五）》
南投縣　臺灣省政府教育廳　頁49-75

46陳滿銘　1996年6月〈如何進行鑑賞教學〉　收入《如何進行國文
教學》　臺北市　臺灣師大中等教育輔導委員會　頁147-160

47陳滿銘　1996年〈如何進行作文教學〉　收入《國文科教學專輯
（二）》　南投縣　臺灣省政府教育廳　頁89-111

48陳滿銘　1996年6月〈談篇旨教學〉　收入《高級中學國文英文物
理化學四科輔導資料彙編》　臺北市　臺灣師大中等教育輔導委員
會　頁11-24

49陳滿銘　1995年5月〈章法分析與國文教學〉　收入《臺灣、大
陸、香港、新加坡四地中學語文教學論文集》　臺北市　臺灣師大
中等教育輔導委員會　頁31-48

50陳滿銘　1993年9月〈學庸導讀〉　收入《國學導讀》（二）　臺北
市　三民書局　頁479-531

51陳滿銘　1993年6月《解惑篇》（與王熙元等多人合著）一、二輯
臺北市　萬卷樓圖書股份有限公司　頁205、406

52陳滿銘　1992年9月〈聽徹梅花弄──秦觀〈桃園憶故人〉詞賞
析〉、〈綠楊歸路、燕子西飛去──賀鑄〈點絳唇〉詞欣賞〉　收入
《愛情詞與散曲鑒賞辭典》（錢仲聯主編）　長沙市　湖南教育出
版社　頁229-230、245-246

53陳滿銘　1990年6月〈如何畫好課文分析表〉　收入《國文教學津
梁》　臺北市　臺北市教育局　頁64-85

54陳滿銘　1990年6月〈談我國中等教育師資培養之管道〉　收入
《師大學術演講專集》6期　臺北市　臺灣師大出版處　頁53-64

55陳滿銘　1989年6月〈國中國文課文分析舉隅〉（收入《國文教學研
討會論文集》）　臺北市　中等教育輔導委員會　頁15-31

56 陳滿銘　1988年6月〈談詩詞教學與欣賞〉　收入《詩詞教學與欣賞研討會手冊》　臺北市　教學研習中心　頁1-5

57 陳滿銘　1987年2月〈中庸導讀〉　收入《四書導讀》　臺北市文津出版社　頁35-68

58 陳滿銘　1986年6月〈吳文英〉（收入《中國文學講話》七輯）　臺北市　巨流圖書公司　頁419-428

59 陳滿銘　1982年6月〈國文教學問題與改進〉　收入《學術專題研究》十輯　臺北市　幼獅公司　頁239-246

60 陳滿銘　1979年4月《學庸導讀》　收入《國學導讀叢編》）　臺北市　康橋出版社　頁245-296

第二種　審查指導（暫：1987-2014）

一　指導學位論文一覽

（一）博士

1　林承坯　《辛稼軒詠物詞研究》　臺灣師大國研所　1993年1月

2　金　鮮　《清末民初宋詞學析論》　臺灣師大國研所　1997年7月

3　李清筠　《時空情境中的自我影像——以阮籍、陸機、陶淵明詩為例》（與傅武光合指導）　臺灣師大國研所　1999年6月

4　仇小屏　《古典詩詞時空設計之研究》　臺灣師大國研所　2001年2月

5　陳佳君　《辭章意象形成論》　臺灣師大國研所　2004年5月

6　蒲基維　《章法風格析論——以蘇軾詞、姜夔詞為考察對象》　臺灣師大國研所　2004年6月

7　謝奇懿　《先秦兩漢天人意識與詩經學之研究》　臺灣師大國研所　2004年6月

8　顏智英　《辭章章法變化律研究——以古典詩詞為考察對象》　臺灣師大國研所　2006年6月

9　黃淑貞　《辭章章法統一律研究》　臺灣師大國研所　2006年6月

10　李靜雯　《辭章意象表現論——以古典詩詞為例作考察》　臺灣師大國研所　2009年6月

11　林淑雲　《北宋五家記遊散文之研究》　臺灣師大國研所　2011年6月30日

（二）碩士

1　權寧蘭　《朱竹垞詞研究》　臺灣師大國研所　1984年5月

2　林承坯　《稼軒詞之內容及其藝術成就》　臺灣師大國研所　1986年6月

3　郭美美　《東坡在詞風上的承繼與創新》　臺灣師大國研所　1990年5月

4　陳清茂　《楊慎的詞學》　臺灣師大國研所　1994年5月

5　張美娥　《陳亮散文研究》　臺灣師大國研所　1997年1月

6　仇小屏　《中國辭章章法析論》　臺灣師大國研所　1997年6月

7　謝奇懿　《五代詞中山的意象研究》　臺灣師大國研所　1997年6月

8　曾秀華　《北宋前期小令詞人研究》　東吳大學中文研究所　1997年7月

9　郭靜慧　《辛稼軒山水田園詞研究》　臺灣師大國研所　1998年6月

10　謝奇峰　《稼軒詞口語風格研究》　臺灣師大國研所　1998年6月

11　蒲基維　《徐幹散文研究》　臺灣師大國研所　1998年6月

12　楊麗玲　《蘇東坡詠物詞研究》　臺灣師大國研所　1998年6月

13　段致平　《稼軒詞用典研究》　臺灣師大國研所　1999年5月

14　夏薇薇　《賓主章法析論》　臺灣師大國研所　2000年6月

15　賴玫怡　《修辭心理與美感之探析——以夸飾、譬喻為例》　臺灣師大國研所　2000年6月

16　蔣聞靜　《戰國策寓言探析》　臺灣師大國研所　2000年7月

17　陳佳君　《虛實章法析論》　臺灣師大國研所　2001年5月

18　江錦珏　《義旨探古典詩詞究》　臺灣師大國研所　2001年6月

19　呂瑞萍　《宋代詠茶詞研究》　臺灣師大國研所　2001年7月

20　黃文鶯　《賀鑄在詞史上的承繼與開展》　臺灣師大國研所　2002年6月

21 林慧雅　《東坡杭州詞研究》　臺灣師大國研所教碩班　2002年6月

22 陳秀娟　《東坡詞用典研究》　臺灣師大國研所教碩班　2002年6月

23 劉寶珠　《作文運材教學設計之研究》　臺灣師大國研所教碩班　2002年7月

24 黃淑貞　《辭章主旨（綱領）安置於篇腹的結構類型析論》　臺灣師大國研所教碩班　2002年12月

25 顏瓊雯　《六一詞篇章結構探析》　臺灣師大國研所教碩班　2003年5月

26 許　婷　《晏幾道離別詞研究》　臺灣師大國研所　2003年6月

27 江姿慧　《晏殊珠玉詞研究》　臺灣師大國研所　2003年6月

28 張雯華　《東坡詞色彩意象析論》　臺灣師大國研所教碩班　2003年6月

29 陳怡芬　《唐宋古文篇章結構教學析論——以高中國文一綱多本國文課文為研究範圍》　臺灣師大國研所教碩班　2003年6月

30 劉文君　《詩歌義旨教學之研究——以國中國文教材為例》　臺灣師大國研所教碩班　2003年6月

31 涂碧霞　《凡目章法析論》　臺灣師大國研所教碩班　2003年8月

32 蘇秀玉　《唐宋古文篇章結構析論——以《古文觀止》為研究範圍》　臺灣師大國研所教碩班　2004年4月

33 黃琛雅　《東坡詞月意象探析》　臺灣師大國研所教碩班　2004年6月

34 高敏馨　《平側章法析論》　臺灣師大國研所教碩班　2004年6月

35 邱瓊薇　《東坡黃州詞篇章結構析論》　臺灣師大國研所教碩班　2004年8月

36 李靜雯　《點染章法析論》　臺灣師大國研所教碩班　2005年6月

37 周珍儀　《韓愈贈序類散文篇章結構研究》　臺灣師大國研所教碩班　2005年6月

38 邱玉霞 《國中國文讀寫互動教學之研究——以因果、正反、凡目三種章法切入》 臺灣師大國研所教碩班 2005年8月

39 廖惠美 《杜甫五律登臨詩篇章結構探析》 臺灣師大國研所教碩班 2005年11月

40 蘇芳民 《夢窗憶妓情詞意象研究》 臺灣師大國研所教碩班 2005年12月

41 侯鳳如 《珠玉詞花鳥意象研究》 臺灣師大國研所教碩班 2006年1月

42 陳月貴 《孔子的「因材施教」與多元智能的對應研究》 臺灣師大國研所教碩班 2006年5月

43 魏碧芳 《高中寫作教學之理論與實作》 臺灣師大國研所 2006年6月

44 吳冠儀 《孔子教育思想與九年一貫十大基本能力之研究》 臺灣師大國研所教碩班 2006年6月

45 趙瑋婷 《張曉風散文譬喻修辭研究》 臺灣師大國研所教碩班 2006年6月

46 程汶宣 《李清照詞篇章意象析論》 臺灣師大國研所教碩班 2006年6月

47 楊雅貴 《蘇軾「記」體文辭章意象研究》 臺灣師大國研所教碩班 2006年6月

48 李昊青 《稼軒詞秋意象探析》 臺灣師大國研所教碩班 2006年9月

49 余椒雪 《納蘭性德邊塞詞篇章結構研究》 臺灣師大國研所碩專班 2006年10月

50 鄧絜馨 《六一詞花鳥意象研究》 臺灣師大國研所教碩班 2007年1月

51 朱瑞芬　《東坡詞樂器意象研究》　臺灣師大國研所教碩班　2007
年1月

52 毛玉玫　《稼軒離別詞篇章結構探析》　臺灣師大國研所教碩班
2007年1月

53 賴慧娟　《東坡黃州詞時空設計探析》　臺灣師大國研所教碩班
2007年6月

54 陳靖婷　《辭章篇旨教學研究》　臺灣師大國研所碩專班　2007年
6月

55 蕭千金　《國中作文教學之設計與實作──以立意取材與謀篇佈局
為例》　臺灣師大國研所教碩班　2007年6月

56 賴鈺婷　《文學創作意象質形同構類型論──以臺灣當代散文為討
論中心》　臺灣師大國研所教碩班　2007年12月

57 陳鳳秋　《阮籍詠懷詩鳥與草木意象之研究》　臺灣師大國研所教
碩班　2007年12月

58 黃千足　《東坡送別詞意象探析》　臺灣師大國研所教碩班　2008
年1月

59 許育喬　《東坡詞酒意象探析》　臺灣師大國研所教碩班　2008年
1月

60 胡雅雯　《李煜詞篇章意象探析》　臺灣師大國研所教碩班　2008
年5月

61 余毓敏　《溫庭筠詞閨情意象探析》　臺灣師大國研所教碩班
2008年6月

62 黃淑卿　《陳火泉及其散文研究》（與黃文吉合指導）　臺灣師大
國研所教碩班　2008年6月

63 陳盈君　《虛實類章法在國中寫作教學之應用》　臺灣師大國研所
2008年6月

64 黃惠芳　《東坡詞夢意象研究》　臺灣師大國研所教碩班　2008年6月

65 謝美瑩　《王維山水詩意象探析》　臺灣師大國研所教碩班　2008年8月

66 簡蕙宜　《中學情境作文教學之理論與實作》　臺灣師大國研所教碩班　2008年8月

67 彭淑玲　《東坡詞風雨意象探析》　臺灣師大國研所教碩班　2008年11月

68 李孟毓　《辭章篇章結構教學研究──以現行高中九八課綱四十篇文言課文為例》　臺灣師大國研所教碩班　2009年1月

69 謝永珍　《詩歌意象教學析論──以現行高中國文課文為考察範圍》　臺灣師大國研所教碩班　2009年1月

70 何方宜　《國小高年級情境作文教學之研究──以凡目法、賓主法、因果法為例》　臺灣師大國研所教碩班　2009年1月

71 盧雪玲　《辛稼軒遊仙詞研究》　臺灣師大國研所教碩班　2009年6月

72 劉淑菁　《漱玉詞花鳥意象研究》　臺灣師大國研所教碩班　2009年6月

73 李嘉欣　《篇章風格教學析論──以現行高中國文現代散文教材為研究對象》　臺灣師大國研所教碩班　2009年6月

74 潘伯瑩　《圖底章法析論》　臺灣師大國研所教碩班　2009年6月

75 林怡佩　《辭章意象質形同構類型論──以國中國文教材為例》　臺灣師大國研所教碩班　2009年7月

76 馬皖婉　《章法在高中新式作文之應用──以凡目法、正反法、今昔法為例》　臺灣師大國研所教碩班　2009年7月

77 曾素珍　《國中寫作教學研究──以情景、論敘、凡目、今昔等章法為例》　臺灣師大國研所教碩班　2009年8月

78 張家懿　《柳永俗詞意象探討》　臺灣師大國研所碩專班　2010年
　6月

79 洪郁婷　《孔子仁智觀在國中國文教學之體現》　臺灣師大國研所
　教碩班　2010年6月

80 傅雪芬　《古詩十九首篇章結構探析》　臺灣師大國研所教碩班
　2010年7月

81 林冉欣　《主旨安置在篇外的謀篇形式──以《唐詩三百首》為研
　究範疇》　臺灣師大國研所教碩班　2010年7月

82 王宣文　《《論語》仁智觀研究──以「偏離論」切入作考察》
　臺灣師大國研所教碩班　2010年8月

83 王斐雯　《淮海詞水意象研究》　臺灣師大國研所教碩班　2011年
　1月

84 吳雪麗　《篇章邏輯寫作之創思教學研究──以國小二年級為例》
　臺灣師大國研所教碩班　2011年11月8日

85 蔡幸君　《篇章意象組織論──以古典詩詞為考察範圍》　臺灣師
　大國研所碩士班　2012年6月21日

86 鍾孟穎　《魏晉植物賦意象形成研究》　臺灣師大國研所碩士班
　2014年7月30日

二　博士論文書面審查及口試一覽

（一）口試

1　擔任臺灣師大國研所黃薇光博士論文《中韓民俗戲劇之比較研究》
　之口試委員　1987年6月

2　擔任臺灣師大國研所張春榮博士論文《姚惜抱及其文學研究》之口
　試委員　1988年6月

3 擔任臺灣師大國研所陳英姬博士論文《蘇軾政治生涯與文學的關係》之口試員　1989年6月

4 擔任臺灣大學中研所李致洙博士論文《陸游詩研究》之口試委員　1989年6月

5 擔任臺灣師大國研所高秋鳳博士論文《天問研究》之口試委員　1991年6月

6 擔任臺灣師大國研所楊雅惠博士論文《兩宋文人書畫美學研究》之口試委員　1992年6月

7 擔任政治大學中研所劉又名博士論文《大學思想證論》之口試委員　1992年7月

8 擔任臺灣師大國研所李美燕博士論文《先秦兩漢樂教思想研究》之口試委員　1993年4月

9 擔任臺灣師大國研所金賢珠博士論文《唐五代敦煌民歌之研究》之口試委員1993年5月

10 擔任臺灣師大國研所呂武志博士論文《杜牧散文研究》之口試委員　1993年7月

11 擔任臺灣師大國研所南基守博士論文《韓柳散文之比較研究》之口試委員　1994年12月

12 擔任臺灣師大國研所黃永姬博士論文《白石道人詞之藝術探微》之口試委員　1994年12月

13 擔任臺灣師大國研所顏瑞芳博士論文《中唐三家寓言研究》之口試委員　1995年6月

14 擔任臺灣師大國研所史國興博士論文《蘇軾詩詞中夢的研析》之口試委員　1996年1月

15 擔任臺灣師大國研所賴麗蓉博士論文《魏晉「人物品鑑」研究——創造性審美活動的完成》之口試委員　1996年6月

16 擔任東吳大學中研所蘇淑芬博士論文《辛派三家詞研究》之口試委員　1998年6月

17 擔任臺灣師大國研所王聰明博士論文《中庸形上思想研究》之口試委員　1998年6月

18 擔任臺灣師大國研所李慕如博士論文《東坡詩文思想研究》之口試委員　1998年6月

19 擔任政治大學中研所鍾雲鶯博士論文《民國以來民間教派大學中庸思想之研究》之口試委員　2000年5月

20 擔任臺灣師大國研所朱雅琪博士論文《魏晉詩歌中的審美意識》之口試委員　2000年6月

21 擔任臺灣師大國研所范宜如博士論文《地域文學的形成——明代中期吳中文壇研究》之口試委員　2001年5月

22 擔任臺灣師大國研所呂立德博士論文《林琴南古文理論研究》之口試委員　2001年7月

23 擔任臺灣師大國研所博士班候選人劉德玲學位論文《樂府古辭之原型與流變——以漢至唐為斷限》之口試委員　2003年3月

24 擔任臺灣師大國研所博士班候選人高光敏學位論文《北宋時期對韓愈接受之研究》之口試委員　2004年6月

25 擔任臺灣師大國研所博士班候選人林淑慧學位論文《臺灣情治時期散文發展與文化變遷》之口試委員　2005年6月

26 擔任臺灣師大國研所博士班候選人高光敏學位論文《北宋時期對韓愈接受之研究》之口試委員　2004年6月

27 擔任臺灣師大國研所博士班候選人林淑慧學位論文《臺灣情治時期散文發展與文化變遷》之口試委員　2005年6月

28 擔任中山大學中研所博士班候選人王璧寰學位論文《北宋新舊黨爭與詞學》之口試主持委員　2006年7月

29 擔任臺灣大學中研所博士班候選人郭娟玉學位論文《溫庭筠辨疑》之口試主持委員2007年1月

30 擔任彰化師大國研所博士班候選人蘇菁媛學位論文《晚名女詞人研究》之口試主持委員　2009年7月

31 擔任中山大學中研所博士班候選人張白虹博位論文《詞牌與詞之內容關係研究——以首見詞為探論範圍》之口試主持委員　2010年1月

32 擔任臺灣師範大學國文系劉奇慧博士論文《唐代節令詩研究》之口試委員　2010年6月8日

33 擔任中山大學中文系陳清茂博士論文《宋元海洋文學研究》之口試主持委員　2010年6月11日

34 擔任臺灣師大國文系陳宣瑜博士論文《李白詩海意象研究》之口試委員　2011年1月12日

35 擔任臺灣師大國文系簡彥姈博士論文《陸游散文研究》之口試委員　2011年1月14日

36 擔任臺灣師大國文系陳鳳秋博士論文《《文心雕龍》理論在高中國文範文教學之應用》之口試主持委員　2011年6月17日

37 擔任臺灣師大國文系曾香綾博士論文《《詩經》成語研究》之口試主持委員　2011年6月20日

38 擔任臺灣師大國文系鄭慧敏博士論文《論清閒——北宋雅詞之美學面向研究》之口試委員　2011年6月27日

39 擔任高雄師大國文系卓惠婷博士論文《夢窗詞藝術表現與美感研究》之口試主持委員　2012年1月31日

40 擔任中山大學中文系王秋香博士論文《紅樓十二正釵意象研究》之口試主持委員　2013年1月15日

41 擔任中山大學中文系蘇淑貞博士論文《三教思想對《紅樓夢》之影響》之口試委員　2013年5月7日

(二) 審查或講評並口試

1　擔任臺灣師大國研所林聰舜博士論文《明清之際儒家思想的變遷與發展》之書面審查委員　1985年3月

2　擔任臺灣師大國研所曾進豐博士論文《晚唐社會詩、風人體之研究》之講評人及口試委員　2001年5月

3　擔任臺灣師大國研所黃雅莉博士論文《「兩宋詞人詞」雅化的發展與嬗變研究——以柳、周、姜、吳為探究中心》之審查與口試委員　2002年1月

4　擔任臺灣師大國研所博士班候選人溫光華學位論文《劉勰文心雕龍文章藝術析論》之審查人及口試委員　2003年3月

5　擔任東吳大學中研所博士班候選人陳慷玲學位論文《宋詞雅化研究》之審查人及口試主持委員　2003年6月

6　擔任文化大學中研所博士班候選人賴玉樹學位論文《晚唐五代詠史詩之美學意識》之審查人及口試委員　2004年4月

7　擔任臺灣師大國研所博士班候選人廖志超學位論文《蘇軾辭賦研究》之審查人及口試委員　2004年4月

8　擔任臺灣師大國研所博士班候選人劉淑娟學位論文《馮夢龍纂評時調民歌美學研究》之審查人、講評人及口試委員　2004年6月

9　擔任臺灣師大國研所博士班候選人陳思愉學位論文《當代少年小說研究——以李潼、沈石溪、曹文軒為例》之講評人及口試委員　2006年6月

10　擔任臺灣師大國研所博士班候選人金華珍學位論文《桐城派詩論研究》之書面審查與口試委員　2006年6月

11　擔任東吳大學中研所博士班候選人王曉雯學位論文《清代譚瑩「論詞絕句」研究》之書面審查與口試主持委員　2008年7月

12 擔任高雄師大國研所博士班候選人謝綉治學位論文《魏晉象數易學研究》之初審及複審與口試主持委員　2009年1月

13 擔任東吳大學中研所博士班候選人林宛瑜學位論文《清初廣陵詞人群體研究》之書面審查及口試主持委員　2009年1月

第三種　履歷年表（暫：1935-2016）

一　成果小統計

二　簡歷

　　陳滿銘，男，臺灣苗栗人。一九三五年生。臺灣師大國文系學士、碩士、講師、副教授、教授。現為臺灣師大國文系退休教授。專長含儒學、詞學、章法學（雙螺旋層次邏輯學）、意象學、語文教學等。個人出版有三十多種專著、發表有五百餘篇論文。近年以「陰陽二元」之對待與互動為基礎，經由其「移

項目	研究成果												服務成果			學術榮譽			論文指導	
類別	論文				專著					專題研究計畫			博論書面審查與口試	專題演講	會議主持討論人及其他	成果獲獎	登或名其他人錄		碩士	博士
	期刊			學術研討會	專書		自著	合著	主編	國科會	教育部	其他					中	外		
	學報		一般		臺灣	大陸														
	臺灣	大陸																		
90	63	290	33	39	21	36	11	6	2	13	17	63	59	99	14	10	6	86	11	
總計	536（篇）				53（種）					32（次／年）			221（次）			30（項）			97（篇）	

位」、「轉位」、「對比與調和」與「包孕」，確認「0 一二多」雙螺旋層次邏輯系統，成功建構章法學體系，成為一門新學科，而普受肯定，認為成就「空前」。先後有多篇論文獲獎，入編《中國科技發展精典文庫》、《當代中國科教文集》、《中華名人文論大全》、《中國改革發展理論文集》等大型叢書，成果入編《中國專家人名辭典》、《世界優秀專家人才名典》、《中國當代創新人才》、《中華名人大典》、《中國改革擷英》、《中國學者》、《學術之路》、《百年中國》及英文版《世界專業人才名典》（美國 ABI）、《二十一世紀 2000 世界傑出知識份子》（英國 IBC）、《國際名人大辭典》34、35 輯（英國 IBC）等珍藏典籍。

三　年表

1935（民 24）年，1 歲

・（祖籍廣東省五華縣橫流渡，一百多年前渡海來臺，客居苗栗縣頭份鎮）

三月

・本月四日（農曆2月1日）下午，出生於臺灣省苗栗縣大湖鄉虎仔山。父陳煙和、母陳徐粟妹。時父任職樟腦局虎仔山工作站。

1937（民 26）年，3 歲

※因父調職大湖太坪林工作站，遷居太坪林。

1941（民 30）年，7 歲

八月

‧進入大湖國民小學就讀。

1943（民 32）年，9 歲

※父調職上坪工作站，遷居新竹縣橫山鄉上坪，因而轉學至上坪國小
　就讀。

1947（民 36）年，13 歲

六月

‧自上坪國小畢業。

1948（民 37）年，14 歲

八月

‧考入省立新竹工業職業學校初級部化學工程科就讀。

1949（民 38）年，15 歲

※樟腦局改制為山林管理局，時父因遭資遣，移居苗栗縣苗栗鎮上苗
　里一〇〇號。

1951（民 40）年，17 歲

九月

‧以第一名考入省立新竹工業職業學校高級部化學工程科就讀。

十一月

・因病休學。

1953（民42）年，19歲

九月

・病癒復學。

1955（民44）年，21歲

七月

・自省立新竹高級工業職業學校畢業。
・參加五院校聯合招生，考入臺灣省立師範學院理化系化學組。

九月

・因病保留學籍一年。

1956（民45年），22歲

九月

・病癒入學，在臺灣省立師範大學理化系化學組就讀。

1957（民46）年，23歲

九月

・通過轉系考試，轉入臺灣省立師範大學國文系二年級就讀。時程發
　軔老師任系主任。

1958（民 47）年，24 歲

※因病休學。

1961（民 50）年，27 歲

八月

・參加編級試驗及格復學，編入國文系三年級丙班就讀。時編級試驗
由劉正浩老師主持。

1962（民 51）年，28 歲

※三上、三下均以成績全年級第一名獲頒教育部「自然科學獎學
金」。

1963（民 52）年，29 歲

八月

・自國文系四年級肄業，由程主任發軔與章師微穎推薦至省立新竹高
級中學實習，擔任一、二年級國文教師。

※四上以成績全年級第一名獲頒教育部「自然科學獎學金」。

1964（民 53）年，30 歲

八月

・考上臺灣師範大學國文研究所碩士班就讀。時林尹老師任所主任。
・遷居臺北市延吉街二四二巷一弄四號二樓。
・受聘為臺北市立高級工業職業學校國文科教師。

1965（民 54）年，31 歲

一月

· 本月二日，與許素真小姐結婚。時許小姐服務於省立臺北婦產科醫院。

六月

· 本月十六日，父因狹心症在臺北馬偕醫院去世，距生於民前十年十一月十七日，享年六十四。

九月

· 兼任臺北市立高級工業職業學校教務處註冊組組長。

1967（民 56）年，33 歲

六月

· 由盧師元駿教授指導，完成碩士論文《稼軒長短句研究》，通過口試，獲省立臺灣師範大學國文研究所碩士學位。

七月

· 省立臺灣師範大學改制為國立臺灣師範大學。

九月

· 應聘為國立臺灣師範大學國文系講師。

十月

· 本月三日（農曆8月30日），長女陳相君出生。

1968（民 57）年，34 歲

六月

‧發表碩士論文《稼軒長短句研究》於《國立臺灣師範大學國文研究所集刊》第十二號，頁271-446。

十二月

‧本月二十九日（農曆11月10日），長子陳信孚出生。

1969（民 58）年，35 歲

八月

‧以著作《蘇辛詞比較研究》通過升等，升為副教授。

1972（民 61）年，38 歲

七月

‧與陳弘治、劉本棟、邱鎮京等合編《譯注大學國文選》（320頁），由文津出版社出版。

1974（民 63）年，40 歲

六月

‧發表〈稼軒詞作法舉隅〉，臺灣師範大學國文系《文風》25期，頁11-15。

1975（民 64）年，41 歲

十二月

・發表〈探求詞調聲情的幾條途徑〉於《學粹雜誌》17卷5、6期,頁18-23。

1976（民65）年,42 歲

四月

・發表〈讀《學》、《庸》的目的、方法與主要參考書目〉,《學粹雜誌》18卷1、2期,頁24-26。

六月

・發表〈談詞章的兩種基本作法 —— 歸納與演繹〉,臺灣師範大學《中等教育》27卷3、4期,頁49-52。

九月

・發表〈淺談自誠明與自明誠的關係〉,《孔孟月刊》15卷1期,頁12-15。後收錄於《中庸論文資料彙編》,於七十年三月由國立高雄師範學院國文系編輯委員會編印。

1977（民66）年,43 歲

三月

・發表〈辛稼軒的境遇與其詞風〉,《中華文化復興月刊》10卷3期,頁18-23。

六月

・發表〈古語古句在蘇辛詞裡的運用〉，臺灣師範大學《國文學報》6
期，頁215-232。

八月

・新居落成，遷居臺北市信義路四段二六五巷二十八號五樓之二。

※本年參與由教育部國民教育司所委託之第一次國民中學三年級學生
國語文能力評量工作，負責書法能力之評量，並提出報告。

1978（民67）年，44歲

四月

・與王熙元、陳弘治教授共同指導臺灣師大國文系學生編成《詞林韻
藻》一書，由臺灣學生書局出版。
・發表〈淺談國中國文科的電化教學〉，《中等教育》29卷2期，頁11-
29。後收錄於《如何教國文》第一輯，於七十年六月由臺灣師大中
等教育輔導委員會出版。

六月

・發表〈《學》、《庸》的價值、要旨及其實踐工夫〉，臺灣師範大學
《中國學術年刊》2期，頁62-85。

十月

・發表〈大德者必得其壽──為什麼《中庸》如此說〉，臺灣師範大
學《師大校刊》230期，頁21-22。

十一月

・發表〈談忠恕在儒學中的地位〉,《幼獅月刊》48卷5期,頁13-16。

1979（民68）年，45歲

三月

・譯述《史記》之〈韓信盧綰列傳〉與〈張丞相傳〉,收入《白話史記》一書,頁1301-1316、1335-1345,由河洛出版社出版。

四月

・發表〈北宋詞風的轉變〉,《中華文化復興月刊》12卷4期,頁12-19。又撰成〈學庸導讀〉一文,收入《國學導讀叢編》,頁246-296,由康橋出版社出版。

五月

・發表〈愛國詞人辛棄疾的境遇與其詞風〉,《葡萄園詩刊》67期,頁47-52。

八月

・發表〈從修學的過程看智仁勇的關係〉（上）,《孔孟月刊》17卷12期,頁33-35。

九月

・發表〈從修學的過程看智仁勇的關係〉（下）,《孔孟月刊》18卷1期,頁34-35。

※本年參與由教育部國民教育司所委託之第二次國民中學三年級學生
國語文能力評量工作，負責書法能力之評量，並提出報告。

1980（民 69）年，46 歲

三月

・撰成《中庸思想的研究》（221頁）一書，由文津出版社出版。

五月

・以著作《中庸思想的研究》向系提請升等為教授，獲得通過。

六月

・發表〈賈誼及其作品析論〉，臺灣師範大學《國文學報》9期，頁
111-122。

八月

・升等為教授。

九月

・修訂碩士論文《稼軒長短句研究》為《稼軒詞研究》（268頁），由
文津出版社出版。

十月

・修訂《蘇辛詞比較研究》（220頁），由文津出版社出版。

1981（民 70）年，47 歲

四月

・為吳正吉《怎樣寫作文》寫序，由文津出版社出版。

八月

・兼臺灣師大中等教育輔導委員會輔導組主任。

九月

・發表〈中秋寄遠——辛棄疾的〈滿江紅〉詞〉於十三日《臺灣日報》副刊。

十一月

・與許錟輝、尤信雄、廖吉郎、賴橋本等教授共同編審《重編國語辭典》完成，由臺灣商務印書館發行。

十二月

・為臺灣師大中等教育輔導叢書《如何教國文》第一輯之再版代王宗樂先生寫序，由中等教育輔導委員會印行。

1982（民 71）年，48 歲

二月

・發表〈國中三年級學生書法能力評量報告〉、〈怎樣教學生臨摹碑帖〉，《中等教育》33卷1期，頁61-64、頁65-67。其中〈怎樣教學生臨摹碑帖〉後收錄於《如何教國文》第二輯，於同年六月由臺灣

師大中等教育輔導委員會出版；又收錄於《書法論文選輯》，於八十一年三月，由省立嘉義女子高級中學出版。

六月

- 撰成〈國文教學與改進〉一文，收入臺灣師範大學《學術專題研究》十輯，頁239-246，由幼獅文化事業公司出版。
- 集結有關論文為《學庸甗談》（163頁），由文津出版社出版。
- 為《如何教國文》第二輯代王宗樂先生寫序，由臺灣師大中等教育輔導委員會印行。

※繼續兼臺灣師大中等教育輔導委員會輔導組主任。

1983（民72）年，49歲

九月

- 由林尹老師推薦至文化大學中文系文藝組三年級上「詞選及習作」課。

十一月

- 與陳弘治教授合編《唐宋詩詞評注》（332頁），由文津出版社出版。
- 譯述歐陽修〈朋黨論〉、朱熹〈大學章句序〉、黃庭堅〈答洪駒父書〉，收入《空中教學國文白話翻譯》（144頁），由復文圖書出版社出版。

十二月

- 發表〈章法教學〉、〈國文科的命題與評量〉，《中等教育》34卷5、6

期，頁5-15，其中〈章法教學〉後收錄於《如何教國文》第三輯，
於七十四年六月由臺灣師大中等教育輔導委員會出版。

※繼續兼臺灣師大中等教育輔導委員會輔導組主任。

1984（民 73）年，50 歲

三月

・譯述《資治通鑑・隋紀》，收入《白話資治通鑑》，頁4567-4784，
由文化圖書公司出版。

五月

・指導臺灣師範大學國文研究所研究生權寧蘭完成碩論《朱竹垞詞研
究》，獲得學位。

六月

・發表〈心廣體胖——為什麼《大學》如此說〉，文化大學《華岡女
青年》第七期，頁12-14。
・為《如何教國文》第三輯代王宗樂先生寫序，由臺灣師大中等教育
輔導委員會印行。

九月

・發表〈談孔子的四教——文、行、忠、信〉，《孔孟月刊》23卷1
期，頁3-11。

※繼續在文化大學中文系文藝組兼課，除上「詞選及習作」課外，又

增開「修辭學」及「國文教材教法」兩門課。又繼續兼臺灣師大中等教育輔導委員會輔導組主任。

1985（民 74）年，51 歲

三月

・擔任臺灣師大國研所林聰舜博士論文《明清之際儒家思想的變遷與發展》之書面審查委員。

五月

・接受臺灣省立教育廳之委託，指導省立中壢高級中學完成《高級中一年級國文科新編教材（第一冊）研究報告》，由省立中壢高級中學出版。

八月

・與學者多人共同編審《大辭典》完成，由三民書局出版。
・與王熙元、陳弘治、黃麗貞、賴橋本等教授合編《詞典選注》（439頁）完成，由臺灣學生書局出版。
・本月三十日一早，母親因心臟麻痺，急送國泰醫院不治，距生於民前九年七月十日，享年八十三。

十月

・發表〈氣吞萬里的辛棄疾〉，《幼獅少年》108期，頁55-58。
・發表〈談運用詞章材料的幾種基本手段〉，《中等教育》36卷5期，頁5-23。

※本年由臺灣省教育廳聘為臺灣省高級中學招生入學考試命題研究改
　進委員會國文科研究小組委員。又繼續兼臺灣師大中等教育輔導委
　員會輔導組主任。

1986（民 75）年，52 歲

四月

・與田博元、賴明德、廖吉郎、陳弘治等教授共同提出《臺灣省高級
　中學七十五年度招生入學考試命題研究改進委員會國文科命題科學
　性研究小組研究報告》。

六月

・指導臺灣師範大學國文研究所研究生林承坯完成碩論《稼軒詞之內
　容及其藝術成就》，獲得學位。
・修改演講稿〈吳文英〉完成，收入《中國文學講話》七輯，頁419-
　428，由巨流圖書公司出版。

八月

・發表〈中學國文課文修辭實例舉要〉，《中等教育》37卷4期，頁39-
　56。

※本年由臺灣省教育廳續聘為臺灣省高級中學招生入學考試命題研究
　改進委員會國文科研究小組委員。又繼續兼臺灣師大中等教育輔導
　委員會輔導組主任。

1987（民 76）年，53 歲

二月

・撰成〈中庸導讀〉，收入《四書導讀》，頁35-68，由文津出版社出版。

四月

・與田博元、賴明德、廖吉郎、陳弘治等教授共同提出《臺灣省高級中學七十六年度招生入學考試命題研究改進委員會國文科命題科學性研究小組研究報告》。

六月

・發表〈意氣崢嶸的辛棄疾〉，《幼獅月刊》414期，頁24-31。
・為吳正吉《文章賞析》寫序，由文津出版社出版。
・擔任臺灣師大國研所黃薇光博士論文《中韓民俗戲劇之比較研究》之口試委員。

七月

・本月二十八日起，與江教授應龍、董教授俊彥、毛院長連塭及其夫人鄭梅合、郭生玉教授及其夫人麗霞、陳義明校長及其夫人陳敏惠、白博文校長及其夫人林秀珠與郭素靜、張淑媛、李蘋、鄭嫦娥、林素娟、翁淑芳等老師與小女相君等，同遊西歐二十餘天。

八月

・本月十六日遊西歐返臺。
・與李鍌、劉正浩、邱燮友、賴炎元等教授修訂《新譯四書讀本》完成，由三民書局再版。

九月

· 發表〈談主旨見於篇外的幾篇課文〉,《國文天地》3卷4期,頁92-
  96。

十月

· 發表〈遊歐小吟〉,《國文天地》3卷5期,頁19。

十一月

· 發表〈談主旨見於篇末的幾篇課文〉,《國文天地》3卷6期,頁88-
  91。

十二月

· 發表〈談主旨見於篇首的幾篇課文〉,《國文天地》3卷7期(96-98。

※本年由臺灣省教育廳續聘為臺灣省高級中學招生入學考試命題研究
  改進委員會國文科研究小組委員。又繼續兼臺灣師大中等教育輔導
  委員會輔導組主任。又與王熙元、許錟輝與余培林等教授推動,成
  立臺灣師大國文系教授會成功,並獲選為首任召集人。

1988(民77)年,54歲

一月

· 發表〈談主旨見於篇腹的幾篇課文〉,《國文天地》3卷8期,頁98-
  101。
· 發表〈談心廣體胖〉,《孔孟月刊》26卷4期,頁16-20。
· 與李振興、周志文……等教授合編高職《國文》(二)、(四)、
  (六)完成,由東大圖書公司印行。

二月

- 發表〈演繹法在詩詞裡的運用〉，《國文天地》3卷9期（98-101。
- 本月六日，與周何、王更生、邱鎮京、尤信雄、廖吉郎、林礽乾、黃春貴、季旭昇、汪中文等教授先生，組團至港、澳作五日之遊。

三月

- 與周鳳五、邱燮友……等教授合編高職《國文》（五）完成，由東大圖書公司出版。

四月

- 發表〈歸納法在詩詞裡的運用〉，《國文天地》3卷11期，頁99-102。
- 與田博元、賴明德、廖吉郎、陳弘治等教授共同提出《臺灣省高級中學七十七年度招生入學考試命題研究改進委員會國文科命題科學性研究小組研究報告》。
- 擔任臺灣師大國研所林聰舜博士論文《明清之際儒家思想的變遷與發展》之書面審查委員。

五月

- 發表〈談採「先敘後論」的形式所寫成的幾篇課文〉，《國文天地》3卷1期，頁100-102。
- 發表遊歐吟稿〈浣溪沙〉、〈浪淘沙〉、〈夢江南〉詞，臺灣師大國文系《文風》48期，頁65-66。

六月

- 修改演講稿〈談詩詞教學與欣賞〉完成，收入《詩詞教學與欣賞研

討會手冊》，頁1-5，由臺北市教師研習中心印行。

- 擔任臺灣師大國研所張春榮博士論文《姚惜抱及其文學研究》之口試委員。

七月

- 發表〈怎樣寫好命題作文——向大學聯招考生叮嚀幾句話〉，《國文天地》4卷2期，頁39-41。

八月

- 與許錟輝、黃沛榮……等教授合編高職《國文》（三）完成，由東大圖書公司出版。

- 本月二十八日，與吳璵、余培林、許錟輝、邱鎮京、賴明德、董俊彥、賴橋本、傅武光等教授與藍繡春、劉渼等小姐十數人組團，由江淑媛小姐率領，經由香港、赴廣州、桂林、上海、杭州、蘇州、南京、北京、西安，作「龍之旅」二十餘天。

九月

- 發表〈今年大學聯考國文試題評析〉，《國文天地》4卷4期，頁20-22。

- 與黃志民、黃俊郎……等教授合編高職《國文》（一）完成，由東大圖書公司出版。

十一月

- 發表〈屏障中原關盛衰——北平〉、〈無山無水不入神——桂林〉，《國文天地》4卷6期，頁16-21、35-39。

十二月

• 發表〈談詞章聯絡照應的幾種技巧〉,《中等教育》39卷6期,頁14-25。

※本年由臺灣省教育廳續聘為臺灣省高級中學招生入學考試命題研究改進委員會國文科研究小組委員。又繼續兼臺灣師大中等教育輔導委員會輔導組主任。又繼續擔任臺灣師大國文系教授會召集人。

1989（民78）年,55歲

二月

• 本月七日起,隨遊歐團遊紐、澳十餘天。

四月

• 與田博元、賴明德、廖吉郎、陳弘治等教授共同提出《臺灣省高級中學七十八年度招生入學考試命題研究改進委員會國文科命題科學性研究小組研究報告》。

五月

• 接受教育部委託,指導臺灣省立新竹女子中學完成《高中國文第二冊文章結構分析》,由省立新竹女中國文科教學研究會編印。

• 與學者多人共同編審《新辭典》完成,由三民書局出版。

六月

• 發表〈怎樣教詞選 —— 李煜的〈清平樂〉與蘇軾的〈念奴嬌〉詞〉,《國文天地》5卷1期,頁51-55。

- 發表〈詞的章法與結構〉，臺灣師大文學院《教學與研究》11期，頁85-94。
- 參加「七十七學年度國民中學國文教學論文研討會」，擔任林秀珠〈岳飛滿江紅之研究〉之講評人，並發表〈國中國文課文分析舉隅〉，收入《七十七學年度國民中學國文教學論文研討會論文集》，頁15-31，由臺灣師大中等教育輔導委員會印行。
- 接受教育部社會教育司委託，與王熙元、曾忠華、張學波、陳品卿、廖吉郎、劉本棟、康世統等教授共同完成《國民中學國語文教材教法專案研究第一年年度報告》，由臺灣師大國文系編印。
- 擔任臺灣師大國研所陳英姬博士論文《蘇軾政治生涯與文學的關係》之口試委員。
- 擔任臺灣大學中研所李致洙博士論文《陸游詩研究》之口試委員。

九月

- 與賴炎元、傅武光……等教授合編《大專國文選》完成，由東大圖書公司出版。

十一月

- 發表〈從現行國中國文課本看我國當前古典文學教育〉，《國文天地》5卷6期，頁35-38。

※本年由中華民國大學入學考試中心聘為國文科研究小組委員。又由臺灣省教育廳續聘為臺灣省高級中學招生入學考試命題研究改進委員會國文科研究小組委員。

1990（民 79）年，56 歲

四月

· 與田博元、賴明德、廖吉郎、陳弘治等教授共同提出《臺灣省高級中學七十九年度招生入學考試命題研究改進委員會國文科命題科學性研究小組研究報告》。

五月

· 指導臺灣師範大學國文研究所研究生郭美美完成碩論《東坡在詞風上的承繼與創新》，獲得學位。

六月

· 撰成〈談我國中等教育師資培養之管道〉，收入《師大學術演講專輯》第六期，頁53-64。
· 撰成〈如何畫好課文結構分析表〉，收入《國文教學津梁》，頁64-85，由臺北市教師研習中心印行。
· 與王熙元、曾忠華、廖吉郎、李威熊、黃沛榮等教授共同提出《中華民國大學入學考試中心國文科研究小組七十八年度研究報告》。
· 接受教育部社會教育司委託，與王熙元、曾忠華、張學波、陳品卿、廖吉郎、劉本棟、康世統等教授共同完成《國民中學國語文教材教法專案研究第二年年度報告》，由臺灣師大國文系編印。

九月

· 國三甲學生仇小屏以跨班方式選修「學庸」，並接受該班導師亓婷婷老師委託任其導師一年。

※本年由中華民國大學入學考試中心續聘為國文科研究小組委員。又由臺灣省教育廳續聘為臺灣省高級中學招生入學考試命題研究改進委員會國文科研究小組委員。又接受教育部中等教育司委託，與王熙元、曾忠華、王更生等教授共同指導高中國文（一至二冊）教學錄影帶之製作，由中華電視公司錄製、發行。又接受國立資料館委託，與王熙元、曾忠華；張學波、陳品卿等教授共同指導國中國文（一至六冊）教學錄影帶之製作，由國立資料館錄製、發行。

1991（民 80）年，57 歲

二月

・本月四日偕武光兄與數名學生赴臺東參加國語文教學研討會。

四月

・本月一日偕武光兄與數名學生同遊花蓮一天。
・與田博元、賴明德、廖吉郎、陳弘治等教授共同提出《臺灣省高級中學八十年度招生入學考試命題研究改進委員會國文科學性研究小組研究報告》。

五月

・發表〈落花微雨燕歸來──晏氏父子詞中的花與燕〉，《國文天地》6卷12期，頁37-41。
・與學者多人共同編審《學典》完成，由三民書局出版。

六月

・接受教育部社會教育司委託，與王熙元、曾忠華、張學波、陳品卿、廖吉郎、劉本棟、康世統等教授共同完成《國民中學國語文教

材教法專案研究第三年年度報告》，由臺灣師大國文系編印。

・擔任臺灣師大國研所高秋鳳博士論文《天問研究》之口試委員。

七月

・集結有關國文教學之論文為《國文教學論叢》（580頁），由國文天地雜誌社出版。

八月

・發表〈惟字的讀音〉、〈綠楊歸路、燕子西飛去──賀鑄〈點絳唇〉詞欣賞〉，《國文天地》7卷3期，頁7-8、頁65-67，而後者收錄於《愛情詞與散曲鑑賞辭典》，頁245-246，於1992年9月由湖南教育出版社出版。

九月

・發表〈插敘法在詞章裡的運用〉，《國文天地》7卷4期，頁101-105。

・發表〈作文在國文教學上的意義〉，《選才》2卷2期，頁23-24。

・本月十三日起，偕傅武光教授及劉蕙蘭、劉蕙芬、翁于雯、謝金鑾、蘇秀郁、卓靜宜、王岱華、潘玉真等同學，作大陸西南遊十三天。

十月

・發表〈攀條折其榮，將以遺所思〉、〈談詞章主旨、綱領與內容的關係〉，《國文天地》7卷5期，頁8、頁112-114。

・發表〈常見於詩詞裡的兩種寫景法──主觀與客觀〉，《中等教育》42卷5期，頁43-49。

十一月

・發表〈東坡「赤壁」三問〉、〈「攻守之勢異也」如何解釋〉,《國文天地》7卷6期,頁9-10、頁10。

※本年由中華民國大學入學考試中心續聘為國文科研究小組委員。又由臺灣省教育廳續聘為臺灣省高級中學招生入學考試命題研究改進委員會國文科研究小組委員。又接受教育部中等教育司委託,與王熙元、曾忠華、王更生等教授共同指導高中國文(三至四冊)教學錄影帶之製作,由中華電視公司錄製、發行。又接受國立資料館委託,與王熙元、曾忠華、張學波、陳品卿等教授共同指導國中國文(一至六冊)教學錄影帶之製作,由國立資料館錄製、發行。

1992(民81)年,58歲

一月

・與王熙元、曾忠華、黃沛榮、李威熊、廖吉郎等教授共同提出《中華民國大學入學考試中心大學聯考國文科作文命題及評分客觀性之研究報告》。

三月

・發表〈我獨何害〉、〈「便當」的解釋〉,《國文天地》7卷10期,頁8。
・本月廿九日,偕傅武光教授與劉蕙蘭、翁于雯、蘇秀郁、潘玉真,卓靜宜、王岱華、張淑靜、曾銀秀、仇小屏等同學共十人,暢遊上海、杭州、富春江、千島湖、黃山、揚州與南京等地。

四月

- 本月七日由大陸返臺。
- 與田博元、賴明德、尤信雄、廖吉郎、陳弘治等教授共同提出《臺灣省高級中學八十一年度招生入學考試命題研究改進委員會國文科命題科學性研究小組研究報告》。
- 發表〈從偏全的觀點試解讀四書所引生的一些糾葛〉，臺灣師範大學《中國學術年刊》13期，頁11-22。
- 發表〈「多情」如何解〉，《國文天地》7卷11期，頁6。
- 參加「第一屆臺灣地區國語文教學學術研討會」，擔任沈壽美〈從香港的「出版中學中文課本獎勵計畫」談高中國文教材的期望〉之特約討論人，並發表〈凡目法在高中國文課文裡的運用〉一文，收錄於《第一屆臺灣地區國語文教學術研討會論文集》，頁229-254，由臺灣師大中等教育輔導委員會出版。
- 「國民中學人文與社會學科教材教法研究改進獎勵論文發表大會」，擔任李開源〈從詞章、義理教學到科際整合〉之講評人。

五月

- 發表〈「白」日依山盡如何讀〉、〈聽徹梅花弄——秦觀〈桃園憶故人〉詞賞析〉，《國文天地》7卷12期，頁5、頁47-49，而後者收錄於《愛情詞與散曲鑑賞辭典》，頁229-230，於1992年9月由湖南教育出版社出版。

六月

- 與王熙元、曾忠華、黃沛榮、李威熊、廖吉郎等教授共同提出《中華民國大學入學考試中心大學入學考試國文科命題參考手冊之編製研究報告》。

・擔任臺灣師大國研所楊雅惠博士論文《兩宋文人書畫美學研究》之口試委員。

七月

・發表〈談詞章的兩種作法──泛寫與具寫〉,《國文天地》8卷2期,頁100-104。
・擔任政治大學中文所劉又銘博士論文《大學思想證論》之口試委員。

八月

・發表〈五柳先生傳三問〉,《國文天地》8卷3期,頁4-5。

九月

・轉載〈凡目法在高中國文課文裡的運用(上)於《國文天地》8卷4期,頁76-82。

十月

・轉載〈凡目法在高中國文課文裡的運用(下)〉於《國文天地》8卷5期,頁88-99。

※本年接受教育部中等教育司委託,與王熙元、曾忠華、王更生等教授共同指導高中國文(五至六冊)教學錄影帶之製作,由中華電公司錄製、發行。又接受國立資料館委託,與王熙元、曾忠華、張學波、陳品卿等教授共同指導國中國文(一至六冊)教學錄影帶之製作,由國立資料館錄製、發行。又由臺灣省教育廳續聘為臺灣省高級中學招生入學考試命題研究改進委員會國文科研究小組委員。又

　　受臺灣師大人文教育研究中心之邀，撰成《落花微雨燕歸來──唐
宋詞名篇賞析》，列為《高中人文學科叢書》，迄今未出版；又撰寫
《詞的欣賞》錄影帶腳本，並與邱燮友教授合寫《古典詩歌》（絕
句篇與律詩篇）錄影帶腳本，均由臺灣師大視聽教育館錄製、發行。

1993（民82）年，59歲

一月

・發表〈凡目法在國中國文課文裡的運用〉，《國文天地》8卷8期，頁
69-81。

四月

・與田博元、賴明德、尤信雄、廖吉郎、陳弘治等教授共同提出《臺
灣省高級中學八十二年度招生入學考試命題研究改進委員會國文科
命題科學性研究小組研究報告》。

・擔任臺灣師大國研所李美燕博士論文《先秦兩漢樂教思想研究》之
口試委員。

五月

・擔任臺灣師大國研所金賢珠博士論文《唐五代敦煌民歌之研究》之
口試委員。

六月

・參加「紀念林尹教授逝世十週年學術研討會」，擔任王更生〈魏晉
南北朝散文研究的重要性〉之引言人。

七月

· 擔任臺灣師大國研所呂武志博士論文《杜牧散文研究》之口試委員。

八月

· 撰成《文章的體裁》一書（38頁），由圖文出版社出版。

九月

· 發表〈談文章作法賞析——以國中國文課文為例〉，《國文天地》9卷4期，頁76-82。
· 撰成〈學庸導讀〉，收入《國學導讀》二，頁479-531，由三民書局出版。

十月

· 發表〈談詞章剪裁的手段——以周敦頤〈愛蓮說〉與賈誼〈過秦論〉為例〉，《國文天地》9卷5期，頁62-66。

十二月

· 發表〈談國中的詩詞教學〉，《國文天地》9卷7期，頁88-95。
· 指導臺灣師範大學國文研究所研究生林承坯完成博論《辛稼軒詠物詞研究》，獲得博士學位。

※本年由臺灣省教育廳續聘為臺灣省高級中學招生入學考試命題研究改進委員會國文科研究小組委員。又接受國立資料館委託，與王熙元、曾忠華、陳品卿等教授共同指導國中國文（一至六冊）教學錄影帶之製作，由國立資料館錄製、發行。

1994（民 83）年，60 歲

一月

・發表〈談近體詩的欣賞——以國中國文課本所選作品為例〉，《國文天地》9卷8期，頁78-84。

三月

・譯述《禮記・學記》，收入《古文觀止續編》，頁7-16，由百川書局出版。

四月

・發表〈談幾種非傳統的作文命題方式〉，《國文天地》9卷11期，頁46-64。

・與賴明德、尤信雄、廖吉郎、陳弘治等教授共同提出《臺灣省高級中學八十三年度招生入學考試命題研究改進委員會國文科命題科學性研究小組研究報告》。

・參加由中央研究院中國文哲研究所籌備處所主辦之「第一屆詞學國際研討會」，擔任蔣哲倫〈談詞中領字〉之講評人。

五月

・指導臺灣師範大學國文研究所研究生陳清茂完成碩論《楊慎的詞學》，獲得學位。

・參加「紀念程旨雲先生百年誕辰學術研討會」，擔任林礽乾〈海陵紅粟辨正〉之特約討論人。

六月

・集結有關詩詞之論文為《詩詞新論》（314頁），由萬卷樓圖書股份有限公司出版。

八月

・發表〈談作文命題的原則〉（上），《國文天地》10卷3期，頁47-54。

九月

・發表〈談作文批改的原則〉（下），《國文天地》10卷4期，頁50-56。

十月

・撰成《作文教學指導》一書（574頁），由萬卷樓圖書股份有限公司出版。

十一月

・發表〈談詞章的義蘊與運材的關係〉，《國文天地》10卷6期，頁44-50。

十二月

・發表〈談作文批改的項目與技巧〉，《中等教育》45卷6期，頁66-77。
・擔任臺灣師大國研所南基守博士論文《韓柳散文之比較研究》之口試委員。
・擔任臺灣師大國研所黃永姬博士論文《白石道人詞之藝術探微》之口試委員。

※本年由國立編譯館聘為高級中學國文科教科用書編審委員會編輯小
　組委員。又由臺灣省教育廳續聘為臺灣省高級中學招生入學考試命
　題研究改進委員會國文科研究小組委員。

1995（民 84）年，61 歲

四月

- 與賴明德、尤信雄、廖吉郎、陳弘治、康世統等教授共同提出《臺
　灣省高級中學八十四年度招生入學考試命題研究改進委員會國文科
　命題科學性研究小組研究報告》。
- 參加「第五屆文學與美學學術研討會」，擔任殷善培〈美感之重
　置──論宋代文人詞的確立〉之特約討論人。

五月

- 撰成〈章法分析與國文教學〉，收入《臺灣、大陸、香港、新加坡
　四地中學語文教學論文集》，頁31-48，由臺灣師大中等教育輔導會
　印行。
- 參加「國立臺灣師範大學國文學系八十三學年度資優生論文發表
　會」，擔任主持人。

六月

- 參加「兩岸暨港新中小學國語文教學國際研討會」，擔任主持人及
　廖吉郎〈臺灣省暨高雄市公立高級中學八十三年度招生國文科試題
　分析〉之特約討論人，並發表〈談課文結構分析的重要──以高中
　國文課文為例〉，收入《兩岸暨港新中小學國語文教學國際研討會
　論文集》，頁13-41，由臺灣師大中等教育輔導委員會印行。

‧擔任臺灣師大國研所顏瑞芳博士論文《中唐三家寓言研究》之口試
委員。

八月

‧發表〈談詞章主旨的顯與隱——以中學國文課文為例〉,《國文天
地》11卷3期,頁76-81。
‧與王更生、何寄澎、何淑貞、郭麗華、董金裕等委員改編《高中國
文》(三)完成,由國立編譯館出版。
‧與賴橋本、簡宗梧……等教授合編《五專國文》(一)完成,又與
劉正浩、邱燮友等教授改編高職《中國文化基本教材》(一)完
成,均由東大圖書公司出版。

九月

‧與劉正浩、邱燮友等教授改編高職《中國文化基本教材》(三)完
成,由東大圖書公司出版。

十月

‧發表〈從軌數的多寡看凡目法在詞章裡的運用——以國、高中國文
課文為例〉,《國文天地》11卷5期,頁50-57。

十一月

‧發表〈唐宋詞拾玉(一)——李白的〈菩薩蠻〉〉,《國文天地》11
卷6期,頁28-29。
‧校閱《新譯貞觀政要》完成,由三民書局出版。
‧為王開府教授《四書的智慧》寫序,由萬卷樓圖書股份有限公司出
版。

十二月

‧發表〈談〈與宋元思書〉與〈溪頭的竹子〉二文在結構上的異同〉,《國文天地》11卷7期,頁46-51。

※本年由國立編譯館續聘為高級中學國文科教科用書編審委員會編輯小組委員。又由臺灣省教育廳續聘為臺灣省高級中學招生入學考試命題研究改進委員會國文研究小組委員。

1996（民85）年,62歲

一月

‧發表〈唐宋詞拾玉（二）——李白的〈憶秦娥〉〉,《國文天地》11卷8期,頁64-66。

‧校閱《新譯搜神記》、《新譯列女傳》完成,由三民書局出版。

‧與王更生、何寄澎、何淑貞、郭麗華、董金裕等委員改編《高中國文》（四）完成,由國立編譯館出版。

‧擔任臺灣師大國研所史國興博士論文《蘇軾詩詞中夢的研析》之口試委員。

二月

‧發表〈談崔顥〈黃鶴樓〉與李白〈登金陵鳳凰臺〉二詩的異同〉,《國文天地》11卷9期,頁36-43。

‧校閱《新譯戰國策》完成,由三民書局出版。

‧與劉正浩、邱燮友等教授改編高職《中國文化基本教材》（二）、（四）完成,由東大圖書公司出版。

三月

· 發表〈唐宋詞拾玉（三）──張志和的〈漁父〉〉,《國文天地》11卷10期,頁64-66。

· 為吳餘鎬《唐詩三百首演譯》寫序,由大孚書局印行。

四月

· 發表〈凡目法在蘇辛詞裡的運用〉（上）,《國文天地》11卷11期,頁36-44。

· 與賴明德、尤信雄、廖吉郎、陳弘治、康世統等教授共同提出《臺灣省高級中學八十五年度招生入學考試命題研究改進委員會國文科命題科學性研究小組研究報告》。

· 與劉正浩、邱燮友等教授改編高職《中國文化基本教材》（五）、（六）完成,由東大圖書公司出版。

五月

· 發表〈凡目法在蘇辛詞裡的運用〉（下）,《國文天地》11卷12期,頁56-65。

六月

· 發表〈唐宋詞拾玉（四）──辛棄疾的〈賀新郎〉〉,《國文天地》12卷1期,頁66-69。

· 撰成〈如何進行作文教學〉,收入《國文科教學專輯》二,頁89-111,由臺灣省教育廳發行。

· 撰成〈如何進行鑑賞教學〉,收入《如何進行國文教學》,頁147-160；並撰成〈談篇旨教學〉,收入《高級中學國文、英文、物理、

化學四科輔導資料彙編》，頁11-24，均由臺灣師大中等教育輔導委員會印行。

· 擔任臺灣師大國研所賴麗蓉博士論文《魏晉「人物品鑑」研究——創造性審美活動的完成》之口試委員。

七月

· 校閱《新譯賈長沙集》完成，由三民書局出版。

八月

· 發表〈唐宋詞拾玉（五）——白居易的〈長相思〉〉，《國文天地》12卷3期，頁80-83。

· 與劉正浩、黃俊郎、邱燮友、許錟輝等教授共同編譯《新譯世說新語》完成，由三民書局出版。

· 與王更生、何寄澎、何淑貞、郭麗華、董金裕等委員改編《高中國文》（五）完成，由國立編譯館出版。

· 與李振興、周志文……等教授合編《五專國文》（二）完成，由東大圖書公司出版。

九月

· 發表〈孔子的仁智觀〉，《國文天地》12卷4期，頁8-15。

十月

· 發表〈優遊詩歌天地——悼王熙元教授〉，《國文天地》12卷5期，頁14-17。

· 發表〈談古典詩歌之美——以中等學校國文課文為例〉，《人文及社會學科教學通訊》7卷3期，頁41-64。

・校閱《新譯商君書》完成，由三民書局出版。

十一月

・發表〈談補敘法在詞章裡的運用〉，《國文天地》12卷6期，頁38-43。

十二月

・發表〈唐宋詞拾玉（六）──溫庭筠的〈菩薩蠻〉〉，《國文天地》
　12卷7期，頁60-63。

※本年由國立編譯館續聘為高級中學國文科教科用書編審委員會編輯
　小組委員。又由臺灣省教育廳續聘為臺灣省高級中學招生入學考試
　命題研究改進委員會國文科研究小組委員。

1997（民 86）年，63 歲

一月

・發表〈談《中庸》的思想體系〉（上），《國文天地》12卷8期，頁
　11-17。
・校閱《新譯尸子讀本》完成，由三民書局出版。
・與王更生、何寄澎、何淑貞、郭麗華、董金裕等委員改編《高中國
　文》（六）完成，由國立編譯館出版。
・指導臺灣師範大學國文研究所研究生張美娥完成碩論《陳亮散文研
　究》，獲得學位。

二月

・發表〈談《中庸》的思想體系〉（下），《國文天地》12卷9期，頁
　14-20。

・校閱《新譯列仙傳》完成，由三民書局出版。

三月

・發表〈唐宋詞拾玉（七）——溫庭筠的〈更漏子〉〉，《國文天地》12卷10期，頁34-36。
・參加教育部委託臺灣師大教育研究中心所進行之「完全中學實驗課程規畫」專案研究，指導國文科研究小組完成《國文科中一至中六教學綱要》。

四月

・發表〈國文科測驗題命題的一般原則——以大學聯考試題為例〉，《國文天地》12卷11期，頁88-92。
・與劉正浩、沈秋雄、黃俊郎、黃志民、周鳳五、高桂惠等教授校閱《新譯昭明文選》完成，由三民書局出版。
・與賴明德、尤信雄、廖吉郎、陳弘治、康世統等教授共同提出《臺灣省高級中學八十六年度招生入學考試命題研究改進委員會國文科命題科學性研究小組研究報告》。

五月

・發表〈唐宋詞拾玉（八）——韋莊的〈菩薩蠻〉（一）〉，《國文天地》12卷12期，頁42-45。
・參加「國立臺灣師範大學國文學系八十五學年度資優生論文發表會」，擔任主持人。
・參加臺灣師大人文教育研究中心所主辦之鍾肇政先生專題演講〈臺灣客家作家之作品及其影響——從吳濁流的文學談起〉，擔任主持人。

六月

· 指導臺灣師範大學國文研究所研究生仇小屏完成碩論《中國辭章章法析論》，獲得學位。

· 指導臺灣師範大學國文研究所研究生謝奇懿完成碩論《五代詞中山的意象研究》，獲得學位。

七月

· 發表〈唐宋詞拾玉（九）——韋莊的〈菩薩蠻〉（二）〉，《國文天地》13卷2期，頁36-39。

· 指導東吳大學中文研究所研究生曾秀華完成碩論《北宋前期小令詞人研究》，獲得學位。

· 指導臺灣師範大學國文研究所研究生金鮮完成博論《清末民初宋詞學析論》，獲得博士學位。

八月

· 發表〈談詞章主旨在凡目結構中的安排〉，《國文天地》13卷3期，頁84-92。

· 與周鳳五、邱燮友……等教授合編《五專國文》（三）完成，由東大圖書公司出版。

· 參加教育部委託臺灣師大教育研究中心所主辦之「完全中學各科學材教法研討會」，指導國文科小組進行討論。

九月

· 發表〈唐宋詞拾玉（十）——馮延巳的〈謁金門〉〉，《國文天地》13卷4期，頁82-84。

· 校閱《新譯幼學瓊林》完成，由三民書局出版。

十月

- 發表〈談三疊法在詞章裡的運用〉,《國文天地》13卷5期,頁104-111。

十一月

- 發表〈談國文天地的誕生——悼第一任社長梅新先生〉、〈唐宋詞拾玉（十一）——馮延巳的〈蝶戀花〉（一）〉,《國文天地》13卷6期,頁4-5、頁28-31。
- 參加「第四屆國立臺灣師範大學國文系研究生論文研討會」,擔任李慕如〈東坡與朝雲〉之特約討論人。

十二月

- 發表〈補記國文天地誕生前後二三事〉、〈談詞章章法的主要內容〉（上）,《國文天地》13卷7期,頁4-5、84-93。
- 參加「紀念魯實先先生逝世廿週年學術研討會」,擔任林礽乾〈史記張釋之傳「縣人」新詮〉之特約討論人。

※本年由臺灣省教育續聘為臺灣省高級中學招生入學考試命題研究改進委員會國文科研究小組委員。又參與教育部委託臺灣師範大學教學研究中心辦理之「我國中小學國語文基本學力指標系統規畫研究」,擔任協同主持人。

1998（民87）年,64歲

一月

- 發表〈談辭章章法的主要內容〉（下）,《國文天地》13卷8期,頁105-117。

‧以研究與服務表現優異，由中國名人傳記中心編纂委員會選編入
《中華民國現代名人錄》，頁756。

二月

‧發表〈唐宋詞拾玉（十二）——馮延巳的〈蝶戀花〉（二）〉，《國文
天地》13卷9期，頁28-31。

三月

‧發表〈唐宋詞拾玉（十三）——李璟的〈攤破浣溪沙〉〉，《國文天
地》13卷10期，頁30-33。

‧結集有關國文教學之論文為《國文教學論叢續編》（540頁），由萬
卷樓圖書股份有限公司出版。

‧參加第四屆近代中國學術研討會，擔任包根弟〈劉熙載藝概詞曲概
詞學源流論探析〉之特約討論人。

‧與歐陽教、李琪明等教授提出《我國中小學國語文基本學力指標系
統規畫研究第一階段期中報告》。

四月

‧參加「紀念章微穎先生逝世三十周年學術研討會」，擔任黃錦鋐
〈語文教學的過去與將來〉之特約討論人。

‧與賴明德、尤信雄、廖吉郎、陳弘治、蔡宗陽、康世統等教授提出
《臺灣省高級中學八十七學年度招生入學考試命題研究改進委員會
國文科命題科學性研究小組研究報告》。

五月

‧發表〈唐宋詞拾玉（十四）——李煜的〈相見歡〉詞（一）〉，《國
文天地》13卷12期，頁26-28。

‧參加第四屆中國詩學會議，擔任徐信義〈溫庭筠詞的格律〉之特約討論人。

‧校閱《新譯潛夫論》完成，由三民書局出版。

六月

‧發表〈李煜〈清平樂〉詞賞析〉，《國文天地》14卷1期，頁70-73。

‧與歐陽教、李琪明等教授提出《我國中小學國語文基本學力指標系統規畫研究第一階段期末報告》。

‧指導臺灣師大國研所郭靜慧完成碩論《辛稼軒山水田園詞研究》，獲得學位。

‧指導臺灣師大國研所謝奇峰完成碩論《稼軒詞口語風格研究》，獲得學位。

‧指導臺灣師大國研所蒲基維完成碩論《徐幹散文研究》，獲得學位。

‧指導臺灣師大國研所楊麗玲完成碩論《蘇東坡詠物詞研究》，獲得學位。

‧擔任臺灣師大國研所王聰明博士論文《中庸形上思想研究》之口試委員。

‧擔任臺灣師大國研所李慕如博士論文《東坡詩文思想研究》之口試委員。

‧擔任東吳大學中研所蘇淑芬博士論文《辛派三家詞研究》之口試委員。

七月

‧發表〈唐宋詞拾玉（十五）──李璟的〈攤破浣溪沙〉詞〉，《國文天地》14卷2期，頁53-56。

八月

· 為《名家論國中國文續編》、《名家論高中國文續編》寫序。

九月

· 發表〈今年大學聯招國文科試題試析〉,《國文天地》14卷4期,頁5-21。

· 為仇小屏《文章章法論》寫序。又為《新國中國文動動腦》寫序。

· 主編《名家論國中國文續編》、《名家論高中國文續編》,由萬卷樓圖書股份有限公司出版。

十月

· 發表〈高中國文古典詩歌教材探析〉,《人文及社會學科教學通訊》9卷3期,頁20-51。

十一月

· 發表〈高中國文散曲選課文結構分析〉,《國文天地》14卷6期,頁104-107。

· 參加第五屆國立臺灣師範大學國文系研究生學術論文研討會,擔任朱雅琪〈曹操詩歌中的審美意識〉之特約討論人。

十二月

· 發表〈高中國文近體詩選課文結構分析〉,《國文天地》14卷7期,頁87-89。

· 與歐陽教、李琪明等教授提出《我國中小學國語文基本學力指標系統規畫研究第二階段期中報告》。

※本年由臺灣省教育廳續聘為臺灣省高級中學招生入學考試命題研究
　改進委員會國文科研究小組委員。又繼續參與教育部委託臺灣師範
　大學教育研究中心辦理之「我國中小學基本學力指標系統規畫研
　究」，擔任協同主持人。又參與國科會「網路科技對高中國文教學
　的影響之研究」，擔任主持人。又參與教育部委託臺灣師範大學國
　文系國文教學研究室編寫心靈饗宴叢書《每日一句》專案計畫，擔
　任協同主持人。又擔任萬卷樓圖書股份有限公司關係企業名譽董
　事長。

1999（民 88）年，65 歲

一月

・發表〈唐宋詞拾玉（十六）——李煜的〈相見歡〉（二）〉，《國文天
　地》14卷8期，頁53-56。

二月

・發表〈談《大學》所謂的「誠意」〉，《國文天地》14卷9期，頁64-
　68。

三月

・發表〈論恕與大學之道〉，臺灣師範大學《中國學術年刊》20期，
　頁73-89。
・發表〈蘇軾〈留侯論〉結構分析〉，《國文天地》14卷10期，頁86-
　89。
・為朱榮智教授《儒家管理哲學》寫序。

四月

- 發表〈唐宋詞拾玉（十七）——李煜的〈浪淘沙〉〉，《國文天地》14卷11期，頁50-53。
- 校閱《新譯昌黎先生文集》完成，由三民書局出版。
- 參加「紀念許世瑛先生九十冥誕學術研討會」，擔任包根弟〈《詞概》詞學創作論探析〉之特約討論人。
- 與賴明德、尤信雄、廖吉郎、陳弘治、蔡宗楊、康世統等教授提出《臺灣省高級中學八十八年度招生入學考試命題研究改進委員會國文科命題科學性研究小組研究報告》。

五月

- 發表〈周邦彥〈蘇幕遮〉詞賞析〉，《國文天地》14卷12期，頁92-95。
- 完成《文章結構分析——以中學國文教材為例》（354頁），由萬卷樓圖書股份有限公司出版。
- 參加「臺北市八十八年中等學校國文科教學論文發表會」，擔任仇小屏〈談章法教學——以高中國文教材為例〉之講評人。
- 指導臺灣師大國研所段致平完成碩論《稼軒詞用典研究》，獲得學位。
- 擔任政治大學中研所鍾雲鶯博士論文《民國以來民間教派大學中庸思想之研究》之口試委員。

六月

- 發表〈《中庸》的性善觀〉，臺灣師範大學《國文學報》28期，頁1-16。

- 發表〈唐宋詞拾玉（十八）──范仲淹的〈蘇幕遮〉〉，《國文天地》15卷1期，頁69-71。
- 發表〈談《論語》中的義〉，《高中教育》6期，頁44-49。
- 發表〈如何進行課文結構分析──以高中國文教材為例〉，收入臺灣省教育廳《國文科教學研究專輯五》，頁49-75。
- 參加「第一屆中國修辭學學術研討會」，發表〈談見於詩詞裡的凡目結構〉，收入《第一屆中國修辭學學術研討會論文集》，頁95-115。
- 與歐陽教、李琪明等教授提出《我國中小學國語文基本學力指標系統規畫研究第二階段期末報告》。
- 與傅武光教授共同指導臺灣師大國研所李清筠完成博士論文《時空情境中的自我影像──以阮籍、陸機、陶淵明詩為例》，獲得學位。

七月

- 編著高級中學《中國文化基本教材》第一冊完成，由三民書局出版。
- 與黃志民、李振興等合編高級中學《國文》第一冊完成，由三民書局出版。

八月

- 發表〈八十八年度大學聯招國文科試題略析〉，《國文天地》15卷3期，頁9-21。

九月

- 發表〈唐宋詞拾玉（十九）──張先的〈天仙子〉〉，《國文天地》15卷4期，頁74-76。

十月

· 發表〈談篇章結構（上）——以中學國文教材為例〉，《國文天地》
15卷5期，頁65-71。
· 為仇小屏《篇章結構類型論》寫序。又為《高中國文古典文選》
寫序。

十一月

· 發表〈談篇章結構（下）——以中學國文教材為例〉，《國文天地》
15卷6期，頁57-66。

十二月

· 發表〈唐宋詞拾玉（二十）——張先的〈青門引〉〉，《國文天地》
15卷7期，頁61-63。
· 參加「第六屆國立臺灣師範大學國文系研究生學術論文研討會」，
擔任林佳樺〈泛具法的理論與應用〉之特約討論人。
· 與歐陽教、李琪明等教授提出《我國中小學國語文基本學力指標系
統規劃研究第三階段期中報告》。

※本年由臺灣省教育廳續聘為臺灣省高級中學招生入學考試命題研究
改進委員會國文科研究小組委員。又繼續參與教育部委託臺灣師範
大學教育研究中心辦理之「我國中小學基本學力指標系統規畫研
究」，擔任協同主持人。又繼續參與國科會「網路科技對高中國文
教學的影響之研究」，擔任主持人。又繼續擔任萬卷樓圖書股份有
限公司關係企業名譽董事長。

2000（民 89）年，66 歲

一月

- 參加「臺北市建國高級中學八十八學年度國文科教學心得發表會」，擔任王慧卿〈淺談以「自然美」為主題的中學作文教學〉之講評人。
- 發表〈談篇章結構分析的切入角度〉，《國文天地》15卷8期，頁89-94。
- 完成《詞林散步——唐宋詞結構分析》（426頁），由萬卷樓圖書股份有限公司出版。

二月

- 發表〈東坡詞與陶淵明〉，《國文天地》15卷9期，頁5-11。
- 編著高級中學《中國文化基本教材》第二冊完成，由三民書局出版。

三月

- 發表〈論博文約禮〉，臺灣師範大學《中國學術年刊》21期，頁69-88。
- 發表〈唐宋詞拾玉（廿一）——晏殊的〈浣溪沙〉〉，《國文天地》15卷10期，頁60-62。

四月

- 發表〈改革有成——談大考中心八十九學年度學科能力測驗國文科「非選擇題」的命題與閱卷〉，《國文天地》15卷11期，頁5-18。
- 與賴明德、尤信雄、廖吉郎、陳弘治、蔡宗陽、康世統等教授提出《臺灣省高級中學八十九學年度招生入學考試命題研究改進委員會國文科命題科學性小組研究報告》。

五月

・參加「國立臺灣師大國文系八十八學年度資優保送生論文發表會」，擔任主持人。
・以「微觀古本與今本《大學》」為題，在國立臺灣師大國文系作本學期第八場學術演講。
・為林瑞景老師《創意作文批改範例》寫序。

六月

・發表〈談儒家思想體系中的螺旋結構〉，臺灣師範大學《國文學報》29期，頁1-34。
・參加「第二屆中國修辭學會國際學術研討會」，發表〈談「平提側收」的篇章結構〉，收入《第二屆中國修辭學會國際學術研討會論文集》，頁193-213；並擔任仇小屏〈試談字句與篇章修飾的分野——以某些修辭格與章法為例〉之特約討論人。
・發表〈談《中庸》的一篇體要（上）〉，《國文天地》16卷1期，頁24-29。
・與歐陽教、李琪明等教授提出《我國中小學國語文基本學力指標系統規畫研究第三階段期末報告》。
・指導臺灣師大國研所賴玫怡完成碩論《修辭心理與美感之探析——以夸飾、譬喻為例》，獲得學位。
・指導臺灣師大國研所夏薇薇完成碩論《賓主章法析論》，獲得學位。
・擔任臺灣師大國研所朱雅琪博士論文《魏晉詩歌中的審美意識》之口試委員。

七月

· 以〈本國語文教材統整之面向與要領〉為題，在「臺北市教師研習中心八十八學年度九年一貫課程語文領域研習班」作專題演講。
· 發表〈談《中庸》的一篇體要（下）〉，《國文天地》16卷2期，頁11-14。
· 指導臺灣師大國研所蔣聞靜完成碩士論文《戰國策寓言探析》，獲得學位。

八月

· 發表〈唐宋詞拾玉（廿二）──晏殊〈踏莎行〉〉，《國文天地》16卷3期，頁61-64。
· 為胡其德教授《翡冷翠的秋晨》寫序。
· 編著高級中學《中國文化基本教材》第三冊完成，由三民書局出版。

九月

· 發表〈談蘇東坡的幾首清峻詞〉，《國文天地》16卷4期，頁93-100。

十月

· 發表〈唐宋詞拾玉（廿三）──歐陽修的〈踏莎行〉〉，《國文天地》16卷5期，頁59-62。
· 發表〈文章主旨或綱領安置於篇腹的結構類型──以蘇、辛詞為例〉，《人文及社會學科教學通訊》11卷3期，頁42-57。
· 與康世統副教授提出《網路科技對高中國文教學的影響之研究報告》。

- 負責《階梯作文2》之編輯，並為撰「結語」，頁253-256，由三民書局出版。

十一月

- 轉載〈微觀古本與今本《大學》〉於《國文天地》16卷6期，頁42-49。
- 以「談縱橫向疊合的篇章結構〉」為題，在國立嘉義中學作專題演講。

十二月

- 發表〈談縱橫向疊合的篇章結構〉，《國文天地》16卷7期，頁100-106。

※本年由桃園縣國民教育輔導團聘為國文科指導教授。又繼續參與教育部委託臺灣師範大學教育研究中心辦理之「我國中小學基本學力指標規畫研究」，擔任協同主人。又繼續參與國科會「網路科技對高中國文教學的影響之研究」，擔任主持人。又繼續擔任萬卷樓圖書股份有限公司關係企業名譽董事長。

2001（民90）年，67歲

一月

- 集結相關論文為《章法學新裁》，由萬卷樓圖書股份有限公司出版（566頁）。
- 發表〈卻顧所來徑——《章法學新裁》代序〉，《國文天地》16卷8期，頁100-105。

二月

- 指導臺灣師大國研所仇小屏完成博論《古典詩詞時空設計之研究》，獲得博士學位。

三月

- 發表〈唐宋詞拾玉（廿四）──歐陽修的〈木蘭花〉〉，《國文天地》16卷10期，頁54-56。
- 以〈中學作文教學〉為題在國立成功大學「九年一貫課程語文教學設計（國文教學設計）研討會」作專題演講。又擔任「開創課程新世紀──九年一貫課程學習領域教學研討會」工作坊（三）之主持人。
- 擔任臺灣師大國研所八十九學年度第二學期博士班候選人曾進豐學位論文《晚唐社會詩、風人體之研究》之講評人。

四月

- 擔任臺灣師大國研所范宜如博士論文《地域文學的形成──明代中期吳中文壇研究》之書面審查人。

五月

- 發表〈談篇章的縱向結構〉，臺灣師範大學《中國學術年刊》22期，頁259-300。
- 發表〈唐宋詞拾玉（廿五）──柳永的〈雨霖鈴〉〉，《國文天地》16卷12期，頁53-56。
- 擔任「道家思想的現代詮釋──梅湖道學講座：王邦雄〈莊子心齋「氣」觀念的詮釋問題〉之主持人。

・指導臺灣師大國研所陳佳君完成碩論《虛實章法析論》，獲得學位。

・擔任臺灣師大國研所范宜如博士論文《地域文學的形成——明代中期吳中文壇研究》之口試委員。

・擔任臺灣師大國研所曾進豐博士論文《晚唐社會詩、風人體之研究》之口試委員。

六月

・發表〈蘇東坡的境遇與其詞風〉，臺灣師範大學《國文學報》30期，頁163-194。

・發表〈《孟子・養氣》章的篇章結構〉，收入《慶祝莆田黃錦鋐教授八秩嵩壽論文集》，頁251-274。

・參加「第三屆中國修辭學學術研討會」，發表〈文章主旨置於篇外的謀篇形式——以詩詞為例〉，收入《第三屆中國修辭學學術研討會論文集》，頁1114-1143；並擔任仇小屏〈古典詩詞的視聽之美——以空間結構為考察對象〉之特約討論人。

・指導臺灣師大國研所江錦玨完成碩論《古典詩詞義旨探究》，獲得學位。

七月

・指導臺灣師大國研所呂瑞萍完成碩論《宋代詠茶詞研究》，獲得學位。

・擔任臺灣師大國研所呂立德博士論文《林琴南古文理論研究》之口試委員。

八月

・發表〈唐宋詞拾玉（廿六）——柳永的〈八聲甘州〉〉，《國文天地》17卷3期，頁56-58。

九月

· 發表〈論辭章章法的四大律〉,《國文天地》17卷4期,頁101-107。
· 為《高中一綱多本國文教材點線面系列》寫序。

十月

· 發表〈唐宋詞拾玉（廿七）── 蘇軾的〈水調歌頭〉〉,《國文天地》17卷5期,頁42-45。

十一月

· 發表〈章法與情意的關係〉,《國文天地》17卷6期,頁104-108。

十二月

· 發表〈章法教學與思考訓練〉,《人文及社會學科教學通訊》12卷4期,頁28-50。
· 擔任臺灣師大國研所黃雅莉博士論文《宋詞雅化的發展與嬗變研究──以柳、周、姜、吳為探究中心》之書面審查人。
· 擔任「宋元文學學術研討會」王偉勇〈兩宋隱括詞探析〉之特約討論人。

※本年由考試院考選部聘為「國家考試國文科專案小組」召集人、「國家考試諮詢委員會」諮詢委員。又繼續擔任萬卷樓圖書股份有限公司關係企業名譽董事長。

2002（民91）年,68歲

一月

· 在萬卷樓圖書股份有限公司出版《學庸義理別裁》（403頁）。

- 發表〈唐宋詞拾玉（二十八）──蘇軾的〈賀新郎〉〉,《國文天地》17卷8期,頁37-39。
- 發表〈《國文天地》與國語文教學〉,《國文天地》17卷8期,頁9-11。
- 發表〈朱王格致說淺析〉,《孔孟月刊》40卷5期,頁19-22。
- 擔任臺灣師大國研所黃雅莉博士論文《「兩宋詞人詞」雅化的發展與嬗變研究──以柳、周、姜、吳為探究中心》之口試委員。

二月

- 發表〈論時空與虛實──以幾首唐詩為例〉,《國文天地》17卷9期,頁94-98。
- 發表〈《論語》中的「道」〉,《孔孟月刊》40卷6期,頁11-14。

三月

- 擔任「2002中國文學『學理與應用』學術研討會」江惜美〈蘇軾的藝術生活〉之特約討論人。
- 發表〈《論語》中的「德」與「性」〉,《孔孟月刊》40卷7期,頁9-14。
- 發表〈唐宋詞拾玉（二十九）──蘇軾的〈念奴嬌〉〉,《國文天地》17卷10期,頁52-55。

四月

- 擔任「第八屆國立臺灣師範大學國文學系研究生學術論文研討會」張珮娟〈東坡詞「隱於仕」思想探析〉之特約討論人。
- 發表〈論篇章的「點染」結構〉,《國文天地》17卷11期,頁100-104。
- 發表〈《論語》中的「仁」與「知」〉,《孔孟月刊》40卷8期,頁20-25。

五月

· 擔任「第四屆中國修辭學國際學術研討會」黃麗貞〈從〈陋室銘〉的仿作談「仿擬」修辭法的運用規範〉之特約討論人。

· 在第四屆中國修辭學國際學術研討會以〈論章法與邏輯思維〉為題做專題演講，收入《修辭論叢》4輯，頁1-32。

· 發表〈《中庸》「天命之謂性」與《論語》「天生德於予」〉，《孔孟月刊》40卷9期，頁9-11。

六月

· 與蔡信發、簡宗梧等教授向考選部提出《國家考試國文科專案報告》。

· 在考選部與蔡信發、簡宗梧等教授出版《國家考試國文科命題參考手冊》（112頁）。

· 發表〈論幾種特殊的辭章章法〉，收入香港華星出版社《修辭學研究》第9輯，頁208-237。

· 擔任「九十學年度國文系底二學期第十次專題演講」蔡宗陽〈九年一貫的精神與內涵〉之主持人。

· 發表〈論時空交錯的虛實複合結構——以蘇辛詞為例〉，臺灣師範大學《中國學術年刊》23期，頁357-379。

· 發表〈論幾種特殊的章法〉，臺灣師範大學《國文學報》31期，頁175-204。

· 發表〈論篇章的「敲擊」結構〉，《國文天地》18卷1期，頁96-101。

· 指導臺灣師大國文系黃文鶯完成碩論《賀鑄在詞史上的承繼與開展》，獲得學位。

· 指導臺灣師大國文系教學碩士生林慧雅以《東坡杭州詞研究》一文獲得學位。

・指導臺灣師大國文系教學碩士生陳秀娟以《東坡詞用典研究》一文獲得學位。

七月

・在萬卷樓圖書股份有限公司出版《章法學論粹》（488頁）。
・發表〈論篇章的「偏全」結構〉,《國文天地》18卷2期,頁102-105。
・發表〈論《論語》中的「文」〉,《孔孟月刊》40卷11期,頁8-9。
・在親民工商專科學校「國文教學研討會2002」發表〈論章法與國文教學〉,收入《國文教學學術研討會論文集2002》,頁235-283。
・指導臺灣師大國文系教學碩士生劉寶珠以《作文運材教學設計之研究》一文獲得學位。

八月

・發表〈論《論語》中的「禮」〉,《孔孟月刊》40卷12期,頁7-10。
・發表〈章法論叢序〉,《國文天地》18卷3期,頁101-103。
・發表〈網路科技對高級中學國文科教學影響之研究報告〉（與康世統副教授合撰）,《人文及社會學科教學通訊》13卷2期,頁6-64。

九月

・發表〈朱王格致說新辨〉,《孔孟學報》80期,頁149-163。
・發表〈論篇章的「圖底」結構〉,《國文天地》18卷4期,頁102-105。
・發表〈論《論語》中的「直」〉,《孔孟月刊》41卷1期,頁12-15。

十月

・發表〈《論語》「天生德於予」辨析〉,臺灣師範大學《師大學報・人文與社會類》47卷2期,頁87-104。

‧發表〈唐宋詞拾玉（三十）──晏幾道的〈臨江仙〉〉,《國文天地》18卷5期,頁41-43。

‧發表〈論《論語》中的「志於道」〉,《孔孟月刊》41卷2期,頁8-11。

十一月

‧擔任「九十一年國家考試國文科命題技術研討會『綜合討論』」之主持人。

‧發表〈論《論語》中的「據於德」〉,《孔孟月刊》41卷3期,頁8-12。

‧為文津出版社主編《章法叢書》第一輯完成、出版。為仇小屛《古典詩詞時空設計美學》、陳佳君《虛實章法析論》、夏薇薇《賓主章法析論》寫序。

十二月

‧在廈門舉辦之「閩臺辭章學學術研討會」以「章法的『多、二、一（0）』結構」為題作專題演講,並擔任「分組討論」之主持人;又發表〈章法的哲學思辨〉,收入《辭章學論文集》上冊,頁40-67。

‧發表〈論辭章章法的四大律〉,收入《辭章學論文集》上冊,福州市:海潮攝影藝術出版社,頁68-77。

‧發表〈論「因果」章法的母性〉,收入《新時期的語言學》,北京市:中國文聯出版社,頁43-52。

‧發表〈談章法結構的節奏與韻律──以幾首詩詞為例〉（中篇）,收入《新時期的語言學》,北京市:中國文聯出版社,頁53-60。

‧發表〈論章法的哲學基礎〉,臺灣師範大學《國文學報》32期,頁87-126。

‧發表〈論「因果」章法的母性〉,《國文天地》18卷7期,頁94-101。

‧發表〈論《論語》的「依於仁」〉,《孔孟月刊》41卷4期,頁11-15。

‧指導臺灣師大國文系教學碩士生黃淑貞以《辭章主旨（綱領）安置
　於篇腹的結構類型析論》一文獲得碩士學位。

※本年繼續擔任考試院國家考試國文科專案研究之召集人。又繼續擔
　任萬卷圖書公司關係企業名譽董事長，並擔任國文天地雜誌社社長
　兼總編輯。又繼續為萬卷樓圖書股份有限公司主編《高中一綱多本
　國文教材點線面系列叢書》，推出《散文、新詩義旨古今談》、《風
　格縱橫談》等書。

2003（民 92）年，69 歲

一月

‧發表〈論《論語》中的「遊於藝」〉，《孔孟月刊》41卷5期，頁11-
　13。

二月

‧發表〈論章法與層次邏輯〉，《國文天地》18卷9期，頁98-104。
‧發表〈論「志道」、「據德」、「依仁」、「遊藝」的關係〉，《孔孟月
　刊》41卷6期，頁14-16。

三月

‧擔任臺灣師大國研所九十一學年度第二學期博士班溫光華學位論文
　《劉勰文心雕龍文章藝術析論》之審查人及口試委員。
‧擔任臺灣師大國研所九十一學年度第二學期博士班劉德玲學位論文
　《樂府古辭之原型與流變——以漢至唐為斷限》之口試委員。
‧以〈章法「多、二、一（0）」的節奏與韻律——以兩首詩詞為例〉
　一文，被評定「在科技發展理論探索方面取得傑出成就與卓越貢

獻」，由中國科技報研究會選編入《中國科技發展精典文庫》第二
輯2003卷，頁367-368，並獲頒「優秀論文證書」。

- 發表〈論章法結構的節奏與韻律〉（中篇），《阜陽師範學院學報》
  92期，頁8-14。
- 發表〈談章法結構的節奏與韻律——以幾首詩詞為例〉（短篇），
  《國文天地》18卷10期，頁85-90。
- 發表〈《孟子》義利之辨與《論語》、《大學》（上）——從義理的邏
  輯結構切入〉，《孔孟月刊》41卷7期，頁10-12。

四月

- 發表〈《孟子》義利之辨與《論語——從義理的邏輯結構切入》於
  海峽兩岸儒家思想學術研討會，後載入《孔孟月刊》41卷8期，頁
  6-10。
- 發表〈論辭章章法之風格——以幾首詩詞為例（10000字）〉，頁73-
  91、〈章法「移位」與「轉位」結構的理論基礎（11000字）〉，頁
  125-144、〈論辭章章法與邏輯思維〉，頁145-168，均載入鄭頤壽主
  編《辭章學論文集》下冊，由福州市海潮攝影藝術出版社出版。
- 發表〈論意象與辭章「多、二、一（0）」結構〉，載入鮑岳廷主編
  《中華名人文論大全》，由北京中國文聯出版社出版，頁935-936。

五月

- 以〈論辭章章法的「多、二、一（0）」結構〉一文，在世界華人交
  流協會與世界文化藝術研究中心所舉辦之「國際交流評選」活動
  中，獲「國際優秀論文獎」（證字16357號）。
- 發表〈蘇軾〈超然臺記〉篇章結構分析〉，《國文天地》18卷12期，
  頁96-100。

- 發表〈《孟子》義利之辨與《論語》、《大學》（下）——從義理的邏輯結構切入〉，《孔孟月刊》41卷9期，頁13-16。
- 指導臺灣師大國文系教學碩士生顏瓊雯以《六一詞篇章結構探析》一文獲得學位。

六月

- 在萬卷樓圖書股份有限公司出版《章法學綜論》（504頁）。
- 擔任東吳大學中文所九十一學年度第二學期博士班陳慷玲學位論文《宋詞雅化研究》之書面審查人及口試委員。
- 發表〈「志道」、「據德」、「依仁」、「遊藝」臆解〉，臺灣師範大學《中國學術年刊》24期，頁39-76。
- 發表〈論章法「多、二、一（0）」結構的節奏與韻律〉（長篇），臺灣師範大學《國文學報》33期，頁81-124。
- 發表〈辭章章法「多、二、一（0）」的核心結構〉（中篇），《平頂山師專學報》18卷3期，頁58-63。
- 發表〈《論語》中的「義」〉，《孔孟月刊》41卷10期，頁16-18。
- 發表〈章法「多、二、一（0）」結構的節奏與韻律——以兩首詩詞為例〉（短篇），收入《中國科技發展精典文庫》2003卷（上冊），北京市：中國言實出版社出版，頁367-368。
- 指導臺灣師大國文系許婷完成碩論《晏幾道離別詞研究》，獲得學位。
- 指導臺灣師大國文系江姿慧完成碩論《晏殊珠玉詞研究》，獲得學位。
- 指導臺灣師大國文系教學碩士生張雯華以《東坡詞色彩意象析論》一文，獲得學位。
- 指導臺灣師大國文系教學碩士生陳怡芬以《唐宋古文篇章結構教學析論——以高中國文一綱多本國文課文為研究範圍》一文獲得學位。

‧指導臺灣師大國文系教學碩士生劉文君以《詩歌義旨教學之研究──以國中國文教材為例》一文獲得學位。

七月

‧發表〈論「多、二、一（0）」的螺旋結構──以《周易》與《老子》為考察重心〉，臺灣師範大學《師大學報‧人文與社會類》48卷1期，頁1-20。
‧發表〈《論語》中的「義」與「仁」〉，《孔孟月刊》41卷11期，頁9-11。

八月

‧在文津出版社出版《蘇辛詞論稿》（282頁）。
‧在萬卷樓圖書股份有限公司出版《論孟義理別裁》（406頁）。
‧發表〈唐宋詞拾玉（三十一）──晏幾道的〈鷓鴣天〉〉，《國文天地》19卷3期，頁49-51。
‧發表〈《論語》中的「義」與「知」〉，《孔孟月刊》41卷12期，頁10-12。
‧指導臺灣師大國文系教學碩士生涂碧霞以《凡目章法析論》一文獲得學位。

九月

‧鑒於研究成績斐然，由世界文化藝術研究中心、中國科技研究交流中心，選入大型國際交流系列《世界優秀專家人才名典》辭書，頁71，並獲頒「世界優秀專家人才證書」。
‧發表〈辭章深究與章法結構〉，《南通紡織職業技術學院學報》總8期，頁12-19。

- 發表〈《中庸》的性善思想與孔子〉,《孔孟月刊》42卷1期,頁3-5。
- 發表〈談命題作文的分項指引〉,《國文天地》19卷4期,頁92-97。
- 發表〈經典作品與章法結構〉,人文研究與語文教育研討會,載入《人文研究與語文教育研討會論文集》,頁57-77。

十月

- 發表〈從意象看辭章的內涵〉,《國文天地》19卷5期,頁97-103。
- 發表〈《中庸》性善思想的特色〉,《孔孟月刊》42卷2期,頁4-8。
- 為福建師大鄭頤壽教授《辭章學導論》、《辭章學新論》寫序。

十一月

- 在「第五屆中國修辭學國際學術研討會」以〈論辭章的章法風格〉為題作專題演講,載入《修辭論叢》5輯,頁1-51。並擔任「第五屆中國修辭學國際學術研討會」蘇珊玉〈試論「不隔」的修辭藝術與審美教育〉之特約討論人。
- 在臺灣師大國文系學術分組——哲學組系列演講中,以〈章法結構的哲學義涵〉為題作專題演講。
- 擔任「第三屆中國經學國際學術研討會」莊耀郎〈《中庸》的圓善思想〉之特約討論人。
- 鑒於「為中華民族的繁榮昌盛和人類文明進步事業所作出的無私奉獻」,成果被載入《中國專家人名辭典》12卷,頁96。
- 發表〈辭章章法「多、二、一(0)」的核心結構〉(濃縮版),《阜陽師範學院學報》總96期,頁1-5。
- 發表〈章法風格中剛柔成分之量化〉,《國文天地》19卷6期,頁86-93。
- 發表〈《中庸》「天命」之「性」的內容〉,《孔孟月刊》42卷3期,頁10-12。

‧發表〈《中庸》「多、二、一（0）」螺旋結構論〉於第三屆中國經學
　國際學術研討會，載入《第三屆中國經學國際學術研討會論文
　集》，頁214-265。

十二月

‧發表〈論章法規律與思考邏輯〉，《畢節師範高等專科學校學報》21
　卷4期，頁1-9。
‧發表〈論章法「多、二、一（0）」的核心結構〉，臺灣師範大學
　《師大學報‧人文與社會類》48卷2期，頁71-94。
‧發表〈章法四律與邏輯思維〉，臺灣師範大學《國文學報》34期，
　頁87-118。
‧發表〈辭章章法「多、二、一（0）」結構的理論基礎〉，《唐山學院
　學報》16卷4期，頁19-24。
‧發表〈從天人互動看《中庸》的誠明思想〉，《孔孟月刊》42卷4
　期，頁6-10。
‧為《國中一綱多本國文教材點線面系列》寫序。

※本年擔任全國辭章學會顧問、香港萬能書院學術顧問。又繼續擔任
　萬卷樓圖書股份有限公司關係企業名譽董事長、國文天地雜誌社社
　長兼總編輯。

2004（民93）年，70歲

一月

‧發表〈從意象看辭章的內容成分〉，《國文天地》19卷8期，頁93-
　98。

- 發表〈論章旨之貫穿──以《學》、《庸》幾段文字為例〉,《孔孟月刊》42卷5期,頁6-8。

二月

- 發表〈科學化章法學體系之建立〉,《國文天地》19卷9期,頁85-96。
- 發表〈論明明德與親民的關係〉,《孔孟月刊》42卷6期,頁9-14。

三月

- 擔任「第十屆國立臺灣師範大學國文學系研究生學術論文研討會」廖育菁〈從「史家四長」看司馬遷的《史記·淮陰侯列傳》〉之特約討論人。
- 發表〈論意象與辭章〉,《畢節師範高等專科學校學報》總76期,頁5-13。
- 發表〈辭章章法「多、二、一(0)」結構的理論基礎〉,《亳州師範高等專科學校學報》總5期,頁28-34。
- 發表〈章法「多、二、一(0)」結構論〉,臺灣師範大學《中國學術年刊》25期·春季號,頁129-172。
- 發表〈論章法的秩序律與思考訓練〉,《國文天地》19卷10期,頁94-97。
- 發表〈論語中一串互文見義的例子〉,《孔孟月刊》42卷7期,頁7-13。

四月

- 擔任文化大學中研所九十二學年度第二學期博士班候選人賴玉樹學位論文《晚唐五代詠史詩之美學意識》之審查人及口試委員。
- 擔任臺灣師大國研所九十二學年度第二學期博士班候選人廖志超學位論文《蘇軾辭賦研究》之審查人及口試委員。

‧以〈論意象與辭章「多、二、一（0）」結構〉一文，鑒於「開拓創新，與時俱進」，被收入《中華名人文論大全》，頁935-936，並獲「優秀作品獎」。

‧發表〈章法結構及其哲學義涵〉（10000字），《浙江師範大學學報‧社會科學版》29卷2期，頁8-14。

‧發表〈論章法的變化律與思考訓練〉，《國文天地》19卷11期，頁86-90。

‧發表〈《中庸》「自誠明」思想的邏輯結構〉，《孔孟月刊》42卷8期，頁14-19。

‧發表〈論意象與辭章「多、二、一（0）」結構〉，收入鮑岳廷主編《中華名人文論大全》，由北京中國文聯出版社出版，頁935-936。

‧指導臺灣師大國文系教學碩士生蘇秀玉以《唐宋古文篇章結構析論──以《古文觀止》惟研究範圍》一文獲得學位。

‧為仇小屏、鍾玖英編《靈活的語言──王希杰語言隨筆集》寫序。

五月

‧指導臺灣師大國研所研究生陳佳君完成博論《辭章意象形成論》，獲得博士學位。

‧擔任東吳大學中國文學系「第十二屆研究生論文發表會」林宛瑜〈論浙西詞派之詞學觀──以朱彝尊為探討中心〉之講評人。

‧擔任東吳大學中國文學系「先秦兩漢學術研討會」鄭頤壽教授〈先秦修辭雙向互動論〉之特約討論人。

‧擔任成功大學中文系「實用中文與寫作策略研討會」第四場主持人。

‧在宜蘭中華國中對宜蘭地區國高中教師以「辭章學在讀與寫教學中的運用」為題作專題演講。

- 在臺灣師範大學「資優教育專長課程研習會」以「國文科資優生的鑑定與安置——以能力為重心的命題方向」為題作專題演講。
- 發表〈對成立「國語文教學學會」的期待〉,《國文天地》19卷12期,頁72-73。
- 發表〈《中庸》「至誠無息」章的邏輯結構〉,《孔孟月刊》42卷9期,頁6-12。
- 發表〈閱讀與寫作〉於成功大學中文系「實用中文與寫作策略研討會」,載入《第二梯次提升大學基礎教育計畫「實用中文與寫作策略」研討會論文集》。

六月

- 指導臺灣師大國研所研究生蒲基維完成博論《章法風格析論》,獲得博士學位。
- 指導臺灣師大國研所研究生謝奇懿完成博論《先秦兩漢天人意識與詩經學之研究》,獲得博士學位。
- 擔任臺灣師大國研所九十一學年度第二學期博士班劉淑娟學位論文《馮夢龍纂評時調民歌美學研究》之審查人、講評人及口試委員。
- 擔任臺灣師大國研所九十二學年度第二學期博士班高光敏學位論文《北宋時期對韓愈接受之研究》之口試委員。
- 發表〈論篇章辭章學〉,臺灣師範大學《國文學報》35期,頁35-68。
- 發表〈《中庸》首章的邏輯結構〉(上),《孔孟月刊》42卷10期,頁5-10。
- 發表〈章法結構及其哲學義涵〉(11000字),收入鍾玖英主編《語言學新思維》,由北京中國文聯出版社出版,頁143-156。
- 指導臺灣師大國文系教學碩士生黃琛雅以《東坡詞月意象探析》一文獲得學位。

・指導臺灣師大國文系教學碩士生高敏馨以《平側章法析論》一文獲得碩士學位。

七月

・在國立教育研究院籌備處「第一三八五期國語文國中種子教師研習班」以「辭章學在國文教學上的運用」為題作專題演講。
・發表〈論東坡清俊詞的章法風格〉，成功大學《宋代文學研究叢刊》9期，頁311-344。
・發表〈《中庸》首章的邏輯結構〉（下），《孔孟月刊》42卷11期，頁6-9。
・發表〈鄭頤壽教授在辭章學研究上的成就〉，《國文天地》20卷2期，頁101-103。
・發表〈經典作品與章法結構〉，收入戴維揚主編《人文研究與語文教育》，由臺灣師範大學出版，頁215-242。

八月

・發表〈國文科資優生讀寫的指導與評量〉，《國文天地》20卷3期，頁86-94。
・發表〈孔子的「文」之教〉，《孔孟月刊》42卷12期，頁4-5。
・指導臺灣師大國文系教學碩士生邱瓊薇以《東坡黃州詞篇章結構析》一文獲得學位。

九月

・鑒於在學術上「銳意進取，不斷創新，取得了輝煌成績」，榮入《中國當代創新人才》第二集，頁374。
・以〈章法「多、二、一0」邏輯結構論〉一文，被評定為「文章立

意高、理性強、確實而有針對性，極具推廣和實用價值，堪稱『上乘之作』」，入編《當代中國科教文集》第二集，頁357-360。

· 發表〈論東坡清俊詞中剛柔成分之量化〉（10000字），《貴州畢節師範高等專科學校學報》22卷1期，頁11-18。

· 發表〈章法結構及其哲學義涵〉（20000字），臺灣師範大學《中國學術年刊》26期・秋季號，頁67-104。

· 發表〈辭章學在讀與寫教學中的運用〉，《國文天地》20卷4期，頁4-19。

· 發表〈孔子的「行」之教〉於《孔孟月刊》43卷1期，頁4-5。

· 發表〈論章法「多、二、一0」結構之美〉，收入《許錟輝教授七秩嵩壽論文集》，由萬卷樓圖書股份有限公司出版，頁553-578。

· 發表〈章法「多、二、一0」邏輯結構論〉，收入高鑫主編《當代中國科教文集》（第二集），由北京亞太國際出版有限公司出版，頁357-360。

十月

· 擔任政治大學中文系「第五屆漢代文學與思想學術研討會」熊琬〈《史記・李斯・諫逐客書》結構之詮釋——兼論李斯〉之特約討論人。

· 擔任親民技術學院「國文教學學術研討會2004」、「中文寫作暨語文應用學術研討會2004」何廣棪〈審查報告之撰作及舉例〉之特約回應；又擔任廖志強〈陶淵明詩語言張力發微〉之特約回應人。

· 鑒於「為中華騰飛所作出的無私奉獻」，業績被載入《中華名人大典》當代卷，頁50，並榮獲「誠信金獎」。

· 發表〈章法的「移位」、「轉位」結構論〉，臺灣師範大學《師大學報・人文與社會類》49卷2期，頁1-22。

‧發表〈辨語文能力與辭章研究之關係——以「多、二、一（0）」的螺旋結構切入作考察〉，《國文天地》20卷5期，頁80-91。

‧發表〈孔子的「忠」之教〉，《孔孟月刊》43卷2期，頁6-7。

‧發表〈論國語文能力的螺旋結構〉於親民技術學院「國文教學學術研討會2004」、「中文寫作暨語文應用學術研討會2004」，載入《國文教學學術研討會論文集》，頁189-220。

十一月

‧擔任「第六屆中國修辭學國際學術研討會」蘇珊玉〈談「通感」修辭的文藝美感〉之特約討論人。

‧擔任「第二屆儒道國際學術研討會——兩漢」（第五場）之主持人。

‧擔任「教育部九年一貫國語文領域北區教材教法研討會」（第2場、第8場）之主持人。

‧發表〈迎接辭章學「花團錦簇」的明天——從兩岸學術交流談起〉，《國文天地》20卷6期，頁90-94。

‧發表〈孔子的「信」之教〉，《孔孟月刊》43卷3期，頁10-11。

‧發表〈意象與辭章〉於第六屆中國修辭學國際學術研討會，載入《修辭論叢》6輯，頁351-375。

十二月

‧鑒於「奉獻精神，光輝形象」，榮入大型紀念文獻《中國改革擷英》，頁62-63。

‧以〈論意象與辭章「多、二、一（0）」結構〉一文，經中國改革與發展理論文集編委會審理，鑒於該論文「具有一定的實踐探索性和創新思維」，被評定為優秀作品，入編《中國改革發展理論文集》，頁632-634，並榮獲「優秀徵文壹等獎」。

- 發表〈論語文能力與辭章研究──以「多、二、一（0）」螺旋結構作考察〉（18000字），臺灣師範大學《國文學報》36期，頁67-102。
- 發表〈語文能力與辭章研究──以「多、二、一（0）」螺旋結構作考察〉（10000字），《平頂山師專學報》19卷6期，頁50-55。
- 發表〈層次邏輯與辭章意象系統〉，《國文天地》20卷7期，頁96-102。
- 發表〈層次邏輯與因果律〉，《孔孟月刊》43卷4期，頁37-3。
- 發表〈閱讀與寫作〉，收入張高評主編《實用中文寫作學》，由里仁書局出版，頁45-82。
- 發表〈論意象與辭章「多、二、一（0）」結構〉，收入《中國改革發展理論文集》，由北京中國文藝出版社出版，頁632-634。

※任教育部九年一貫國語文種子教師深耕計畫召集人。由國立教育研究院籌備處敦聘為「高級中等以下學校及幼稚園教師資格檢定」試題研發委員會「國語文能力測驗」科目試題研發委員。又續由香港能仁書院敦聘為「香港能仁書院」大專部學術名譽顧問。又繼續擔任萬卷樓圖書股份有限公司關係企業名譽董事長、國文天地雜誌社社長兼總編輯。又繼續為萬卷樓圖書股份有限公司主編《國中一綱多本國文教材點線面系列》，推出《國中國文教學評量》、《國中國文義旨教學》、《國中國文章法教學》等書。

2005（民94）年，71歲

一月

發表〈談因果律與層次邏輯〉，《國文天地》20卷8期，頁77-80。

二月

- 發表〈讀《近三百年名家詞選》〉,《國文天地》20卷9期,頁105-111。
- 發表〈論二元對待與層次邏輯——以《周易》與《老子》為考察重心〉,《孔孟月刊》43卷5、6期,頁10-15。

三月

- 為七十壽慶,碩博士學生在師大餐廳舉辦餐會慶祝。
- 擔任「第十一屆國立臺灣師範大學國文學系研究生學術論文研討會」黃淑貞〈談園林的視角變換及其美感〉之特約討論人。
- 發表〈論「真」、「善」、「美」的螺旋結構——以章法「多、二、一(0)」結構作對應考察〉(26000字),臺灣師範大學《中國學術年刊》27期・春季號,頁151-188。

四月

- 發表〈論「多、二、一(0)」螺旋結構與層次邏輯——以《周易》與《老子》為考察重心〉,《孔孟月刊》43卷7、8期,頁3-8。
- 為黃淑貞《篇章對比與調和結構論》寫序。

五月

- 在萬卷樓圖書股份有限公司出版《篇章結構學》(430頁)。
- 在萬能科技大學「文藝生活美學研習營」,以「論意象與辭章「多、二、一(0)」結構」為題作專題演講。
- 在玄奘大學中語系,以「論讀寫互動——以語文能力的『多、二、一(0)』螺旋結構作考察」為題作專題演講。
- 發表〈論二元與層次邏輯〉,《修辭學習》總129期,頁36-39。

六月

- 擔任臺灣師大國研所九十三學年度第二學期博士班林淑慧學位論文《臺灣情治時期散文發展與文化變遷》之口試委員。
- 發表〈「真、善、美」螺旋結構論——以章法「多、二、一（0）」螺旋結構作對應考察〉（10000字），《閩江學院學報》總89期，頁96-101。
- 發表〈論讀、寫互動〉，《貴州畢節師範高等專科學校學報》23卷2期，頁1-8。
- 發表〈論層次邏輯——以哲學與文學作對應考察〉，臺灣師範大學《國文學報》37期，頁91-135。
- 發表〈論「移位」、「轉位」與層次邏輯——以《周易》與《老子》為考察重心〉，《孔孟月刊》43卷9、10期，頁12-18。
- 指導臺灣師大國文系教學碩士生李靜雯以《點染章法析論》一文獲得學位。
- 指導臺灣師大國文系教學碩士生周珍儀以《韓愈贈序類散文篇章結構研究》一文獲得學位。
- 為陳佳君《辭章意象形成論》寫序。

七月

- 發表〈論章法結構與意象系統之疊合——以「多、二、一（0）」螺旋結構切入作考察〉，《南平師範高等專科學校學報》2005年第3期，頁5-8。
- 發表〈章法風格論——以「多、二、一（0）」結構作考察〉，《成大中文學報》12期，頁147-164。
- 發表〈關於《篇章結構學》〉，《國文天地》21卷2期，頁97-99。

・發表〈章法「多、二、一（0）」結構的節奏與韻律──以兩首詩詞為例〉〔短篇〕，收入王未主編《語言學心思潮》，由北京中國社會科學出版社出版，頁293-298。

八月

・屆齡退休，並改聘為臺灣師大國文系兼任教授。
・為七十榮退，碩博士學生在北京樓辦理餐會慶祝，並出版《陳滿銘教授七秩榮退誌慶論文輯》，共收論文33篇，由萬卷樓圖書股份有限公司出版。
・發表〈章法「多、二、一（0）」邏輯結構論〉，《平頂山學院學報》20卷4期，頁68-72。
・發表〈論章法結構與意象系統──以「多、二、一（0）」螺旋結構切入作考察〉（11000字），《浙江師範大學學報・社會科學版》30卷4期，頁40-48。
・發表〈論章法結構與意象系統──以「多、二、一（0）」螺旋結構切入作考察〉（16000字），《江南大學學報・人文社會科學版》4卷4期，頁70-77。
・發表〈談思維力與語文螺旋結構的關係〉，《國文天地》21卷3期，頁79-86。
・指導臺灣師大國文系教學碩士生邱玉霞以《國中國文讀寫互動教學之研究──以因果、正反、凡目三種章法切入》一文獲得學位。

九月

・發表〈批判性思考融入國小寫作教學之研究〉（與林國陽、項必蒂合撰），《國立臺北教育大學學報》18卷2期，頁197-234。
・發表〈論意與象的連結──從格式塔「異質同構」說切入〉，《國文天地》21卷4期，頁59-64。

十月

- 發表〈淺論意象系統〉,《國文天地》21卷5期,頁30-36。
- 為仇小屏《限制式寫作之理論與應用》寫序。
- 為蒲基維《東坡詞章法風格析論》寫序。

十一月

- 在本校本系教育實習課程以「讀寫原理」為題作專題演講。
- 為蒲基維《章法風格教學析論》寫序。
- 發表〈層次邏輯系統論──以哲學與章法學作對應考察〉,《渤海大學學報‧哲學社會科學版》27卷6期,頁1-7。
- 指導臺灣師大國文系教學碩士生廖惠美以《杜甫五律登臨詩篇章結構探析》一文獲得學位。

十二月

- 在萬能科技大學「教育部第二梯次提升大學基礎教育計畫──跨校人文講座」,以「論意象與聯想、想像之互動」為題作專題演講。
- 發表〈辨意象與聯想力、想像力的關係──以「多、二、一(0)」螺旋結構切入作觀察〉,《國文天地》21卷7期,頁97-106。
- 發表〈辭章章法論〉(中篇),收入陳之芥、鄭榮馨主編《修辭學新視野》,由北京中國文聯出版社出版,頁159-173。
- 指導臺灣師大國文系碩專班學生蘇芳民以《李商隱憶妓情詞意象研究》一文獲得學位。

※受聘為臺灣師大國文系兼任教授。擔任九十四年教育部文藝創作獎古典詩詞評審委員。又續由國立教育研究院籌備處敦聘為「高級中

等以下學校及幼稚園教師資格檢定」試題研發委員會「國語文能力測驗」科目試題研發委員。又由國立臺南大學敦聘為「國立臺南大學通是教育中心」委員會委員。又續由香港能仁書院敦聘為「香港能仁書院」大專部學術名譽顧問。又續任萬卷樓圖書股份有限公司關係企業名譽董事長、國文天地雜誌社社長兼總編輯。又任辭章章法學學會籌備處主任委員。

2006（民95）年，72歲

一月

・指導臺灣師大國文系教學碩士生侯鳳如以《珠玉詞花鳥意象研究》一文獲得學位。

二月

・在國文天地雜誌社舉辦之「新（限制）式作文教學營」第一期，以「讀寫的原理——歸本於語文能力作探討」為題作專題演講。
・發表〈論意與象之連結——以格式塔「異質同構」說切入〉，《畢節學院學報》2006年1月，頁1-5。
・發表〈章法風格論——以「多、二、一（0）」結構作考察〉（10000字），《溫州師範學院學報》27卷1期，頁49-54。
・發表〈章法的包孕式結構〉（上），《國文天地》21卷9期，頁98-103。

三月

・發表〈章法的包孕式結構〉（下），《國文天地》21卷10期，頁92-98。

四月

· 擔任臺灣師大國文系「漢學研究之回顧與前瞻國際學術研討會」耿志堅〈國文科創造教學之策略與研究〉之特約討論人。

· 擔任「第十二屆國立臺灣師範大學國文學系研究生學術論文研討會」蕭千金〈《楚辭·漁父》的意象系統和章法結構探析〉之特約討論人。

· 擔任臺灣師大國研所九十四學年度第二學期博士班候選人金華珍學位論文《桐城派詩論研究》之書面審查委員。

· 發表〈論意象與聯想力、想像力之互動——以「多、二、一（0）」螺旋結構切入作考察〉（10000字），《浙江師範大學學報·社會科學版》31卷2期，頁47-54。

· 發表〈辭章章法的「多、二、一（0）」螺旋結構〉，《國文天地》21卷11期，頁88-94。

· 發表〈論讀寫互動原理——歸本於語文能力與意象（思維）系統作探討〉，收入《李爽秋教授八十壽慶祝壽論文集》，臺北市：李爽秋教授八十壽慶祝壽論文集編輯委員會，頁141-160。

五月

· 在中華民國兒童文學學會舉辦之「二○○六新實用作文師資培訓營——進階班」以「作文教學概論與實務探討」為題作專題演講。

· 在「第一屆辭章章法學學術研討會」以「論章法結構與真、善、美——以『多、二、一（0）』螺旋結構切入作考察」為題作專題演講，並擔任仇小屏〈論「知覺」與「心覺」之呼應——以「知覺轉換」章法切入作考察〉之特約討論人。

· 擔任東吳大學「有鳳初鳴——漢學多元化領域之探索學術研討會」吳雅萍〈稼軒詞佳人意象探析〉、程美珍〈蘇軾與楊繪交遊考〉、楊

憲欽〈謝章鋌詞論與詞作探析〉、徐秀菁〈陳維崧「選詞所以存詞，其即所以存經史」觀念之辨析〉之特約討論人。

- 擔任彰化師範大學「第十五屆詩學會議——詞學研討會」第三場主持人及第四場劉漢初〈姜夔詞的情性與風度——從〈卜算子〉梅花八詠說起〉之特約討論人。

- 指導臺灣師大國研所研究生顏智英完成博論：《辭章章法變化律研究——以古典詩詞為考察對象》，獲得博士學位。

- 在「第一屆辭章章法學學術研討會」以〈章法結構與「真、善、美」——以「多、二、一（0）」螺旋結構切入作考察〉為題作專題演講。後收入《章法論叢》第一輯，頁1-31。

- 發表〈意象與聯想、想像互動論——以「多、二、一（0）」螺旋結構切入作考察〉，收入《第七屆修辭學國際學術研討會論文集》，頁1-12。

- 出版《辭章學十論》，臺北市：里仁書局（465頁）。

六月

- 指導臺灣師大國研所研究生黃淑貞完成博論：《辭章章法統一律研究》，獲得博士學位。

- 擔任臺灣師大國研所九十四學年度第二學期博士班候選人陳思愉學位論文《當代少年小說研究——以李潼、沈石溪、曹文軒為例》之講評人及口試委員。

- 擔任臺灣師大國研所九十四學年度第二學期博士班候選人金華珍學位論文《桐城派詩論研究》之口試委員。

- 以學術研究成果優異，由美國傳記編纂委員會（ABI）選編入《世界專業人才名典》（*International Directory of Experts and Expertise*，頁57），榮獲「專業（中國文學研究）人才證書」（2006年2月）、

「2006年度人物證書」（2006年3月），並受邀頒授「世界終生成就獎」（2006年6月）。

- 以學術研究成果優異，由英國國際傳記編纂中心（IBC）選編入《二十一世紀2000傑出知識份子》（*2000 Outstanding Intellectuals of the 21st Century*，2007，頁197），榮獲「二十一世紀2000傑出知識份子（中國文學與哲學研究）證書」（2006年3月），並受邀入列其「名人堂」（the ISC Hall of Fame：2006年6月）。
- 發表〈論思維力與語文螺旋結構之形成──以「多、二、一（0）」螺旋結構加以考察〉（10000字），《肇慶學院學報》27卷，頁34-38。
- 發表〈論辭章意象之形成──據格式塔「異質同構」說加以推衍〉，中山大學《文與哲》8期，頁475-492。
- 發表〈意象學研究的新方向〉（上），《國文天地》22卷1期，頁50-55。
- 發表〈辭章意象論〉，《無錫高等師範學校學報》2006年1期，頁20-27。
- 指導臺灣師大國研所教碩班學生陳月貴以《孔子的「因材施教」與多元智能的對應研究》一文獲得學位。。
- 指導臺灣師大國研所學生魏碧芳完成碩論：《高中寫作教學之理論與實作》，獲得學位。
- 指導臺灣師大國研所教碩班學生吳冠儀以《孔子教育思想與九年一貫十大基本能力之研究》一文獲得學位。
- 指導臺灣師大國研所教碩班學生趙瑋婷以《張曉風散文譬喻修辭研究》一文獲得學位。
- 指導臺灣師大國研所教碩班學生程汶宣以《李清照詞篇章意象析論》一文獲得學位。
- 指導臺灣師大國研所教碩班學生楊雅貴以《蘇軾「記」體文辭章意象研究》一文獲得學位。

七月

- 發表〈意象學研究的新方向〉（下），《國文天地》22卷2期，頁43-46。
- 發表〈論章法結構與意向系統之疊合——以「多、二、一（0）」螺旋結構切入作考察〉，《國文天地》22卷2期，頁4-9。
- 擔任中山大學中研所九十四學年度第二學期博士班候選人王璧寰學位論文《北宋新舊黨爭與詞學》之口試委員。
- 在國文天地雜誌社舉辦之「新（限制）式作文教學營」第二期，以「讀寫的原理——歸本於語文能力作探討」為題作專題演講。
- 在「臺北縣提升國中學生基本能力實施計畫」下，由福和國中所舉辦之三梯次「寫作教學研習會」，以「章法學與寫作教學」為題作專題演講。
- 為文揚資訊股份有限公司《寫作測驗必讀文選》寫序。
- 發表〈章法包孕式結構論——以「多、二、一（0）」螺旋結構切入作考察〉，《江南大學學報·人文社會科學版》5卷4期，頁85-90。
- 擔任「第八屆南投縣玉山文學獎」古典詩組評審委員。
- 為《章法論叢》〈第一輯〉寫序。

九月

- 與汪中、陳新雄……等出版《停雲詩友選集》，臺北市：萬卷樓圖書股份有限公司（157頁）。
- 主編《大學國文選》，臺北市：高立圖書公司出版（493頁）。
- 指導臺灣師大國研所教碩班李昊青以《稼軒詞秋意象探析》一文獲得學位。
- 在國文天地雜誌社舉辦之「新（限制）式作文教學營」第三期，以「讀寫的原理——歸本於語文能力作探討」為題作專題演講。

・為仇小屏《篇章意象論》寫序。

・為劉家楨《饗宴——中學生的閱讀與寫作》寫序。

十月

・發表〈層次邏輯系統與「多、二、一（0）」螺旋結構〉，《國文天地》22卷5期，頁36-40。

・指導臺灣師大國研所碩專班學生余椒雪以《納蘭性德邊塞詞篇章結構研究》一文獲得學位。

・參加臺北大學中國語文系舉辦之「第三屆文學與資訊學術研討會」擔任劉渼〈創意說故事後敘事模式〉之與談人。

十一月

・出版《意象學廣論》，臺北市：萬卷樓圖書股份有限公司（332頁）。

・發表〈論層次邏輯與意象系統——以「多、二、一（0）」螺旋結構切入作考察〉，《西北第二民族學院學報》2006年4期，頁19-24。

・策劃、主編《寫作測驗必讀文選》一套十本，臺北市：文揚資訊股份有限公司出版。

・參加臺灣師範大學國文系舉辦之「現代文學教學研討會」擔任第二場主持人。

十二月

・發表〈以「構」連結「意象」成軌之幾種類型——以格式塔「異質同構」說切入作考察〉，《平頂山學院學報》總92期，頁68-72。

・發表〈論思維力與語文螺旋結構之形成——以「多、二、一（0）」螺旋結構加以考察〉（10000字），《畢節學院學報》24卷6期，頁1-6。

・發表〈以「構」連結「意象」成軌之幾種類型——以格式塔「異質同構」說切入作考察〉(刪節版),《國文天地》22卷7期,頁86-93。

※續聘為臺灣師大國文系兼任教授。由文揚資訊股份有限公聘為顧問。續由國立教育研究院籌備處敦聘為「高級中等以下學校及幼稚園教師資格檢定」試題研發委員會「國語文能力測驗」科目試題研發委員。又續由香港能仁書院敦聘為「香港能仁書院」大專部學術名譽顧問。又繼續擔任萬卷樓圖書股份有限公司關係企業名譽董事長、國文天地雜誌社社長兼總編輯。又續聘為東吳大學中文系兼任教授。又續任辭章章法學學會籌備處主任委員。

2007(民96)年,73歲

一月

・出版《多二一(○)螺旋結構論——以哲學、文學、美學為研究範圍》,臺北市:文津出版社(298頁)。
・擔任臺灣大學中研所九十五學年度第一學期博士班候選人郭娟玉學位論文《溫庭筠辨疑》之口試委員。
・指導臺灣師大國研所教碩班鄧絜馨以《六一詞花鳥意象研究》一文獲得學位。
・指導臺灣師大國研所教碩班朱瑞芬以《東坡詞樂器意象研究》一文獲得學位。
・指導臺灣師大國研所教碩班毛玉玫以《稼軒離別詞篇章結構探析》一文獲得學位。

二月

・主編《新式寫作教學導論》,並為之寫序。

三月

・發表〈章法學研究之回顧〉,《國文天地》22卷10期,頁81-88。
・出版《新式寫作教學導論》,臺北市:萬卷樓圖書股份有限公司（446頁）。
・與臺灣師大進修推廣部合作舉辦「新式寫作師資培訓班」（3月8日～4月30日）,並以「寫作原理」為題作專題演講。

四月

・發表〈章法學研究團隊近幾年來之編書服務〉上,《國文天地》22卷11期,頁87-94。
・出版《章法結構原理與教學》,臺北市:萬卷樓圖書股份有限公司（389頁）。

五月

・發表〈意象「多、二、一（0）」螺旋結構論——以哲學、文學、美學作對應考察〉,《濟南大學學報・社會科學版》17卷3期,頁47-53。
・發表〈章法與「多、二、一（0）」螺旋結構〉,《西北第二民族學院學報・哲學社會科學版》總75期,頁114-118。
・發表〈章法學研究團隊近幾年來之編書服務〉下,《國文天地》22卷12期,頁77-82。
・在「第二屆辭章章法學學術研討會」以「章法學研究團隊之成立」為題作專題演講,並擔任王希杰、仇小屏、陳佳君等〈章法學對話〉、孟建安〈章法學體系建構的系統性原則〉與仇小屏〈論「時間三相」所形成之邏輯結構——以「新詩為考察對象」〉之特約討論人。

・參加臺南成功大學「第三十五屆鳳凰樹文學獎」擔任古典詞曲類評審人。

・參加華梵大學「第十屆大冠鷲文學獎」擔任古典詩詞類評審人。

六月

・發表〈辭章「多、二、一（０）」螺旋結構論〉，中山大學《文與哲》10期，頁483-514。

・受邀參加「錢穆故居——溪城賞書悅會」以「錢穆《論語新解》導讀——以〈述而〉『子曰志於道』章為例」為題作專題演講。

・指導臺灣師大國研所教碩班賴慧娟以《東坡黃州詞時空設計探析》一文獲得學位。

・指導臺灣師大國研所碩專班陳靖婷以《辭章篇旨教學研究》一文獲得學位。

・指導臺灣師大國研所教碩班蕭千金以《國中作文教學之設計與實作——以立意取材與謀篇佈局為例》一文獲得學位。

七月

・發表〈論王希杰「零點與偏離」之章法觀〉，《唐山學院學報》20卷4期，頁1-3、頁62。

・以〈論辭章章法的「多、二、一（０）」結構〉一文，經科技論壇、中國科技交流中心審定，榮獲「國際優秀論文獎」。

八月

・發表〈論意象的組合方式——承續與層遞〉，《平頂山學院學報》22卷4期，頁92-94。

・為胡奇德教授新詩集《香格里拉》寫序。

九月

- 發表〈偏離理論在作文教學上之運用〉,《國文天地》23卷4期,頁77-86。
- 出版《新編作文教學指導》,臺北市:萬卷樓圖書股份有限公司(401頁)。
- 向內政部提出申請成立「中華民國章法學會」。

十月

- 受邀參加「東亞教育評鑑論壇」擔任周中天等〈華語文能力分級指標之建立〉、張道行等〈如何發展中文的寫作自動評分技術?以ACES為例〉之評論人。
- 為內政部函復:「中華民國章法學會」成立宗旨與發起人與修辭學會多所雷同須作「說明備文補件申覆」。

十一月

- 發表〈論意象之組合方式──以趙山林《詩詞曲藝術論》所論為考察範圍〉,臺北市:《東吳中文學報》14期,頁89-128。
- 發表〈三一理論與作文評改〉(7800字),《渤海大學學報‧哲學社會科學版》29卷總140期,頁130-134。
- 在中華民國兒童文學學會舉辦之「全方位作文師資培訓營」以「寫作原理與實例探討」為題作專題演講。
- 參加政治大學中文系所舉辦之「第五屆經學國際學術研討會」,擔任陳逢源教授〈錢賓四先生超越門戶視野之四書詮釋──以《朱子新學案》為研究範圍〉之特約討論人。
- 為吳榮富詩集《心墨集》寫序。

‧為《章法論叢》（第二輯）寫序。

‧參加「全民國語文能力分級檢定測驗研究計畫」第一屆成果發表研討會，擔任蔡英俊教授「寫作子計畫成果發表」之講評人。

十二月

‧發表〈意、象互動論——以「一意多象」與「一象多意」為考察範圍〉，中山大學《文與哲》學報11期，頁253-280。

‧發表〈論偏離理論與寫作指導〉，高雄師範大學《國文學報》7期，頁1-31。

‧指導臺灣師大國研所教碩班賴鈺婷以《文學創作意象質形同構類型論——以臺灣當代散文為討論中心》一文獲得學位。

‧指導臺灣師大國研所教碩班陳鳳秋以《阮籍詠懷詩鳥與草木意象之研究》一文獲得學位。

‧參加臺灣師大「紀念魯實先教授逝世三十周年學術研討會」擔任第二場次主持人。

‧發表〈讀寫原理與實例分析——歸本於「語文能力」與「意象系統」作探討〉，收入國立嘉義大學中文系編著《文思與創意——大學國文教學論集》，臺北市：萬卷樓圖書股份有限公司，頁1-36。

※續聘為臺灣師大國文系兼任教授。續由文揚資訊股份有限公聘為顧問。又續由香港能仁書院敦聘為「香港能仁書院」大專部學術名譽顧問。又續任東吳大學中文系兼任教授。又擔任萬卷樓圖書股份有限公司關係企業董事長，並續任國文天地雜誌社社長兼總編輯。又續任辭章章法學學會籌備處主任委員。

2008（民97）年，74歲

一月

- 發表〈對「多、二、一（0）」螺旋結構之確認（上）〉，《國文天地》23卷8期，頁77-87。
- 受聘擔任由財團法人溫世仁文教基金會所主辦之「全國第一屆人文研究學術獎」文學組評審委員。
- 指導臺灣師大國研所教碩班黃千足以《東坡送別詞意象探析》一文獲得學位。
- 指導臺灣師大國研所教碩班許育喬以《東坡詞酒意象探析》一文獲得學位。

二月

- 發表〈論意象的組合方式——逆推與並置〉，《平頂山學院學報》23卷1期，頁98-101。
- 發表〈偏離理論在作文教學上之運用〉，《畢節學院學報》26卷1期，頁7-13。
- 發表〈對「多、二、一（0）」螺旋結構之確認（下）〉，《國文天地》23卷9期，頁99-104。

三月

- 發表〈層次邏輯與意象（思維）系統——以「多、二、一（0）」螺旋結構作綜合考察〉，臺灣師範大學《中國學術年刊》30期‧春季號，頁255-276。
- 發表〈辭章通海西——記辭章學在臺灣與福建之交流〉，《國文天地》23卷10期，頁87-88。

・以〈章法學研究團隊之成立〉一文，收入《章法論叢》（第二輯），辭章章法學會籌備會編，臺北市：萬卷樓圖書股份有限公司，頁1-35。
・參加東吳大學「人文社會學院第二十五屆系際學術研討會」中文系場次，擔任陳慷玲助理教授〈蘇軾詞題序之自傳化書寫〉之特約討論人。

四月

・奉內政部核准正式成立「中華民國章法學會」，並獲選為第一屆理事長。
・應聘為文藻外語學院應用華語文系客座教授。

五月

・受邀到高雄師大國文所，以「論意、象互動之質（形）構類型」為題作專題演講。
・參加輔仁大學中文系主辦之「第九屆中國修辭學國際學術研討會」擔任第三場次主持人。
・受邀到高雄文藻外語學院應用華語系，以「論意、象互動之類型──據格式塔『異質同構』說加以推衍」為題作專題演講。
・擔任東吳大學中研所九十六學年度第二學期博士班候選人王曉雯學位論文《清代譚瑩「論詞絕句」研究》之書面審查委員。
・受國立臺北科技大學通識中心之邀，以「言之有理──篇章結構」為題作專題演講。
・指導臺灣師大國研所教碩班胡雅雯以《李煜詞篇章意象探析》一文獲得學位。

六月

- 發表〈論意象組合與章法結構〉，臺灣師範大學《國文學報》43 期，頁233-262。
- 發表〈論潛性與顯性之互動類型——以辭章義旨為例作觀察〉，《江陰職業技術學院學報》19卷2期，頁25-29。
- 發表〈論辭章之藝術聯貫〉，《柳州職業技術學院學報》8卷2期，頁91-97。
- 以〈閱讀與寫作〉一文，收入張高評主編《實用中文講義》上，臺北市：東大圖書公司，頁166-184。
- 以〈讀後感寫作〉一文，收入張高評主編《實用中文講義》上，臺北市：東大圖書公司，頁185-203。
- 參加東吳大學「有鳳初鳴——漢學多元化領域之探索學術研討會」，擔任東吳博士生林宛瑜〈《倚聲初集》選錄豔體詞述評〉之特約討論人。
- 指導臺灣師大國研所教碩班余毓敏以《溫庭筠詞閨情意象探析》一文獲得學位。
- 與黃文吉教授合作指導臺灣師大國研所教碩班黃淑卿以《陳火泉及其散文研究》一文獲得學位。
- 指導臺灣師大國研所陳盈君完成碩論：《虛實類章法在國中寫作教學之應用》，獲得學位。
- 指導臺灣師大國研所教碩班黃惠芳以《東坡詞夢意象研究》一文獲得學位。

七月

- 發表〈論意象組織之基本類型——以「移位」與「轉位」切入作考察〉，臺灣師範大學《師大學報・人文與社會類》53卷2期，頁1-26。

・發表〈論「真、善、美」與「多、二、一（0）」螺旋結構──以辭章章法為例作對應考察〉，中山大學《文與哲》學報13期，頁663-698。
・擔任東吳大學中研所九十六學年度第二學期博士班候選人王曉雯學位論文《清代譚瑩「論詞絕句」研究》之口試委員。
・受邀在臺灣師大「韓國外大師生來訪講座」上以「古典文學與現代文化」為題作專題演講。
・擔任高雄師大研所九十六學年度第二學期博士班候選人謝綉治學位論文《魏晉象數易學研究》之初審口試委員。
・擔任彰化師大國研所博士班候選人蘇菁媛學位論文《晚名女詞人研究》之口試委員。

八月

・發表〈論意象之組合方式──承續與層遞〉，《國文天地》24卷3期，頁29-33。
・受邀擔任「第十屆南投縣玉山文學獎」古典詩組評審委員。
・指導臺灣師大國研所教碩班謝玉瑩以《王維山水詩意象探析》一文獲得學位。
・指導臺灣師大國研所教碩班簡蕙宜以《中學情境作文教學之理論與實作》一文獲得學位。

九月

・發表〈論三一理論與作文評改〉，臺灣師範大學《中等教育・學術論文》59卷3期，頁42-62。

十月

· 發表〈「辭章章法學」研究概況──寫在「第三屆辭章章法學學術研討會」前夕〉,《國文天地》24卷5期,頁85-94。

· 發表〈從偏離理論看孔子之仁智觀〉（上）,《孔孟月刊》47卷1、2期,頁3-9。

· 在「第三屆辭章章法學學術研討會」以〈論辭章分析與科際整合──以白居易〈長相思〉詞為例〉為題作專題研講,並擔任李靜雯〈稼軒農村詞篇章結構探析──以瓢泉所作九首為考察對象〉之特約討論人。

十一月

· 發表〈論王希杰「潛顯與兼格」之章法觀〉,《國文天地》24卷6期,頁87-93。

· 參加華梵大學所舉辦「第七屆生命實踐學術研討會」擔任黃麗娟〈由蘇軾赤壁二賦論其謫黃時期的賦作成就及其生命實踐〉之特約討論人。

· 參加「第二屆全國高中國文教學研討會」擔任上午三場研討會主持人。

· 指導臺灣師大國研所教碩班彭淑玲以《東坡詞風雨意象探析》一文獲得學位。

· 擔任東吳大學中研所九十六學年度第二學期博士班候選人林宛瑜學位論文《清初廣陵詞人群體研究》之書面審查委員。

十二月

· 發表〈論意、象連結成「軌」之類型──試參酌格式塔「同形」說作引申探討〉,臺灣師範大學《國文學報》44期,頁125-154。

- 發表〈《論語》中的「才、學、識、德」〉,《國文天地》24卷7期, 頁32-36。
- 以學術研究成果優異,由英國國際傳記編纂中心(IBC)選編入 《國際名人大辭典》(*Dictionary of Iinternational Biography*, 2008, 頁188)。
- 受國立臺北科技大學通識中心之邀,以「言之有理與篇章邏輯」為 題作專題演講。
- 發表〈辭章分析與科際整合——以白居易〈長相思〉詞為例〉,《湘 南學院學報》29卷6期,頁40-45。

※續聘為臺灣師大國文系兼任教授。續由文揚資訊股份有限公司聘為 顧問。又擔任萬卷樓圖書股份有限公司關係企業董事長,並續任國 文天地雜誌社社長兼總編輯。又擔任中華民國章法學學會第一屆理 事長、中國修辭學會第十屆常務監事。又擔任成功大學九十六年度 「標竿創新暨新進學者計畫——成大學生實用文『寫作邏輯』指導 策略發展方案」(主持人:仇小屏)諮詢委員。又應聘為文藻外語 學院應用華語文系客座教授(5月1日～7月31日)。

2009(民98)年,75歲

一月

- 擔任高雄師大研所九十六學年度第二學期博士班候選人謝綉治學位 論文《魏晉象數易學研究》之複審口試委員。
- 擔任東吳大學中研所九十六學年度第二學期博士班候選人林宛瑜學 位論文《清初廣陵詞人群體研究》之口試委員。
- 以「勇於創新,敢為人先」,由中國未來研究會選編入紀念新中國 成立六十周年人物專輯《中國學者》,頁320-321。

- 發表〈論辭章分析之專業化〉，高雄師範大學《國文學報》9期，頁
  1-22。
- 發表〈論章法結構之方法論系統〉，《肇慶學院學報》30卷，頁33-
  37。
- 發表〈論潛性與顯性之互動類型——以辭章章法為例作觀察〉，《畢
  節學院學報》27卷1期，頁1-7。
- 指導臺灣師大國研所教碩班李孟毓以《辭章篇章結構教學研究——
  以現行高中九八課綱四十篇文言課文為例》一文獲得學位。
- 指導臺灣師大國研所教碩班謝永珍以《詩歌意象教學析論——以現
  行高中國文課文為考察範圍》一文獲得學位。
- 指導臺灣師大國研所教碩班何方宜以《國小高年級情境作文教學之
  研究——以凡目法、賓主法、因果法為例》一文獲得學位。
- 擔任高雄師大國研所博士班候選人謝綉治學位論文《魏晉象數易學
  研究》之初審及複審口試委員。
- 擔任東吳大學中研所博士班候選人林宛瑜學位論文《清初廣陵詞人
  群體研究》之書面審查及口試委員。

二月

- 參加萬卷樓圖書股份有限公司九十八年度股東大會及尾牙晚宴。

三月

- 參加「第一屆國立臺灣師範大學國文學系在職進修研究生學術論文
  研討會」擔任郭佳燕〈從抑揚結構分析〈鴻門宴〉的篇旨及其對項
  羽的評價〉之特約討論人。（2009年3月7日）
- 發表〈論辭章之潛性與顯性——以篇旨與章法為例作探討〉，臺灣
  師範大學《中國學術年刊》31期·春季號，頁115-144。

・發表〈意、象形質同構類型論〉，臺灣師範大學《師大學報・語言
與文學類》54卷1期，頁1-25。
・發表〈論意象之組合方式──對比與反諷〉，《國文天地》24卷10
期，頁4-9。

四月

・受邀參加萬能科技大學所舉辦「中文鑑賞、寫作與口語表達研習
會」，以「辭章篇旨鑑賞──以其潛性與顯性切入作探討」作專題
演講。（2009年4月18日）
・發表〈潛性、顯性互動類型論──以辭章之義旨、章法為例作探
討〉，《成大中文學報》24期，頁29-56。
・發表〈論《論語》「知（智）」論與後代「才、學、識」說〉於「第
一屆兩岸儒學交流研討會」，收入《國際儒學研究》第十七輯，頁
51-75。

五月

・擔任華梵大學「第二屆曉境雲聲全國大專院校古典詩歌創作比賽」
評審老師。（2009年5月2日）
・參加世新大學中國文學系「第二屆兩岸韻文學學術研討會──韻文
學的欣賞與研究」擔任蔡芳定〈蘇軾「以詩為詞」的理論主張〉之
特約討論人。（2009年5月9日）
・發表〈論王希杰「零點與偏離」之章法觀〉，《國文天地》24卷12
期，頁80-87。

六月

・受邀在「淡江大學中國文學系中國語文能力表達學術研討會──以

成惕軒先生之詩文為研討主題並紀念成惕軒先生百歲誕辰」，以「創意神奇的語文表達——以成惕軒先生詩文之篇章意象為例作探討」為題作專題演講。（2009年6月14日）

・受邀在臺灣師大國文系以「篇章風格教學」為題作專題演講。（2009年6月17日）

・受臺北科技大學通識中心之邀，在「技職校院國語文教學教師研習營」以「文學意象的統合——主題與風格」為題作專題演講。（2009年6月20日）

・發表〈《論語・述而》「子曰志於道」章析論——主要以錢穆之詮釋切入作引申探討〉，高雄師範大學《國文學報》10期，頁1-23。

・發表〈意象轉位結構論〉，《平頂山學院學報》2009年3期，頁85-89。

・發表〈辭章篇旨鑑賞——以其潛性與顯性切入作探討〉，《國文天地》25卷1期，頁80-88。

・以〈創意神奇的語文表達——以成惕軒先生詩文之篇章意象為例作探討〉，在「淡江大學中國文學系中國語文能力表達學術研討會——以成惕軒先生之詩文為研討主題並紀念成惕軒先生百歲誕辰」作專題演講。

・發表〈旅蘇詩鈔十首〉，《姑蘇吟》總50期，頁48-50。

・指導臺灣師大國研所研究生李靜雯完成博論：《辭章意象表現論——以古典詩詞為例作考察》，獲得博士學位。

・指導臺灣師大國研所教碩班盧雪玲以《辛稼軒遊仙詞研究》一文獲得學位。

・指導臺灣師大國研所教碩班劉淑菁以《漱玉詞花鳥意象研究》一文獲得學位。

・指導臺灣師大國研所教碩班李嘉欣以《篇章風格教學析論——以現行高中國文現代散文教材為研究對象》一文獲得學位。

‧指導臺灣師大國研所教碩班潘伯瑩以《圖底章法析論》一文獲得
學位。

七月

‧發表〈篇章意象的轉位結構〉,《國文天地》25卷2期,頁4-11。

‧指導臺灣師大國研所教碩班林怡佩以《辭章意象質形同構類型
論──以國中國文教材為例》一文獲得學位。

‧指導臺灣師大國研所教碩班馬皖婉以《章法在高中新式作文之應
用──以凡目法、正反法、今昔法為例》一文獲得學位。

八月

‧受邀擔任「第十一屆南投縣玉山文學獎」古典詩組評審委員。
（2008年8月）

‧發表〈意象包孕式結構論──以「多、二、一（0）」螺旋結構切入
作考察〉,《湘南學院學報》30卷4期,頁36-42。

‧發表〈楚望樓詩文篇章意象探析──紀念成惕軒先生百歲誕辰〉,
《國文天地》25卷3期,頁86-92。

‧指導臺灣師大國研所教碩班曾素珍以《國中寫作教學研究──以情
景、論敘、凡目、今昔等章法為例》一文獲得學位。

九月

‧發表〈論「多、二、一（0）」螺旋結構與辭章章法〉,臺灣師範大
學《中國學術年刊》31期‧秋季號,頁43-72。

‧發表〈論「零點與偏離」之哲學意涵──以《周易》與《老子》為
考察重心〉,《孔孟學報》87期,頁51-80。

‧發表〈篇章風格教學之新嘗試──以剛柔成分之多寡與比例切入作

探討〉，收入戴維揚、余金龍編著《漢學研究與華語文教學》，臺北市：萬卷樓圖書股份有限公司，頁41-54。

十月

- 在「第四屆辭章章法學學術研討會」以〈論篇章邏輯與內容義旨〉為題作專題研講，並擔任邱燮友〈白居易〈長恨歌〉章法結構〉之特約討論人。（2008年10月17日）
- 發表〈論篇章內容與形式之關係——以「多、二、一（0）」螺旋結構切入作觀察〉，《國文天地》25卷5期，頁69-76。
- 發表〈論篇章邏輯與內容義旨〉於「第四屆辭章章法學學術研討會」，臺北市：臺灣師大綜合大樓五樓國際會議廳。
- 發表〈論辭章分析與科技整合——以白居易〈長相思〉詞為例〉，收入《章法論叢》（第三輯），中華章法學會主編，臺北市：萬卷樓圖書股份有限公司，頁1-25。

十一月

- 參加華梵大學中文系「第八屆『生命實踐』學術研討會」擔任第三場會議主持人。（2009年11月14日）
- 受邀在教育部「九十七學年度提升技職校院學生通識教育暨語文應用能力改善計畫『典範人物——專題講演』期末成果發表會」中以「論思維系統與語文能力」為題作專題演講。（2009年11月19日）
- 赴福州參加海峽兩岸辭章學研討會，發表〈辭章章法學研究的過去、現在與未來〉於景城大酒店二樓會議廳。並受邀在福州中國華藝廣播公司所主辦之「首屆海峽兩岸大學生中華經典詩文朗誦大賽」擔任第二獎之頒獎人。（2009年11月28-30日）
- 發表〈論二元互動與章法結構——以「多、二、一（0）」螺旋結構切入作綜合考察〉，《東吳中文學報》18期，頁1-32。

‧發表〈論篇章內容與形式之關係——以「多、二、一（0）」螺旋結構切入作觀察〉，《國文天地》25卷5期，頁69-76。

十二月

‧發表〈論章法結構之方法論系統——歸本於《周易》與《老子》作考察〉，臺灣師範大學《國文學報》46期，頁61-94。
‧受邀參加「東吳大學中文系常態性學術研討會」，擔任陳慷玲〈張惠言詞學觀論《茗柯詞》之寄託〉講評人。（2009年12月16日）
‧發表〈論意象之統合——以辭章之主題與風格為範圍作探討〉，中山大學《文與哲》學報15期，頁1-32。

※兼任臺灣師大國文系教授至七月底止。續由文揚資訊股份有限公司聘為顧問。又擔任萬卷樓圖書股份有限公司關係企業董事長，並續任國文天地雜誌社社長兼總編輯。又擔任中華民國章法學學會第一屆理事長、中國修辭學會第十屆常務監事。又擔任成功大學九十七年度「標竿創新暨新進學者計畫——成大學生實用文『寫作邏輯』指導策略發展方案」（主持人：仇小屏）諮詢委員。又受聘為教育部「普通高中國文課程九八課綱（暫行）修訂小組」委員。

2010（民99）年，76歲

一月

‧受邀參加「華梵大學、四川外語學院研究生論文研討會」，擔任張修維〈試論蘇軾〈江城子‧十年生死兩茫茫〉中的悲美與自療〉與高振翔〈試論秦觀女郎詞評價〉之講評人。（2010年1月11日）
‧擔任中山大學中文系張白虹博士論文《詞牌與詞之內容關係研究——以首見詞為探論範圍》之口試主持委員。（2010年1月28日）

．發表〈論二元移位與章法結構〉，《國文天地》25卷8期，頁83-88。

二月

．發表〈論「對比與反諷」之意象組合方式〉，《畢節學院學報》28卷
1期，頁1-6。
．發表〈篇章邏輯與內容義旨〉，《阜陽師範學院學報》133期，頁1-
5。

三月

．受邀在臺北市教育大學語教研究所，以「思維系統與文學創作」為
題作專題演講。（2010年3月13日）
．發表〈篇章風格論——以直觀表現與模式探索作對應考察〉，臺灣
師範大學《中國學術年刊》32期‧春季號，頁129-166。
．發表〈論辭章之聯貫——以「多、二、一（0）」螺旋結構切入作考
察〉，臺灣師範大學《師大學報‧語言與文學類》55卷1期，頁29-
56。
．發表〈論時空、虛實的複合結構〉，《當代修辭學》2010年第2期，
頁62-67。
．參加「感官素材與人性辯證國際學術研討會」，發表〈論意、象之
互動——以古典詩歌為例作考察〉，國立臺灣文學館、成功大學中
文系。

四月

．發表〈論二元包孕與章法結構〉，《國文天地》25卷11期，頁80-
87。

五月

- 受邀參加九十九年度臺中市國民教育輔導團國中組國文學習領域辦理「精進教學計畫——國文論壇」，以「語文能力與讀寫互動」為題作專題演講。（2010年5月14日）
- 參加臺南成功大學「第三十八屆鳳凰樹文學獎」擔任古典詞曲類評審人。（2010年5月22日）
- 受邀參與廣州肇慶市肇慶學院「科技文化藝術系列講座」，以「辭章與讀寫教學」為題作專題演講。（2010年5月27日）
- 發表〈篇章風格新辨〉，《肇慶學院學報》31卷3期，頁25-30。
- 發表〈論辭章意、象「異質同構」的表現〉，《國文天地》25卷12期，頁79-86。

六月

- 擔任臺灣師範大學國文系博士論文《唐代節令詩研究》口試委員。（2010年6月8日）
- 為蔡宗陽教授《詩海‧詩園》寫序。（2010年6月10日）
- 擔任中山大學中文系陳清茂博士論文《宋元海洋文學研究》之口試主持委員。（2010年6月11日）
- 發表〈《論辭章章法與閱讀教學〉，高雄師範大學《國文學報》12期，頁1-32。
- 發表〈羅門詩國的真、善、美——以〈麥堅利堡〉一詩的篇章意象為例作探討〉，《國文天地》26卷1期，頁66-77。
- 指導臺灣師大國研所碩專班張家懿以《柳永俗詞意象探討》一文獲得學位。
- 指導臺灣師大國研所教碩班洪郁婷以《孔子仁智觀在國中國文教學之體現》一文獲得學位。

七月

- 發表〈論思維系統與文學創作〉,《中山人文學報》29期,頁127-153。
- 發表〈范仲淹〈岳陽樓記〉篇章意象的表現〉,《國文天地》26卷2期,頁4-14。
- 出版《唐宋詞拾玉——以篇章結構分析為軸心》,臺北市:萬卷樓圖書股份有限公司(360頁)。
- 將研討會論文〈論篇章邏輯與內容義旨〉收入《章法論叢》(第四輯),中華章法學會主編,臺北市:萬卷樓圖書股份有限公司,頁1-27。
- 指導臺灣師大國研所教碩班傅雪芬以《古詩十九首篇章結構探析》一文獲得學位。
- 指導臺灣師大國研所教碩班林冉欣以《主旨安置在篇外的謀篇形式——以《唐詩三百首》為研究範疇》一文獲得學位。

八月

- 指導臺灣師大國研所教碩班王宣文以《《論語》仁智觀研究——以「偏離論」切入作考察》一文獲得學位。

九月

- 發表〈章法的「移位」、「轉位」與「多、二、一(0)」結構〉,《湘南學院學報》31卷3期,頁50-54。

十月

- 受邀為桃園縣國中教師輔導團,以「修辭辭格及其功能」為題作專題演講。(2010年10月4日)

・受邀在國立臺北教育大學華語中心，以「篇章內容與形式之包運關係」為題作專題演講。（2010年10月6日）

・以學術研究成果優異，由英國國際傳記編纂中心（IBC）選編入《國際傳記辭典》35輯（*Dictionary of Iinternational Biography, 35ED*），頁182-183。

・發表〈章法分析與文本解讀──以「多、二、一（0）」螺旋結構切入作探討〉，《國文天地》26卷5期，頁54-53。

・參加研討會發表專題演講：〈篇章邏輯與思考訓練〉，第五屆辭章章法學術研討會，高雄市：文藻外語學院求真樓地下一樓 Q001室。

十一月

・受邀在臺北市南湖高中，以「讀寫互動與語文能力」為題作專題演講。（2010年11月4日）

・以學術研究成果卓越，由中國未來研究會選編入《學術之路》，頁352-353。

・發表〈論篇章邏輯──秩序、變化、聯貫、統一〉，《東吳中文學報》20期，頁23-50。

・發表〈羅門第三自然觀對詩學的貢獻──以「多、二、一（0）」螺旋結構切入作探討〉（上），《國文天地》26卷6期，頁70-77。

・出版英譯本《Discourse Analysisin Chinese Composition》（《篇章結構學》），戴維揚等譯，國立編譯館獎助、萬卷樓圖書股份有限公司出版（512頁）。

十二月

・發表〈論篇章意象之聯貫藝術──以「多、二、一（0）」螺旋結構切入作探討〉，臺灣師範大學《國文學報》48期，頁255-287。

- 發表〈羅門第三自然觀對詩學的貢獻——以「多、二、一（0）」螺旋結構切入作探討〉（下），《國文天地》26卷7期，頁77-85。
- 將論文〈羅門詩國的真、善、美〉與〈論羅門詩國之第三自然結構觀〉收入羅門《我的詩國》（上），文史哲出版社，頁38-48、49-66。
- 發表〈辭章篇旨辨析——以其潛性與顯性切入作探討〉，《興大中文學報》28期，頁137-162。

※續任萬卷樓圖書股份有限公司關係企業董事長、國文天地雜誌社社長兼總編輯、中華民國章法學學會第一屆理事長、中國修辭學會第十屆常務監事。並續聘為教育部「普通高中國文課程九八課綱（暫行）修訂小組」委員。又擔任文藻外語學院「中文綜合表達測驗題庫建置」諮詢委員、高苑科技大學「第一屆全國高職學生網路文學獎」評審團主席兼總指導決審評審委員。

2011（民100）年，77歲

一月

- 擔任臺灣師大國文系陳宣瑜博士論文《李白詩海意象研究》之口試主持委員。（2011年1月12日）
- 擔任臺灣師大國文系簡彥妗博士論文《陸游散文研究》之口試主持委員。（2011年1月14日）
- 擔任北市教育大學語教系李友良博士論文研究計畫《明代以前詞壇仿擬作品研究》之諮詢主持委員。（2011年1月26日）
- 發表〈論修辭教學之重心〉，《國文天地》26卷8期，頁23-33。
- 出版《當代辭章創作及研究評析——以成惕軒、羅門與王希杰、鄭頤壽、曾祥芹、趙山林等大師為對象》，臺北市：萬卷樓圖書股份有限公司（445頁）。

・將〈論意與象之連結〉、〈論思維力與語文螺旋結構之形成〉二文收入張學立主編《辭學新視野》，社科文獻出版社，頁78-86、87-96。
・指導臺灣師大國研所教碩班王斐雯以《淮海詞水意象研究》一文獲得學位。

二月

・發表〈一象多意論〉，《畢節學院學報》29卷1期，頁1-6。
・發表〈《當代辭章創作及研究評析》序〉，《國文天地》26卷9期，頁93-96。

三月

・發表〈論章法四大律之方法論原則──以「多、二、一（0）」螺旋結構作系統探討〉，臺灣師範大學《中國學術年刊》33期・春季號，頁87-118。
・出版《篇章意象學》，臺北市：萬卷樓圖書股份有限公司（371頁）。

四月

・參加臺師大國文系主辦之「第三屆臺灣、香港、大陸兩岸三地國語文教學國際學術研討會」擔任7A 場「圓桌會議」主持人。（2011年4月24日）
・受邀參加東吳大學「蛻變與開新──古典文學國際學術研討會」，擔任林明珠〈元白詩中「非詩」成分之交涉與省思〉之特約討論人。（2011年4月30日）
・發表〈論章法結構的節奏與韻律──以「多、二、一（0）」螺旋結構切入作觀察〉（上），《國文天地》26卷11期，頁62-65。

五月

- 受邀在臺北市教育大學中語系，以「論章法結構之節奏與韻律」為題作專題演講。（2011年5月21日）
- 受邀在臺南成功大學中文系「第三十九屆鳳凰樹文學獎」，擔任古典詞曲類評審人。（2011年5月22日）
- 受邀在華梵大學「第十四屆大冠鷲文學獎」，擔任古典詩詞類評審人。（2011年5月25日）
- 發表〈「螺旋」乃修辭轉化研究方法論之精義——孟建安《修辭轉化運行原理》序言〉，《肇慶學院學報》32卷3期，頁27-31、頁44。
- 發表〈論章法結構的節奏與韻律——以「多、二、一（0）」螺旋結構切入作觀察〉〔下〕，《國文天地》26卷12期，頁54-58。

六月

- 擔任東華大學課程設計與潛能開發學系王家珍博士論文《國民小學語感教學研究》之口試主持委員。（2011年6月9日）
- 擔任臺灣師大國文系陳鳳秋博士論文《《文心雕龍》理論在高中國文範文教學之應用》之口試主持委員。（2011年6月17日）
- 擔任臺灣師大國文系曾香綾博士論文《《詩經》成語研究》之口試主持委員。（2011年6月20日）
- 擔任臺灣師大國文系鄭慧敏博士論文《論清閒——北宋雅詞之美學面向研究》之口試主持委員。（2011年6月27日）
- 指導臺灣師大國文系研究生林淑雲完成博論：《北宋五家記遊散文之研究》，獲得博士學位。（2011年6月30日）
- 為朱榮智教授《老莊智慧——談職場逆中求勝法則》寫序。（2011年6月30日）

・發表〈論「凡目」、「圖底」章法之包孕式結構——以蘇辛詞為作考察〉，臺灣師範大學《國文學報》49期，頁161-188。
・發表〈論羅門〈觀海〉詩的時空螺旋結構〉，《國文天地》27卷1期，頁87-91。

七月

・受邀擔任「教育部文藝創作獎」古典詩詞項複審委員。（2011年7月5日）

八月

・受邀擔任「第十三屆南投縣玉山文學獎」古典詩詞類評審委員。（2011年8月26日）
・發表〈文本解析的專業化〉，《湘南學院學報》32卷4期，頁75-80。

九月

・發表〈論章法之包孕式結構——以全篇用「因果」章法包孕而成之作品作考察〉，臺灣師範大學《中國學術年刊》33期‧秋季號，頁123-158。
・發表〈篇章邏輯與思考訓練〉，收入《章法論叢》（第五輯），中華章法學會主編，臺北市：萬卷樓圖書股份有限公司，頁1-25。

十月

・在「第六屆辭章章法學學術研討會」，主持李威熊作專題研講，並擔任孟建安〈章法學體系建構的系統原則〉與蔡宗陽〈劉勰《文心雕龍》與篇章結構〉之特約討論人。（2011年10月15日）
・參加在臺灣師大主辦之「第二屆敘事文學及文化國際學術研討

會」，擔任潘麗珠〈論東坡詞的敘事性〉之特約討論人。（2011年10月16日）

· 受邀在成功大學教育部頂尖大學計畫「超越辭格之修辭新視野」學術講座，以「論修辭『轉化』之理論及其應用」為題作專題演講。（2011年10月21日）

· 以學術研究成果卓越，由中國未來研究會選編入《百年中國》，頁494-495。

· 發表〈章法結構與語文能力──以科學研究與客觀存在作對應觀察〉，《國文天地》27卷5期，頁82-90。

十一月

· 發表〈論辭章多層面之解析──以白居易〈長相思〉為例作考察〉，《臺北市立教育大學學報·人文社會類》42卷2期，頁81-108。

· 發表〈因果邏輯〉，《中國語文》563期，頁25-31。

· 指導臺灣師大國研所教碩班吳雪麗以《篇章邏輯寫作之創思教學研究──以國小二年級為例》一文獲得學位。（2011年11月8日）

十二月

· 受邀在成功大學教育部頂尖大學計畫「超越辭格之修辭新視野」學術研討會，以「論修辭『轉化』理論之核心原則」為題發表論文，並擔任蔡宗陽〈篇章修辭學與《文心雕龍》〉之特約討論人。（2011年12月3日）

· 發表〈章法包孕式結構類型論──以凡目、圖底、因果等同一章法為例作考察〉，《興大中文學報》30期，頁121-149。

· 發表〈試論修辭之邏輯性〉，《國文天地》27卷7期，頁99-105。

・發表〈意象「多、二、一（0）」螺旋結構在文學上的表現〉，《平頂山學院學報》26卷6期，頁95-99。
・發表〈論辭章之無法與有法——以客觀存在與科學研究作對應考察〉，彰化師範大學《國文學誌》23期，頁29-63。
・發表〈篇章邏輯與讀寫教學〉，《北市大語文學報》7期，頁95-130。
・發表〈章法與哲學〉，《中國語文》564期，頁30-33。

※續任萬卷樓圖書股份有限公司關係企業董事長、國文天地雜誌社社長兼總編輯、中華民國章法學學會第二屆理事長、中國修辭學會第十屆常務監事。並續聘為教育部「普通高中國文課程九八課綱（暫行）審查小組」委員。又擔任文藻外語學院「中文綜合表達測驗題庫建置」諮詢委員、高苑科技大學「第二屆全國高職學生網路文學獎」評審團主席兼總指導決審評審委員。

2012（民 101）年，78 歲

一月

・擔任高雄師大國文系卓惠婷博士論文《夢窗詞藝術表現與美感研究》之口試主持委員。（2012年1月31日）
・發表〈論才、學、識之邏輯層次——以「多、二、一（0）」螺旋結構切入作考察〉，高雄師範大學《國文學報》15期，頁1-32。
・發表〈修辭的邏輯性〉，《畢節學院學報》總138期，頁1-6。
・發表〈辭章意象學的初步建構〉，《國文天地・名家博客》27卷8期，頁9-11。
・發表〈章法結構與節奏韻律——以剛柔成分之消長作輔助觀察〉，《國文天地》27卷8期，頁75-80。

二月

- 發表〈論辭章意象與多二一（0）螺旋結構〉，《當代修辭學》總169期，頁76-80。
- 發表〈篇章邏輯與思考訓練〉，《平頂山學院學報》27卷1期，頁109-113。
- 發表〈《章法結構論》的推出〉，《國文天地・名家博客》27卷9期，頁8-11。
- 出版《章法結構論》，臺北市：萬卷樓圖書股份有限公司（322頁）。

三月

- 發表〈篇章邏輯與文本分析——以「多、二、一（0）」螺旋結構切入作探討〉，《臺北大學中文學報》11期，頁1-32。
- 發表〈兩岸辭章學交流——側記南京團隊的支持與肯定〉，《國文天地・名家博客》27卷10期，頁6-9。

四月

- 受邀參加教育部雲嘉南區域教學資源中心成功大學執行小組「實用中文寫作」教材教法種子教師培訓營，以「讀後感寫作」為題做專題演講，並擔任最後一場主持人。（2012年4月15日）
- 發表〈兩岸辭章學交流——側記福建團隊的支持與肯定〉，《國文天地・名家博客》27卷11期，頁7-9。

五月

- 發表〈「真、善、美」螺旋結構論〉，文藻外語學院《應華學報》10期・特約稿，頁1-32。

・發表〈章法四律在閱讀教學上的運用〉,《國文天地》27卷12期,頁85-92。

六月

・發表〈試論方法論原則之層次系統 —— 以修辭與章法為考察範圍〉,中山大學《文與哲》學報20期,頁367-407。

・發表〈論修辭轉化之審美價值〉,《平頂山學院學報》27卷3期,頁100-104。

・發表〈形象、邏輯思維在篇章結構的互動關係〉,《國文天地》28卷1期,頁126-134。

・發表〈時空定位與章法結構——以遠近、今昔、點染、凡目等章法為例作觀察〉,文藻外語學院《應華學報》11期・特約稿,頁1-38。

・指導臺灣師大國研所碩士班蔡幸君以《篇章意象組織論——以古典詩詞為考察範圍》一文獲得學位。

十月

・發表〈期待已久的鉅作《唐宋詩舉要精選今注》〉,《國文天地》28卷5期,頁20-22。

・將演講稿〈論修辭轉化理論之核心原則〉收入張高評主編《哲學美學與傳統修辭——「修辭學之多元詮釋與教學」學術研討會論文集(一)》,新文豐出版公司,頁61-84。

十一月

・發表〈離別主題中的「一意多象」—— 以春景與秋景切入作探討〉,《國文天地》28卷6期,頁81-85。

・出版《比較章法學》,臺北市:萬卷樓圖書股份有限公司(377頁)。

十二月

- 在「第一屆語文教育暨第七屆辭章章法學學術研討會」，以〈章法學三觀體系的建構過程〉為題作專題研講，並擔任蔡宗陽〈修辭技巧與章法〉之特約討論人。（2012年12月1日）
- 發表〈語文能力與辭章鑑賞——以李煜〈相見歡〉詞為例作探討〉，《國文天地》28卷7期，頁84-89。
- 受邀發表〈章法結構與意象統合——以高職國文課文為例作探討〉於育達商業科技大學「二〇一二高職國文教材學術研討會」，育達商業科技大學綜合大樓綜三一七多媒體會議廳。
- 發表〈試論篇章風格中剛柔成分之量化——以稼軒「豪壯沉鬱」詞為例作探討〉，彰化師範大學《國文學誌》25期，頁61-102。
- 發表〈「真善美融合」之三探——楊道麟博士的語文教育美學的核心思想述評〉，《焦作大學學報》26卷4期，頁106-110。
- 發表〈章法研究在海峽兩岸交流與推進——以論文發表於學報與研討會者為範圍〉，《畢節學院學報》2012年12期，頁13-17。
- 發表〈完形理論與意象互動——以辭章為例作觀察〉，文藻外語學院《應華學報》12期・特約稿，頁1-51。

※續任萬卷樓圖書股份有限公司關係企業董事長、國文天地雜誌社社長兼總編輯、中華民國章法學學會第二屆理事長、中國修辭學會第十屆常務監事。擔任文藻外語學院「中文綜合表達測驗題庫建置」諮詢委員、高苑科技大學「第三屆全國高職學生網路文學獎」評審團主席兼總指導決審評審委員。

2013（民102）年，79歲

一月

- 擔任中山大學中文系王秋香博士論文《紅樓十二正釵意象研究》之口試主持委員。
- 發表〈論章法結構系統──以其陰陽變化作輔助觀察〉，高雄師範大學《國文學報》17期・特約稿，頁1-30。
- 發表〈稼軒「豪壯沉鬱」詞中剛柔成分之量化〉，《南京曉莊學院學報》2003年1期，頁74-79。
- 發表〈羅門詩國的三觀境界〉（上），《國文天地》28卷8期，頁100-103。

二月

- 發表〈羅門詩國的三觀境界〉（下），《國文天地》28卷9期，頁85-92。

三月

- 發表〈試論辭章章法學的「完形」意涵〉，《國文天地》28卷10期，頁66-73。

四月

- 在「出土文獻與經學研究互證──《孔子之前》中譯本新書發表座談會」第一場「西方學者詮釋中國經典叢書出版緣起」，擔任主持人之一。（2013年4月18日）

五月

- 擔任中山大學中文系蘇淑貞博士論文《三教思想對《紅樓夢》之影響》之口試委員。（2013年5月17日）
- 發表〈論修辭轉化之理論及其應用〉，收入張高評主編《修辭學之多元詮釋與教學運用演講集》，新文豐出版公司，頁185-208。

六月

- 參加「教育部文藝創作獎教師組及學生組古典詩詞項決審會議」。（2013年6月20日）
- 發表〈意象「多、二、一（0）」螺旋結構的哲學意涵〉，《平頂山學院學報》2013卷3期，頁114-117。
- 發表〈形象、邏輯思維與篇章結構——以思維（意象）系統與「多、二、一（0）」螺旋結構切入作探討〉，《興大中文學報》33期，頁211-248。
- 發表〈詠桃、梅詞作中「一意多象」的表現〉，《國文天地》29卷1期，頁82-89。
- 發表〈高職國文教材的篇章教學——以章法結構與意象統合切入作探討〉，收入渡也、陳敬介主編《高職國文教材學術研討會論文集》，讀冊文化公司，頁107-156。

七月

- 發表〈格式塔理論的螺旋意涵〉，《國文天地》29卷2期，頁71-78。

八月

- 發表〈常見於論說文體中的幾種章法〉，《國文天地》29卷3期，頁87-94。

九月

- 發表〈語文能力與讀寫互動關係〉，臺灣師範大學《中等教育・專題論文》64卷3期，頁17-34。
- 發表〈因果邏輯與章法結構〉，臺北大學《中文學報》14期，頁1-28。

十月

- 在「第二屆語文教育暨第八屆辭章章法學學術研討會」，以〈大陸學界對臺灣章法學體系建構的評價——《以發表於學報或研討會者為範圍》為題作專題研講，並擔任蔡宗陽〈《詩經》倒裝的三觀〉之特約討論人。（2013年10月26日）
- 發表〈兩岸辭章學交流——側記臺灣章法學團隊所作的回應〉，《國文天地》29卷5期，頁75-81。

十一月

- 發表〈常見於記敘文體中的幾種章法〉，《國文天地》29卷6期，頁66-73。
- 發表〈章法學「三觀」體系的建構過程〉，收入《章法論叢》（第七輯），中華章法學會主編，臺北市：萬卷樓圖書股份有限公司，頁1-24。

十二月

- 發表〈常見於抒情文體中的幾種章法〉，《國文天地》29卷7期，頁71-77。
- 發表〈修辭「轉化」論〉，彰化師範大學《國文學誌》27期，頁1-38。

‧發表〈論辭章章法學三觀體系之建構〉，中山大學《文與哲》學報，23期，頁333-388。

※續任萬卷樓圖書股份有限公司關係企業董事長、國文天地雜誌社社長兼總編輯、中華民國章法學學會第二屆理事長、中國修辭學會第十屆常務監事。擔任文藻外語學院「中文綜合表達測驗題庫建置」諮詢委員、高苑科技大學「第三屆全國高職學生網路文學獎」評審團主席兼總指導決審評審委員、「教育部文藝創作獎教師組及學生組古典詩詞項決審會議」決審委員。

2014（民 103）年，80 歲

一月

‧發表〈思維系統與辭章內涵——以文本評析為力作觀察〉，高雄師範大學《國文學報》19期‧特約稿，頁1-30。
‧發表〈常見於描寫文體中的幾種章法〉，《國文天地》29卷8期，頁91-97。

二月

‧發表〈章法結構的美感特色〉，《國文天地》29卷9期，頁82-88。

三月

‧參加萬卷樓和學生在彭園餐廳舉辦之小型八十壽慶餐會。（2014年3月1日）
‧發表〈論章法包孕結構之陰陽變化——以蘇辛詞為力作觀察〉，臺北大學《中文學報》15期‧特稿，頁1-24。

・發表〈論仁義之道與真、善、美——以「0 一二多」螺旋結構切入作對應考察〉,《國文天地》29卷10期,頁87-91。

・出版《辭章章法學導讀》,臺北市:萬卷樓圖書股份有限公司(190頁)。

四月

・發表〈論蓉子失的三觀境界——以篇章意象切入作觀察(為祝賀蓉子八秩晉七壽慶而寫)〉,《國文天地》29卷12期,頁72-84。

五月

・參加《跨界對話——漢學、比較文學與物質文化研究》新書發表會暨研討會,主持開幕與閉幕儀式。(2014年5月8日)

六月

・發表〈蓉子詩「篇章意象」所呈現的「真、善、美」境界——以〈溫泉小鎮〉與〈我們的城不再飛花〉為例作探討〉,《國文天地》30卷1期,頁77-83。

七月

・發表〈邏輯結構的篇、章系統〉,《國文天地》30卷2期,頁80-88。

・指導臺灣師大國研所碩士班鍾孟穎以《魏晉植物賦意象形成研究》一文獲得學位。

八月

・出版《辭章章法學體系建構叢書》一套十冊,臺北市:萬卷樓圖書股份有限公司。

・參加在羅斯福路二段四十一號十二樓「弘一大師紀念學會會議廳」舉行之《辭章章法學體系建構叢書》（十冊）新書發表會。（2014年8月16日）

・發表〈關於《辭章章法學體系建構叢書》十冊的出版〉，《國文天地》30卷3期，頁80-85。

九月

・參加在萬卷樓圖書股份有限公司由梁錦興、余崇生、蒲基維、顏智英與張晏瑞等教授、先生所推動之「辭章章法學座談會」，回答各種提問。（2014年9月14日）

十月

・參加在臺灣師大文學院會議室與誠一○二教室舉辦之「第三屆語文教育暨第九屆辭章章法學學術研討會」，以〈論哲理章法——以《中庸》誠明思想為例作探討〉為題作專題研講，並擔任鄭頤壽〈語文教學完善現代漢語辭章學〉之宣讀與特約討論人。（2014年10月25日）

・發表〈篇章結構在藝術歌曲中的呈現——以法國杜巴克藝術歌曲為例作觀察〉，《國文天地》30卷5期，頁58-69。

十一月

・發表〈大陸學界對臺灣章法學體系建構的評價——以發表於學報或研討會者為範圍〉，收入《章法論叢》（第八輯），中華章法學會主編，臺北市：萬卷樓圖書股份有限公司，頁1-32。

十二月

・與梁錦興、余崇生、蒲基維、顏智英、張晏瑞等發表〈辭章章章法學座談會〉《國文天地》30卷7期，頁14-29。
・參加辭章章法學學術研討會第九屆之檢討與第十屆之籌備會議（參與者：許錟輝、陳滿銘、梁錦興、余崇生、顏智英、林淑雲、張晏瑞、彭秀惠、傅雪芬，請假者：蒲基維、蕭千金）。（2014年12月20日）

※續任萬卷樓圖書股份有限公司關係企業董事長、國文天地雜誌社社長兼總編輯、中華民國章法學學會第二屆理事長（七月止）、中華民國章法學學會榮譽理事長（八月起）、中國修辭學會第十屆常務監事。

2015（民 104）年，81 歲

一月

・發表〈章法學三觀論〉，高雄師範大學《國文學報》21期·特約稿，頁1-33。
・參加在臺北市立大學公城樓舉辦之「榕城文緣·萬卷書香：兩岸中國文學研究座談會」與「《福建師範大學文學院百年學術論叢》（第一輯）十部學術著作新書發佈會」，代表萬卷樓圖書股份有限公司作開幕致辭，並擔任孫紹振教授之主題研討人。（2015年1月24日）

三月

・擔任「教育部國語文學習領域中心實務教師專業成長活動」講座，在國立教育大學以「讀講『篇章結構』應有的認識：以思維（意

象）系統切入作探討」為題作專題演講。（2015年3月21日）

・召開第十屆章法學學術研討會第一次籌備會議。（2015年3月29日）

・確定與「教育部國民小學師資培用聯盟國語文學習領域教學研究中心」合辦「第四屆語文教育暨第十屆辭章章法學學術研討會」。（2015年3月31日）

五月

・發表〈哲學「多、二、一（0）」與科學「DNA」雙螺旋的對應、貫通〉，《國文天地》30卷12期，頁116-125。

七月

・發表〈語文讀講教學應有的基本認識──以思維系統、辭章內涵與四六結構切入作探討〉，《國文天地》31卷2期，頁72-83。

・發表〈哲學螺旋與科學螺旋的對應、貫通──以「多 ←→ 二 ←→ 一（0）」與 DNA 雙螺旋結構為重心作探討〉，南京曉莊學院學報2015年4期，頁36-39。

九月

・擔任元智大學中文系新聘教師外審委員。（2015年9月3日）

・發表〈論東坡〈浣溪沙〉組詞五首的審美風貌──試以「篇章結構」中剛柔成分之量化作輔助觀察〉，《國文天地》31卷4期，頁107-119。

・召開第十屆章法學學術研討會會前籌備會議。（2015年9月26日）

十一月

・參加在臺灣師大綜合大樓五樓五〇八會議室、五〇九國際會議廳舉

辦之「第四屆語文教育暨第十屆辭章章法學學術研討會」以〈論「篇章結構」教學之重心——以思維（意象）「0一二多」雙螺旋邏輯系統切入作探討〉為題作專題研講，並擔任曾祥芹、張延昭〈從「章句」到「文章」的結構奇觀——《孝經》研究的文章學視野〉之宣讀與特約討論人。（2015年11月14日）

· 發表〈論哲理章法——以《中庸》誠明思想為例作探討〉，收入《章法論叢》（第九輯），中華章法學會主編，臺北市：萬卷樓圖書股份有限公司，頁1-38。

· 接獲彰化師大國文學誌編委會通知拙作〈意象研究與跨界整合——以篇章意象組織為例作觀察〉，經審查通過列入特約稿於三十一期刊出。臺灣學報將拙作以特約稿或特稿刊出者，此為第八篇（《文藻學報》3篇、高雄師範大學國文學報》3篇、國立臺北大學《中文學報》1篇）。（2015年11月25日）

十二月

· 發表〈意象研究與跨界整合——以篇章意象組織為例作觀察〉，彰化師大《國文學誌》31期·特稿，頁1-38。

＊續任萬卷樓圖書股份有限公司關係企業董事長、國文天地雜誌社社長兼總編輯、中華民國章法學學會榮譽理事長。

2016（民 105）年，82 歲

一月

· 發表〈論《老子》「二生三」的螺旋互動——以「0一二多」、「DNA」雙螺旋系統作對應、統合觀察〉，《高雄師大國文學報》23期特刊，頁1-30。

・發表〈辭章鑑賞與思維系統——以集蘇辛詞各一首有關古今人評注為例作說明〉,《國文天地・學術論壇》31卷8期,頁112-135。

・參加在臺北市立大學公城樓舉辦之「榕城文緣・萬卷書香:兩岸中國文學研究座談會」與「《福建師範大學文學院百年學術論叢》(第二輯)十部學術著作新書發佈會」,代表萬卷樓圖書股份有限公司作開幕致辭,並擔主題研討人。(2016年1月22日)

三月

・發布「第五屆語文教育暨第十一屆辭章章法學學術研討會」徵稿啟事。

六月

・策畫於七月推出「羅門、蓉子夫婦鑽石婚慶」特輯。

・發表〈論篇章「異、同」互動的雙螺旋層次系統——以「0一二多」為主軸切入作考察〉,《興大中文學報》39期,頁131-164。

七月

・發表(層次邏輯規律在羅門、蓉子詩作的呈現——為羅門、蓉子夫婦鑽石婚慶而作),《國文天地》32卷2期,頁60-72。

・出版《陰陽雙螺旋互動論——以「0一二多」層次邏輯系統作通貫觀察》,臺北市:萬卷樓圖書股份有限公司。後收入《跨界章法學研究叢書》中。

・參加「修辭學會第十一屆理監事改選會議」。

八月

・發表〈論篇章「異、同」互動的雙螺旋層次系統——以「0一二

多」為鍵軸、蘇辛詞「篇章結構」為實例作探討〉,《國文天地‧學術論壇》32卷3期,頁102-136。

九月

‧出版《逍遙遊吟稿》,臺北市:萬卷樓圖書股份有限公司（196頁）。

十月

‧發表〈客觀中有主觀──章法的形象性〉,《國語日報25日‧語文教育版》。
‧發表〈《陰陽雙螺旋互動論》一書的推出〉,《國文天地》32卷5期,頁110-116。
‧發表〈「賦比興」與「意象思維」的對應考察──為追思蔡宗陽教授而作〉,《國文天地》32卷5期,頁14-23。
‧刊登「第五屆語文教育暨第十一屆辭章章法學學術研討會」資訊於中華民國章法學會官方網站。
‧將〈論篇章結構教學之重心──以思維（意象）「0一二多」雙螺旋邏輯系統切入作探討〉（專題演講）收入《章法論叢》（第十輯）,中華章法學會主編,萬卷樓圖書股份有限公司,頁1-42。

十一月

‧參加「第五屆語文教育暨第十一屆辭章章法學學術研討會」於臺北市立大學人文藝術學院藝術館 A101、A302教室,以「跨界章法學──以章法學方法論之三觀體系為重心作探討」為題作專題演講。
‧出版《唐宋詞章法學》,臺北市:萬卷樓圖書股份有限公司（381頁）。收入《跨界章法學研究叢書》中。

・出版《中庸天人雙螺旋互動思想研究》，萬卷樓圖書股份有限公司
（342頁）。收入《跨界章法學研究叢書》中。

・策畫於十二月推出「淺易章法學」專輯。

十二月

・發表〈「章法學三觀體系」中「微觀」層之建構〉，《國文天地》32卷
7期，頁38-52。

＊續任萬卷樓圖書股份有限公司關係企業董事長、國文天地雜誌社社
長兼總編輯、中華民國章法學學會榮譽理事長。

文學研究叢書·辭章修辭叢刊　0812007

章法學體系建構歷程

作　者	陳滿銘
責任編輯	蔡雅如
特約校稿	林秋芬
發 行 人	陳滿銘
總 經 理	梁錦興
總 編 輯	陳滿銘
副總編輯	張晏瑞
編 輯 所	萬卷樓圖書股份有限公司
排 版	林曉敏
印 刷	百通科技股份有限公司
封面設計	斐類設計工作室

發　行　萬卷樓圖書股份有限公司
　　　　臺北市羅斯福路二段 41 號 6 樓之 3
　　　　電話 (02)23216565
　　　　傳真 (02)23218698
　　　　電郵
　　　　SERVICE@WANJUAN.COM.TW
大陸經銷　廈門外圖臺灣書店有限公司
　　　　電郵 JKB188@188.COM
香港經銷　香港聯合書刊物流有限公司
　　　　電話 (852)21502100
　　　　傳真 (852)23560735

ISBN 978-986-478-121-8
2017 年 11 月初版一刷
定價：新臺幣 660 元

如何購買本書：

1. 劃撥購書，請透過以下郵政劃撥帳號：
　帳號：15624015
　戶名：萬卷樓圖書股份有限公司
2. 轉帳購書，請透過以下帳戶
　合作金庫銀行　古亭分行
　戶名：萬卷樓圖書股份有限公司
　帳號：0877717092596
3. 網路購書，請透過萬卷樓網站
　網址 WWW.WANJUAN.COM.TW

大量購書，請直接聯繫我們，將有專人為
您服務。客服：(02)23216565 分機 10

如有缺頁、破損或裝訂錯誤，請寄回更換

國家圖書館出版品預行編目資料

章法學體系建構歷程 / 陳滿銘著. -- 初版. --
臺北市：萬卷樓, 2017.11
　面；　公分. -- (文學研究叢書. 辭章修辭叢
刊)
ISBN 978-986-478-121-8(平裝)

1.漢語 2.篇章學

802.76　　　　　　　　　　　　106022042